Cadascú a la seva i Déu contra tothom

WERNER HERZOG

CADASCÚ A LA SEVA I DÉU CONTRA TOTHOM

MEMÒRIES

Traducció de Ramon Monton

Barcelona

Títol original: *Jeder Für Sich Und Gott Gegen Alle*

Il·lustracions interiors: Birte Hinske

Primera edició: febrer del 2024

Gran Via de les Corts Catalanes, 628, àtic 2a
08007 Barcelona
www.laltraeditorial.cat

Revisió: Lara Estany i Adriana Plujà
Compost en Dante 12/15 a L'Altra Editorial
Imprès a Romanyà Valls

ISBN: 978-84-127930-4-8
DIPÒSIT LEGAL: B. 22.311-2023

TAULA

Enkidu va sospirar amargament i va dir:
«Gilgamesh, el guardià no dorm mai».
Gilgamesh va respondre: «On és l'home
que pot pujar cap al cel?».

PRÒLEG

Originàriament, la meva pel·lícula *Aguirre, la còlera de Déu* havia d'acabar així: quan arribava a la desembocadura de l'Amazones, el rai dels conqueridors espanyols només contenia morts, i l'únic que quedava viu era un lloro que parlava. Quan la marea de l'Atlàntic arrossegava el rai de nou cap al poderós corrent, el lloro cridava sense parar: «El Dorado, El Dorado». Durant el rodatge vaig trobar una solució molt més atractiva: el rai és envaït per centenars de micos petits, i Aguirre fantasieja alguna cosa sobre el seu nou imperi mundial. Recentment m'he trobat amb un relat no comprovat del final de l'Aguirre històric. Abandonat per tothom després d'assassinar la seva pròpia filla perquè no pugui veure la seva vergonya, ordena al seu últim fidel que el mati. Aquest apunta a Aguirre amb el seu mosquet i li dispara al mig del pit. «Això no m'ha fet res», diu Aguirre, i li ordena que apunti de nou. El seu subordinat li dispara al cor. «Amb això n'hi haurà prou», diu Aguirre, i cau mort.

Estic segur que l'alternativa dels micos és el millor final per a la pel·lícula, però em pregunto quantes alternatives no viscudes vaig tenir en tot moment, no sols en la invenció d'històries, sinó també en la vida real, sense que es convertissin en realitat, o que només s'hi convertissin molts anys més tard.

El títol d'aquest llibre ja el vaig utilitzar una vegada per a la meva pel·lícula sobre Kaspar Hauser, però gairebé ningú va ser capaç de descriure'l correctament. Aquest llibre és un segon intent. És possible que tot plegat em faci semblar massa un lluitador solitari. La veritat és que gairebé sempre he tingut col·laboradors al meu voltant, família, dones. De tots plegats, amb poques excepcions, aquest llibre no en diu gran cosa. Tots han estat sense excepció persones independents, fortes i intel·ligents. Sense ells, jo només seria una ombra del que soc.

On m'ha dut el destí? Com és que a la vida sempre se m'han presentat nous canvis inesperats? M'adono que molts han estat constants, una visió que mai m'ha abandonat, com el sentiment del deure, la lleialtat i el coratge en un bon soldat. Sempre volia ocupar llocs avançats dels quals tots els altres havien fugit. En quina mesura era previsible, el que m'esperava? Del soldat japonès Hiroo Onoda, que es va rendir vint-i-nou anys després del final de la Segona Guerra Mundial, vaig aprendre que, amb la llum del vespre, es pot interpretar una bala dirigida cap a un mateix com una bala traçadora. Llavors, per un moment, es pot veure el futur.

Estava en plena escriptura d'aquest llibre i vaig aixecar la mirada perquè vaig veure davant de la finestra alguna cosa que llampeguejava, alguna cosa que sortia disparada en la meva direcció. Però no era una bala enemiga perduda, sinó un colibrí. En aquell moment vaig decidir no continuar escrivint. L'última frase es va interrompre simplement allà on havia arribat.

I

ESTRELLES, EL MAR

Cap al migdia, les dones van parar de plorar. Unes quantes havien cridat i s'havien estirat els cabells. Quan se'n van haver anat, hi vaig entrar jo. Hi havia una petita construcció al costat del cementiri, al municipi de Hora Sfakion, a la costa sud de Creta, que consistia tan sols en unes quantes cases escampades per les roques escarpades. Jo tenia setze anys. El minúscul tanatori no tenia porta. En la penombra vaig veure dos morts l'un al costat de l'altre, tan a prop que gairebé es tocaven. Eren dos homes. Més tard em vaig assabentar que s'havien matat l'un a l'altre durant la nit; en aquesta regió remota i arcaica encara existia la venjança de sang. Només recordo la cara del mort de la dreta. Era blavós com un lilà i en part també groc. Als forats del nas hi tenia dues enormes boles de cotó fluix xopes de sang seca. Una perdigonada l'havia tocat al pit.

En fer-se fosc vaig sortir a la mar. Treballava durant unes quantes nits en una barca de pesca; devien ser les poques nits a l'entorn de la lluna nova, quan al cel no hi brillava cap lluna. Una barca arrossegava sis bots, *lampades*, cap a mar oberta, cadascun ocupat per un sol tripulant. Quan arribaven a mar oberta els desenganxaven i els deixaven sols en l'espai d'un quilòmetre. El mar era llis com un mirall, sense onades, com si fos oli. A més regnava un silenci absolut. Cada bot tenia un gran llum de carbur que il·luminava les profunditats del mar. El llum atreia peixos i sobretot sèpies i calamars, i els pescaven amb una tècnica molt particular. Al final de la llinya hi havia un tros clar de paper parafinat amb la forma i la mida d'un cigarret. Això atreia les sèpies i els calamars, que abraçaven les suposades preses amb els tentacles. Per poder-los atrapar millor, al final de l'esquer brillant hi havia una corona amb pues de filferro. Calia saber exactament a quina profunditat s'havia enfonsat l'esquer, perquè en el moment en què els calamars sortien de l'aigua, deixaven anar de seguida la seva presa i tornaven a l'aigua. Quan arribava l'últim tros de la llinya, calia afanyar-se per fer caure amb una estrebada els calamars a la superfície del bot.

Les primeres hores de la nit passaven en una espera silenciosa fins que la llum artificial del carbur feia efecte. Sobre meu s'estenia la catedral de l'univers, les estrelles tan properes que semblava que podies agafar-les, tot em balancejava suaument en un bressol d'infinitud. I per sota, il·luminada per la llum del carbur, hi havia la profunditat de l'oceà, com si unida a la cúpula del firmament formés una esfera. En comptes d'estrelles, arreu hi havia peixets brillants i platejats. Integrat en l'univers de manera única, per dalt, per baix, pertot arreu, en què tots els sons contenien la respiració, em vaig retrobar a mi mateix de cop en un estat d'admiració inconcebible. Estava segur que en aquell moment i en aquell lloc ho sabia tot. El meu destí se'm va fer evident. I també vaig saber que, després d'una nit com aquella, em resultaria difícil fer-me gran. Estava segur que no arribaria a fer els divuit anys perquè, il·luminat per aquella gràcia, per a mi no tornaria a existir mai més un temps normal.

2

EL ALAMEIN

Fa temps, entre els meus documents vaig trobar una postal de la meva mare, escrita amb llapis, datada el 6 de setembre de 1942. La postal ja duia imprès el segell d'Adolf Hitler, en què es podia llegir perfectament: *Múnic, capital del moviment*. La postal anava adreçada al *Sr. Prof. Dr. R. Herzog i fam.* a *Grosshesselohe vor München*. Així doncs, anava adreçada al meu avi Rudolf Herzog, el patriarca de la família. Sembla que la meva mare no en va informar el meu pare.

«Estimat pare», escriu al meu avi, «et comunico que ahir a la nit vaig tenir un fill. Li posarem de nom Werner. Atentament, Liesel». El meu nom, Werner, va ser un acte de revolta contra el meu pare, que havia triat per a mi el nom d'Eberhard. Quan vaig néixer, el meu pare era a França com a soldat, no pas en cap front, perquè sabia escapolir-se, sinó a la rereguarda, on l'avituallament arribava amb més facilitat, sobretot els aliments. Em va engendrar durant el seu últim permís en el transcurs de la guerra, poc abans de cap d'any. La meva mare va descobrir més endavant que havia passat la primera meitat del seu permís de deu dies amb una amant i que després havia comparegut davant seu.

Jo vaig néixer just abans del punt d'inflexió decisiu de la Segona Guerra Mundial. A l'est, l'exèrcit alemany intentava ocupar Stalingrad, cosa que al cap de pocs mesos va desembocar en la catastròfica derrota alemanya a l'est, mentre al nord de l'Àfrica el general alemany Rommel mirava d'avançar fins a El Alamein, cosa que va acabar en una desfeta similar per a l'anomenat Reich dels mil anys. Més endavant, quan tenia vint-i-tres anys i vaig abandonar precipitadament els Estats Units perquè m'havia caducat el visat i m'haurien d'haver repatriat a Alemanya, vaig fugir cap a Mèxic, on vaig haver de guanyar diners per sobreviure. Vaig treballar a les *charriadas*, la forma mexicana dels rodeos; era una mena de pallasso damunt l'arena, cavalcava toros joves, tot i que abans no havia cavalcat ni tan sols damunt d'un cavall. Actuava amb el nom artístic d'*El Alamein*, perquè ningú podia pronunciar correctament el meu nom i, per facilitar-ho, m'anomenaven *El Alemán*. Però jo vaig insistir que em diguessin *El Alamein*, perquè cada cop que actuava, davant la diversió del públic, m'enduia una bona sacsejada, i així recordava discretament la derrota alemanya al desert del nord de l'Àfrica. I cada dissabte el públic podia admirar de nou aquesta derrota a través de les ferides que inevitablement rebia.

Només dues setmanes després del meu naixement, la capital del moviment, Múnic, va ser afectada per un dels primers bombardejos aeris. La meva mare vivia en una petita golfa al centre de la ciutat, al número 3 d'Elisabethstrasse. Tretze anys més tard ens vam traslladar a una pensió al mateix edifici, per bé que un pis més avall, on vaig conèixer el furiós Klaus Kinski i els seus atacs de ràbia. L'any 1942, però, molts edificis del voltant van resultar completament destruïts, i també va resultar greument danyada la casa en què jo tot just acabava de començar a viure. La mare em va trobar al bressol, cobert per una gruixuda capa de vidres trencats, totxos i runa. Jo estava incòlume, però la meva mare es va espantar tant que em va agafar a mi i al meu germà gran Tilbert, va abandonar la ciutat i va fugir cap a les muntanyes, a Sachrang, el lloc més remot de Baviera, en una vall estreta just al costat de la frontera amb Àustria. Allà és on vaig créixer. La meva mare hi coneixia unes quantes persones i, gràcies a aquestes coneixences, va aconseguir un allotjament en una granja als afores del poble, no a la granja mateix, sinó en un minúscul annex en què segons la tradició bavaresa s'allotgen els vells camperols mentre que la granja passa a mans del fill gran. Nosaltres ocupàvem el soterrani i damunt nostre vivia una família de refugiats de Hamelín, al nord d'Alemanya.

Més endavant parlaré del meu pare i la seva família. En primer lloc, però, em centraré en la família de la meva mare, els Stipetić, que procedien de Croàcia, de la dàlmata Split, i que posteriorment es van traslladar a Zagreb, en una època en què la ciutat encara s'anomenava Agram. Al segle XIX, els meus avantpassats eren alts càrrecs de l'administració i militars i al meu avi, que va ser comandant de l'estat major dels Habsburg, no el vaig arribar a conèixer mai perquè va morir quan la meva mare només tenia divuit anys. Segons el que ella em va explicar, tenia tirada per l'humor surrealista i l'absurd. Durant dos anys va estar destinat a Üsküp, l'actual Skopje, i sempre portava posat tan sols un guant. Més tard, en un cafè de Viena es va treure el guant d'oficial davant del cambrer i, per a sorpresa de tots, va mostrar que tenia una mà profundament colrada i una mà blanca com la neu. Com en un acte de rebel·lia, jugava a bales amb els nens del carrer vestit amb el seu uniforme de gala, i es va caracteritzar per cometre tota mena d'actes extravagants i en absolut propis d'una persona de l'estament militar. Aquesta banda croata de la meva família era nacionalista i partidària de la independència de Croàcia de la doble monarquia austrohongaresa. Aquests esforços van desembocar més endavant en una forma local de feixisme. Amb el suport de Hitler va prendre el poder a Croàcia durant tres anys un *poglavnik*, un cabdill, i fins al final de la guerra no es va acabar aquella fantasmagoria.

La meva àvia era una burgesa de Viena, amb qui la meva mare mai va tenir una relació gaire propera perquè durant tota la seva vida no va sentir gaire entusiasme per la burgesia. Vaig conèixer l'àvia tan sols gràcies a unes quantes visites i en conservo a la memòria només les que li fèiem a la residència amb la mare quan ja estava a punt de morir. L'àvia estava confusa i em va demanar un got d'aigua, que li vaig omplir al lavabo. «Exquisida», no parava de repetir, en feia glopets i m'agraïa tota l'estona aquella extraordinària exquisidesa.

Lotte, la germana petita de la meva mare, s'assemblava a aquesta àvia austríaca i, per tant, no tenia gaire contacte amb la mare. La Lotte era una dona molt càlida amb dos fills, un noi i una noia. El fill, el meu cosí, uns quants anys més gran que jo, amb qui m'avenia força, va tenir un paper important en un moment dramàtic de la meva vida, quan als vint-i-tres anys vaig tornar per primera vegada dels Estats Units a Alemanya. El meu primer gran amor s'havia quedat al meu país, però en aquell moment la nostra relació ja feia temps que era problemàtica, perquè durant aquells anys vaig experimentar una evolució molt ràpida que li va resultar estranya. La vaig conèixer quan treballava a la fàbrica dels seus pares, una petita empresa del metall, al torn de nit com a soldador per punts. Llavors ho alternava amb els meus primers estudis a l'institut, perquè necessitava diners per a les meves primeres produccions cinematogràfiques. Potser per inseguretat, perquè quan me'n vaig anar als Estats Units no vaig accedir a prometre-m'hi, ella es va casar amb el meu cosí sense fer-m'ho saber. Quan vaig tornar, ella va escapar-se amb mi uns quants dies just després del seu viatge de noces, i cap dels dos vam poder dissimular de cap de les maneres el que havia passat. Com que ella no volia tornar amb el seu marit, el meu cosí, la vaig portar amb els seus pares, que m'esperaven amb els seus quatre fills. Potser només eren tres, la meva memòria tendeix a exagerar. No volia deixar la meva estimada davant la porta dels seus pares i prou, estava disposat a presentar-me. Els seus germans, uns bavaresos brutals i forçuts que jugaven a hoquei sobre gel, havien amenaçat de matar-me si gosava comparèixer per allà. Els seus pares tenien prou motius per llançar-me amenaces similars. Així i tot, no vaig tenir por i vaig entrar a la casa. El dia abans havia tingut una trobada estranya amb el meu cosí, i tots dos ens havíem disputat la meva estimada. Encara ara no estic segur de si vam arribar a les mans, no sé si vam tenir el més mínim contacte, tot i que després vaig tenir el pòmul inflat, com si m'hi haguessin clavat un fort cop de puny. Vam trobar-nos fugaçment quatre dècades més tard, amb motiu del naixement d'un familiar, però no ens vam reunir mai més, encara que tots dos ho hauríem volgut.

Després del meu primer viatge als Estats Units, la meva estimada va patir una mena de maledicció, i sempre la va perseguir la desgràcia. Va tenir dos fills amb el meu cosí, però el matrimoni va fracassar. També les relacions amb altres homes es van acabar de manera desgraciada. Finalment, es va suïcidar en llançar-se des del pont de Grosshesselohe. En totes les fotos en què sortim tots dos junts semblem completament despreocupats, envoltats d'una lleugeresa que no feia sospitar la futura desgràcia. Encara ara m'afligeix el fet que durant la meva època als Estats Units la tingués en certa manera abandonada, sense tenir prou valor per manifestar obertament que estava amb ella. A la meva vida, les dones sovint han estat lligades a esdeveniments dramàtics, la qual cosa deu ser perquè sempre hi jugaven un paper important els sentiments profunds. Però mai he acabat d'entendre el grandiós misteri i l'agonia de l'amor. El dimoni de l'amor sempre m'ha arrossegat, però el cert és que, sense dones, la meva vida no hauria estat res. De vegades m'imagino un món en què no hi hagués dones, només homes. Un home així seria insuportable, miserable, aniria fent tentines d'una buidor a l'altra. Però jo vaig tenir molta sort, segurament més de la que em mereixia.

La meva família paterna va estar formada per acadèmics. Les seves arrels se situen a Suàbia, però una branca de la família eren hugonots que, segurament, a finals del segle XVII van fugir a Frankfurt com a protestants francesos perseguits. La resta del meu arbre genealògic no m'ha interessant mai gaire, però recordo que el meu pare va dur a terme investigacions segons les quals devíem estar emparentats amb el matemàtic Gauss i amb altres celebritats històriques i fins i tot amb Carlemany, però això probablement els passa estadísticament a la majoria d'alemanys i de francesos. En realitat, el meu pare sempre ha intentat donar-nos més importància de la que teníem. Un dels meus germanastres, Ortwin, a qui gairebé no conec i que voltava pel món per a una corredoria d'assegurances mig fraudulenta, va inscriure el meu pare a l'arbre genealògic com a *investigador*, com si es tractés d'un nou Alexander von Humboldt. Un germanastre més gran, Markwart, a qui conec una mica millor —sigui com sigui, a tots dos els va marcar per a tota la vida el fet de créixer amb el meu pare, cosa que a mi no em va passar—, va ser l'únic dels germans que va acabar una carrera. Va estudiar teologia catòlica i va escriure una tesi doctoral sobre interpretacions religioses i filosòfiques sobre el suposat descens de Jesucrist a l'infern.

Ella, la meva àvia paterna, una dona alta i enorme que per la seva fermesa de caràcter cada cop es va anar convertint més en el cap de tot el clan, em va permetre tenir una profunda perspectiva de la història de la meva família o, més ben dit, una visió de túnel, una sonda que arribava fins a les profunditats de tan sols dues persones, la meva àvia i la seva àvia, la meva rebesàvia. Aquesta única sonda a les profunditats del meu arbre genealògic sempre m'ha interessat. Ella mateixa va escriure unes memòries: «Als meus fills i als meus nets», i a sota: «Vaja, vaja, o sigui que sou curiosos i voleu saber com l'avi va prendre l'àvia». I a sota: «Nadal del 1891».

Els records de la meva rebesàvia es remunten fins a l'any 1829. Va créixer a la Prússia Oriental. «Estimada filleta», escriu l'àvia de la meva àvia, «quan a l'estiu et vaig comunicar per carta les meves experiències i records de la meva antiga llar, em vas escriure que t'alegraria que t'escrivís unes quantes històries de la meva infantesa que ja us havia explicat. El meu primer record conscient es remunta als tres anys. Crec que devia ser l'any 1829. Em veig a mi mateixa a la nostra sala d'estar del castell de Gilgenburg. La meva mare, de qui no recordo els trets, seu en una cadira davant de la finestra, ja que les finestres eren força elevades, davant de la seva taula de cosir, enfeinada amb una labor; jo m'enfilo amb penes i treballs a la cadira, em col·loco darrere de la mare i intento pentinar-li els cabells d'una manera infantil i acariciar-los-hi. Llavors em ve al cap un dia que veig com si fos avui i que no oblidaré mai; soc al dormitori de la mare, és al matí, ella ha sortit del llit i jeu al sofà, em poso a jugar al seu costat; hi deu haver una altra persona a l'habitació, perquè sento que algú diu que s'ha desmaiat, i sento que criden més gent, que venen, l'aixequen i la fiquen al llit. Després sento que algú demana un braser per escalfar-li els peus. Li van fregar i li van escalfar els peus, però no va servir de res, no se li van tornar a escalfar. Va ser, com vaig sentir més endavant, el primer dia que s'aixecava del llit després del naixement d'un fillet. El germanet va morir, i recordo que em van cridar perquè l'anés a veure».

«A les propietats del pare», continua escrivint —llavors ella devia tenir sis o set anys— «amb els extensos boscos, en aquella època encara hi havia molts animals salvatges. Senglars en grans rouredes i també força llops. De vegades, quan travessàvem el bosc de nit, els cavalls s'aturaven i, quan miràvem al voltant, vèiem brillar entre els matolls uns quants ulls verdosos. Cada any s'organitzava una gran cacera de llops. El govern donava una recompensa per cada llop que caçaven. Mentre hi hagués llops encara hi hauria cadells, naturalment. De tant en tant, els guardes forestals, durant les seves batudes pel bosc, trobaven un cau de llops amb cadells. Si els adults sortien a caçar durant la nit, els guardes forestals agafaven els cadells, els ficaven en un sac, venien a casa nostra i ens els deixaven anar per l'habitació, on els nens saltironàvem, divertits, jugàvem amb els llops i ens en rèiem, cosa que els feia udolar. Al final havien de morir. Les orelles i les urpes les enganxaven en un tros de cartró que enviaven al govern amb la corresponent certificació i rebien la recompensa. El que passa és que els llops eren tan desvergonyits que de vegades s'escapaven fins als horts i atrapaven una oca o prenien al pastor una ovella del ramat. La meva cabra (a la qual m'unia una íntima amistat) també va patir aquest destí. Encara que els pastors aconseguissin fer fugir el llop a crits i amb l'ajut del gos, ja havia mossegat el coll al pobre animal. Com que a l'estiu els cavalls i els ramats pasturaven pels prats a la nit, també calia prendre mesures contra els llops. Quan al vespre els animals tornaven del camp, els untaven amb un oli pudent, crec que en deien "oli francès", que havia de ser molt desagradable per als llops. Untaven el bestiar de vacum al cap i entre les banyes perquè unissin les seves parts posteriors i es defensessin amb les banyes. Als cavalls els untaven la cua i la part del darrere perquè unissin els caps i repel·lissin els atacs dels llops amb guitzes amb les peülles. De totes maneres, recordo que un matí van portar un cavall que tenia la part del darrere completament destrossada, de manera que el van haver de sacrificar...».

La vida a la granja de Sachrang també la vaig experimentar com un idil·li carregat dels perills que havien provocat les catàstrofes, les expulsions i les allaus de refugiats de la Segona Guerra Mundial. Abans d'anar a l'escola, recordo que el meu germà gran i jo pasturàvem les vaques de la granja dels Langsch. Els menuts érem amics d'Eckart, el granger, que anomenàvem entre nosaltres el Mantega, perquè el seu pare, que contínuament l'apallissava de manera brutal, li feia batre la nata fins que es convertia en mantega. La feina de pasturar vaques va representar els primers diners que guanyàvem pel nostre compte; era una misèria, però reforçava el nostre sentiment d'independència. És possible que fins i tot guanyéssim diners abans quan, a la mateixa edat, pujàvem cervesa i llimonada amb un cavall Haflinger fins al Geigelstein. A l'esquerra del llom del cavall anava lligada una caixa de cerveses i, a la dreta, una caixa de llimonades, i pujàvem gairebé corrent el llarg trajecte fins a l'Oberkaser, una pastura d'alta muntanya per damunt de la Priener Hütte. El desnivell des de Sachrang deu ser de vuit-cents metres, i anàvem descalços perquè a l'estiu no ens posàvem sabates. Només teníem sabates a la tardor i a l'hivern fins a finals d'abril, i durant els mesos sense erra, maig, juny, juliol i agost tampoc portàvem calçotets sota els pantalons de cuir. Avui dia hi ha una carretera que puja per la muntanya, però llavors pujàvem corrent per un corriol pedregós i fèiem el recorregut en una hora i quart. Actualment, els turistes necessiten gairebé quatre hores. A l'Oberkaser hi vivia una família de vaquers alpins, entre els quals hi havia una dona jove, Mare, que era l'única que es quedava allà dalt tot l'any, i deien que ja no volia saber res de la vall ni de la gent d'allà baix, des que una vegada s'havia enamorat i l'havien abandonada. Quan tenia un any, el seu pare la va ficar en una motxilla i se la va emportar a la muntanya. Des de llavors va viure allà dalt i després de la joventut, durant seixanta anys, només va baixar una vegada a la vall perquè crec que havia de signar uns documents per a la jubilació. Fa uns anys, poc abans de morir, la vaig visitar allà dalt amb el meu fill petit Simon. Ja tenia més de noranta anys i es veia escabellada i deixada, tot i que hi havia gent que la cuidava. Homes joves del servei de salvament de muntanya que tenien una cabana a prop l'anaven a veure gairebé cada dia. Un d'aquells joves la pentinava de tant en tant, i se li posava bé que un home jove i fort li endrecés els cabells. Va sobreviure estius i hiverns, pluges i tempestes. Poc abans de la meva visita, una immensa allau va soterrar tota la cabana dels vaquers, i els homes del servei de salvament de muntanya van haver d'excavar un pou vertical d'uns quants metres de profunditat fins que van rescatar Mare, encara viva, de la cabana de pedra que s'havia mantingut intacta. Quan la vaig anar a veure, un home commovedorament preocupat per ella acabava de fer instal·lar una nova calefacció al seu nou refugi, que s'engegava i s'aturava automàticament en funció de la temperatura, perquè havien trobat Mare gairebé congelada al llit, i una altra vegada va estar a punt de cremar-se amb branques seques enceses. Les autoritats d'Aschau que n'eren responsables van recomanar amb insistència que la ingressessin en un asil, però ella s'hi oposava amb fermesa, i van decidir que tenia dret a morir on sempre havia estat la seva llar. Mare només recordava vagament aquells dos nois que setanta anys enrere pujaven a veure-la una vegada i una altra amb el Haflinger. De vegades, quan feia mal temps, el meu germà i jo dormíem al fenc, allà dalt a la muntanya, i marxàvem de bon matí perquè havíem de tornar el cavall i cobrar els nostres cinquanta cèntims abans d'anar corrent a l'escola.

Com que el camí cap al Hochalm estava ple de pedres punxegudes que sovint no es veien sota els matolls, sempre dúiem els peus plens d'esgarrapades i ferides. Un estiu que teníem set ens vam ficar a l'estable de Schreck-Alm i el meu germà es va acostar a una vaca per munyir-la ràpidament. Però era una vaca jove i li va clavar una guitza tan forta que el meu germà va sortir volant cap enrere de l'estable. Des d'aquella època a Sachrang encara sé munyir una vaca, i reconec les persones que saben fer-ho com de vegades es reconeix un advocat o un carnisser. Els meus coneixements en l'art de munyir em van ser útils més endavant amb uns astronautes que formaven la tripulació d'un transbordador espacial. L'antecedent d'aquesta història era la meva fascinació per una missió d'exploració de Júpiter, que va ser terriblement difícil i carregada d'adversitats. Després de molts endarreriments i canvis de plans, la sonda espacial Galileo va ser llançada el 1989 a les profunditats de l'espai des d'un transbordador espacial. Per assolir la velocitat necessària va caldre dirigir la sonda una vegada al voltant de Venus i dues vegades al voltant de la Terra, ja que la força de la gravetat dels dos planetes va crear un efecte centrífug. Aquest projecte va durar catorze anys, i al final de la missió, l'any 2003, quan la sonda Galileo amb prou feines disposava de combustible, la NASA va decidir utilitzar aquestes últimes forces per apartar la sonda de l'òrbita d'una de les llunes de Júpiter per lliurar-la a la força de la gravetat del planeta gegantí. No volien contaminar la lluna de Júpiter anomenada Europa, coberta per una gruixuda capa de gel i que possiblement posseeix un oceà líquid i formes de vida microbiana i, per això, van precipitar la sonda Galileo als gasos de Júpiter, on es va desintegrar com un plasma a unes temperatures extremes. Gairebé tots els científics i tècnics que havien treballat en el projecte es van reunir per presenciar aquesta mort de la sonda al Mission Control Center a Pasadena, Califòrnia, i jo n'havia sentit parlar. Vaig voler ser-hi tant sí com no, perquè sabia que molts dels participants celebrarien el fet amb xampany, tot i que vaig preveure que molts també lamentarien el que havia passat. No vaig obtenir cap permís per participar en l'esdeveniment, però em vaig enfilar per la tanca metàl·lica que envoltava la zona, tot i que els guàrdies de l'entrada del centre de control no em van deixar passar. Un físic a qui encara estic agraït em va reconèixer en veure'm retingut pels agents de seguretat, i va trucar a la central de la NASA a Washington. Allà, casualment, els qui tenien capacitat de decisió estaven reunits, i van fer venir el cap de l'autoritat competent perquè jo havia promès que només el molestaria seixanta segons, a tot estirar. Vaig tenir sort. Havia vist unes quantes de les meves pel·lícules i simplement va donar aquesta ordre: «Deixeu passar el boig amb la seva càmera».

Aquell dia em va impressionar especialment veure que gairebé tots els participants ploraven i que, de sobte, quan encara es podia rebre correctament el senyal de la sonda, van comunicar que aquell moment era la mort de la missió. Malgrat que continuaven arribant els senyals, havien previst que la sonda encara transmetria dades durant cinquanta-dos minuts. Aquest era el temps que trigaven els senyals de la sonda ja morta, desintegrada, a arribar a la Terra.

Això em va animar a investigar més. En un arxiu vaig trobar meravelloses filmacions en cel·luloide de 16 mm que els astronautes havien rodat mentre treballaven en la missió del transbordador. Vaig suposar que eren les úniques filmacions en aquest format, els rotlles de pel·lícula encara estaven embolicats amb el plàstic del laboratori, ningú els havia utilitzat mai. Aleshores, l'any 1989, quan van llançar la sonda, naturalment ja hi havia gravacions en vídeo, i abans possiblement hi havia hagut pel·lícules en 8 mm de l'univers, però en aquesta tripulació hi havia un astronauta interessat en el cinema i que tenia talent. La majoria del material era seu, però també havien filmat altres membres de la tripulació. Esmento aquest pilot perquè va rodar un material d'una bellesa extraordinària que em va impressionar profundament. Era pilot de proves de tots els tipus existents d'avions de la força aèria dels Estats Units, i havia estat capità en un submarí atòmic.

De seguida vaig tenir clar que aquest material cinematogràfic, juntament amb filmacions fetes sota el gel de l'Antàrtida, seria la columna vertebral de la meva pel·lícula de ciència-ficció *The Wild Blue Yonder.* Més ben dit, les imatges havien de crear una trama a partir de la seva pròpia dinàmica, per si mateixes. A la història havien d'aparèixer també els astronautes de la tripulació del transbordador d'aleshores; mentrestant havien envellit uns setze anys, però segons el meu guió havien viatjat a tanta velocitat que a la Terra havien passat 820 anys.

El temps s'havia distorsionat i van tornar a una Terra despoblada.

Van passar uns quants mesos fins que em vaig poder reunir amb tots a Houston al Johnson Space Center. En una gran sala hi havia cadires col·locades en semicercle i, quan hi vaig entrar, m'hi vaig trobar els astronautes, uns quants anys més grans. Sabia que eren científics altament qualificats, una de les dues astronautes era bioquímica, l'altra metge, un dels homes era un dels físics de plasmes més importants dels Estats Units, tots plegats professionals que no estaven per a bajanades. Com podria convèncer aquelles persones perquè participessin com a actors en una pel·lícula de ciència-ficció? Els vaig explicar breument que procedia de les muntanyes bavareses mentre examinava els seus rostres. Un dels astronautes, el pilot, Michael McCulley, tenia uns trets forts i marcats, com els de les pel·lícules de cowboys. Els vaig dir que jo en realitat no era un producte de la indústria cinematogràfica, sinó algú que havia après a munyir vaques a la postguerra. Encara m'adono, amb horror, que hauria pogut dir alguna ximpleria, però se'm va acudir esmentar que gràcies al meu treball amb actors i amb rostres sovint podia reconèixer coses que formaven part de l'interior de les persones. Per exemple, tenia la capacitat de reconèixer qui sabia munyir vaques. Em vaig dirigir a McCulley i li vaig dir: «Senyor, estic segur que vostè sap munyir vaques». L'home va deixar anar un crit, es va picar a les cuixes i amb els punys va fer el moviment de munyir. Sí, com que havia crescut en una granja de Tennessee, McCulley n'havia après. No em vull ni imaginar en quin abisme de vergonya m'hauria precipitat si no l'hagués encertat. Però havia aconseguit trencar el gel, i tots els astronautes que també es veien a la pel·lícula de 16 mm van participar com a actors a la meva pel·lícula, envellits 820 anys.

—Quan érem petits, a Sachrang, vam aprendre a agafar truites de riu amb les mans. En veure persones, les truites fugien i s'amagaven sota les pedres o sota les herbes de la riba del riu i s'hi quedaven immòbils. Si les busques cautelosament amb les dues mans i les agafes amb decisió, és possible capturar-les. Sovint, quan teníem gana, al matí, anant cap a l'escola al llarg del Prienbach, agafàvem una o dues truites, les deixàvem presoneres en un petit bassal que excavàvem amb les mans i més tard les recollíem a la tornada. Després la meva mare les fregia a la paella. Recordo com, mentre es fregien, es retorçaven, mortes de feia poc i sense cap. De vegades ho recordo com si fos ara, fins i tot saltaven a la paella. Passàvem la vida gairebé sempre a l'aire lliure, i cada tarda la nostra mare ens feia fora de casa sense miraments durant quatre hores, fins i tot amb el fred més cru de l'hivern. En fer-se fosc compareixíem mig morts de fred davant les portes de casa, amb la roba plena de neu. Exactament a les cinc s'obrien les portes, i la nostra mare, sense cap mena de cerimonial, ens espolsava la neu de la roba amb una escombra de branques abans de deixar-nos entrar. Considerava que estar a l'aire lliure era una cosa sana, i nosaltres ens ho passàvem d'allò més bé, sobretot perquè al poble gairebé no hi havia pares i tot funcionava en un estat d'absoluta anarquia en el millor sentit. Jo, més que ningú, estava content que a casa no hi hagués cap sergent que ens digués com ens havíem de comportar.

Ho experimentàvem tot sense cap mena de direcció.

Recordo un vedell mort de la veïna Sturmhof que jeia damunt la neu al llindar del bosc. Hi havia almenys sis guineus estiregassant la carn del cadàver i, quan m'hi vaig acostar, van fugir. Quan el meu germà es va atansar corrent al vedell mort, tot d'un plegat va sortir de dins la panxa de l'animal una guineu, que es va arronsar i es va allunyar en la mateixa actitud arraulida. Les guineus adopten aquest posat arronsat en córrer quan les sorprenen. Quan, molt més tard, l'any 1982, caminava per un camí forestal resseguint exactament la frontera alemanya, de sobte vaig sentir l'olor d'una guineu clarament, perquè el vent bufava cap a mi i, després de recórrer un revolt pronunciat, me la vaig trobar ben a prop, caminant tranquil·lament, desprevinguda. M'hi vaig acostar en silenci i vaig estar a punt d'atraparla, llavors la guineu es va girar, es va arraulir per un moment amb les potes de darrere, va semblar que comprovava si el cor, aturat per un instant, li tornava a bategar, i va arrencar a córrer, encara en el mateix posat arraulit.

Tan sols a la tardor, a l'època del zel dels cérvols, cal anar una mica amb compte. Un ciclista va ser atacat per un cérvol furiós i es va refugiar sota un petit pont, tot i que l'animal enfurit el va perseguir fins allà. Només va aconseguir allunyar-lo fent soroll amb llaunes de conserva que hi va trobar abandonades. També hi havia estranyes aparicions. Una vegada, a ple dia, el meu germà n'és testimoni, de cop i volta tot el vessant de la muntanya darrere de la nostra caseta es va omplir de mosteles que corrien en direcció al rierol. No crec pas haver-ho somiat, tot i que sempre és una explicació possible. A tot estirar havíem vist alguna vegada una mostela sola, o potser dues, però aquest cop devien ser unes quantes dotzenes. Són conegudes les migracions massives dels lèmmings, però mai a la vida havia sentit que les mosteles tinguessin aquest comportament. Algunes havien fugit entre els troncs d'una pila de llenya, i la vaig examinanr, però no hi vaig trobar cap animal. Els voltants estaven plens de misteris. Al camí cap al poble, a l'altra banda del rierol, hi havia un bosc d'avets, el Bosc de les Fades, que amb prou feines gosàvem trepitjar. A l'estreta gorja de darrere de casa hi havia una cascada que formava un graó abans de precipitar-se al barranc, que sempre estava ple d'aigua clara i glaçada. De vegades queien en aquell toll arbres gegantins i donaven a l'entorn un aire primitiu. Allà vaig veure Sturm Sepp, que s'hi banyava a pèl i es refregava tot el cos amb un raspall. No semblava un ésser humà, sinó més aviat un vell arbre gegant amb tot de líquens onejant al vent.

3

HEROIS MÍTICS

Sturm Sepp és una de les figures mítiques de la nostra infantesa. Era un masover de la granja veïna de Sturmhof. Quan es va fer vell es va doblegar cap endavant gairebé de manera horitzontal des del maluc. Devia tenir, almenys per a nosaltres, l'alçada d'un gegant, com algú de temps remots i indefinits. Tenia una barba imponent i grisa i sempre duia penjada de la boca una pipa també enorme. Quan el vèiem sobre la bicicleta, podíem imaginar-nos l'alçada que devia fer si es posava dret. El selló estava col·locat tan amunt del quadre que només un gegant podia arribar fins als pedals. Sturm Sepp no parlava. Ningú el va sentir mai parlar amb algú. Els diumenges, a la taverna, li servien la seva cervesa sense que l'hagués de demanar. Nosaltres ens en burlàvem, i anant cap a l'escola, quan ell segava la gespa a l'altra banda de la tanca inclinat cap endavant, com un ésser arcaic, li cridàvem: «Hola, Sepp», i ho cridàvem una vegada i una altra per arrencar-li alguna paraula. Una vegada que semblava que segava tranquil·lament, es va girar amb la dalla de cop i volta cap a la Brigitte, la minyona de la granja, que en aquell moment era molt a prop de la tanca, i la va encertar al mig del cos. «Eh, tu», va cridar, les úniques paraules que havia articulat durant dècades. Per sort, la punta de la dalla només va travessar el recipient de llauna on ella duia el dinar per a l'escola. A partir d'aquest moment vam guardar-hi distància. Vam deduir que Sturm Sepp estava doblegat pel mig d'una manera tan terrible perquè a l'hivern traginava troncs d'arbre des de la muntanya. Una vegada en què el cavall s'havia va desplomat, va carregar ell mateix damunt les espatlles un tronc enorme, i des de llavors es va quedar inclinat cap endavant des de mig cos.

Hi havia molts misteris com ell. No sé si és un record, però en fer-se fosc veig un home dret al costat del rierol rere la casa. Per combatre el fred ha encès un gran foc. Per això té la cara tenyida de vermell. Mira les flames fixament. Es diu que és un desertor i que al matí fugirà a les muntanyes. Com és que ho recordo? No era massa petit per guardar aquest record? També hi havia una bruixa que em va agafar i va arrencar a córrer amb mi en braços, però la meva mare la va atrapar i em va arrabassar de les seves urpes, i segur que a partir de llavors ja no vaig embrutar més els pantalons i vaig anar a temps al lavabo. A la mà dreta hi tenia una piga, però jo sabia que era el lloc on la bruixa m'havia mossegat. Després hi ha una nit que segur que va existir de debò, en què la nostra mare ens va treure del llit al meu germà Till i a mi i ens va embolicar ràpidament amb unes mantes, perquè a fora encara hi feia un fred hivernal. Va pujar amb nosaltres per un vessant de la muntanya fins a un lloc des d'on teníem unes bones vistes. «Heu de veure això, nens», va dir. «La ciutat de Rosenheim crema». Cap al final de la guerra, Rosenheim va ser bombardejada i incendiada, segons deien, per bombarders aliats que tornaven a les seves bases sobre els Alps i que, a causa del mal temps, no podien distingir els objectius. Sembla que van llançar les bombes damunt de la ciutat alemanya enemiga per desempallegar-se de la seva càrrega. El que vam veure de petits és com si encara ho veiés. Al final de la vall, en direcció nord, el cel es veia roent, de color vermell, taronja i groc, però no flamejava com un foc, sinó que era com un lent batec de tot el firmament nocturn, perquè la ciutat de Rosenheim, a quaranta quilòmetres de distància, es consumia lentament. Era com una immensa brasa que dibuixava al cel nocturn el pols espantós de la fi del món. En aquell moment, el nom de Rosenheim no em deia res, però a partir de llavors vaig saber que allà fora, fora del nostre món i de l'estreta vall on vivíem, hi havia un altre món que era perillós i fantasmagòric. No és que aquell món em fes por, sinó que em va despertar curiositat.

Un misteri que encara ara em té intrigat va ser un avió que va volar una estona en cercles per damunt de la muntanya que hi ha darrere de casa, com si busqués alguna cosa. Després ho vam veure bé, va llançar un objecte d'aspecte mecànic, de color clar, com si estigués fet d'alumini. Ja no estic segur de si penjava d'un paracaigudes o d'una mena de globus. Duia una bandera que semblava passejar-se sobre les capçades dels arbres. La gent de la vall també ho va veure, però com que ja es feia fosc, no va ser fins l'endemà al matí que es va posar en marxa una patrulla de recerca formada per homes. Van ser fora tot el dia i no van tornar de la muntanya fins que ja era de nit. Sentíem curiositat, però ningú va voler dir res. Si havien trobat alguna cosa misteriosa, no teníem dret a saber-ho. Era alguna cosa militar? Era d'aquest món o d'un món llunyà i estrany?

Però l'idíl·lic paisatge de Sachrang també tenia els seus perills. Anys després del final de la guerra encara trobàvem armes que havien llençat o amagat els soldats que fugien. Quan Alemanya, envoltada per totes bandes, s'anava encongint davant l'avenç de les tropes aliades, només van quedar-hi uns quants enclavaments minúsculs sense ocupar, crec que un a Turíngia, un al nord, al costat de Flensburg i, finalment, a Sachrang junt a Kufstein, més enllà de la frontera amb Àustria i les properes muntanyes del Kàiser. Els últims soldats que fugien en desbandada i també grups dispersos d'«homes llop» que volien dur a terme operacions com a partisans després de la guerra, van passar per aquí, van llençar els seus uniformes i els van canviar per roba de civil. Gràcies a la mare sé que una vegada hi va haver un gran enrenou a la granja perquè soldats americans de l'exèrcit d'ocupació van trobar armes al graner d'un camperol.

Van amenaçar d'afusellar-lo, però la meva mare, que parlava anglès, hi va intervenir per salvar-li la vida. En realitat, l'home no sabia res de l'existència d'aquelles armes. Jo mateix vaig trobar una vegada una metralladora sota una pila de llenya i no estic segur de si vaig disparar-la realment, però sí que em vaig imaginar que me l'enduia per caçar. Vaig veure com un peó caminer disparava amb una metralladora a una bandada de cornelles en un camp i en matava una. Després la va desplomar i en va fer una mena de sopa en una olla molt gran. Com que tenia gana, em vaig acostar als treballadors i, per primera vegada a la vida, vaig veure un parell de llunes d'oli flotant a la sopa, una autèntica sensació. De totes maneres, no em van donar gens ni mica de menjar. Més endavant, els nens també vam començar a manipular carbur i a elaborar els nostres propis explosius. El millor de tot era provocar una detonació en una canonada de ciment que passava per sota de la carretera. Ens quedàvem al carrer, sobre la canonada, i era una sensació especial quan l'explosió ens feia saltar una mica. També recordo vagament que la meva mare ens va convocar, amb els meus amics, i va disparar davant nostre amb la seva pistola contra un immens tronc de faig. A l'altre costat van saltar estelles de fusta, destrossada pel projectil. Va ser tan impressionant que no va caldre cap mena d'advertència. Ho havíem entès. A partir d'aquell moment va quedar clar que mai a la vida apuntaríem a ningú amb una arma, carregada o no. Ni tan sols ho faríem amb una pistola de joguina.

Pertanyo a una generació en certa manera singular a la història. Les persones que m'han precedit han experimentat canvis radicals, com el d'un món europeu al descobriment d'Amèrica, o el d'un món d'artesans al de l'era de la industrialització, però en tots dos casos l'experiència va ser d'una única gran transformació. En canvi, tot i que jo no formava part de la cultura rural, vaig veure i experimentar com segaven a mà els camps amb una dalla, com l'herba es fenificava, com els carros de fenc, tirats per cavalls i carregats amb forques enormes, entraven als graners. Hi havia mossos que treballaven com els serfs dels llunyans temps feudals de l'edat mitjana. Llavors vaig veure per primera vegada una fenificadora mecànica que, tot i que encara era tirada per un cavall, llançava cap amunt el fenc amb dues forques muntades en paral·lel, vaig veure el primer tractor i vaig veure, amb sorpresa, la primera màquina de munyir. Això va ser la transició a l'agricultura industrialitzada. Però molt més endavant també vaig veure l'agricultura als camps gegantins de l'Oest Mitjà dels Estats Units, on immenses segadores avançaven en formació i segaven camps d'uns quants quilòmetres d'amplada. Ningú molestava aquells monstres, que encara eren conduïts per éssers humans. De totes maneres, estaven connectades de manera digital, a la cabina hi havia unes quantes pantalles d'ordinador i la conducció s'efectuava de manera automàtica amb GPS, la qual cosa feia possibles línies matemàticament perfectes. Si hagués conduït les màquines un ésser humà, inevitablement s'haurien produït petites desviacions i tot el comboi hauria dibuixat corbes cada cop més pronunciades. Les llavors estaven manipulades genèticament. I fa uns anys vaig veure el primer conreu dut a terme per robots, sense participació humana. Els robots plantaven les llavors als hivernacles, les regaven, regulaven la il·luminació i la temperatura, recollien el producte i l'empaquetaven per lliurar-lo als supermercats.

He experimentat canvis igual d'impressionants en l'àmbit de la comunicació, des dels temps més arcaics. Recordo els empleats de l'alcaldia de Wüstenrot, a Suàbia, a unes quantes hores de distància de Múnic i Sachrang, on més endavant vaig viure un any amb el meu germà, a casa del nostre pare. Allà hi havia un pregoner o herald; crec que no hi ha cap més paraula per descriure aquest personatge, en anglès encara és habitual l'expressió *town crier.* Jo encara vaig presenciar com pujava pel poble cap al Raitelberg i cridava l'atenció de tothom amb una campana. Cada quatre cases s'aturava i cridava «Es fa saber, es fa saber», i anunciava decrets i comunicacions de l'administració. Des de molt petit ja vaig saber què era un diari i una ràdio, tot i que no sempre teníem corrent. Això no obstant, no vaig veure mai una pel·lícula, ni tenia idea de què era el cinema. No sabia que existia fins que un dia un home amb un projector portàtil va aparèixer a l'única aula de l'escola de Sachrang i va projectar dues pel·lícules que no em van impressionar en absolut. Al poble tampoc teníem telèfon, la meva primera trucada telefònica la vaig fer als disset anys. Els aparells de televisió no van aparèixer fins als anys seixanta, al pis de Múnic vam veure per primera vegada un noticiari i la transmissió d'un partit de futbol al pis de dalt, on vivia el porter. Vaig presenciar el començament de l'era digital, internet, continguts que no eren presentats per éssers humans, sinó per algoritmes. He rebut correus electrònics escrits per robots. Els mitjans de comunicació socials han transformat de manera fonamental tota la comunicació, encara que jo no en fes ús. Videojocs, vigilància, intel·ligència artificial, mai a la història hi ha hagut una quantitat tan gran d'innovacions radicals, i no em puc imaginar que les generacions futures experimentin tants canvis profunds en una sola vida.

La nostra infantesa va ser arcaica. No teníem aigua corrent, havíem d'anar amb una galleda a la font, i a l'hivern, quan glaçava, sovint estava congelada. A casa només hi havia una comuna de fusta amb un forat al mig. Com que el revestiment de la comuna no estava ben ajustat, a l'hivern sovint s'hi acumulava neu, i per això la nostra mare deixava una galleda al passadís. Fèiem servir la galleda en lloc del vàter, però quan feia molt de fred tot el contingut de la galleda es glaçava i formava una massa sòlida. Només ens podíem escalfar a la cuina, on hi havia una petita llar que funcionava amb llenya. El dormitori de la nostra mare i la minúscula habitació contigua on el meu germà i jo dormíem en lliteres, que devia fer només dos metres d'amplada, no tenien calefacció. Tampoc teníem matalassos de debò. La meva mare no en podia comprar i els elaborava ella mateixa. Omplia grans sacs de tela amb fulles de falguera seques. El problema és que la falguera tallada amb una dalla tenia punxes molt afilades allà on se separaven les tiges. Quan estaven seques, aquestes punxes eren dures com puntes de llapis i sempre ens despertàvem quan, dormint, canviàvem de posició. Al cap de poc temps, les fulles de falguera seques formen boles, i per més que les sacsegis no pots evitar que s'hi formin clots tan rígids que semblen envoltats de ciment. A causa d'aquests clots en tota la meva infantesa no vaig dormir mai damunt d'una superfície regular. A l'hivern, de vegades feia tant de fred a la nit que les mantes amb què ens tapàvem el cap es convertien en gel sòlid i hi havíem de fer un forat per respirar. El dormitori era tan estret que només hi cabia una cadira entre les lliteres i la paret. A dalt, just sota el sostre, hi havia un prestatge en què guardàvem pomes. L'habitació sempre feia olor de pomes. A l'hivern s'encongien i es glaçaven, però encara eren comestibles quan es desglaçaven.

Gairebé no hi havia assistència mèdica i, per més que la mare intentés explicar que no ho era, la prenien per doctora perquè tenia un doctorat, encara que fos de biologia. El seu tutor va ser Karl von Frisch, que més endavant va ser Premi Nobel, i va escriure la tesi doctoral sobre l'oïda dels peixos. La meva mare tocava melodies amb la flauta dolça davant de l'aquari del laboratori i els peixos aprenien a reaccionar davant la música, o bé fugien o sortien encuriosits a la superfície en cas que, amb una melodia determinada, rebessin menjar com a premi. Al poble sempre la cridaven en els casos d'emergència. Un nen veí, que amb prou feines tenia quatre anys, havia intentat baixar una olla enorme de la cuina però l'olla es va abocar, li va caure al damunt l'aigua bullent i li va cremar la punta de la barbeta, el coll i el tronc, fins a les cuixes. Les cremades eren terribles, van fer-hi anar la meva mare i el cor del nen ja no bategava del tot bé. La meva mare no era gens delicada i li va injectar adrenalina directament al miocardi a través de les costelles. El nen es va salvar. Anys després, enmig de la classe, es va treure la camisa davant meu i em va ensenyar el tronc ple de cicatrius. La mortalitat infantil era elevada. A la granja Beni, el jove granger i la seva dona, Rosel, van perdre un fill rere l'altre just després de néixer. Patien una incompatibilitat sanguínia que avui dia es pot contrarestar amb una transfusió de sang. Finalment van adoptar una nena de la guerra que es deia Brigitte. Formava part del grup habitual de nens dels voltants de la granja. Recordo que la Rosel es va tornar a quedar embarassada, va tenir un fill a Aschau i la van tornar amb un cotxe, i jo em preguntava on era el nen. Llavors la Brigitte va sortir de sobte de la granja, plorant, es va precipitar a la font i es va rentar la cara amb aigua freda. Així va ser com vaig saber que aquest nen també havia mort, era el vuitè seguit. Després, però, va sobreviure un fill, Benno, amb qui encara tinc contacte. La Brigitte va fer de cambrera en un cafè d'Aschau, però va morir molt jove de càncer de pit.

El meu germà Till i jo vam créixer en un ambient de gran pobresa, però ni ens vam adonar que fóssim pobres, deixant de banda els dos o tres primers anys després de la guerra. Sempre teníem gana, i la meva mare no podia aconseguir prou menjar. Menjàvem amanides amb fulles de dent de lleó, i la meva mare feia xarop amb plantatge de fulla estreta i brots de branca d'avet. El primer era més aviat un remei per a la tos i els refredats i el segon substituïa el sucre. Només una vegada a la setmana rebíem a la fleca del poble una barra de pa allargada que bescanviàvem pels cupons de racionament. La nostra mare feia una marca amb el ganivet per a cada dia, de dilluns a diumenge, però això suposava que cada dia només en podíem menjar una llesca cadascun. Quan la gana era més insuportable ens donava el trosset de l'endemà, perquè la mare esperava trobar alguna altra cosa per menjar, però en general quan arribava el divendres el pa ja s'havia acabat i el dissabte i el diumenge eren especialment durs. El record més intens que tinc de la mare, que m'ha quedat per sempre gravat a la memòria, és el moment en què el meu germà i jo ens vam arrapar a la seva faldilla i ploriquejàvem de gana. Amb una estrebada terrible es va separar de nosaltres i es va girar abruptament, amb una expressió de ràbia i desesperació que no li havia vist mai abans. I va dir tranquil·lament i amb plena consciència: «Nens, si em pogués arrencar les costelles per donar-vos menjar ho faria, però no puc». En aquell moment vam aprendre a deixar de ploriquejar. Des de llavors, aquesta actitud em repugna.

Hi havia pobresa pertot arreu i mai no ens va semblar una situació extraordinària, tret de moments excepcionals. A l'escola del poble, a l'única aula en què fèiem els primers quatre cursos simultàniament, hi havia nens de les granges llunyanes, més amunt de la muntanya, que passaven molta misèria. Un d'ells, Hautzen Louis, sempre arribava tard, cada dia, i crec que és perquè des de l'alba havia de treballar a l'estable, cosa que l'entretenia. A l'hivern baixava per la muntanya amb un trineu per un camí profund i costerut, i cada dia arribava cobert de neu de cap a peus. La classe feia estona que havia començat. Sense dir res i arrossegant darrere seu el trineu glaçat per la classe, passava per davant de la senyoreta Hupfauer, la nostra mestra, i sempre deia el mateix: «Senyoreta, he caigut pel camí». Ja no recordo la seva cara, però un dia de començament d'estiu en què el Louis duia la jaqueta posada, que feia olor d'estable, i la senyoreta li va dir que amb aquella calor s'havia de treure la jaqueta, el Louis va fer veure que no l'havia sentit. No va reaccionar a les paraules cada cop més irritades de la senyoreta i finalment va rebre uns quants cops de regle a les mans. Haig de dir que la senyoreta Hupfauer era una persona excel·lent que, tot i haver d'atendre quatre cursos, ens sabia transmetre coneixements, entusiasme, curiositat i confiança en nosaltres mateixos. En aquella època el regle formava part de l'inventari general de l'educació i no molestava ningú. No consideràvem gens xocant que, en cas de mal comportament, ens haguéssim d'agenollar al graó de davant de la taula del professor per rebre el nostre càstig, i en cas d'un comportament encara pitjor, damunt d'un tronc de fusta. El Louis no es volia treure la jaqueta i tots els nens i nenes de la classe, devíem ser uns vint-i-sis entre sis i deu anys, ens el vam mirar. Això el va fer sentir encara pitjor i va començar a plorar en silenci. Aquella manera de plorar en silenci encara m'encongeix el cor. Finalment, el Louis es va treure la jaqueta, i a sota hi portava l'única camisa que tenia. Estava tan gastada i estripada que li penjava en parracs damunt dels braços. La senyoreta també es va posar a plorar i li va tornar a posar la jaqueta.

Setanta anys més tard vaig tornar a veure la senyoreta Hupfauer, en una trobada escolar a Sachrang celebrada fa poc. Tenia un altre cognom, perquè més tard s'havia casat i ja era vídua. Però encara que tingués més de noranta anys continuava sent incondicionalment entusiasta i cordial. Quan era petit sempre havia cregut que tindria una vida especial, de més gran la meva mare m'ho va recordar unes quantes vegades. No es referia a res singular, tret que fos alguna cosa negativa. Jo era un nen tranquil, més aviat tancat, amb una certa tendència a la iracúndia, en certa manera perillós per al meu entorn. Podia barrinar molta estona per intentar descobrir per què 6 multiplicat per 5 donava el mateix resultat que 5 multiplicat per 6. I això passava amb tot, perquè 11 multiplicat per 14 era el mateix que 14 multiplicat per 11. Per què? Els nombres ocultaven un secret que no vaig comprendre fins que vaig visualitzar un rectangle fet amb línies de 6 per 5 pedretes i vaig adonar-me que, si el girava un quart, de sobte el principi es feia evident. Fins avui m'han entusiasmat les qüestions de la teoria dels nombres, com la hipòtesi de Riemann sobre la distribució dels nombres primers. No n'entenc res, res en absolut, perquè em falta l'instrumental matemàtic, però crec que és la més significativa de totes les qüestions plantejades sobre les matemàtiques. Fa uns quants anys vaig conèixer Roger Penrose, possiblement un dels més grans matemàtics vius, i vaig voler saber com s'enfrontava als problemes matemàtics, si per mitjà de l'àlgebra abstracta o en forma de visualització. Em va dir que ho feia exclusivament per mitjà de la visualització.

Però tornem a la meva infantesa. Dins meu hi havia alguna cosa ombrívola. Encara que no ho recordi, vaig dedicar-me a colpejar coses amb una pedra a la mà, més d'una vegada, i la meva mare estava amoïnada. M'havia tornat introvertit i silenciós, però alguna cosa bullia dins meu, alguna cosa que justificava que es preocupessin per mi. No vaig poder controlar la meva ràbia fins que va produir-se una catàstrofe a la família. Devia tenir tretze o catorze anys i vivíem a Múnic quan em vaig barallar amb el Till, el meu germà gran. Sempre havíem estat, i encara ho som, uns germans incondicionals, però també hi havia hagut moments tensos entre nosaltres, amb cops violents. Era una cosa natural i acceptable. Però en una baralla especialment violenta que, segons recordo vagament, tenia a veure amb la cura del nostre hàmster, la ràbia em va fer perdre el control i vaig ferir el meu germà amb un ganivet. Li vaig fer una ferida al canell, perquè havia fet un moviment defensiu, i una segona ferida a la cuixa. L'habitació es va omplir de sang. Em va espantar molt el que jo mateix havia fet. De sobte em vaig adonar que havia de canviar, de seguida, de manera immediata, i que això requeriria una disciplina rigorosa. Aquell cop, senzillament, m'havia passat de la ratlla. Havia provocat el trasbals més gran imaginable, i això podia arribar a destruir la família. Tenint en compte que les ferides no semblaven realment greus, en una reduïda reunió familiar vam decidir no portar el meu germà a l'hospital per rebre atenció mèdica, perquè això hauria provocat investigacions policials. El vam embenar i vam eixugar la sang de terra, molt afectats. Jo encara ho estic, profundament. Com que ningú va posar mai punts a les ferides, les cicatrius del Till encara són perfectament visibles. A partir d'aquell moment vaig aprendre a controlar-me, amb una absoluta autodisciplina. Però entre el Till i jo es va crear una indestructible i ruda aspresa, sovint sarcàstica, que feia que de vegades la nostra íntima relació resultés incomprensible per als altres. Fa uns quants anys hi va haver una trobada familiar a la costa espanyola, on vivia aleshores el meu germà. Ens va convidar i vam passar una nit magnífica en un restaurant de peix, on el meu germà Till, que seia al meu costat, em va posar el braç a l'espatlla mentre examinava la carta. Va començar a sortir-me fum i notava una picor a l'esquena, fins que de sobte em vaig adonar que m'havien cremat la camisa amb un encenedor. Me la vaig treure de seguida i tots els presents van quedar-se esbalaïts, però nosaltres dos vam riure sorollosament d'una broma que ningú podia comprendre. Algú em va deixar una samarreta per a la resta de la nit i em van refrescar les zones envermellides de la pell amb prosecco.

4

VOLAR

Des que era molt petit, volia volar. No amb un avió, sinó volar amb el cos, sense cap aparell. Tots vam aprendre molt aviat a esquiar, però a la vall de Sachrang no hi havia pendents prou inclinats. Per això vam començar a practicar els salts d'esquí, nosaltres mateixos ens construíem els trampolins i fèiem uns aterratges memorables. En un d'aquests aterratges, al meu germà se li van enfonsar els esquís a la neu de tal manera que li van caure les botes i va baixar rodolant la resta del pendent, sense esquís i sense botes. Un nen veí, el Rainer, va intentar saltar amb mi el trampolí dels afores del poble. Llavors ens semblava immens, però ara quan el veig el trobo insignificant, minúscul. Somiàvem convertir-nos algun dia en campions del món, i vam aconseguir uns esquís de salts autèntics. El problema és que feien dos metres vint de llargada i eren molt grans per a nosaltres, i també molt amples, amb cinc solcs a la part de sota per mantenir els esquís rectes a la baixada. El salt d'esquí tenia una rampa natural, un pronunciat pendent natural, no era una torre construïda artificialment. A dalt de tot hi havia un avet immens, que havíem de rodejar per dirigir-nos cap a la rampa i després saltar a la pista glaçada amb uns esquís de salt massa grans per a nosaltres. Un dia, al meu amic aquesta maniobra li va sortir molt malament. Jo era a la part de baix de la rampa i vaig veure com saltava a la pista, però no va aconseguir col·locar bé els esquís i al pendent pronunciat de la rampa no hi havia manera d'aturar-se. Encara ara veig, com si fos avui, com durant la baixada lluitava per mantenir-se sobre la pista. Però va caure de cap al bosc per un costat del trampolí. Allà també hi havia unes quantes roques. El soroll de l'impacte encara m'esgarrifa profundament. Vaig trobar-me'l amb greus ferides al cap, tan terribles que soc incapaç de descriure-les. Estava segur que havia mort o que moriria de seguida. Intentava dir alguna cosa, però li havien saltat tots els queixals de la boca. Van passar uns minuts que se'm van fer espantosament llargs fins que, per misericòrdia de la Providència, va perdre el coneixement. Em vaig trobar amb el dilema de si anar al poble a buscar ajuda i, per tant, deixar-lo sol, o quedar-me al seu costat encara que no el pogués ajudar. Finalment vaig decidir transportar-lo, tot i que pesava més que jo. El pendent fins a la zona d'aterratge era molt costerut. Vaig tenir sort, o més aviat ell, perquè en aquell moment va passar un camperol amb un trineu tirat per un cavall. El meu amic va ingressar a l'hospital i va estar tres setmanes en coma, o potser menys, i finalment es va despertar i es va recuperar. Amb prou feines va tenir seqüeles, deixant de banda que li van haver de substituir la majoria dels queixals per queixals de plata. A més, durant tota la seva vida va patir mal de cap quan hi havia un canvi de temps important. Dècades més tard, durant les quals havíem perdut del tot el contacte, vaig tenir-ne notícia d'una manera d'allò més peculiar. Al programa d'esports de la ZDF, que transmetia les millors jugades del futbol alemany, sempre hi havia un sorteig sobre «el millor gol del mes». Devia ser a començament dels anys vuitanta. En tot cas, van decidir quin era el millor i després van triar el que havia rebut més vots dels espectadors per mitjà de postals. Un convidat al programa en va triar una, sense mirar, de les prop de dues-centes mil, i el remitent va rebre com a premi el viatge i dues entrades per al partit següent de la selecció nacional. Les postals eren dins d'enormes sacs de correus situats en semicercle al terra de l'estudi i el convidat va ficar la mà al fons d'un dels sacs i en va treure una postal. Van llegir el nom de l'afortunat: Rainer Steckowski, de Sachrang. La improbabilitat estadística del que va passar és tan elevada que ningú em creurà, però el que vaig viure és real. En tot cas, el meu somni de trampolins i de volar amb esquís es va acabar de cop amb l'accident del Rainer. I van passar molts anys fins que no em vaig veure amb cor, novament, d'acostar-me a un trampolí.

Més tard, l'any 1973, vaig fer una pel·lícula sobre el vol amb esquí, *Die Große Ekstase des Bildschnitzers Steiner.* Havia vist moltes vegades salts de trampolí a la televisió. Als salts de trampolí de Kulm, a Àustria, fins i tot havia fet fotos de gran format en blanc i negre amb una càmera d'aspecte primitiu elaborada amb fusta de caoba, amb trípode, manxa i placa fotogràfica. Per regular la nitidesa m'havia de ficar sota un drap negre, com els fotògrafs del segle XIX. Entre els centenars de fotògrafs professionals amb les seves càmeres modernes i enormes teleobjectius, això despertava sorpresa, però jo no volia captar els atletes en ple vol, com els altres, sinó just en el moment en què es precipitaven a la pista, quan ja no hi ha marxa enrere. Tots expressen un pànic secret, tot i que ningú no en parla, a tot estirar esmenten el «respecte per la instal·lació». Mai són homes musculosos, els qui alcen el vol davant dels altres, sinó que en general són nois de disset anys amb cares lívides i plenes de granets i mirada neguitosa. N'hi va haver un que ja em va cridar l'atenció l'any 1970, el suís Walter Steiner, d'ofici tallista, un artista que vivia i treballava a Wildhaus, al cantó d'Appenzell. De vegades pujava tot sol a les muntanyes i formava estranys rostres amb els troncs dels gegantins arbres caiguts, en general amb una expressió d'espant, però mantenia en secret els llocs on deixava les escultures, tot i que de vegades els excursionistes les trobaven. En l'època de les seves primeres competicions internacionals sempre quedava molt enrere en relació amb els seus competidors, però hi vaig veure alguna cosa que em va impressionar profundament. Els salts d'aquell jove tranquil tenien alguna cosa extàtica, tot i que tècnicament no fos dels millors.

Ho vaig dir als meus amics: aquí teniu el futur campió del món. La seva estatura era extraordinària, era molt alt i prim, amb unes cames massa llargues, i quan caminava tenia tan poca traça com una grua, amb les cames primes i els genolls ossuts, però en l'aire volava també com una grua. L'aire semblava ser el seu element, no pas la terra.

En aquella època vaig veure a la televisió unes quantes pel·lícules d'una sèrie que es deia *Grenzstationen*, que eren precisament documentals sobre éssers humans que es trobaven en situacions extremes. Les pel·lícules destacaven de la rutina televisiva diària, i em va cridar l'atenció que totes procedissin de la mateixa cadena de radiotelevisió, la Süddeutscher Rundfunk de Stuttgart, i que un únic redactor en fos el responsable. Es deia Gerhard Konzelmann i havia estat durant anys corresponsal al Pròxim Orient del primer canal. El vaig veure sovint, un home rodanxó amb un lleuger accent de Suàbia que oferia reportatges d'una qualitat remarcable des de tota la regió. Sempre semblava incòmode enmig de la calor dels països desèrtics, però alhora mostrava una clarividència única. Recordo que l'any 1981, inesperadament, el primer canal va establir una transmissió especial des del Caire, Konzelmann era davant la càmera i darrere seu hi havia una tribuna amb tot de cadires tombades caòticament, soldats i confusió. Feia pocs minuts que, durant una desfilada militar, uns soldats havien saltat d'un camió que formava part d'un comboi, havien corregut cap a la tribuna oficial i havien matat a trets el president Sadat. Juntament amb ell van morir set persones més que ocupaven la tribuna, i hi va haver un nombre elevat de ferits. Konzelmann va informar de manera improvisada sobre el que havia passat, no se sabia en absolut si hi hauria més trets ni si Sadat encara era viu, en tot cas se l'havien endut membres del servei de seguretat. Konzelmann, tranquil, concentrat i suós, va oferir la millor anàlisi sobre les contradiccions internes d'Egipte que havia sentit mai, sobre el paper dels Germans Musulmans i la seva fundació, i que semblaven els autors més probables de l'atemptat. Així doncs, vaig trucar a aquell home a causa dels documentals de què havia estat responsable els darrers anys i vaig quedar amb ell a la cantina de la cadena de Stuttgart. En aquell moment jo estava segur de tenir una pel·lícula al cap que encaixaria perfectament a la seva sèrie, i Konzelmann va decidir participar-hi sense cap mena de dubte mentre gaudia del menjar tebi que servien a la cantina. L'inconvenient per a mi era el fet que la seva sèrie de documentals no els comentava una veu en off, sinó que el cineasta corresponent havia d'aparèixer davant la càmera per actuar com un cronista. Jo havia de sortir a la pantalla. Em vaig resistir durant molt de temps a aquesta condició, però això va acabar provocant que deixés de confiar els meus comentaris a altres locutors i vaig començar a fer-los jo mateix. En aquell moment, encara no vaig ser conscient de la rellevància d'aquest pas, que havia de tenir importants conseqüències. Havia trobat la meva veu, la meva veu escènica, per dir-ho d'alguna manera.

Avui dia ja no hi ha figures com Konzelmann en el panorama dels mitjans de comunicació. Les decisions es prenen de forma gremial i les quotes de pantalla són el Sant Grial. L'any 1977 vaig treballar en un llargmetratge amb la meva muntadora, Beate Mainka-Jellinghaus, i ella sempre preparava la taula de muntatge al matí i ordenava petits rotlles de pel·lícula als prestatges per a la feina del dia; mentre ho feia, jo llegia les breus notícies barrejades del diari, entre les quals feia dies que sortien informacions sobre l'illa de Guadalupe, al Carib, on un volcà anomenat La Soufrière donava senyals cada cop més amenaçadors d'una erupció imminent, més ben dit, d'una explosió. Com a conseqüència de l'estructura geològica, tot l'extrem superior del volcà havia d'explotar abans que es pogués produir una erupció volcànica. Per això tota l'illa del sud havia estat evacuada precipitadament, setanta mil habitants, però semblava que un sol home, un pobre camperol negre que vivia a la falda del volcà, s'havia negat a ser evacuat. Devia tenir una relació amb la mort diferent i per a mi desconeguda que em cridava l'atenció. Vaig dir com de passada que algú hauria de rodar una pel·lícula amb aquest home allà mateix, al volcà. Cap al migdia, la Beate va desconnectar la taula de muntatge, es va girar cap a mi i va dir, de cop i volta:

—I per què no?

—Per què no, què? —li vaig preguntar.

—Per què no hi va i roda la pel·lícula?

Vaig trucar a la Süddeutscher Rundfunk i vaig dir que volia parlar amb Konzelmann, però era en una reunió de totes les emissores de l'ARD. Vaig demanar poder-li fer una sola pregunta. Li van passar una nota i Konzelmann es va posar al telèfon.

—Sigui breu —em va dir.

Li vaig descriure en trenta segons el que passava a Guadalupe i si donaria suport a la pel·lícula. Es va limitar a respondre:

—Sí, ja pot anar-hi, però torni viu. La burocràcia és massa lenta, ja farem el contracte més endavant.

Al cap de dues hores ja estava viatjant. Crec que Konzelmann va abandonar l'emissora abans de la jubilació, perquè componia una òpera. Abans ja havia escrit la música per a les seves pròpies pel·lícules.

De seguida vaig sentir una profunda simpatia per Walter Steiner. Durant el tradicional Torneig dels Quatre Trampolins de finals de l'any 1973 i començament de l'any següent estava apartat de les competicions perquè es recuperava d'una lesió, una costella trencada. Quan va plantejar-me si potser m'enduria una decepció, li vaig expressar la meva absoluta confiança i li vaig dir que a la competició de salt d'esquí de Planica, a Eslovènia, els guanyaria a tots. Això probablement li va transmetre una mica més de confiança, però de vegades, en el meu treball amb actors o personatges centrals dels meus documentals, era més que això, hi havia moments de contacte físic. Amb Bruno S., el protagonista de dues pel·lícules meves, *Kaspar Hauser* i *Stroszek,* aquests moments van tenir lloc quan, per exemple, perdia el domini de si mateix en reviure el caràcter terrible de la vida que havia experimentat durant la infantesa i la joventut. Llavors jo l'agafava suaument però amb fermesa pel canell i això el calmava. El dia abans de la competició de salt d'esquí, Steiner estava deprimit i tenia dubtes sobre el seu estat físic. Jo hi havia traslladat quatre càmeres i, mentre ens dirigíem cap al seu allotjament, després d'un senyal, el vam carregar damunt les espatlles i el vam dur a coll al llarg del carrer solitari i nevat. Algú en va fer una foto borrosa que vaig descobrir fa poc. Però recordo amb molta claredat aquell moment, perquè va ser un gest corporal a partir del qual vam agafar confiança. L'endemà, durant les proves de salt, Steiner va estar extraordinari. Ningú fins llavors havia volat com ell. Jo havia descobert al seu àlbum de fotos una instantània més aviat insignificant d'un corb del qual no volia parlar, i va eludir el tema amb una observació superficial. Però després d'haver estat damunt les meves espatlles es va obrir. Quan tenia uns deu anys va trobar un corb petit que havia caigut del niu, i el va criar amb molta cura. El corb va sobreviure i es va convertir en el seu millor amic, perquè Steiner sempre havia estat un nen solitari. Quan sortia de l'escola, el corb l'esperava entre les branques d'un arbre, Steiner xiulava i el corb se li posava sobre l'espatlla mentre tornava amb bicicleta cap a casa. Però el corb va perdre les plomes i els altres corbs el picaven i el turmentaven, i feia mal als ulls haver-ho de presenciar. Finalment, Steiner no ho va resistir més i va matar el corb amb l'escopeta de perdigons del seu pare. I ara que el corb ja no volava, ell, Steiner, volava en el seu lloc.

A Planica Steiner va actuar d'una manera tan excepcional que va estar a punt de matar-se unes quantes vegades, perquè el perfil dels trampolins d'aleshores no era adequat per a un esportista com ell. M'explicaré: quan un saltador, després d'un vol, va a parar damunt d'un pendent, l'energia cinètica disminueix gradualment fins que arriba a la zona plana. Per això fins i tot els descensos que tenen mala pinta finalitzen amb suavitat. En canvi, si algú anés a parar directament a la zona plana després d'un vol massa llarg, la disminució de la velocitat es reduiria de cop a zero, de la mateixa manera que un salt des del vintè pis d'un gratacel al paviment seria mortal. La gegantina instal·lació de Planica i gairebé tots els trampolins del món tenen, en el pas del pendent a la zona plana, un radi de cercle que de seguida es transforma en horitzontal. On comença el radi de cercle hi ha el punt crític de la instal·lació, marcat amb una línia vermella damunt la neu. Si un saltador volava més enllà d'aquest punt, la direcció tècnica havia d'interrompre de seguida la competició i reprendre-la amb una distància d'embranzida inferior perquè els saltadors no poguessin arribar a la zona de perill marcada amb vermell. Però Steiner va allunyar-se tant d'aquest punt crític que va superar en deu metres el rècord mundial, a un lloc on ja no hi havia marques de distància. I quan va arribar a terra la compressió ja era tan forta que l'impacte el va fer caure.

Va patir una commoció cerebral, li sagnava la cara i durant una hora no va saber on era ni què havia passat. Però durant els dos dies següents del campionat mundial, els àrbitres iugoslaus van permetre que Steiner comencés quatre vegades des de massa amunt i que quatre vegades caigués a la zona mortal. Volien veure un nou rècord mundial, costés el que costés. El salt d'esquí va atreure cinquanta mil espectadors. «Volen veure'm sagnar, volen que m'estavelli», va dir Steiner. Va guanyar la competició de salt d'esquí amb un avantatge que no havia existit mai en aquest esport. Després Steiner va exigir, ja que tenia autoritat per fer-ho, que reformessin els trampolins, sobretot va insistir que calia calcular d'una altra manera la corba matemàtica de la transició del pendent a la zona plana. Actualment, que jo sàpiga, els grans trampolins ja no tenen un radi de cercle, sinó una corba que es calcula a partir de nombres de Fibonacci, és a dir, la part d'una corba formada per espirals com les dels ammonits petrificats. La curvatura d'aquest radi és molt més allargada, la qual cosa impedeix arribar volant fins a la zona plana.

Avui dia les competicions de salt d'esquí són esdeveniments sintètics i normalitzats, en comparació amb l'època de l'èxtasi de Steiner. El perfil dels pendents està adaptat a la corba balística dels saltadors, que mai salten tan amunt com les capçades dels arbres, sinó molt a prop del pendent. En l'època de Steiner ningú portava cascos protectors ni tampoc hi havia equips de protecció com ara. Tot està reglamentat amb precisió, com la distància entre les espatlles i l'entrecuix del vestit en relació amb l'estatura del saltador, perquè un entrecuix massa baix actuaria com una petita vela complementària. Els comitès mesuren la permeabilitat a l'aire entre la part de davant i l'esquena perquè la selecció austríaca de l'època dels Jocs Olímpics d'Hivern a Innsbruck va presentar uns vestits que gairebé no eren permeables per la part de l'esquena, la qual cosa va tenir com a conseqüència la formació d'una mena de geps artificials que actuaven com ales d'avió. Llavors, crec recordar, Àustria va guanyar totes les medalles d'or. El canvi més visible és l'actitud dels saltadors durant el vol. Avui dia tots salten amb els esquís en forma de V, cosa que permet una aerodinàmica millor i més estable. Steiner encara volava precàriament amb els esquís en paral·lel, perquè els jutges ho premiaven amb puntuacions elevades. De totes maneres, feia temps que se sabia gràcies a experiments en túnels de vent que la postura en forma de V era millor, i de sobte un atleta suec va començar a saltar en aquesta postura. Es diu Jan Boklöv, i va ser un visionari obstinat. Per aquest motiu, els jutges el van castigar en totes les competicions, però ell va continuar fent-ho així de manera impertorbable i per això ocupa un lloc destacat a la llista dels meus herois secrets. A l'hivern següent el van imitar altres saltadors i, de cop i volta, ho feien tots, fins al punt que el sistema de puntuació va haver de canviar per força. Els esquís que fèiem servir de joves no eren ni de bon tros tan amples ni flexibles a l'aire com plomes d'àliga, ni tampoc hi havia fixacions en què els talons es poden desenganxar dels esquís com passa avui dia. Per això els atletes volen per l'aire en posició horitzontal, cavalcant damunt d'un coixí d'aire, i els més audaços tenen les orelles literalment entre les puntes dels esquís.

5

FABI MÀXIM I SIEGEL HANS

Els meus herois són tots afins entre ells. Fabi Màxim, de qui encara es burlen anomenant-lo «el vacil·lant», però que va salvar Roma davant de l'exèrcit cartaginès d'Anníbal. Hercules Seghers, que durant la primera època de Rembrandt, sense rebre gairebé cap mena d'atenció, va convertir-se en el pare de la pintura moderna, ja que va pintar quadres d'un estil que no es va veure fins a uns quants segles després. O Carlo Gesualdo, príncep de Venosa, que va compondre música que s'avançava quatre-cents anys a la seva època —em refereixo sobretot al seu sisè llibre de madrigals—, i no vam tornar a sentir sons així fins a Stravinski, que va peregrinar unes quantes vegades al castell de Gesualdo. També hi incloc el faraó Akhenaton, que va introduir una forma primitiva de monoteisme mig mil·lenni abans que Moisès. Després de la seva mort van intentar eliminar el seu nom de tots els temples, edificis i esteles. Van esborrar-lo de totes les llistes i en van destruir les estàtues. Sobre Hercules Seghers vaig crear una instal·lació per a la biennal del Museu Whitney que més tard es va exposar al Museu Getty, sobre Gesualdo vaig filmar una pel·lícula, *Tod für fünf Stimmen,* i també sobre Akhenaton vaig tenir plans per a pel·lícules que es van esvair ràpidament.

Al festival de Canes, devia ser a mitjan anys setanta, el productor libanès Jean-Pierre Rassam, que havia acabat en una audaç aposta *La Grande Bouffe,* em va proposar fer una pel·lícula junts.

—Però sobre què? —em va preguntar.

Jo li vaig respondre:

—Akhenaton.

Després va buidar l'ampolla de xampany que acabava d'obrir damunt les rajoles de la terrassa de l'Hotel Carlton, va dir que era insípid i va fer que n'hi portessin una altra. En aquell bar, una ampolla d'aquell xampany era caríssima. Vam brindar amb les copes per una empresa que jo sabia que mai seria viable.

—Quants diners necessites per començar els preparatius? —em va preguntar.

Li vaig dir:

—Un milió de dòlars.

I ell va treure el talonari i em va estendre un xec per valor d'un milió. En aquella època ja s'havia arruïnat unes quantes vegades, prenia drogues i va morir al cap de pocs anys d'una sobredosi. Però era un home desinhibit i creatiu en el negoci del cinema, i en certa manera l'apreciava. Mai vaig anar a cobrar el xec al banc. El vaig contemplar durant molts anys, clavat amb una agulla al meu tauler; aquell xec sense valor va tenir una vida més llarga que Rassam.

L'heroi més important, però, va ser el de la meva infantesa: Siegel Hans. En el dialecte bavarès sempre es posa l'article determinat davant del nom i els cognoms se situen també davant del nom. En hongarès també passa. L'anomenaven Siegel Hans pel nom de la granja en què vivia; mai he sabut el seu autèntic cognom. Era un llenyataire jove i increïblement fort que ens entusiasmava a tots per la seva audàcia. En una memorable baralla a la taverna del poble va vèncer el Beni, el jove camperol de la granja. El Beni tenia un tòrax dur com el tronc d'un roure, i durant anys ningú va gosar desafiar-lo. Però un dia Siegel Hans el va provocar a la taverna, i el taverner els va empènyer tots dos cap al lavabo dels homes, perquè temia pel seu mobiliari. Uns quants volien separar els cercabregues, però la majoria van preferir deixar que les coses seguissin el seu curs natural.«Deixeu-los», argumentaven, «així sabrem qui és el més fort». Així doncs, la batussa es va desencadenar al lavabo, on els havien seguit tots els clients masculins, i finalment va vèncer el Hans. Va immobilitzar el Beni i li va ficar el cap en un urinari de porcellana que acabaven d'instal·lar. Potser era una tassa de vàter, aquesta part de la història és apòcrifa, perquè també recordo que per pixar només hi havia una paret de llauna i, a sota, un canaló que feia de desguàs. En tot cas, el Hans va atonyinar el Beni de tal manera que li va fer un tall enorme a la cella, fins al punt que li penjava damunt de l'ull. «Rendeix-te, rendeix-te», exigia el Hans al Beni una vegada i una altra, i el continuava ataconant, fins que el Beni, sagnant profusament, es va rendir. Els nens ens vam assabentar, sorpresos, del gran esdeveniment. De totes maneres, per a nosaltres el Hans ja havia viscut la seva apoteosi quan un dia el camió de la llet havia fet caure el pont de darrere de la granja. El pont era petit i de fusta, i només les rodes de davant del camió havien arribat a l'altra banda, com si el vehicle s'hi volgués aferrar amb les urpes. La resta es va enfonsar al rierol de biaix amb els trossos del pont. Van portar cavalls per treure el camió del rierol juntament amb el feixuc tanc de llet, però no ho van ni intentar, perquè tot el vehicle continuava pesant deu tones. Algú va proposar anar a buscar Siegel Hans, perquè tenia una moto tractora, que era una mena de tractor petit que en comptes de rodes tenia erugues, com un tanc. Es feia servir per arrossegar els troncs més pesants. Però quan el Hans va arribar al lloc de l'accident, va contemplar el desastre un moment i va comentar lacònicament que la moto no tenia prou força per a allò. Els nens vam esperar amb curiositat per veure què faria després. El Hans va baixar al rierol i es va treure la camisa, i em fa l'efecte que ho va fer perquè poguéssim admirar els seus músculs immensos. S'assemblava als culturistes que avui dia es presenten al concurs de Míster Univers. El Hans es va inclinar, va agafar la part de darrere del camió i, amb totes les seves forces, va intentar l'impossible. Però el fet que ho intentés ens va entusiasmar. Se li van inflar els músculs i l'artèria caròtide, i la cara se li va posar de color morat. Després va deixar córrer l'intent heroic. L'endemà van fer venir una grua que va treure el camió del rierol.

Siegel Hans participava en totes les operacions de contraban de Sachrang. Tothom en feia. De fet, la frontera amb el Tirol era només a un quilòmetre del poble. La meva mare ens va agafar al meu germà i a mi, vam passar la frontera, va comprar una mica de tela barata i ens la va posar al voltant del cos, sota la roba. Mentre tornàvem, jo em veia molt gras, i això que només tenia quatre anys, però els duaners van fer com si no veiessin res, perquè els feia llàstima la nostra pobresa. Gràcies a les històries que m'explicava la meva mare em vaig assabentar de més proeses de Siegel Hans. Una vegada transportava des d'Àustria un barril de mantega concentrada de contraban que duia lligat a l'esquena amb corretges i, durant la nit, de poc no l'enxampa una patrulla de duaners. Per esquivar-los va començar a baixar per una paret de roca, però mentre ho feia es va desorientar. No va ser fins l'endemà al matí que el van rescatar de la roca, però com que ja feia estona que el sol havia sortit, el contingut sòlid del barril regalimava sense parar mentre baixava. Al lloc per on havia baixat, dies després encara s'hi podia reconèixer un ampli rastre de greix. Però nosaltres mateixos vam poder presenciar la seva actuació més espectacular. Es tractava de passar noranta quintars de cafè de contraban i, com vam saber molt més tard, l'operació es va descobrir i a la nit uns gendarmes van venir a detenir Siegel Hans. De totes maneres, va aconseguir fugir per una finestra. Només portava la seva trompeta i, al matí, quan es va fer de dia, va tocar-la des de l'Spitzstein. Els gendarmes el van perseguir, però quan van arribar al cim, el fugitiu va tornar a tocar la trompeta des de les roques abruptes del Mühlhörndl i des del cim del Geigelstein, a l'altra banda de la vall. La policia, humiliada, va afegir cada cop més agents per intentar atrapar-lo, però el Hans seguia tocant la trompeta de cim en cim. Nosaltres el sentíem. Vam veure grups de gendarmes travessant la vall i pujant a les muntanyes, però ni ells ni els seus companys destinats a la vall van aconseguir veure'l. Era com un fantasma. Nosaltres, que érem uns nens, també sabíem per què no el podien atrapar. Sabíem que al capvespre havia recorregut tota la frontera del país, havia fet tota la volta a Alemanya i havia arribat per l'altra banda, la del Geigelstein, mirant cap a la sortida del sol. D'aquesta manera no havia de baixar mai a la vall de Sachrang, que s'estenia entre les muntayes. No va ser fins dotze dies després que es va lliurar a la policia, però llavors ja s'havia convertit en un mite per a nosaltres. Fa pocs anys, la Bayerischer Rundfunk va rodar una pel·lícula sobre Siegel Hans, i llavors vaig comprendre que va estar a punt de morir en ser empresonat a la fortalesa de Kufstein en les condicions més miserables.

Molts anys més tard, quan bona part dels polítics se centraven en la reunificació d'Alemanya, vaig tenir la idea de recórrer el meu propi país seguint sempre la línia exacta de la frontera, encara que només fos una vegada. Recordo que Willy Brandt va declarar tancat el «llibre de la reunificació alemanya» en una declaració governamental. Llavors practicava la «política dels petits passos», que consistia a acostar la RDA socialista a l'Alemanya Occidental amb petites iniciatives pragmàtiques, en general de caràcter econòmic. Des del punt de vista de l'època, la veritat és que tenia una certa lògica millorar la vida dels ciutadans de la RDA i d'aquesta manera, per exemple, va ser possible pagar el rescat per treure de la presó de la RDA un dels meus millors càmeres, Jörg Schmidt-Reitwein. L'havien enxampat pocs dies després del començament de la construcció del mur de Berlín, l'any 1961, quan va entrar a la RDA amb un segon passaport vàlid per a la seva promesa per tal de treure-la del país. En un procés espectacular, el van acusar d'haver col·laborat amb la CIA, perquè podien demostrar que una vegada havia treballat dues setmanes com a ajudant de càmera per a l'emissora Freies Berlin, que en part era finançada pels serveis secrets nord-americans. Van acusar-lo d'intent de contraban humà per a l'enemic de classe. Jörg es va negar a confessar el nom de la seva promesa. Va passar mig any en una «cambra de calor» de Bautzen, en un calabós per on passaven els tubs de la calefacció, perquè acabés cedint. El van condemnar a cinc anys de presó, però al cap de tres anys i mig, en un acord de compensació, el van intercanviar per un vagó carregat de mantega. Vaig trobar molt trist que durant aquells anys molts intel·lectuals, entre els quals hi havia l'escriptor Günter Grass, rebutgessin amb vehemència la idea de la reunificació alemanya. Només per això vaig odiar-lo amb tota la meva ànima. El fet que, cap al final de la seva vida, Grass reconegués que havia servit a les SS no em va sorprendre, però alhora vaig respectar el valor d'enfrontar-se al seu passat. Jo creia que només els poetes podien mantenir Alemanya encara unida. Vaig decidir que havia de fer un viatge al voltant del meu país, rodejar-lo i mantenir-lo unit com amb un cinturó. Vaig sortir de l'Ölbergkapelle dels afores de Sachrang, vaig anar directament cap a la frontera amb Àustria i vaig pujar a l'Spitzstein, com llavors havia fet Siegel Hans, i des d'allà vaig voler fer com ell, és a dir, seguir la frontera cap a l'oest fins a arribar al costat est del Geigelstein i completar, així, tot el circuit d'Alemanya.

6

A LA FRONTERA

De les notes que vaig prendre només en tinc fragments que en algun moment vaig copiar. D'alguna manera, l'original sencer va desaparèixer. Vaig començar la llarga travessia el 15 de juny de 1982, i a partir d'aquell moment el text incomplet ja no té cap més data.

Des de l'Ölbergkapelle, al costat de la duana, em vaig dirigir a través de bells boscos elevats i humits cap a Sachrang, lloc que aviat vaig perdre de vista mentre m'afanyava a pujar per Mitterleiten. Una màquina de construcció triturava grava gruixuda. Al costat hi havia l'estructura d'un edifici de totxos que mai no acabaran de construir. A Miterleiten em va passar pel costat un camperol amb una moto, jo sabia qui era però ell no em va reconèixer quan el vaig saludar. Vaig continuar a pas veloç, però les primeres passes vaig fer-les amb el cor vacil·lant. Al lloc on descarregaven la runa al bosc, on els camions es ficaven entre els arbres damunt de teules esclafades, on el vent humit intentava arrossegar grans lones de plàstic, tot i que unes quantes pedres que hi havien deixat al damunt les mantenien a terra com cadàvers nus, on ànecs esporuguits que potser havien tingut una mala experiència fugien volant davant meu cap al petit munt de grava ruïnós de la rasa de l'obra sempre incompleta, allà vaig abandonar el meu estimat Sachrang després d'haver vagarejat molta estona pels records del meu passat, el lloc on havia passat la infantesa, i vaig pujar encara més de pressa per la muntanya enmig de la pluja freda a través de les herbes i les milfulles que no paraven de regalimar. Els prats feien olor d'acabats de segar, i vaig dirigir una mirada a través de la vall cap al Geigelstein, per damunt del qual tornaria després d'una llarga caminada. Llavors vaig sentir un valor i una certesa que anava de frontera a frontera i d'horitzó a horitzó. Siegel Hans tocava enèrgicament la seva trompeta i m'ho feia més fàcil. Aquella trompeta era molt delicada, valuosa com cap altra; durant dècades l'havia tallat un gran mestre de l'elaboració d'instruments a partir d'una paret de roca que no era ben bé de roca, sinó que estava formada per una enorme maragda.

Quan vaig pujar a la Spitzsteinhaus, vaig sentir una solitud creixent al país que s'estenia sigil·losament sota els meus peus, com si fos un animal immens i fort que descansava amb cautela. El guarda del refugi em va mirar fixament durant gairebé una hora amb uns prismàtics enormes mentre jo baixava pel vessant, com si fos un ésser estrany, l'habitant d'un altre món galàtic.

—

Vaig deixar enrere Mittenwald a un pas força lleuger. No havia vist mai una comercialització del paisatge com aquella. Camins de sorra pertot arreu, com als parcs dels balnearis, rutes naturistes, cartells que avisaven de perills amb l'afegitó que el municipi no se'n faria responsable. Entreveia el Watzmann amb la llum esmorteïda del vespre i les pedres semblaven refredar-se. El Watzmann és una muntanya obstinada. Els boscos guardaven silenci, com si continguessin la respiració. Dos ànecs salvatges nedaven en un estany com si fossin somnis de temps primitius. Vaig donar la volta a una tanca silvestre i em vaig trobar amb un terreny gairebé de les dimensions d'una fàbrica que servia per alimentar els animals salvatges, amb grans rasclets per al fenc, saleres, llocs d'observació i una cabana més aviat insulsa. En aquest prat, davant del bosc, pasturaven dos cérvols i una cérvola, que en veure'm aparèixer em van examinar per intentar descobrir qui era, però com que era completament estrany, no ho van comprendre. Herzog, els vaig dir en un to tranquil i confiat, i els animals es van allunyar trotant de manera gràcil i majestuosa i es van endinsar al bosc.

—

A mesura que caminava veia camps coberts de gel d'aspecte àrtic. S'estenien davant meu fins a les glaceres i els cims glaçats de Spitzbergen. S'acostaven cada cop més fins a convertir-se en una realitat. Vaig relliscar, vaig patinar per sota la barana del balcó glaçat d'un palau barroc i vaig caure a l'abismal profunditat del capdavall de les glaceres, que desembocaven abruptament a l'Elba. Era l'Elba, o el Ienissei, a Sibèria, que no em volia acollir. Absolutament horroritzat, vaig interpretar aquesta caiguda com la meva fi, però mentre queia a trompicons vaig tenir prou presència d'ànim per obrir els braços com un paracaigudista que davalla en formació juntament amb els seus camarades, de manera que vaig poder dirigir la caiguda fins que vaig anar a parar uns quants centenars de metres més enllà del final de la glacera i vaig caure a l'aigua glaçada de l'Elba, que, de totes maneres, en aquells dies en comptes d'aigua...

—

A la vall sonaven les campanes. Els vessants de la muntanya anaven plens d'una silenciosa solemnitat. En un banc hi havia un jubilat dormisquejant amb el sol de la tarda. «Bé... bé», deia, dormint, i al cap d'una estona: «I tant que sí». Alemanya és més gran que la República Federal, deia una frase escrita amb retolador i gairebé esborrada per la pluja en un cartell al costat del dorment que marcava la frontera del país.

Al refugi de Krinner Kofler vaig parlar molta estona amb un professor jubilat de Münster, li vaig fer unes quantes preguntes i em va explicar com s'havia acabat la guerra per a ell. Li vaig demanar que em descrivís els últims moments. A Holanda, em va explicar, quan els canadencs avançaven amb tancs i tan sols eren a una mica més de cent metres de distància, seguint les ordres havia traslladat els presoners a una granja, tenint en compte que la línia de tancs enemics ja era més enllà, i havia evitat amenaçant el seu propi superior amb una arma que executés els presoners. Després va avançar amb els presoners holandesos i el seu superior, també presoner, per sota del carrer elevat per on avançaven els tancs canadencs, i va intentar, tan sols protegit per uns quants matolls, arribar fins a les seves pròpies posicions aprofitant el corrent de l'enemic, per dir-ho d'alguna manera. Però el van capturar juntament amb els presoners.

Llavors va venir de la casa del costat el fill idiota del guardabosc i, amb tot de sorolls estrambòtics que procedien del seu interior estrany, ens va fer estrebades tant a mi com a un gos de caça d'aspecte intel·ligent. Tots dos ho vam tolerar amb paciència. Després el noi em va seguir al refugi de l'associació alpina, on vaig recollir les poques coses que portava i em va agafar l'últim tros de xocolata. Jo ho vaig permetre, perquè semblava disposat a agafar-me també els prismàtics i el bloc de notes, i com que sense oferir resistència vaig renunciar a una part minúscula de les meves existències, va semblar satisfet amb el botí i va oblidar les coses que li hauria agradat quedar-se.

—

Una baixada abrupta fins a Bayeralpe i unes quantes cases mal fetes d'Alm a una profunditat irrellevant. Aquí comença el camí forestal cap a Wildbad Kreuth. Després que plogués una estona mentre baixava, de cop es va fer fosc, com si es preparés alguna cosa bíblica. Per si de cas em vaig refugiar en un banc sota el ràfec d'una cabana deshabitada i vaig esperar un moment, fins que una poderosa tempesta va descarregar sobre la vall estreta i restes de núvols blancs i grisos van escombrar els arbres entre cruixits. Quan la cosa empitjorava i vaig suposar que la tempesta arribava al clímax, va passar una cosa que em va fer evident que tot el que havia vist abans no era més que un principi insignificant. Van començar a precipitar-se lliurement per la paret del davant tot de cascades escumoses i rierols de manera vertiginosa. Com una cortina furiosa que es trencava, van fer-se visibles. El temps semblava un càstig de Déu per als sacrílegs. Vaig esperar una estona fins que va passar el pitjor, vaig contemplar aquella fúria incomprensible i vaig comprendre que ningú més l'havia vist. En l'estrany estat oprimit en què em trobava em resultava insuportable pensar a baixar a la vall, lluny de la frontera i dins d'un lloc habitat, i per això vaig triar el camí de l'oest, cap a les muntanyes, malgrat que la pluja encara no havia parat. Vaig emprendre el difícil ascens a la vora d'una impetuosa cascada. El camí a través de la roca s'havia convertit en un torrent cada cop més poderós. Aviat els núvols em van envoltar del tot. Quan vaig arribar al capdamunt del Wildermann, de sobte es va obrir davant meu tot l'horitzó, inundat pel sol ataronjat de després de la pluja. Els cims, les valls i els boscos s'endinsaven de manera estranya i immensament volàtil a les muntanyes, com una gran promesa per a un poble assedegat, mentre al darrere una blanca cortina de boira s'estenia cap amunt des de l'abisme. En un gest teatral, l'escenari es va tornar a tancar darrere meu.

Vaig passar la nit al refugi parlant amb qui havia estat unes quantes vegades campió d'aigües braves d'Alemanya als anys cinquanta, que em va parlar de la seva vida esportiva a la postguerra. Estava sol i sovint havia plorat de gana mentre s'entrenava.

Balderschwang. Vaig deixar rere meu els estiuejants amb els seus gronxadors de Hollywood i em vaig enfilar cada cop més a les muntanyes; ja era tard i començava a caure una pluja lleugera. On passaria la nit? M'havia posat en marxa gairebé sense equipatge, sense tenda ni sac de dormir. Dues vaques em van seguir pels prats, com si esperessin de mi un últim missatge. «Vosaltres no sou vaques», els vaig dir, «sou princeses». Però això no va aturar-les, sinó que més aviat va semblar animar-les a seguir trepitjant-me els talons. Només quan vaig travessar un camp nevat però xop per la pluja i ple de clots van deixar-me en pau. A dalt, a l'estació del funicular, la vista d'Alemanya era extensa i insòlita. Fins a l'horitzó taronja i nebulós s'estenien valls i turons cada cop més suaus amb granges i pobles que s'escampaven cap a una terra cada cop més plana. A l'oest, amb un to lleugerament platejat que lentament es convertia en rogenc, hi havia el llac de Constança. Per damunt dels lívids núvols de tempesta i molt cap a l'oest, com en els quadres clàssics, s'obrien pas entre les cortines de pluja els rajos de sol ataronjats de l'ocàs. Una llum esmorteïda es projectava, indiferent i sense ombres, damunt dels boscos d'un to platejat fosc i els prats d'un to platejat clar. Amb aquesta lluïssor, feia l'efecte que Alemanya hagués emergit de l'aigua. Era un país submís. Em vaig asseure. Les orenetes volaven esbojarradament a prop del cim en direcció a la llum del capvespre. Alemanya semblava indecisa, com paralitzada, de la mateixa manera en què el públic, després de la interpretació d'una obra musical encara desconeguda, no s'atreveix a aplaudir, perquè ningú sap si allò realment és el final. Vaig sentir aquest moment com si s'hagués allargat durant dècades el moment en què Alemanya havia estat ineludiblement implicada. Davant meu hi havia aquell territori que no es reconeixia a si mateix, com una mena d'infortuni o de desgràcia. ¿Podia ser que el meu país hagués esdevingut apàtrida al seu propi territori, encara que seguís aferrant-se al nom d'Alemanya?

El llac de Constança. Cansada, la gent se n'anava a dormir. Al llac de Constança un cigne s'acostava flotant. Alemanya havia exposat els seus secrets en dues guerres mundials. M'agradaria participar en una reunió de monjos durant la pregària nocturna com a convidat ateu.

Stein am Rhein. Darrere de la ciutat vaig contemplar el poderós corrent del Rin, els cignes, les barques de fusta, vaig contemplar un segle passat. Vaig endinsar els braços a l'aigua, em vaig inclinar i vaig beure. El Rin era potable. També vaig menjar pa.

Estrasburg. A Estrasburg em vaig asseure en un banc, i al cap d'una estona se'm va asseure al costat un amable algerià. Poc després va venir un altre algerià que portava una bossa de plàstic, se'ns va acostar i va donar la mà al seu amic, i amb tota la naturalitat del món em va donar la mà a mi també. Això em va commoure profundament. Havia travessat la frontera cap a França. A l'altra banda del Rin hi havia Alemanya, com una invenció de la fantasia. A la catedral d'Es-

trasburg, uns motoristes van travessar en silenci la quietud de la nau, només la roba de cuir cenyida cruixia una mica. Duien els cascos sota el braç, com cavallers medievals. A la nit, des del camp obert en què dormia, sentia gemegar les vaques en somnis.

De bon matí em vaig despertar amb un espant encara desconegut: no sentia res. Alemanya havia desaparegut, tot havia desaparegut, era com si la nit abans m'haguessin confiat la vigilància d'una cosa especial i s'hagués perdut de sobte o, més ben dit, com si algú a qui haguessin confiat la nit abans la vigilància d'un exèrcit de sobte s'hagués tornat cec misteriosament, de manera que l'exèrcit hagués quedat sense protecció. Tot se n'havia anat, i jo estava completament buit, sense dolor, alegria ni enyorança. Ja no hi havia res, res de res. Era com una armadura buida, sense cap cavaller a dins. L'espant va ser alliberador. Se'm van acudir un munt d'idees.

—

No recordo haver passat per Wrede, però sé que hi vaig passar. Vaig trobar una llauna esclafada de cola que segurament ja havia passat dos hiverns, perquè s'havia descolorit i era de color blanc i groc en comptes de l'habitual vermell. Arreu les gruixudes cortines estaven tancades, ningú esperava cap mena de canvi ni d'alliberament. L'últim que va passar va ser això: un grup de dones havia decidit durant els últims anys aprendre l'ofici de carnisser, i per demostrar que anaven de debò van encendre un ciclomotor davant de la taverna més propera. Des de la línia fronterera en què em trobava vaig mirar per damunt dels turons cap a Alemanya, que semblava suportar la calma amb espasmes i convulsions doloroses però amb prou feines perceptibles. A la nit havia de sortir la lluna, però no va aparèixer. La terra nocturna es va fer immensa, gegantina, amb una mesura pròpia. Vaig agafar l'encenedor i, amb un profund sentiment d'angoixa, vaig escriure el meu nom a la polsera del meu rellotge. Em vaig adormir en un vessant sota el cel clar. Hores després em vaig despertar enmig de la nit, aclaparat per les llums de la vall i les estrelles, però aviat es faria de dia i sortiria el sol. Per damunt meu, en una branca, vaig sentir com un ocell se sacsejava i s'ordenava les plomes. Després es va posar a cantar. Em vaig incorporar. Allà davant hi havia Alemanya, esperant la sortida del sol, irredempta, mirant amb els camps llaurats el cel inexpressiu.

No vaig acabar mai el recorregut al voltant del meu país. Després de més de mil quilòmetres em vaig posar malalt i vaig estar ingressat uns quants dies a l'hospital. Ara, en perspectiva, m'adono que no m'haurien deixat passar per la RDA, perquè recórrer el Bàltic a peu estava prohibit per la policia. Hi havia massa «refugiats de la República» que havien buscat asil a Suècia o Dinamarca amb barques de rems o bots inflables. La caiguda del mur de Berlín, que per a mi era el senyal per a la reunificació, va ser un fet inoblidable. En aquell moment estava rodant a la Patagònia el meu llargmetratge *Schrei aus Stein*. Lluny de la civilització, un alpinista n'havia sentit parlar uns quants dies després dels esdeveniments en una emissora d'ona curta i em va transmetre la notícia enmig de la feina. Encara ara sento la profunda sensació d'alegria que em va envair. Vaig acabar els treballs de filmació abans d'hora i vaig beure vi xilè amb el meu equip. Per a mi, Alemanya i Baviera són una contradicció només aparent. D'una banda, Alemanya mai s'ha format en el gresol de la història i, d'una altra, Baviera tampoc forma part dels vincles generacionals dels meus avantpassats. Encara que la meva família tingui arrels ben diverses a Europa, culturalment soc bavarès. La meva primera llengua és el bavarès, el paisatge és el meu paisatge i sé on és la meva pàtria.

A peu, i sovint descalç, de petit moltes vegades passejava per Sachrang i les muntanyes dels voltants. Més tard això va adquirir una qualitat nova i diferent que tenia més a veure amb la meva conversió al catolicisme i amb un grup de persones de la mateixa edat i la mateixa convicció religiosa, amb les quals vaig recórrer a peu una part de la frontera d'aleshores entre Iugoslàvia i Albània. Més endavant en tornaré a parlar. Però més important i més conscient va ser la meva relació amb el meu avi Rudolf, és a dir, el pare del meu pare, i el fet de recórrer els seus paisatges. Amb ell vaig tenir una relació més profunda que no pas amb el meu propi pare. Crec que això té a veure amb el fet que la generació del canvi de segle entre el XIX i el XX va ser més forta i, històricament, més ubicada que la generació dels meus pares. La generació dels meus pares va abandonar la continuïtat de la cultura europea amb el nacionalsocialisme, es va enfonsar en la imatge històrica d'una remota i vaga existència germànica, i així es va arruïnar. I és una cosa que potser he projectat de manera massa subjectiva en la meva pròpia família. Les famílies són criatures estranyes, i la meva no és cap excepció. A més, cal afegir-hi el fet que jo només vaig conèixer conscientment el meu avi quan ell ja era boig.

7

L'ELLA I EL RUDOLF

La meva àvia explica com el va conèixer, a les seves memòries per als nets curiosos. Aquestes memòries em permeten deduir que l'àvia va tenir una infantesa despreocupada i idíl·lica, pròpia de l'alta burgesia. Ja a la primera frase dels seus relats parla d'una «infantesa bonica, despreocupada i feliç». La casa en què vivia tenia un «balcó immens que donava al jardí i una vista del parc que recorria l'antic fossat». Un cop d'ull a un mapa antic de Frankfurt mostra que aquesta zona situada just al costat del parc de l'antic fossat avui dia és completament inaccessible. Al jardí enmig de la ciutat hi havia arbres fruiters i arbustos plens de baies.

«Una cosa que em procurava un gran orgull», recorda l'àvia d'aquesta època al voltant del 1890, «és una perera enorme i preciosa que hi havia al costat de la pèrgola. Per la paret s'escampava el raïm, protegit amb saquets de jute per evitar que el devoressin les merles. Davant de la terrassa, que es comunicava amb la sala d'accés al jardí, hi havia una font rodona amb el cos d'una oca al mig que aixecava el cap i del bec li brollava un raig d'aigua. Cada primavera hi deixàvem anar molts peixos daurats. L'avi se sorprenia que a mesura que passava l'estiu cada cop n'hi hagués menys, i sospitava dels gats, fins que un matí molt d'hora, perquè era matiner, va descobrir una cigonya pescant l'esmorzar».

Per a mi l'opulència és incomprensible, i em resulta absolutament inimaginable que al jardí de la meva àvia, al centre de l'actual ciutat de Frankfurt, hi hagués una cigonya que pesqués peixos de l'estany. Però la meva àvia Ella va deixar enrere tot això quan es va casar amb el meu avi per viure i treballar a l'empobrida illa de Kos, que aleshores encara era turca i avui dia és grega. La trobada amb l'avi havia estat planejada durant molt de temps. El seu pare s'havia sacrificat cuidant el sogre durant els seus últims anys de vida, durant els quals havia patit uns quants infarts cerebrals. Com a mostra de gratitud li van regalar un viatge amb vaixell per recuperar-se. I aquí el destí va intervenir en la vida de l'àvia. El seu pare se la va emportar de viatge, primer baixant pel Rin fins a Anvers, on es van embarcar per fer la volta a França i Espanya fins a arribar a Gènova i Nàpols. Aleshores ella tenia disset anys, era bonica, alta i imponent. Quan estaven acabant el viatge, durant una excursió a Capri, es va posar a parlar amb un altre viatger, el professor Bülow, un químic de la Universitat de Tübingen.

«A Capri, els Bülow van reconèixer al pare que tant Bülow com la seva dona havien dit: on va aquest home tan gran amb una noia tan jove i bonica? Això abans de saber que aquella parella tan diferent eren pare i filla. Allà mateix, a Capri, el senyor Bülow va dir al papa: "Senyor doctor, enviï'ns la seva filla a Tübingen, sé d'un home que serà adequat per a ella". I el papa li va respondre: "Això encara no m'urgeix". Quan va arribar a casa, Bülow va dir al Rudolf: "Herzog, he trobat una dona per a vostè". Durant l'estiu següent, el del 1902, em van convidar quatre setmanes a casa de la família Bülow. El primer dia hi va haver un acte solemne a l'aula de la universitat, i el primer senyor que em van presentar va ser el doctor Herzog, que després vaig tornar a veure en unes quantes reunions».

Cada cop que es trobaven en una reunió i un sopar els posaven junts, cosa que l'Ella no va saber fins més tard per mitjà de la correspondència entre els Bülow i els seus pares. Aquestes cartes les va rebre més endavant i les cita de memòria als seus relats. La seriositat i la prudència amb què van fer les coses, sempre respectant la part emocional i la visió del món de l'Ella, resulta impressionant des de la perspectiva actual. Von Bülow, el professor de química de Tübingen, estava profundament convençut que el seu amic Rudolf Herzog, que des de ben jove s'havia convertit en professor de filologia clàssica i era un home de la mateixa profunditat intel·lectual i sentimental, mereixia una dona tan fastuosa, forta i bella com l'Ella. El cas és que el meu avi era un home esquerp i introvertit, tot i que molt imaginatiu i amb uns dots extraordinaris de comandament. Això va quedar demostrat poc després del seu matrimoni amb l'Ella, que el va seguir a unes excavacions arqueològiques a l'illa de Kos, on va dirigir amb diligència centenars de treballadors turcs i grecs. Era com un comandant de l'antiguitat que, en moments de perill, juntament amb els seus soldats i embolicat amb l'abric, dormia a l'aire lliure al costat del foc de la guàrdia nocturna.

L'Ella creia que el Rudolf era massa gran, els separaven dotze o tretze anys, però la literatura els va unir de seguida. El Rudolf estava impressionat amb l'erudició de l'Ella, i un dia van fer una aposta perquè tots dos estaven totalment convençuts que tenien raó sobre si un poema que els encantava era d'Eichendorff o de Hoffmann von Fallersleben. L'Ella va buscar al prestatge el seu volum de poemes de Hoffmann von Fallersleben i va guanyar l'aposta, i més endavant, quan el Rudolf ja es consumia d'amor per ella, li va portar un volum de poemes d'Eichendorff de Tübingen que contenia una dedicatòria en forma de vers que amb prou feines dissimulava la seva passió. Durant les setmanes anteriors, ella va escriure que «sentia un foc a dins».

«De sobte em va agafar un neguit que feia que deixés la meva feina, em posés a passejar pel jardí, tornés a cosir, m'aixequés una altra vegada, sortís a fora per comprovar si hi havia res a la bústia —res—, de nou la màquina de cosir, de nou el jardí, de nou la bústia. Quan tornava a la feina estava tan esverada que se m'estripava la tela des del coll fins avall... i sortia al jardí i ja no servia per a res».

Aquell dia el Rudolf havia escrit una postal per anunciar la seva visita, però encara no havia arribat a mans del servei de correus. En una sortida al camp en què no hi havia manera que el germà petit de l'Ella se separés de la parella, ella i el Rudolf, en un breu moment de familiaritat, es van declarar mútuament el seu amor, i la mateixa tarda van celebrar el seu prometatge. El casament havia de ser al cap de poc més d'un any, però el Rudolf va escriure només catorze dies després que se n'havia d'anar a una expedició arqueològica a Kos, i preguntava si no es podien casar abans, perquè es volia emportar l'Ella. Així doncs, el casament va ser poc després del prometatge, i l'Ella va escriure cartes fantàstiques del seu viatge de nuvis. I més de mig segle després, el juliol del 1966, va escriure als seus nets, entre els quals hi era jo:

«El Rudolf i jo hem viscut feliços gairebé cinquanta anys, sense haver tingut mai una baralla de debò, i malgrat tot el nostre matrimoni no ha estat mai avorrit! Feu com nosaltres! Als vuitanta-dos anys, el Rudolf em va abandonar per sempre. Les seves últimes paraules al llit de mort, després de donar-me les gràcies, van ser: "La vida amb tu ha estat preciosa". Després em va posar la mà damunt del cap, em va beneir i es va adormir tranquil·lament».

Així i tot, durant els últims vuit anys de la seva vida va anar caient en una bogeria cada cop més profunda. No era demència, sinó una forma d'esclerosi dels vasos sanguinis cerebrals. Li costava reconèixer les persones que tenia al voltant. La meva germana petita Sigrid, filla del segon matrimoni del meu pare, havia anat sovint a Grosshesselohe de petita, on el Rudolf s'havia construït una casa, i quan la seva mare Doris l'anava a buscar, ell sempre s'enfadava moltíssim. Llavors aturava els vianants a la porta del jardí i els demanava ajuda perquè li havien segrestat la filla, l'hi havien robat, i descrivia la nena de tres anys com un àngel d'encant i de bellesa, i ho feia amb precisió, perquè tots vèiem així la meva germana. La policia va venir unes quantes vegades i la meva àvia els informava que el meu avi s'havia escapat per la tanca del jardí i que voltava pel bosc del costat, a uns quants metres de distància d'on el Servei Federal d'Intel·ligència tenia el seu quarter general, a Pullach. Alarmats, els agents de seguretat que vigilaven el recinte dels serveis secrets, es posaven a buscar-lo i normalment el trobaven. El meu germà i jo, sobretot jo, estimàvem el nostre avi, però érem uns nens molt cruels. Davant de la veranda del jardí hi havia una tanca, ens hi amagàvem i quan calculàvem que l'avi ens podia sentir des de casa, li cridàvem: «Professor Anníbal, caníbal!». Només Déu totpoderós deu saber què ens impulsava a fer-ho, suposo que el que ens entusiasmava era aquella rima primitiva. El meu avi sortia a l'aire lliure amb el bastó de passeig i nosaltres ens refugiàvem en una perera alta que hi havia en un racó del jardí, perquè sabíem que ell no s'hi podria enfilar. Un dia, l'àvia va presenciar-ho tot i va sentir la nostra infàmia. Em va posar de genolls i em va estomacar el cul amb un cullerot de fusta fins que es va trencar. De seguida en va agafar un altre, de tan indignada que estava, i també el va destrossar contra el meu cos. Jo sabia que m'ho mereixia.

De totes maneres, el meu avi seguia lúcid quan parlava de les seves excavacions i quan descrivia les antigues inscripcions en marbre que havia trobat, sobretot a la fortificació veneciana a l'entrada del port de Kos, o que havien estat integrades a l'antiga muralla. Més tard, l'any 1967, quan jo tenia vint-i-cinc anys i vaig rodar precisament en aquesta fortificació el meu primer llargmetratge, *Senyals de vida*, vaig fer aparèixer a la pantalla unes quantes d'aquestes inscripcions, i un dels protagonistes va traduir el text d'un carreu de marbre que hi ha al pati interior de l'antiga muralla. El meu avi Rudolf havia traslladat l'anàlisi exacta d'un text antic de la filologia clàssica a l'arqueologia. Es tractava dels mimiambes d'Herondes, un dramaturg —més aviat— de segona categoria del segle III abans de Crist. El text, del qual només es coneixien unes quantes frases esparses, no va ser descobert fins al 1890 de manera gairebé completa en una tomba egípcia de l'oasi de Faium en un papir en bon estat de conservació. Els mimiambes eren una sèrie de farses breus recollides directament de la vida quotidiana, amb textos en general grollers en què participaven uns quants personatges però que probablement tan sols interpretava un sol actor emmascarat als carrers i els mercats canviant de veu. Els textos tracten de temes profans, com ara el d'una criada a qui de bon matí li costa llevar-se encara que fa estona que hauria d'haver anat a donar menjar a les truges, un altre tracta del propietari d'un bordell que de cop i volta, amb un elevat patetisme propi de les tragèdies àtiques, es posa a parlar en una llengua antiquada que era habitual segles enrere als escenaris, un tercer tracta sobre dues dones joves que volen que un sabater els digui qui de les dues li ha comprat un consolador. Crida l'atenció com els pudibunds acadèmics de finals del segle XIX s'expressaven de manera rebuscada i només es referien amb vagues insinuacions al tema de què tractaven. Només el cinquè mimiambe és una mica diferent dels altres, i en certa manera va decidir la vida de l'avi. Tracta de dues dones al santuari d'Asclepi, déu de la medicina. En témer que podia convertir els humans en immortals, Zeus, el pare dels déus, el va fulminar amb un llamp. Les dones descriuen les obres d'art al text amb tota mena de detalls, els temples i els llocs sagrats de l'illa de Kos. Herondes, que probablement va viure i va escriure a l'Alexandria egípcia, procedia amb força seguretat de l'illa. De la mateixa manera que, generacions abans que ell, Heinrich Schliemann, entusiasta de la *Ilíada*, va desenterrar Troia a l'Àsia Menor, el meu avi, inspirat pels mimiambes, es va carregar la pala a l'espatlla, per dir-ho d'alguna manera, i es va dirigir cap a Kos per investigar. Tenia una sensibilitat especial pels paisatges i una gran imaginació que li permetia conjecturar com era l'illa dos mil·lennis abans, quan encara estava coberta de boscos. En una gran plana de camps i bosquets esparsos d'oliveres, per exemple, va excavar en un lloc que no cridava gaire l'atenció i va descobrir-hi un balneari tardoromà. Al vessant de la muntanya de l'illa va fer prospeccions i va trobar-hi els primers indicis d'un gran temple. Gairebé cinquanta anys després del seu descobriment, un guia turístic grec, que de jove havia treballat de factòtum amb el meu avi, va afirmar que tenia coneixements secrets sobre el lloc de la troballa i va guiar l'avi fins a la pista correcta. Aquest mite, tot i que va ser desmentit amb informes d'investigació per col·legues del Rudolf, continua viu, perquè forma part de la naturalesa dels mites tenir una llarga vida més enllà dels fets reals. El meu avi tenia una qualitat que jo valorava molt: podia llegir els paisatges.

Aclaparat per l'angoixa i la bogeria, al cap de dècades d'aquests fets se sentia obsessionat per una visió espantosa: l'expulsarien de casa seva, de la casa que s'havia construït prop de Múnic, l'anirien a buscar a trenc d'alba, vindria un camió i s'ho emportaria tot, els llibres, la roba, els mobles. Cada nit s'aixecava, profundament entristit, ficava la roba en maletes i preparava els mobles per al trasllat. Cada dia la meva àvia tornava a desfer les maletes, penjava la roba als armaris i tornava els mobles al seu lloc. Algú va observar delicadament si no seria millor portar el Rudolf a una residència, però la meva àvia rebutjava rotundament aquesta mena de propostes. «He viscut feliçment tota la vida amb aquest home. Qui se'l vulgui emportar haurà de passar primer per damunt del meu cadàver». Al cap d'un temps l'àvia em va descriure el moment més commovedor des del meu punt de vista. El seu marit, el Rudolf, al cap de tants anys ja no la reconeixia i s'hi dirigia dient-li «distingida senyora». En un sopar va aparèixer extraordinàriament mudat, amb vestit i corbata. Després de les postres va deixar el tovalló curosament plegat, va col·locar els coberts de manera impecable al costat del plat i es va aixecar. «Distingida senyora», va dir mentre feia una reverència, «si no estigués casat ara mateix li demanaria la mà».

Després de la mort de la meva àvia, la casa de Grosshesselohe es va enfonsar del tot. La generació següent va ser una ruïna absoluta. Començant pel meu pare, el Dietrich, va ser una generació perduda. A més d'ell, el Rudolf i l'Ella van tenir una altra criatura, una filla, la meva tieta. Jo sentia el màxim respecte per ella, perquè era bondadosa i amable i donava diners a la meva mare en els moments de màxima penúria financera. El meu propi pare no va complir mai amb les seves obligacions i es va casar dues vegades més. Per a ell, la funció de les dones era criar els nens —en l'argot familiar els dèiem la segona i tercera cadellada— i guanyar-se la vida per mantenir la família. Uns quants anys abans de néixer jo, la seva germana s'havia casat amb un home que no tenia res a veure amb la pauta habitual, corria la veu que era un proletari i que mai havia llegit ni un llibre, cosa que jo vaig trobar estimulant, però aviat va morir al front oriental, possiblement d'alguna malaltia. La meva tieta havia tingut una filla amb ell, va acceptar amb coratge el seu destí i es va fer mestra. Em vaig avenir molt amb aquesta cosina. Vam créixer junts i ens trobàvem sovint als aniversaris familiars. A casa dels meus avis, a la qual es va traslladar inicialment la meva tieta i de la qual després va prendre possessió, hi havia aleshores un veí al primer pis, un pakistanès que havia llogat l'habitatge. Suposo que va venir a Alemanya enmig de la confusió de la separació de l'Índia i el Pakistan. Era una mena d'enginyer electrònic, tot i que no sé si havia fet els estudis pertinents, i sempre tenia la petita habitació plena de ràdios desmuntades, que reparava per als seus clients dels voltants. Jo sovint em quedava sorprès quan veia amb quina habilitat sabia soldar totes aquelles peces i cables fràgils. Es deia Raza, l'anomenàvem oncle Raza, o bé oncle Cucut, perquè quan ens veia jugant al jardí ens cridava imitant el cant d'aquest ocell. Quan la meva cosina tenia catorze anys, la seva mare la va enxampar in fraganti amb l'oncle Raza. Les relacions ja feia temps que duraven, i un tribunal va condemnar el Raza a uns quants anys de presó. De tot això me'n vaig assabentar molt més endavant.

Abans que passés tot això, la meva tieta ja havia perdut el control de la seva pròpia vida. Conduïa un cotxe, però ni s'adonava de les cruïlles i els semàfors vermells, i per a mi és un misteri com va poder sobreviure ni una setmana. A la feina era evident que tenia problemes, no aconseguia posar-se al dia en la correcció dels deures i tenia conflictes d'allò més absurds amb els seus col·legues. Quan la meva àvia va morir, la casa va quedar-se cada cop més abandonada. La meva tieta ho guardava tot. Tenia piles de diaris col·locades en rengles que arribaven fins al sostre. Una vegada una d'aquestes piles es van enfonsar i de poc que no l'ofega. Tenia la mania d'acaparar papers, cordills, vasos d'un sol ús i envasos de plàstic de iogurt; la casa es va convertir en una deixalleria. Treia els cordills de les bosses de te per poder fer-ne una corda per a un suposat estat d'emergència i els apilava. Apilava les minúscules grapes que tancaven les bossetes, les apilava com a metall i buidava les bossetes amb el te ja fet servir per fer compost amb les fulles. De totes maneres, mai era capaç de trobar les coses que acumulava. De vegades ja no podia ni arribar a la rentadora del soterrani, perquè la pila d'escombraries li barrava l'últim pas estret que quedava. El meu germà petit, fruit de la tercera cadellada, s'havia traslladat a la casa quan era estudiant de teologia, i va veure com estenia la roba interior que havia rentat a mà despullada al jardí. Només tenia aquestes peces de roba interior, la resta estava enterrada sota les muntanyes d'immundícia, i per això només ho feia a la nit, quan ningú podia veure que anava nua, fins que de bon matí es tornava a posar la roba interior, encara humida. Tinc fotos de l'interior de la casa. Al llit, mig cobert de papers i porqueria, només s'hi podia arribar fent unes quantes giragonses entre piles de cartrons. Més endavant, quan van buidar la casa, van trobar en un prestatge del soterrani un pot de conserva de nabius amb data del 1942, que vaig guardar durant molt de temps. Durant els últims anys de la meva tieta, el caos a casa dels meus avis s'havia escampat per fora i la veranda també estava plena de porqueria.

Quan em vaig fer gran, vaig perdre del tot el contacte amb la meva cosina. Es va casar amb un matemàtic nord-americà, però l'home va patir uns quants col·lapses nerviosos i finalment va tornar als Estats Units. La meva tieta va anar-hi amb ells. Gestionaven una granja ecològica amb cabres, i venien la llet i el formatge en mercats de grangers. La meva cosina va tenir dos fills, un nen i una nena, però la relació devia ser espantosa, una guerra de trinxeres entre tots plegats fins al punt que els fills van arribar a dir que assassinarien tota la família, i això quan no tenien ni onze anys i, per tant, segons la llei, encara no havien arribat a l'edat penal. Però almenys aquesta part de la tragèdia només la conec de segona mà.

8

L'ELISABETH I EL DIETRICH

Sé menys sobre com es van conèixer els meus pares que sobre com es van conèixer els meus avis paterns. A grans trets, és comprensible que es coneguessin mentre feien la carrera a Múnic, al cap i a la fi tots dos estudiaven biologia, i la meva mare esport com a segona especialitat. Aviat tots dos van convertir-se en nacionalsocialistes convençuts. En el cas de la mare hi havia la tradició del nacionalisme croat, aleshores encara irredempt, i vagues al·lusions al fet que parents de la família Stipetić formaven part de l'entorn que havia preparat l'atemptat al rei serbi Alexandre I. Una vegada, en un moment confidencial, la mare em va ensenyar fotos de guerrillers penjats en pals amb militars imperials i reials posant al davant, però no quedava clar de quina nacionalitat eren els assassinats. La meva mare també tenia una pistola ben carregada i era una bona tiradora, però crec que la tenia des de l'època en què el meu pare, després del divorci, va voler aconseguir per la força la meva custòdia i la del meu germà. Quan estudiava a Viena, al començament del nazisme, hi havia participat activament en el terreny polític, i abans de l'annexió d'Àustria a Alemanya es va refugiar a Múnic. Segurament l'havien detingut anteriorment, però no volia parlar-ne mai. Tot plegat va ser sempre una vergonya i un error grotesc i, un cop a Alemanya, la meva mare es va apartar de seguida de la vida política i va abandonar del tot el nacionalsocialisme, perquè devia intuir que tard o d'hora desembocaria en una catàstrofe. Li devia quedar del tot clar cap a l'època que vaig nèixer, poc abans que es produís el canvi radical en la marxa de la guerra i les derrotes a Rússia i el nord de l'Àfrica. Ella no era racista, i recordo com em va animar quan em vaig fer amic d'un soldat americà de les forces d'ocupació, un negre, el primer que havia vist mai. Fins aleshores només havia vist els dels contes, els negres d'Orient. Aquest, però, era un home magnífic, molt alt, amb l'estatura de la gegantina estrella del bàsquet Shaquille O'Neal. Recordo que tenia una veu càlida, no hi havia res més que calidesa en aquell cos poderós, res més que calidesa... Sempre em ve el record d'aquest soldat quan em trobo africans o afroamericans. Vam parlar moltíssim, sempre al petit pendent de darrere de casa; la meva mare em preguntava en quina llengua parlàvem i jo n'estava segur: en americà. Aquest soldat em va donar un xiclet que vaig mastegar durant setmanes i que sempre havia d'amagar del meu germà. L'amagava en una escletxa de la fusta de la nostra llitera, i un dia vaig veure que el meu germà mastegava un xiclet. Quan vaig anar a mirar al meu amagatall, el meu xiclet havia desaparegut. Però aviat vam aconseguir més xiclets per mitjà d'intercanvis: buscàvem cucs de terra per als soldats de les forces d'ocupació, que els necessitaven per pescar truites. Ens donaven xiclets a canvi dels «cucks», que ens pensàvem que era una paraula americana.

Les arrels del nazisme del meu pare es troben a la seva entusiasta participació en associacions estudiantils, que des del començament del segle XIX van impulsar la creació d'un imperi nacional alemany. Com que havia estudiat a unes quantes universitats, pertanyia en total a quatre fraternitats d'estudiants amb un compromís tan profund que els membres es feien ferides al rostre en duels ritualitzats amb espases i sabres esmolats, «cicatrius» que els permetien reconeixe's des de lluny. El meu pare estava orgullós de les seves enormes cicatrius a la cara, i el seu desig més vehement era que jo algun dia també estudiés i adquirís una d'aquestes profundes vinculacions; el seu primer fill, Tilbert, el meu germà, ja va quedar descartat per fer una carrera universitària després del seu fracàs escolar. Les cicatrius donaven al meu pare un aire lleugerament audaç, a més sempre tenia la pell colrada, per la qual cosa semblava més un pirata que no pas un titulat universitari. I, en canvi, posseïa una àmplia formació, tenia una memòria privilegiada i el dot extraordinari de parlar de manera sedutora. Tot plegat el convertia en un magnífic galantejador, en un faldiller. La seva fidelitat al nacionalsocialisme va ser probablement tan autèntica com oportunista, perquè així la seva carrera acadèmica va avançar més de pressa. El fet que aviat fos assistent científic a la universitat, segurament va haver d'agrair-ho a la seva pertinença al partit. Sempre va buscar el camí més fàcil. Després de la guerra, els meus pares van ser «desnazificats», però durant molts anys el meu pare va viure amb amargura la derrota d'Alemanya i el fet que a l'Alemanya Occidental s'escampés l'estil de vida americà. La «incultura» dels americans, com ell en deia, el disgustava profundament.

L'únic que sé del començament de la relació dels meus pares és una excursió amb un bot inflable i una tenda de campanya Danubi avall. Després, quan el meu pare va haver d'anar a la guerra, tots dos es van casar ràpidament i sense grans preparatius. Mai no hem vist cap foto d'aquest casament. Al final de la guerra, el meu pare va passar un any presoner dels francesos. Un dia va aparèixer un estrany a la nostra cuina, crec recordar que vestit de blanc, cosa que potser m'invento, i la mare ens va preguntar unes quantes vegades: «Qui és aquest home? Qui és aquest home?». Jo, que potser tenia quatre anys, vaig cridar finalment: «El nostre pare!». I el meu pare em va aixecar i es va sentir molt emocionat. Però en certa manera va continuar sent un estrany per a mi. Enmig de la confusió que va desembocar en el divorci, sempre em vaig sentir molt més proper a la mare, tot i no ser un fill especialment emmarat. Durant l'època del divorci també va néixer el meu germà petit. Té el cognom Stipetić, el cognom de soltera de la meva mare, i més endavant vaig plantejar-me canviar-me'l també. Quan vaig presentar el meu primer guió de *Lebenszeichen*, amb poc més de vint anys, vaig fer-ho amb el cognom Stipetić, però més tard vaig pensar que per ser director de cinema aniria millor Herzog. De moment prefereixo mantenir el meu origen embolcallat en una lleu boirina. La simple qüestió de quin cognom hauria de ser el meu *nom de guerre* i quin no, em transmet la sensació que no em cal saber-ho tot. Totes les coses que he fet a les pel·lícules i que he publicat en llibres ja són prou portes d'entrada i bretxes a la meva fortificació, que d'aquesta manera queden àmpliament obertes i indefenses.

El meu germà petit va rebre un nom horrorós i molt germànic que la meva mare aviat no va voler pronunciar, si és que ho havia fet mai. En comptes d'això l'anomenava Xaverl, però els dos germans grans tampoc ho trobàvem adequat i l'anomenàvem Lucki. Va decidir mantenir-lo, i fins ara el meu germà fa servir el nom de Lucki amb tota la naturalitat del món, com si hi tingués un dret natural. El seu pare era un artista que vivia a mig camí entre Sachrang i Aschau, i es deia Thomas. Aquest era el seu cognom, el seu nom l'he sabut fa poc: per a nosaltres era simplement Thomas. No era gaire diferent del meu pare, presumptuós i més aviat gandul, algú amb capacitat d'enlluernar, però que disposava de menys substància intel·lectual que el meu pare. Va ser ell a qui se li va acudir el nom del Lucki, el nom que de moment ha de romandre anònim. Desconec com la mare va conèixer el pintor. Almenys n'han quedat unes quantes aquarel·les que no estan malament. A la campanya de Rússia va perdre dos dits per congelació i vivia d'una petita renda militar, però tampoc no comprenia per què havia de treballar o de pintar més quadres. Se'n cuidava la camperola de la minúscula granja on vivia. Hi vivia com un borinot que es deixava alimentar. Els germans ens vam alegrar del naixement del

Lucki, però la meva mare amb prou feines podia mantenir-nos sense més ingressos, perquè el meu pare mai va complir amb les seves obligacions. Una vegada que ella era a l'hospital de Wels, a Àustria, es va fer amiga d'una família que va veure el seu estat de necessitat i li va oferir fer-se càrrec del nen. El Lucki era aleshores un petit querubí que enamorava tothom. Així va ser com va passar uns quants anys a la família de «l'oncle» Heribert de Wels. El Lucki va tornar a Sachrang amb nosaltres quan devia tenir quatre anys, i el Till i jo estàvem entusiasmats d'haver-lo recuperat per fi. Més endavant, el Lucki va tenir una participació decisiva en la meva vida laboral. El vaig tenir al costat a partir de la pel·lícula *Aguirre, la còlera de Déu*, de l'any 1972. Té una capacitat organitzativa brillant i li haig d'agrair haver-me donat la llibertat de fer tantes coses. També té un gran talent musical, però ben aviat va veure que segurament no aconseguiria ascendir a la primera divisió com a pianista de concert. Durant anys em va aconsellar que creés una fundació benèfica, que finalment va gestionar totes les meves pel·lícules. El Lucki tenia tres germanastres d'un altre matrimoni del Thomas, la Gundula, la Giselher i la Gernot, com vagues figures procedents de les llunyanes boires dels Nibelungs germànics, i quan el Thomas va morir, aquestes germanes es van abstenir expressament de comunicar-ne la defunció al Lucki.

El Dietrich, el meu pare, vivia en la fantasia d'escriure un estudi transgressor que superés molts àmbits científics, però no va escriure mai ni una línia. L'estudi era senzillament un pretext per no guanyar diners treballant. Podria dir-se que era un objector. Les dones que va tenir després també van haver de mantenir la família i criar els fills. Sempre va rebutjar la vida urbana, vivia en petits pobles de Suàbia i, quan feia molta calor, es negava a vestir-se. Jo sempre el recordo estirat al balcó, despullat, amb la pell colrada pel sol, un llibre a la mà i un llapis ben afilat entre les dents. Es passava l'estona subratllant passatges importants. El Rudolf, el seu pare, el meu avi arqueòleg, també ho havia fet sempre. A la biblioteca del Rudolf gairebé tots els llibres estaven plens de notes al marge i fragments subratllats, però durant els seus últims anys, quan ja estava dement, subratllava els llibres de cap a cap, cada paraula, cada línia. El meu pare mai va exercir la seva professió de biòleg, però va estudiar altres disciplines de manera autodidacta: història, llengües i psicologia. Parlava prou bé el japonès, perquè li interessava el judo. Es va convertir en grafòleg, i va rebre uns quants encàrrecs per comparèixer com a expert en judicis. En aquell moment, era un dels pocs que tenia competència en sistemes d'escriptura extraeuropeus, i una vegada per exemple va identificar correctament un segrestador que havia redactat una carta de xantatge en àrab. Però els moments en què treballava eren molt fugaços. Davant dels desconeguts parlava apassionadament del seu gran estudi, encara secret, com si ja estigués acabat i només li faltessin unes poques correccions abans de la impressió. Però no n'havia escrit ni una sola frase, ni una paraula. El seu gran estudi era una creació de la seva fantasia, i en parlava amb tanta convicció que ell mateix se la creia. En aquest sentit, vivia com un autèntic somiador. Una vegada va captivar un visitant amb la suposada audàcia de la seva empresa i, en un moment que érem a la cuina, li vaig dir a cau d'orella: «Però si no has escrit res de res». El meu pare es va sobresaltar, com un somnàmbul que de cop torna a la realitat, però un minut després va continuar parlant de l'estudi amb el seu convidat. De vegades tinc un ensurt similar quan algú anomena el títol d'una de les meves pel·lícules, i penso: realment l'he fet jo? Potser me n'havia convençut durant tant de temps que m'ho havia acabat creient, o potser la pel·lícula realment existia però l'havia rodat algú altre.

En l'època en què va néixer el Lucki, el Till i jo vam viure durant un temps a casa del meu pare, a Wüstenrot, perquè la mare ja no ens podia alimentar. Va preparar el nostre trasllat a Múnic, tot i que encara no tenia ni feina ni casa. Wüstenrot és un balneari climatitzat, no gaire lluny de Heilbronn i Schwäbisch Hall. Més endavant, quan el Till i jo vam haver d'anar a l'institut, vam tornar a viure a casa del pare. Vam passar els últims mesos a l'escola primària d'allà, i per a nosaltres va ser una commoció que es riguessin del nostre dialecte bavarès. Va ser allà que vaig aprendre l'alemany estàndard, com a segona llengua, per dir-ho d'alguna manera. El meu accent bavarès era tan fort que el meu pare de vegades necessitava un traductor. Quan feia fotos i canviava el rodet, jo em quedava tan fascinat amb el rodet buit que li preguntava: «*Kriag i d'Roin, d'laare?*». I la meva mare li havia de traduir: «*Kriege ich die leere Rolle?*». És a dir: «Em puc quedar el rodet buit?». Per a l'examen d'ingrés a l'institut vam haver d'anar amb autobús de Wüstenrot a Heilbronn, i tant el meu germà, que canviava de centre després de fer cinquè a l'escola primària, com jo, que havia fet quart, amb prou feines ens vam adonar que allò fos un examen, de tan fàcil que el vam trobar. Però per al futur dels nens d'aquesta edat era decisiu que superessin l'examen, i recordo les llàgrimes d'altres pares i de nens que van suspendre. Vam ser admesos a l'institut humanístic Theodor Heuss de Heilbronn, i encara ara agraeixo al meu pare el fet que, seguint la tradició, insistís que havíem d'aprendre llatí i grec. De nou a Wüstenrot, orgullós, el pare ens va convidar a la taverna del poble, on cadascun vam menjar dos ous ferrats; crec que van ser els primers que vaig menjar a la meva vida. A la granja de Sachrang hi havia unes quantes gallines, però el vell i irascible camperol no ens donava mai res. Fins i tot solia fer fora la meva mare amb tota mena de paraules grolleres, i deia que era una desgraciada i altres coses impronunciables, malgrat que ella mateixa l'havia salvat de ser afusellat pels soldats nord-americans quan van trobar armes seves entre la palla.

A Wüstenrot vam començar a jugar a futbol amb nens del veïnat, i sempre portàvem la roba bruta. El meu pare trobava l'esport massa vulgar i deia que hauríem de practicar alguna cosa més distingida, floret o hoquei sobre herba. Vam provar d'inscriure'ns en un club d'hoquei a Heilbronn, i en un dels primers entrenaments vaig rebre un cop de pilota directament a la tíbia. El problema és que les pilotes no eren pilotes de debò, sinó pedres de la mida d'un puny. Va fer-me un mal horrible, i se'm va formar una exostosi damunt dels ossos. Arran d'això ja en vaig tenir prou. Perquè no es notés que continuàvem jugant a futbol, portàvem l'equipament sota la roba normal, que ens trèiem de seguida quan s'acabaven les classes i anàvem a jugar als camps d'herba.

El Till i jo de seguida ens vam avenir molt amb la Sigrid, la nostra germana petita, i la Doris, la seva mare i la segona dona del meu pare, que de seguida va començar a conspirar d'amagat amb nosaltres, els fills del seu primer matrimoni, perquè feia temps que estava desil·lusionada del seu marit. Era increïblement amable, i sempre l'hi agrairé. A Wüstenrot, i de fet per sempre més, es va convertir en la meva segona mare. Em coneixia, coneixia aquell nen de deu anys, però malgrat tot no va poder ajudar-me a superar l'amargor que m'empenyia a voler fugir d'allà. Allà els nens també dormíem en una sola habitació. El Till tenia una mena de llit i jo dormia en un catre plegable de l'exèrcit, damunt del qual hi havia un fastigós matalàs de goma de color vermell descolorit, com les cambres d'aire de les bicicletes. Aquest matalàs perdia tant d'aire cada nit que cap al matí estava completament desinflat i el fred de l'hivern em despertava, perquè l'habitació no tenia calefacció. No recordo haver passat ni una sola nit a Wüstenrot en què no plorés silenciosament mentre dormia. No volia que el meu germà se n'adonés. Però després els matins sempre eren entretinguts, perquè la nostra germana petita tot just havia après a parlar i sempre s'aixecava al seu bressol i dirigia discursos als qui encara dormíem. Més endavant, a l'Escola de Teatre Otto Falckenberg de Múnic va formar tres generacions d'actors, i li haig d'agrair el descobriment de Sepp Bierbichler, que va convertir-se en el protagonista de *Herz aus Glas*. Va ser una pel·lícula que vaig fer l'any 1976, en què tots els actors actuaven sota els efectes de la hipnosi. La Sigrid sempre havia tingut afinitat amb el teatre i va escenificar obres a Alemanya i als Estats Units. Ara també escenifica cada cop més òperes.

Cada dia havíem d'anar a l'institut de Heilbronn, i aviat el viatge d'anada i tornada d'una hora se'ns va fer massa pesat. Com que era més barat, sempre viatjàvem en un remolc rudimentari que anava enganxat a la part del darrere de l'autobús i amb el qual transportaven els obrers pobres cap a les fàbriques de la vall. Al remolc hi havia una petita estufa de carbó, i durant el viatge els obrers jugaven a cartes o dormien. Aquella mena de carro enganxat a l'autobús estava sempre ple de fum de cigarrets, i tenia una única finestra. El meu pare aviat ens va allotjar amb una família d'acollida de Heilbronn, però els únics records clars que tinc són dels germans amb qui vivíem. El més gran es deia Klett, tot i que no tinc clar si era el nom o el cognom. Tenia una forta vena criminal, i vam començar a robar junts en grans magatzems. No era només pispar, com fan sovint els nens, sinó un acte realment metòdic. El Klett, que era un any més gran que nosaltres, també s'havia proposat forçar cotxes, però quan s'hi va començar a dedicar nosaltres ja no érem a Heilbronn. Recordo que una vegada, sota les seves ordres, vam apartar una tapa rodona de claveguera i vam tapar acuradament el forat amb la basta tela d'uns sacs de ciment. Damunt de la tela vam escampar sorra i fulles seques, de manera que era difícil descobrir la trampa si no es prestava atenció. Crec recordar vagament que amb aquesta maniobra volíem fer caure algun vianant despistat per poder-lo robar més fàcilment mentre l'ajudàvem a sortir del forat. Però en comptes d'això va caure a la trampa un dels membres de la nostra colla d'amics, que havia oblidat el que havíem preparat, i es va ferir de tal manera la canyella i el genoll amb l'esmolada anella de ferro de la claveguera que durant uns quants dies no va poder caminar bé.

Jo tenia ganes de tornar a Sachrang, o com a mínim a Wüstenrot, on teníem els nostres amics del futbol, tot i que ara només en tinc un record boirós. A Sachrang, que és on havia passat més temps, hi havia el Richter Adi, el Kainzen Ruepp i el Hautzen Louis. Més endavant, el Kainzen Ruepp va ser munyidor en una finca de la Fraueninsel del Chiemsee, i va morir a causa de greus cremades. Devia estar borratxo i va calar foc al llit amb un cigarret. El Louis es va precipitar fora de la carretera en un indret molt costerut prop d'Aschau, i va estavellar-se contra un arbre. Va morir abans de fer els vint anys. A Wüstenrot, els nostres amics eren el Zef i el Schinkel, amb qui cada dia, fes el temps que fes, corríem darrere la pilota de futbol. Més endavant, el Schinkel va treballar d'envernissador en una fàbrica d'automòbils i el Zef, de pintor. El més estrany era que el Zef era daltònic, però el seu patró li barrejava els colors i ell només havia de pintar les parets. Quan finalment vam traslladar-nos a Múnic, vam voler fer un bon comiat i vam decidir emborratxar-nos fins a un punt absurd. Per això vam comprar unes quantes ampolles del vi més barat que hi havia, un vi negre amb vermut. Fent tentines vaig aconseguir arribar a casa del meu pare, que de seguida em va acompanyar al llit i em va deixar una galleda al costat per vomitar. Vaig vomitar tota la nit, i el meu pare estava summament orgullós que el seu fill s'hagués comportat com un veritable membre d'una germandat d'estudiants. El fet que encara no tingués ni dotze anys va considerar-ho una distinció especial. Una conseqüència d'aquesta borratxera va ser que durant dècades només de veure el vi negre em tremolava tot el cos, i només de mica en mica vaig superar aquesta repugnància, que em va durar molt de temps.

Durant aquest temps, la meva mare va intentar establir-se a Múnic. A Sachrang no teníem futur, les perspectives per a nosaltres eren convertir-nos en vaquers o llenyataires. De fet, tampoc ens havíem integrat mai del tot a la societat del poble, no ens consideraven uns estranys absoluts però ens tractaven com a «forasters». Més exactament ens relacionàvem amb els altres nens refugiats i els nens de les granges dels voltants. Ben aviat, després de la guerra, gràcies al Pla Marshall van arribar els primers paquets de CARE, que ens van ajudar a superar la més absoluta misèria. Per aquest fet sempre estaré agraït a Amèrica. Els paquets contenien, entre altres coses, farina de blat de moro, que no havíem vist mai i que ens resultava força sospitosa. A fi que ens semblés comestible, la meva mare va inventar-se que la farina era tan groga perquè tenia rovell d'ou, i que per tant era increïblement nutritiva. A partir d'aquell moment ens la vam menjar amb entusiasme. I un dels primers paquets que ens van arribar també contenia un llibre imprès que semblava un gran quadern escolar: *Winnie el Pu*. Dedico una reverència d'admiració a qui va tenir la intel·ligència i la humanitat d'incloure aquell obsequi dins del paquet. Segurament ningú sap a aquestes altures a qui se li va acudir la idea, però ofereixo una salva d'homenatge a l'home o la dona responsable d'aquest acte. A la petita cuina de la nostra caseta s'aplegaven tots els nens de les cases veïnes, sempre érem catorze nens, un grup tancat, o més ben dit, tretze nens i una nena de la granja, la «Weibi», que era la més audaç i imaginativa de tots. Ens assèiem al sofà, en unes quantes cadires, a terra i a l'ampit de la finestra, i formàvem una massa compacta disposada a escoltar la meva mare contenint la respiració, mentre ens llegia el llibre canviant cada cop les veus del Christopher Robin, del Winnie el Pu, del Porquet i del ruc I-Aah. Ens quedàvem tots muts de pura emoció. També hi havia llibres com *La perla d'ambre*, la història d'una nena òrfena que creix enmig de la pobresa i el menyspreu, però que duu penjada al coll una perla d'ambre que permet que, després de moltes aventures i desventures, els seus pares de debò, que si no recordo malament, formaven part d'una nissaga comtal, la reconeguin. Només podíem escoltar aquesta història a través de petits passatges, de tant que ploràvem. Recordo que el germà de la Weibi, que es deia Ernst i era l'únic que no participava de les lectures, obria bruscament la porta de la cuina i cridava: «Weibi, ves a donar menjar a les truges!». La Weibi s'obria pas com podia entre la multitud de nens i anava a cuidar-se de les truges, amb els ulls plens de llàgrimes. Al cap de mitja hora tornava, encara plorant, i la meva mare triava una lectura més divertida.

Ens encantava la nostra caseta. Actualment ha estat modernitzada d'una manera poc creativa i tota la part del darrere, que era un graner ben ventilat, l'han convertit en simples habitatges. Llavors hi havia misteris, estranys cruixits, i hi havia fantasmes. Una vegada també m'hi vaig trobar Déu. Jo devia tenir quatre anys, i el meu germà Till i jo presumíem que el dia de Sant Nicolau sortiríem al fosc passadís disfressats de Krampus, una mena de dimoni, coberts de pells i amb banyes, per espantar els nens que s'haguessin portat malament mentre arrossegàvem una feixuga cadena enganxada amb un prim cable elèctric. La idea ens entusiasmava, no teníem por, i com més en parlàvem més orgullosos ens sentíem de la nostra audàcia. Fins i tot pensàvem que potser Sant Nicolau ensopegaria, arribaria fent tentines fins a la cuina, cauria damunt la panxa, tots els regals li sortirien del sac i ni tan sols hauríem d'escoltar com ens renyava. Però a mesura que s'acostava el dia de Sant Nicolau el nostre valor disminuïa. No vam arribar mai a tensar el cable elèctric. Al passadís, vaig sentir les passes feixugues de les peülles del Krampus i com arrossegava la cadena, i vaig córrer a amagar-me sota el sofà. Després recordo com el Krampus em clavava l'urpa al cul dels pantalons i m'estirava. Em vaig quedar palplantat i crec recordar que em vaig pixar als pantalons. Però llavors vaig veure Déu, que em somreia. Estava recolzat al muntant de la porta i portava una granota gastada de color marró i plena de taques fosques de greix. Molt més tard em van explicar que l'home havia passat casualment per casa nostra quan tornava de la caseta de l'electricitat que hi havia a la cascada del congost i que, seguint la seva curiositat, havia entrat a la casa darrere de Sant Nicolau. Llavors hi havia al bosc un petit generador elèctric, propulsat per l'aigua obtinguda del rierol, que l'home sovint greixava. De la instal·lació encara en queden els fonaments de formigó. De totes maneres, als anys de la postguerra l'energia elèctrica no estava mai garantida. Sovint a la nit només teníem una espelma a la cuina.

El trasllat a la gran ciutat va ser inevitable. Amb prou feines sabíem res del món fora de la vall. Aschau, a dotze quilòmetres de distància, era el límit més llunyà del món que coneixíem. Rosenheim no era més que una lluïssor molt distant al cel. Poques vegades venien automòbils d'allà al nostre poble, i quan en vèiem algun corríem a contemplar-lo. Una vegada, en un revolt molt pronunciat, un cotxe va perdre el control i es va precipitar al rierol, a sota mateix de Sturm Ötz. Llavors ens assèiem sovint en aquell lloc amb l'esperança que un altre automòbil perdés també el control a la corba. Una vegada vam veure el Siegel Hans amb la seva moto, com s'inclinava temeràriament mentre s'acostava al revolt i després tornava a circular a tota velocitat. Des d'aleshores els automòbils en marxa sempre m'han fascinat —si més no, visualment—. A *El tinent corrupte*, del 2009, vaig traslladar expressament un escenari, la sala d'interrogatoris de la brigada d'homicidis, de manera que a través d'una finestra es pogués veure el trànsit intens que circulava veloç per una autopista que travessava un pont. Per això vam haver d'instal·lar un gruixut vidre doble de metacrilat, a fi d'esmorteir el soroll dels camions. Aschau, la petita ciutat que hi havia al començament de la vall, només la coneixia per l'hospital. Quan tenia uns sis anys, vaig patir atacs d'asfíxia en plena nit i vaig sortir corrents de l'habitació al passadís glaçat. Em faltava l'aire i intentava respirar desesperadament. La meva mare devia passar-ho molt malament. Ella i la senyora Schrader, la refugiada del pis de dalt, em van embolicar amb una pell de xai i em van lligar en un trineu. Eren les dues de la matinada, no hi havia cap telèfon ni cap possibilitat d'utilitzar un automòbil, perquè la carretera cap a Aschau estava completament nevada i l'acumulació de neu la feia intransitable. Les dues dones em van arrossegar a través del torb durant més de quatre hores, fins que van arribar al petit hospital d'Aschau. Pel que recordo, va ser un greu atac de tos de crup. De l'hospital encara en recordo dues coses: per primera vegada a la vida em van donar una taronja, no havia vist mai una cosa així, una infermera em va haver d'ensenyar com es pelava. Després se'n va anar. No sabent ben bé què fer, vaig començar a separar sigil·losament tots els grills, que vaig examinar una bona estona. Finalment vaig treure'ls la pell amb cautela i un per un em vaig esprémer dins la boca els fragments que havia alliberat. Tenien un gust increïblement meravellós. La segona cosa que recordo és que vaig estar jugant durant dies amb un fil que havia extret de la gira del cobrellit. Vaig descobrir la quantitat extraordinària de possibilitats que oferia. Era una gran revelació. La meva mare em va explicar més tard que durant tota una setmana no havia tingut res més que aquell fil, però que les estones que hi havia passat havien estat molt entretingudes.

9

MÚNIC

Abans del trasllat només havíem estat una vegada a Múnic. En aquella època, tot al voltant de l'estació central encara eren ruïnes i muntanyes de pedres, i el meu germà i jo saludàvem tots els vianants pel carrer, centenars, com també fèiem pel carrer a Sachrang. També ens vam descordar els petos dels pantalons i vam pixar al carrer, al costat de la vorera. Per primera vegada a la seva vida, la meva mare ens va renyar i va fingir que no ens coneixia. Uns quants anys més tard, quan érem a Wüstenrot, a casa del pare, la meva mare ens va buscar un allotjament i ens va mantenir com va poder amb feines temporals. Va treballar de dona de la neteja i, juntament amb una amiga, de venedora ambulant. Totes dues venien mitges de niló a les figurants que treballaven als estudis de cinema de Geiselgasteig, als afores de la ciutat, que s'havien tornat a posar en marxa. La meva mare ho feia tot sense queixar-se, empesa per una força de voluntat i un pragmatisme admirables. Va treballar durant un període de temps més llarg com a criada a casa d'un oficial nord-americà de les forces d'ocupació, i més endavant gairebé mai va parlar d'aquesta època. Netejava la casa, rentava la roba, cuinava, i la dona de l'oficial no parava de fer-li la vida impossible. La meva mare també passejava el gos, i de vegades, quan hi havia hagut un gran àpat, la mestressa de la casa recollia les restes de menjar en un bol i les hi donava. «*Elizabeth, this is for the dog and for you*».* Mai no he conegut una dona tan valenta com la meva

* «Elizabeth, això és per al gos i per a tu». (Totes les notes són del traductor.)

mare, a més de tenir un caràcter fort, tan extraordinari com el seu coratge. Quan, uns quants anys després, el Till i jo, que ja teníem dinou i vint anys, ens vam comprar una moto, cada setmana teníem un petit accident. El Till va lliscar a les vies del tramvia i va anar a parar suaument sota un autobús, però només es va fer pelades als colzes, i jo, mentre anava per una carretera rural, vaig relliscar amb una mica de grava, em vaig estimbar en un revolt i vaig aterrar en un camp. Llavors encara no era obligatori portar casc. Sempre passava alguna cosa, i per això la nostra mare estava totalment en contra de la moto. No volia haver d'enterrar un dels seus fills al cementiri. Però a nosaltres ens agradava massa. Per a nosaltres era la «D'Maschin», D majúscula, apòstrof, Maschin. A més, la D'Maschin no es conduïa, sinó que es muntava, de la mateixa manera que la cervesa, quan la portaves de la cuina, no es bevia, sinó que se celebrava. Una escalopa no es menjava, sinó que era un tros de carn que s'esquinçava. I no es dormia, sinó que es roncava. Una nit, havent sopat, la nostra mare fumava un cigarret. Durant tota la seva vida adulta havia estat una gran fumadora. Però en aquell moment només va fer-hi unes quantes pipades i després el va esclafar al cendrer. Tot seguit ens va dir que ens havíem de vendre la moto, que ho havíem de deixar estar i no comprar-ne mai més cap. Per cert, aquell va ser el seu últim cigarret. No va tornar a fumar mai més, i al cap d'una setmana ens havíem desempallegat de la D'Maschin.

Quan buscava allotjament per a nosaltres, la mare es va establir en una petita pensió que hi havia sota l'àtic en què vaig passar els primers dies després de néixer. Mentrestant, n'havien reparat la teulada, però gairebé totes les cases veïnes de l'Elisabethstrasse encara estaven en ruïnes o en construcció. Encara circulaven camions sense parar que s'enduien la runa i la transportaven a muntanyes de pedres cada cop més altes. La muntanya de runa més elevada es va convertir més endavant en part del recinte olímpic de Múnic, cobert d'herba i bosc i amb un petit llac artificial que gairebé arriba fins al sostre transparent del gran estadi. Tots els meus amics que van créixer a Múnic recorden amb entusiasme els primers anys de la postguerra. Tenien autèntics espais de joc per a les seves aventures. Bandes de nens eren els reis, els senyors de tots els blocs d'edificis bombardejats. Recollien metalls no fèrrics i els venien al drapaire. Trobaven armes, pistoles i granades de mà. Una vegada van trobar un home penjat de la biga d'una ruïna. Ben aviat també es van haver de fer responsables de si mateixos i estaven entusiasmats. Encara sento gent que es compadeix d'aquests nens, però això no coincideix en absolut amb la realitat de les seves experiències. Com jo a la muntanya, els nens de ciutat de la més immediata postguerra també van tenir la infantesa més fantàstica que es pugui imaginar. Fins i tot Dieter Dengler, sobre qui més tard vaig rodar una pel·lícula —de fet dues pel·lícules, un documental i un llargmetratge, *Little Dieter Needs to Fly,* el 1997, i *Rescue Dawn*, el 2006—, que havia crescut aïllat a Wildberg, a la Selva Negra, deia exactament el mateix, tot i que havia passat molta més misèria que nosaltres. Recorda com la seva mare se'l va emportar a ell i al seu germà petit a cases bombardejades en què, enmig de les ruïnes, arrencaven el paper de les parets. Després la seva mare bullia el paper perquè la cola amb què estava enganxat contenia substàncies nutritives. Res més lluny de la meva intenció que idealitzar aquella època, provocada per una guerra espantosa i pels espantosos crims dels alemanys. Només recordo les nostres sensacions, però la guerra en si és terrible i es torna més horripilant a mesura que esdevé més horripilant l'instrumental que s'hi utilitza. Recordo com un eco dues coses d'aquella època. Quan hi havia alguna cosa per menjar, calia anar de pressa, perquè si no els germans se t'ho menjaven tot. Encara ara menjo massa ràpid, per més que m'hagi proposat mastegar bé i menjar amb prudència. I, en segon lloc, em resulta difícil llençar aliments, sobretot el pa. La meva nevera sempre està supervisada, ben administrada. Em resulta inconcebible que en el món industrialitzat es llencin un 40% dels aliments i, als Estats Units, segons les estadístiques, fins i tot un 45%. Contemplo en silenci, perquè gairebé ningú comparteix les meves experiències d'infantesa, com als restaurants serveixen quantitats exagerades de menjar, la meitat de les quals va a parar a les escombraries. La bogeria consumista que s'ha escampat per tot el món industrialitzat provoca danys immensos a la salut del nostre planeta. L'obesitat que afecta tantes persones és només la cara visible del consum. No vull dir que de tant en tant no em trobi un enciam passat a la nevera, però poques vegades llenço menjar.

La pensió de l'Elisabethstrasse de Múnic era un edifici antic i espaiós en què es llogaven cinc o sis habitacions. La propietària, Clara Rieth, formava part quan era jove de la bohèmia dels anys vint de Schwabing, el barri artístic de la ciutat. Però aleshores ja no hi havia artistes, de la mateixa manera que, en algun moment, la colònia d'artistes de Montmartre a París va convertir-se en un mite que va eternitzar l'època de finals del segle XIX. De totes maneres, als anys seixanta i setanta, quan va sorgir el Junge Deutsche Film, gairebé tots els cineastes vivien a Schwabing. Múnic era aleshores la capital cultural d'Alemanya, i quan Berlín va substituir com a capital la provinciana Bonn, gairebé tothom s'hi va traslladar. La Clara estava molt interessada en l'art i el teatre, vestia d'una manera insòlita i duia els cabells tenyits d'un color taronja estrident, com dècades després farien els punks. Al gran passadís del seu habitatge hi havia un compartiment separat per una cortina gruixuda, rere la qual vivia l'amiga de la meva mare, la que havia venut mitges de seda amb ella. En una habitació hi vivia un enginyer turc i, a l'habitació del costat, nosaltres quatre: la meva mare, el Till, el Lucki i jo, en una única habitació, amb un lavabo que compartíem tots els inquilins. Calia posar-se d'acord amb els altres veïns per utilitzar-lo. La Clara cuinava per a tots els inquilins, això estava inclòs en el preu. «Jo cuino amb amor i amb mantega», deia sovint, però això de la mantega va resultar ser una exageració, perquè només era margarina. En aquell pis vaig aprendre per sempre a sobreviure amb el mínim espai, i també vaig aprendre a concentrar-me en mi mateix encara que a l'habitació, al meu voltant, sovint hi hagués molt de rebombori. Encara ara puc llegir o escriure enmig d'una multitud sorollosa sense ni adonar-me que hi ha algú. Sota la intensa pressió i les múltiples exigències de la gran quantitat de gent que hi ha en un plató de cinema, puc canviar en pocs minuts tot un passatge d'un guió, quan la força de les circumstàncies exteriors exigeixen un canvi de rumb.

Un dia, quan tornava de l'escola, vaig sentir un tumult des de l'escala. Vaig obrir la porta de l'habitatge i el primer que vaig veure va ser l'Hermine, l'ajudant de cuina, una noia robusta d'uns divuit anys de la Baixa Baviera. Perseguia un home jove que jo encara no havia vist mai i el colpejava amb una safata de fusta. El perseguit deixava anar crits aguts. Li havia ficat la mà sota la faldilla. Era Klaus Kinski. Moltes de les coses que vaig descriure gairebé mig segle després a la pel·lícula *Mein liebster Feind*, del 1999, ja les deu conèixer tothom, però tot seguit tornaré a recapitular el que recordo d'ell. Clara Rieth, compassiva com era, havia recollit del carrer el Kinski, que en aquella època interpretava el paper d'un artista famolenc. El Kinski ja havia obtingut, gràcies a petits papers en uns quants teatres, la fama de ser un actor peculiar. No guanyava gaire, però li agradava coquetejar amb el paper de geni menyspreat i famèlic. No gaire lluny d'allà havia ocupat un àtic buit en un edifici vell, havia proclamat que allò era casa seva i havia espantat el propietari, que volia fer-lo fora, amb atacs violents. En aquell àtic, en comptes de tenir-hi mobles, hi havia escampat fulles seques que van acabar arribant a l'altura dels genolls, i dormia damunt de les fulles. Tal com havia fet el meu pare, que no duia mai roba a casa seva, va rebutjar-la com una imposició de la civilització per apartar-nos de la pura experiència de la natura. Quan venia el carter i trucava a la seva porta, el Kinski l'obria completament nu, obrint-se pas a través de les fulles. També era del domini públic que a l'escenari provocava escàndols contínuament. Si percebia la més mínima descortesia, ni que fos una lleu tos nerviosa, escridassava el públic i l'insultava d'una manera d'allò més indecent. Llançava un canelobre encès a l'auditori i es posava furiós perquè no s'havia après el seu paper de memòria i es quedava callat. Quan en una obra va haver de recitar un monòleg del qual només recordava les primeres línies, va enrotllar-se amb una catifa del terra i es va comportar com si fos una catifa enrotllada, fins que el públic va començar a protestar i el teatre va haver d'abaixar el teló. Més endavant va patir aquesta mena d'atacs una vegada i una altra a les meves pel·lícules, però aleshores no pensava ni un segon en el cinema. En aquella època jo tenia tretze anys i ell en devia tenir vint-i-sis. Com que rebutjava qualsevol indici de civilització, també es negava a utilitzar els coberts a l'hora de menjar. Als àpats, mentre menjava amb els altres hostes de la pensió, ho feia amb les mans ben inclinat sobre el plat. «Menjar és un acte animal», cridava a la Clara, que se'l mirava horroritzada, i un dia en què va descobrir que cuinava amb margarina i no pas amb mantega, va trencar tota la vaixella de la cuina i va llançar una olla de ferro colat per la finestra. Encara recordo com la Clara, per ser amable amb el Kinski, va convidar a dinar un crític de teatre. El crític es deia François i era tan gras que no es podia cordar el cinturó ni per damunt de la panxa. Es va expressar en termes vehements a favor del Kinski i el va elogiar per la seva actuació de la nit anterior: «Va estar sensacional, va estar magnífic!». El que va passar a continuació va ser tan inesperat i els moviments van ser tan accelerats, que em van recordar els dels dibuixos animats de Woody Woodpecker: el Kinski, furiós, va agafar del seu plat unes quantes patates calentes, encara fumejants, i les va tirar a la cara del seu interlocutor per damunt de la taula i, alhora, es va aixecar amb la cara pàl·lida. Tot seguit li va llançar els ganivets i les forquilles que va agafar dels seus veïns de taula. Va ser un autèntic bombardeig, i mentrestant el Kinski no parava de cridar: «No vaig estar sensacional, no vaig estar magnífic. VAIG ESTAR MONUMENTAL, VAIG ESTAR MEMORABLE».

Així van ser els mesos en què el vam tenir de company de pis. La Clara li havia assignat una cambra minúscula amb una finestra estreta que donava al pati del darrere, l'única habitació lliure que li quedava a la pensió. Va allotjar-lo gratis, i li donava menjar sense cobrar-li res, i també li rentava i li planxava la roba. Encara el recordo fent exercicis de pronunciació darrere de la porta, durant hores i hores. Així i tot, sonaven com exercicis per a cantants, modulacions per a la claredat de l'articulació, l'altura i el volum del to. Això contradiu el que va afirmar posteriorment, que tot havia sorgit d'un geni original, com si fos una veritable criatura de l'època de l'Sturm und Drang de la literatura alemanya. El Kinski podia cridar més fort que qualsevol altra persona que jo conegués. Fins i tot podia esquerdar copes de vi quan elevava la veu fins als tons més aguts. Una vegada, a l'hora de sopar, el lloc del Kinski estava buit. Però de sobte va sorgir davant nostre com una aparició immensa, com si hagués estat llançat per un esquadró de bombarders retardat. Devia aprofitar tot el passadís per agafar embranzida, perquè va estampar la porta del menjador contra la paret amb un esclafit espantós. El Kinski, perceptible com en convulsions estroboscòpiques, agitava els braços, més ben dit, feia volar tot de roba per l'aire mentre proferia crits inarticulats de l'estil dels que trencaven les copes de la Clara. Quan la roba es va dipositar com fulles seques damunt de la taula del menjador i del terra, els crits del Kinski es van anar fent més comprensibles. Cridava: «CLARA, MALEÏDA TRUJA!!!!». I quan va acabar la seva actuació, va resultar que estava indignat perquè la Clara no li havia planxat prou bé els colls de les camises.

Ja no recordo les reaccions dels meus germans. Però sé que, a banda de la meva mare, jo era l'únic que no tenia por d'aquell home. Era més aviat com si em quedés parat mirant passar un tornado que deixa rere seu un camí de destrucció. Un dia, al cap d'uns tres mesos, el Kinski es va tancar al lavabo comú. Des de dins se sentia un enrenou terrible. Després es va sentir un estrèpit i tot seguit un estrany silenci. La Clara va picar a la porta des de fora i va intentar tranquil·litzar-lo. Aviat va tornar a esclatar en còlera, el motiu de la qual encara no tinc gens clar, però la intensitat de la seva fúria destructora va augmentar després de la intervenció de la Clara. Des de fora sabíem que estava destrossant el lavabo sencer. Per sort, al passadís hi havia un altre bany amb un petit lavabo que podíem fer servir. La ràbia del Kinski contra la porcellana va durar unes quantes hores. Després d'esmicolar-ho tot, el lavabo, el vàter, el mirall i part de la banyera, el Kinski va aparèixer amb el rostre embadalit, i com que la Clara estava aterrida, la meva mare es va encarregar de fer-lo fora de la casa, cosa que va portar a terme sense gaires cerimònies. El mal esperit se n'havia anat. Per tant, jo sabia perfectament on em ficava quan quinze anys més tard vaig començar a treballar amb ell.

A Múnic, el Till i jo vam entrar a l'Institut Humanístic Maximilian, que tenia molt de prestigi. A banda dels vuit anys de llatí i els sis de grec clàssic, també tenia un nivell elevat en matemàtiques i física, literatura i art. Dos dels grans teòrics de la física del segle xx procedien d'aquí, Max Planck i Werner Heisenberg. Avui dia és difícil de fer entendre per què les llengües clàssiques tenen importància, a tot estirar el llatí, i segurament només per a juristes, teòlegs i historiadors. Des del punt de vista pràctic, aquestes llengües són absolutament inútils. Però aprendre-les ens va permetre obtenir un coneixement més profund de l'origen de la nostra cultura occidental, de la literatura, la filosofia i els corrents profunds de la nostra comprensió del món. Jo, de fet, sempre vaig ser una mica estrany, però només en comparació amb els meus companys d'estudis, tots procedents de famílies de la burgesia il·lustrada i benestant de Múnic. Molt poques vegades tenia la sensació de ser de família pobra, aquest contrast propi d'una societat classista no estava consolidat fins al punt que em resultés insuportable. Ja durant el meu període escolar em va cridar l'atenció la sensació que cadascú s'ocupava, sobretot, de la seva pròpia carrera. Tenia pocs amics i odiava l'escola, i el sentiment va arribar a ser tan intens que, a la nit, quan l'edifici era buit, m'imaginava calant-hi foc. Hi havia alguna cosa, com una mena d'intel·ligència escolar, que clarament jo no posseïa. Al capdavall, la intel·ligència és un farcell que inclou diverses qualitats: pensament abstracte i lògic, capacitat lingüística i d'anàlisi, musicalitat, empatia, capacitat d'associació, talent per a la planificació, etcètera, i en el meu cas, d'alguna manera, el farcell devia estar lligat d'una altra manera. Però el meu germà encara ho va passar pitjor, perquè encaixava encara menys en el model. De seguida va quedar clar que era un fracàs absolut, tot i que era un noi d'una intel·ligència extraordinària. El cas és que es tractava d'una «altra» intel·ligència, que va manifestar-se en la seva capacitat de comandament. A l'institut era el capitost de tots els qui topàvem amb les regles. Mai va haver-hi disputes pel que fa a la jerarquia, mai es va plantejar la qüestió de qui era el líder. Encara ara, quan el Till s'acosta des d'una certa distància, tothom sap que és ell qui mana. No és que el Till ho hagués de demostrar amb la seva actitud, com fan els mascles alfa entre els primats en exhibir-se, sinó que posseïa aquesta qualitat de manera natural. Des del meu punt de vista, és l'únic que realment ha tingut èxit a la meva família. Ho dic mig de broma. Però al segon curs a l'Institut Maximilian ja va quedar clar que no tenia cap interès a aprendre llatí, ni talent. Al final de curs va suspendre i va haver de repetir. A partir d'aquell moment vaig tenir un germà que era més gran que jo però que anava un curs per sota del meu. Va aprovar, cosa que vam anomenar, per dissimular, una «volta d'honor», però al curs següent hauria tornat a suspendre i, per tant, hauria quedat dos cursos per sota. Decidit, als catorze anys va abandonar l'institut, que no era adequat per a ell i que detestava, i va començar unes pràctiques en una empresa de fusta. Hi va progressar de manera vertiginosa. Als vint-i-un anys era cap de vendes i conduïa un Mercedes de l'empresa, i pocs anys després va ser el cofundador d'una casa comercial entre l'est i l'oest d'Europa, juntament amb un consorci semiestatal iugoslau que tenia sobretot connexions amb la Xina. L'empresa va créixer ràpidament i va construir fàbriques de mobles a Manxúria i a Sichuan, de manera que l'empresa del Till hi exportava directament les màquines. En aquella època, el Till passava setmanes senceres a la Xina amb una delegació iugoslava. Més endavant, l'empresa del Till va unir-se a una empresa iugoslava organitzada de manera similar del sector de la pell i les sabates, cosa que va facilitar el lliurament de més de cinc milions de parells de sabates d'alta qualitat, elaborades a Iugoslàvia, venudes a Rússia i concebudes per un dissenyador de sabates italià. La pell també procedia d'Itàlia, i tot el projecte va ser finançat prèviament per l'empresa del meu germà i compensat amb la venda de les sabates. Els partits comunistes d'Àustria i Grècia en van obtenir beneficis financers, fet que la Unió Soviètica va aprovar per qüestions de prestigi. Les despeses addicionals es van carregar en el preu de venda.

Un altre consorci iugoslau del sector de l'automoció que es va afegir a l'empresa del meu germà, per deixar clara la diversitat dels negocis del Till, va comprar dos mil cotxes al Japó i va pagar-ne el preu de seguida, amb un termini de lliurament de sis mesos. La venda es va produir en marcs alemanys i la compra en iens. En aquella època no hi havia cap possibilitat d'establir un canvi estable a Iugoslàvia, i per això l'empresa del Till va constar com la compradora, de manera que de sobte li van ingressar al compte 20 milions de marcs. Amb el negoci dels automòbils, el Till no hi va guanyar res, però els interessos en aquell moment eren del 8%, i al cap de mig any van augmentar fins als 800.000 marcs.

Durant els millors anys, la seva empresa va tenir un volum de negoci de més de 100 milions de marcs, sempre amb negocis molt beneficiosos, en què el centre de tot va continuar sent Iugoslàvia. Als cinquanta-un anys, després de trenta-sis anys d'intensa vida laboral, el Till estava exhaust. Un dia, més endavant, em va confessar que si hagués continuat a aquell ritme, segurament al cap d'un any hauria mort, víctima de l'estrès. Va vendre les seves participacions a l'empresa, i l'elevat sou com a gerent i la distribució anual dels beneficis li van permetre no haver de treballar mai més. Passava molt de temps al Mediterrani i al Carib amb el seu gran iot de vela. Després es va construir una mansió feudal a la Costa Blanca. Actualment oscil·la entre Múnic i Espanya. Fa quaranta-set anys que està feliçment casat i té dos fills magnífics.

Mentre el Till accedia a la vida laboral, la meva mare va trobar una feina fixa en un antiquari de tota la vida especialitzat en art i rareses literàries, però els propietaris, extremament benestants, li pagaven un sou baixíssim. De totes maneres, sempre s'afanyaven a presentar-la als clients com a acadèmica amb un títol de doctorat. Els seus ingressos no haurien estat suficients per a quatre persones. El meu germà es va convertir de seguida en el principal sustent de la família, i sense ell amb prou feines hauria pogut continuar a l'institut, encara que jo també guanyava alguna cosa. Al meu temps lliure treballava de peó, apilant taulons. Era un treball esgotador. Els taulons, en general de fustes tropicals, eren llargs i terriblement pesants, i calia apilar-los de manera precisa de dos en dos o de quatre en quatre damunt d'uns llistons perquè formessin piles ben ventilades i no caiguessin..

De fet, poques vegades anomeno Tilbert el meu germà gran, i Till encara menys, sinó Filberer. Quan l'any 1971 em va venir a veure al Perú en la fase preparatòria d'*Aguirre*, una línia aèria de vols nacionals li va expedir per error un bitllet amb el nom de Filberer Herzog, en comptes de Tilbert Herzog, i fent broma vam començar a dir-li així. Curiosament, és el nom que va prevaler. Més endavant, per pura necessitat, va salvar-me la pel·lícula amb un préstec, i comptava que mai més veuria els diners. Però jo els hi vaig tornar, com he fet amb tots els deutes que he contret. Inicialment, *Aguirre* havia de començar en una glacera, amb una columna llunyana de persones i animals, conqueridors espanyols i esclaus indis encadenats, alpaques i un ramat de porcs negres, mosquets, canons i lliteres. Els porcs havien de patir mal d'altura i baixar trontollant el camí en ziga-zag; amb aquesta finalitat vaig intentar fer unes proves amb un veterinari però tot plegat va acabar en no res. Buscava una glacera que fos prou a prop d'una carretera transitable per tal de poder treballar més fàcilment, i el Till i jo vam viatjar tres hores sense parar des de Lima, al nivell del mar, fins al pas de Ticlio, gairebé a cinc mil metres d'altitud. A dalt havia començat a nevar. Ens va afectar terriblement el mal d'altura. Vam decidir continuar buscant una glacera i ens vam desviar per un camí lateral, però cada cop trobàvem més llocs impracticables, perquè allaus de fang havien bloquejat el camí o en part l'havien destruït. La nevada era cada cop més intensa, i finalment vam veure un poble amagat on pensàvem refugiar-nos. Però tan bon punt vam arribar a la plaça del poble, ens va envoltar una massa furiosa. Els homes colpejaven el cotxe amb els punys. Darrere nostre vaig veure uns quants homes que bloquejaven l'accés al poble amb pedres enormes i davant nostre, a la sortida, també van fer rodolar unes roques per impedir qualsevol possibilitat de fugida. Vam baixar del vehicle perquè vam creure que era més perillós quedar-nos-hi dins. Ens van estirar per totes bandes, però vam mantenir la calma. Uns quants d'aquells homes que parlaven quítxua entenien l'espanyol i, enmig d'aquell terrible rebombori, vaig intentar saber què passava. Ara mateix no tinc del tot clar, encara, com havíem arribat a aquesta situació, però devia tenir a veure, com vaig poder deduir d'unes quantes expressions dels qui cridaven, amb un accident que s'havia produït en una mina propera i en el qual havien mort uns quants obrers indis. Segurament ens prenien per enginyers responsables de l'empresa minera. En algun moment, però, aquells homes furiosos devien comprendre que nosaltres no hi teníem res a veure i ens van acompanyar a la cantina per beure pisco amb nosaltres i reconciliar-nos. El que passa és que nosaltres no teníem ganes de beure alcohol, ens trobàvem fatal i a punt de vomitar, i jo a més tenia un espantós mal de cap. Per compensar-nos, ens van deixar descansar en un llit de palla i ens van portar dues dones joves. «Podeu cavalcar aquests cavallets tota la nit», ens van comunicar. Era una imatge tan estranya que em va quedar gravada per sempre més a la memòria. Les dues dones estaven plantades davant nostre, dretes, descalces i cobertes amb unes quantes capes de faldilles gruixudes. El fred no semblava afectar-les. A les galtes tenien el to vermell intens de les persones que viuen a gran altitud. Totes dues portaven el fort barret característic de les dones quítxua. S'havien tret els barrets i els mantenien aixecats enlaire. Es van quedar així molta estona, com estàtues esculpides procedents d'una altra realitat. Jo no vaig entendre aquestes manifestacions que eren una altra cosa, em sentia exclòs de la realitat que m'envoltava però, alhora, profundament immers en el seu misteri.

Als últims cursos de l'institut vaig alternar dues classes paral·leles, una de catòlica i una d'evangèlica. Això tenia a veure amb el fet que m'havia convertit al catolicisme, però també que no em volia cenyir al desenvolupament normal del curs escolar. Un any en què el meu germà ja havia començat la seva vida laboral, vaig viatjar amb ell fent autoestop fins al nord d'Alemanya. Allà ens vam separar i vaig tornar a les classes a Múnic ben bé una setmana després de començar el curs. Mentrestant havia viscut en casetes de jardí a les quals havia forçat l'entrada i una vegada, a Essen, en una mansió buida que havia obert amb els meus «coberts de cirurgià». Una altra vegada vaig allargar un mes les vacances d'estiu, llavors tenia disset anys. Vaig seguir la meva nòvia d'aquella època fins a Anglaterra on, per pocs diners, vaig adquirir part d'una casa aparellada de parets de totxo que compartia amb quatre nigerians, tres adults i una criatura, i tres bengalís al barri obrer de Manchester, al voltant d'Elizabeth Street. Durant un temps vaig tenir una habitació en propietat. La casa anglesa estava força abandonada, al pati del darrere hi havia piles d'escombraries i a la xemeneia vaig capturar un munt de ratolins. En tots dos casos, la meva mare em va ajudar i em va excusar escrivint a la direcció del centre per dir-los que tenia pneumònia. Però com que la segona vegada havien admès un altre alumne en el meu lloc i, per tant, la meva classe havia quedat completa, van tenir l'amabilitat de traslladar-me a la classe evangèlica del costat. Ara me n'alegro molt, perquè allà vaig fer dos amics que van ser molt importants per a mi. Un era el Rolf Pohle, que tenia molt de talent musical i tocava el violí. Va patir un terrible acne durant anys, no només a la pell, sinó en les profunditats de la seva ànima. Al futbol era un defensa astut, audaç i robust, el podies driblar i al cap de dues passes el tornaves a tenir al davant. Més tard el Rolf va estudiar dret, cada cop es va tornar més d'esquerres, el 1967 es va convertir en president de la Comissió General d'Estudiants de la Universitat Ludwig-Maximilian de Múnic i el 1968, tot i la prohibició policial, va organitzar manifestacions a la ciutat, els anomenats aldarulls de Pasqua. Va ser expulsat de la carrera de dret poc abans de fer l'examen final, i això el va radicalitzar definitivament. Es va aproximar a l'entorn del grup Baader-Meinhof, la RAF,* i va passar a la clandestinitat. Com que tenia un permís d'armes vigent, es va convertir en el subministrador de pistoles per a accions violentes. Vaig perdre-li del tot la pista durant un temps fins que un hivern va provocar un accident a l'autopista, prop d'Augsburg. Va fugir a través d'un camp nevat, va tornar a desaparèixer i, finalment, a finals del 1971, el van detenir. Vaig assistir al seu procés a Múnic, que va durar uns quants mesos i va tenir lloc amb les màximes mesures de seguretat. Probablement les meves dades personals van anar a parar a les llistes de sospitosos simpatitzants de la RAF, amb qui no tenia absolutament res a veure. Vaig visitar el meu amic, que havia estat condemnat a sis anys i mig de presó, i més tard també al centre penitenciari de Straubing. Coneixia aquella presó de molt abans, perquè quan tenia quinze o setze anys hi havia volgut filmar la primera pel·lícula, però per sort aquell projecte va acabar en no res. El guió, els fragments del qual vaig trobar fa poc, és d'una estupidesa difícil de comprendre. Realment el vaig escriure jo? Per visitar un pres a Straubing calia superar un munt de mesures de seguretat, i el Rolf Pohle va ser reclòs durant més d'un any en una inhòspita cel·la de càstig.

Va ser al final d'aquest aïllament que vaig poder visitar-lo. Li vaig portar una pilota de goma dura de les que rebotaven més.

* Fracció de l'Exèrcit Roig.

Temps enrere, al pati del nostre institut, sovint havíem llançat una pilota d'aquestes contra la paret i saltironava damunt del paviment irregular abans que la poguéssim agafar. Les pilotes rebotaven com boges, era impossible preveure en quina direcció i, com els porters d'hoquei sobre gel, calia desenvolupar una fenomenal capacitat de reacció per poder-les atrapar. Vaig sospitar que hi hauria problemes i vaig demanar al control de seguretat de la presó que fessin una radiografia de la pilota per comprovar que no contenia res més que aquella curiosa massa. Els dos funcionaris de presons que ens van acompanyar durant la trobada i van prendre notes sobre la nostra conversa, sabien perfectament que el que jo havia portat només era una pilota. També sabien que el Rolf, en les solitàries «passejades pel pati» que feia en un estret quadrat de ciment cobert amb una tela metàl·lica podria utilitzar-la. De totes maneres, l'hi van confiscar sense donar cap mena d'explicacions. I el cert és que tampoc vaig poder parlar de debò amb el Rolf. Quan es va asseure a la tauleta que hi havia davant meu no li van treure les manilles ni les cadenes i, com que feia un any que no parlava amb ningú, ja no sabia parlar d'una manera normal. Cridava massa tenint en compte la poca distància que ens separava, però no va trobar el to adequat fins a l'últim minut de la trobada. A més, en lloc de mantenir una conversa es va dedicar a cridar eslògans polítics gairebé tota l'estona. El contacte visual se li havia fet estrany.

Més endavant li van augmentar els anys de presó. Era a la llista de sis presos que l'any 1975 van intercanviar pel polític berlinès Peter Lorenz. Lorenz va ser segrestat pel Moviment 2 de Juny en suport de la RAF, es va produir l'intercanvi d'ostatges i el Rolf va fugir amb avió juntament amb els altres alliberats cap a Aden, al Iemen del Sud socialista. El problema és que, just abans de marxar, quan els alliberats van rebre diners en metàl·lic, el Rolf va exigir una quantitat més alta que l'acordada, o almenys això és el que van dir posteriorment. Això li va suposar uns quants anys més de presó, perquè es va interpretar la seva acció com a xantatge, després que el detinguessin a Grècia i Alemanya n'exigís l'extradició. No el vaig tornar a veure mai més. Quan va sortir de la presó l'any 1982, jo estava de viatge per algun lloc del món. El Rolf se'n va anar d'Alemanya i va aconseguir el permís de residència a Grècia després de casar-se amb la seva advocada grega. Vaig sentir que estava molt malalt. Va morir el 2004 a Atenes, oficialment de càncer, de manera no oficial de sida.

El meu altre amic de la classe evangèlica va tenir una importància decisiva per al meu desenvolupament intern. Es diu Wolfgang von Ungern-Sternberg von Pürkel. Durant els primers anys ni m'hi vaig fixar, perquè anava a la classe del costat i va faltar durant molts mesos per malaltia. Era espigat i escardalenc, amb un remarcable cap d'asceta que sempre tenia lleugerament inclinat cap endavant, com el d'un ocell rapinyaire. Era una d'aquelles persones brillants que comprenen de manera espontània idees complexes i tenen la capacitat de convertir-les en pensaments audaços. El Wolfgang apareix com a actor en algunes de les meves primeres pel·lícules. Ell i el seu germà Jochen, que també anava a la nostra classe, procedien d'una casa parroquial molt propera a l'institut. Els quatre fills de la seva família eren superdotats. El Jochen, una mica més jove, destacava en totes les assignatures, però a diferència del seu germà era un noi tranquil i introvertit, silenciós i profund. Es va convertir en jurista, va fer una carrera brillant i va arribar a ser el jutge més jove del tribunal suprem alemany. El Wolfgang era genial i li era indiferent no destacar de la mateixa manera en totes les assignatures. Tenia una comprensió de la literatura que no he tornat a veure enlloc. En certa manera, als setze anys feia la classe d'alemany pel seu compte. Moltes vegades demanava la paraula al començament de la classe d'alemany, mentre feia una educada reverència. «Disculpi, però jo no ho veig així, ho veig d'una altra manera». Quan el convidaven a expressar la seva opinió, improvisava brillants digressions entre més reverències de disculpa, seguint del tot les seves pròpies observacions. Mai va ser algú que se cenyís a interpretacions normatives tretes dels llibres de text. Parlava en cascades de frases complexes, com si fos un manual. En general no sentia el timbre del final de la classe, i continuava parlant mentre l'aula es buidava. Senzillament, ni s'adonava que s'havia quedat sol.

Per a mi va ser un cop de sort. Per fi coneixia algú en qui cremava el foc que tant trobava a faltar. La Universitat de Múnic va reconèixer el seu extraordinari talent i li va permetre estudiar alhora a la universitat i a l'institut. Quan va acabar el batxillerat ja havia cursat sis semestres de germanística a la universitat. Ell i jo teníem maneres de fer molt diferents: ell argumentava amb filigranes i exposava tota la complexitat d'un pensament de manera matisada i irisada, per la qual cosa més tard es va estendre en infinites subtileses a la seva tesi doctoral i a la dissertació per accedir a una càtedra universitària, mentre que jo més aviat pensava en grans trets i atacava els problemes directament. Però ell era un entusiasta, i la seva flama m'encenia a mi també. Gràcies a ell vaig rebre les primeres referències sobre Lope de Aguirre per a la meva pel·lícula *Aguirre, la còlera de Déu*. Una vegada el vaig anar a veure però amb prou feines em va saludar i se'n va tornar de seguida al telèfon. Patia mal d'amor. Vaig comprendre que pràcticament no tindria temps per a mi, i vaig examinar els seus infinits rengles de llibres. Gairebé per atzar en vaig agafar un perquè m'havia cridat l'atenció com un objecte estrany. Era un llibre per a nens d'uns dotze anys sobre descobriments. Hi sortien Vasco da Gama, Colom, però un paràgraf, un sol paràgraf breu, que tenia tan sols una dotzena de línies, va despertar la meva curiositat. El passatge parlava d'un conqueridor anomenat Aguirre que va recórrer tot l'Amazones a la recerca d'El Dorado. Quan va arribar a la desembocadura del riu, es va dirigir cap al Carib amb la intenció d'arrabassar tota Amèrica del Sud a la corona espanyola. S'anomenava a si mateix «el gran traïdor», «el pelegrí» i també «la còlera de Déu».

De fet, a l'escola mai m'havien cridat ni la literatura ni la història, però això era per culpa del meu rebuig general a l'escola. De fet, sempre havia estat autodidacte, però quan vaig acabar l'institut em vaig matricular a la universitat per estudiar-hi història i literatura. De totes maneres, els meus estudis només van ser una aparença, ho vaig tenir clar des del principi, perquè en aquella època ja rodava les meves primeres pel·lícules i havia de guanyar diners per poder-les produir. Físicament gairebé no trepitjava l'edifici de la universitat, hi havia semestres en què no hi apareixia més de dues vegades.

10

TROBADA AMB DÉU

Tot i els amics que havia fet a la nova classe, la classe catòlica també va deixar un rastre durador a la meva vida. Els meus germans i jo havíem crescut sense religió, per dir-ho d'alguna manera, com si fóssim pagans. No me'n vaig adonar fins que a Sachrang, pel carrer, el sacerdot del poble ens va tractar a crits d'ateus i va bufetejar el meu germà gran. Devíem tenir sis o set anys. Els nostres pares eren realment ateus, i el meu pare de manera militant. A Múnic, quan tenia tretze anys, vaig sentir una mena de buidor dins meu. Era l'enyorança d'alguna cosa transcendent, elevada, que em generés un neguit. La gent propera, com el meu germà Till, no acabava d'entendre el que em passava. Creia que simplement m'havia deixat entabanar pel meu professor de religió d'aleshores, un capellà catòlic. Tothom l'anomenava «viida», perquè sempre parlava de la «viida eeterna», però això seria una interpretació massa simplificadora. Hi havia amics meus que també creien que havia fet el pas cap al catolicisme com un acte de resistència contra el meu pare, però això és una interpretació del tot superficial i més aviat poc intel·ligent, perquè la meva mare també era atea. El meu pare quedava massa al marge de la meva vida, em resultava massa indiferent per necessitar un gest de sublevació per autodeterminar-me. Tampoc es va tractar mai de voler substituir el meu pare absent per alguna cosa més elevada, com si trobés a faltar el seu amor. És conegut el fenomen segons el qual els nois —i també les noies, naturalment— tenen problemes quan experimenten una manca d'amor i de proximitat. En el meu cas i, vist en general, en el cas de la meva família, en canvi, teníem *un pare que no era estimat*. Cap dels meus germans de la primera, la segona i la tercera cadellada sentia afecte per ell, i també les dones se'n van apartar. En el cas de la seva tercera dona només ho puc suposar, perquè va crear contra ell una mena de conspiració amb la meva mare i amb la Doris. La seva germana també l'odiava de tot cor, i fins i tot la seva pròpia mare, la meva àvia, no parlava mai del seu fill Dieter, sinó del «carallot». Quan tenia catorze anys em vaig fer batejar, i el mateix any vaig rebre la confirmació. Per tant, era un catòlic plenament responsable.

Aquest pas va suposar haver de superar grans obstacles en tres terrenys: la història de l'Església, l'estructura jeràrquica de l'Església i el dogma. La qüestió de la història de l'Església és ben fàcil de descriure. Per exemple, tenia problemes amb la inquisició o amb el fet que l'Església, en la conquesta d'altres terres i pobles, com ara en el Nou Continent, sempre estigués al costat dels opressors. La jerarquia ofenia profundament la meva natura. En aquest sentit, hauria preferit una religió com l'islam, en què una casta de sacerdots no té gairebé cap paper, perquè l'home està sol davant de Déu, sense cap vincle entremig.

Tenia problemes encara més profunds amb alguns dogmes. La qüestió de la Trinitat era per a mi un veritable maldecap, perquè un Déu creador tenia al costat un fill i l'Esperit Sant. A més calia afegir-hi la Verge Maria, una mena de deessa mare, i tot un panteó de déus menors en forma de sants. Finalment, si hagués viscut al segle IV, m'hauria posat al costat dels arrians. En poques paraules, la qüestió de la naturalesa, de la substància de Déu, va ser formulada per Arri, un sacerdot d'Alexandria, de la manera següent: Déu és en essència únic, existeix per si mateix i, per tant, no depèn de res més i està al marge del temps. Va crear el seu fill que, per tant, forma part del temps. Així doncs, el fill pertany a un altre tipus d'existència i no té la mateixa substància immutable. Al Concili de Nicea de l'any 325, l'arrianisme va ser condemnat com a heretgia, però jo m'hauria sentit millor al costat dels heretges. També m'hauria sentit millor al costat d'un altre pensador que va ser declarat heretge al Concili d'Efes de l'any 431, Pelagi. És el creador del lliure albir a la teologia cristiana de finals del segle IV i principis del segle V, i argumentava que l'home posseeix la capacitat moral de no pecar, és a dir, que disposa d'un lliure albir. Sant Agustí va imposar l'opinió que el pecat original és un tret existencial de l'home, i que sense la Gràcia de Déu és impossible una vida sense pecat. *Non possum non peccare*, «Em resulta impossible no pecar», va formular en el seu conegut dictamen. Per això consideraria més herètic el Pare de l'Església que no pas Pelagi. En aquest sentit tinc una observació sobre el papa bavarès Benet XVI, que va ser cap de l'Església catòlica romana del 2005 al 2013. M'agradava per la seva profunditat intel·lectual. Com a papa no va ser un bon administrador de l'Església, i en l'esfera pública era un desastre. Suposo que va abdicar perquè començava a dubtar de Déu. Al seu discurs a Auschwitz, que és força breu, va repetir tres vegades: «On era Déu? On era Déu, quan va passar això?». O bé se sentia escindit entre sant Agustí i aquell Pelagi, tenint en compte que el primer havia dit que tot el que havia creat Déu era bo? Com podia haver creat l'home com un ésser caigut? Part de la meva decisió dels catorze anys d'adoptar el catolicisme segurament també tenia a veure amb el fet que era la religió de la meva pàtria, Baviera. Alhora, tenia clar que com a membre de l'Església i com a seglar d'aquesta Església tenia l'obligació d'intervenir-hi de manera correctora i de defensar-hi canvis. La meva fase intensiva de religiositat no va durar gaire, es va esvair i va desaparèixer de manera quasi imperceptible. Al cap d'uns quants anys vaig abandonar oficialment la comunitat parroquial, per bé que el dogma catòlic considera el bateig un senyal indissoluble a l'ànima humana. En teoria pots abandonar la comunitat parroquial o fins i tot ser excomunicat, però continues sent catòlic per sempre. I tampoc confiava en aquest dogma.

Al començament, però, va haver-hi una breu fase de veritable devoció. Encara ara em costa d'entendre i me'n sorprenc. Durant poc temps també vaig ser escolà, però el meu germà Till no parava de burlar-se'n, i al final vaig pensar que degeneraria fins a convertir-me en un simple beat. Però, de fet, el que jo volia era una forma més radical de cristianisme, i per això finalment vaig ingressar en un grup format per nois de la meva edat que a la meva família anomenaven «l'associació dels sants». Somiàvem en un cristianisme primitiu idealitzat que segur que només era una ficció. De totes maneres, estàvem molt impressionats per un model contemporani, el pare Leppich, un jesuïta, que feia actes multitudinaris i tenia molts seguidors. Leppich, amb la seva radicalitat, era sobretot un bon punt de partida per als adolescents. Quan m'hi vaig fixar amb més atenció va començar a molestar-me la seva demagògia. Ben aviat em va resultar francament sospitós, i així es va acabar també la fase de la meva pròpia radicalitat. L'associació dels sants s'inspirava en el moviment alemany dels Wandervogel* de principis del segle XX, i vam emprendre unes quantes iniciatives seguint la seva filosofia, que ens van dur fins a Okrida, a la frontera amb Iugoslàvia, Grècia i Albània. També vam començar a caminar durant aquest viatge al llarg de la frontera albanesa. Albània em fascinava. Després de la guerra, Enver Hoxha l'havia convertit en un bastió d'un comunisme radical d'influència xinesa i, per tant, estava en contradicció amb la Unió Soviètica. En aquella època, final dels anys cinquanta, el país estava hermèticament tancat, no concedien visats a ningú. Era una misteriosa

* Wandervogel és el nom adoptat per un moviment popular de grups juvenils alemanys del 1896 al 1933, que van protestar contra la industrialització anant a caminar pel país i comunicant-se amb la natura al bosc.

terra incognita. Més tard hi vaig recórrer tot sol la frontera, però fins ara no he trepitjat mai Albània. El país és un dels meus llocs enyorats, i segurament ho continuarà sent.

En moltes de les meves pel·lícules es percep un eco llunyà de Déu, d'alguna cosa transcendent. M'adono que uns quants dels títols hi fan al·lusió de manera superficial: *L'enigma de Kaspar Hauser*; *Aguirre, la còlera de Déu*; *Gott und die Beladenen*; *Huies Predigt; God's Angry Man* i *Glocken aus der Tiefe*, una pel·lícula sobre la fe i la superstició a Rússia. Fa pocs anys, el 2017, vaig tenir una conversa pública amb el curador Paul Holdengräber, de qui valoro la profunda comprensió dels contextos culturals, que significativament va rebre el títol d'*Ecstasy and Terror in the Mind of God*. Entre altres temes vam parlar molta estona sobra la selva de l'Amazones, aquest paisatge incomplet creat per Déu en un rampell de còlera. Un dels dos, ara no me'n recordo exactament, va citar el passatge final del meu llibre *Eroberung des Nutzlosen* ['Conquesta d'allò inútil'], sobre la meva tornada a l'escenari on vaig rodar *Fitzcarraldo*, en què la còlera de Déu era tan immediatament perceptible com si fos la meva descripció de Déu: «Vaig mirar al meu voltant i a la selva verge hi havia el mateix odi en ebullició, furiós i fumejant, mentre el riu, amb una majestuosa indiferència i una sarcàstica condescendència, ho rebutjava tot: els esforços dels homes, la càrrega dels somnis i els turments del temps».

II

COVES

Però va haver-hi un antecedent d'aquestes experiències de gran transcendència. Va ser el moment del despertar de la meva ànima, no m'avergonyeixo d'abusar d'aquest concepte. Almenys va ser el primer moment en què, més enllà de la formació i l'escola, vaig començar a pensar i a sentir per mi mateix. Llavors tenia dotze, potser tretze anys i ja havíem arribat a Múnic. Jo passava per una llibreria sense fixar-me especialment en què tenien exposat a l'aparador, però hi vaig veure alguna cosa que em va fer aturar unes quantes passes més enllà i em va fer tornar enrere. De cua d'ull havia vist un llibre a l'aparador que tenia a la coberta la imatge d'un cavall que no havia vist mai. Era un llibre sobre pintura rupestre, i la imatge mostrava una de les famoses pintures d'un cavall de la cova de Lascaux. M'hi vaig acostar i vaig llegir al subtítol del llibre que es tractava de pintures del paleolític, pintades fa uns 17.000 anys. Això em va trasbalsar profundament. Volia comprar aquell llibre, però el preu no em resultava assequible. De seguida vaig començar a guanyar diners com a recollidor de pilotes en un club de tenis. Cada setmana m'acostava a la llibreria per comprovar d'esquitllentes si el llibre encara hi era. M'havia envaït la terrible inquietud que algú l'hagués descobert i l'hagués comprat. Sentia un profund neguit. Em devia imaginar que el llibre era un exemplar únic. Al cap de dos mesos havia aconseguit els diners, i el llibre encara hi era. L'emoció que vaig sentir quan vaig obrir el llibre i vaig fullejar-ne les pàgines i les il·lustracions no em va abandonar mai. Moltes dècades més tard vaig tenir la sort de poder rodar la pel·lícula sobre la cova de Chauvet. Aquesta cova no va ser descoberta fins al 1994, i s'havia conservat com en una perfecta càpsula temporal, com si les pintures no haguessin estat pintades fa 32.000 anys, sinó ahir mateix. Hi va haver una gran competència a l'entorn del projecte cinematogràfic, sobretot per part de directors francesos, tots bons i dignes de ser considerats seriosament, i jo comptava que tenia poques possibilitats, perquè els francesos, pel que fa al seu *patrimoine*, pensen de manera molt territorial. Tots els científics que investigaven la cova eren exclusivament francesos, i la primera dificultat que vaig haver de superar va ser aconseguir la seva conformitat, i després la del govern local del departament de l'Ardecha. La tercera dificultat va ser el ministre de Cultura francès, que em va rebre molt amablement i, a tall d'introducció, em va dir, de la manera més inesperada, que de jove l'havien entusiasmat i impressionat molt les meves pel·lícules. Abans de fer carrera política havia estat actor, escriptor i director i havia vist les meves pel·lícules com a crític. Estava a punt d'encetar el *però* que tenia preparat, «per desgràcia aquí hi ha una situació...», quan el vaig interrompre sense cap mena de cerimònia. Li vaig dir senzillament que sabia que jo era competent i que també hi havia altres directors interessats, però que hi havia una cosa que cremava dins meu i que no s'extingia des dels dotze anys. Li vaig parlar del meu descobriment a la llibreria. Llavors el ministre es va inclinar per damunt de la taula i em va donar la mà. «No en parlem més. Ho farà vostè. Vostè farà la pel·lícula». Es deia Frédéric Mitterrand, i era nebot de l'anterior president. Per mantenir les formes, i probablement també per protegir els interessos de la República Francesa, havia de signar un contracte amb l'estat. Mitterrand em va preguntar quines eren les meves pretensions econòmiques. Jo vaig respondre: «Un euro, i aquest euro el donaré per al manteniment de la República». La pel·lícula *Die Höhle der vergessenen Träume,* del 2010, va ser l'única que he filmat en 3D. Per a mi s'havia tancat un cercle.

Les limitacions a l'hora de rodar van ser gairebé opressives. Com que cada any a Lascaux fins a cent mil visitants havien contaminat les coves amb el seu alè i les seves transpiracions, ara a Chauvet volien fer les coses correctament. A Lascaux, per damunt dels colors s'havia escampat un fong que es menjava les pintures rupestres. Després Lascaux va ser clausurada de manera categòrica, i també altres coves, com ara les d'Altamira. La cova de Chauvet havia quedat tapada i literalment «segellada» fa vint-i-vuit mil anys per un esllavissament de pedres i per això l'atmosfera s'hi ha conservat tan inalterada. La feixuga porta d'acer d'alta seguretat de l'entrada ha d'obrir-se i tancar-se el mínim de vegades possible. Per rodar ens hi van deixar entrar breument i fins que no vam sortir no van tornar a obrir i a tancar la porta. Només podíem portar el que duguéssim damunt del cos. Incloent-me a mi, només podíem ser un màxim de quatre persones, i cada dia ens deixaven treballar quatre hores seguides a la cova, i això durant menys d'una setmana. Ens havíem de moure damunt d'una passarel·la metàl·lica que tenia uns seixanta centímetres d'amplada, i el nostre equip d'il·luminació no podia emetre cap mena d'escalfor, tot plegat mesures d'allò més lògiques. Des de fora no podíem rebre cap mena de suport, perquè això implicaria haver de tornar a obrir la porta d'acer. Ens vam construir nosaltres mateixos una càmera molt petita en tres dimensions, que de fet consistia en dues càmeres connectades en paral·lel, no més grans que dues capses de llumins. Llavors encara no hi havia equips en miniatura, i l'emmagatzematge digital de les dades era un procés molt complex. Dic això perquè les circumstàncies van fer necessari un equip d'una qualitat extraordinària, en què cada membre estava en condicions d'assumir el treball de l'altre si calia. L'equip estava format pel càmera Peter Zeitlinger, el seu ajudant Erik Söllner, tots dos austríacs, decidits, forts i competents, i el guru digital Kaspar Kallas, d'Estònia. El Kaspar havia rodat pel·lícules, havia desenvolupat parts fonamentals del software d'*Avatar*, de James Cameron, i era també un càmera excel·lent. Jo mateix m'encarregava de la llum amb un panell pla portàtil, i també del so quan filmàvem converses amb els investigadors. Minuts abans d'entrar a la cova repassàvem el material de manera metòdica, de la mateixa manera que els pilots repassen les llistes de comprovació en un avió de passatgers, però un dels dies de rodatge, mentre ens enfilàvem cap a la cova, una de les bateries de dades ens va caure en un nivell inferior i se'ns va espatllar. Tenia una tensió molt poc habitual i no s'hi podia connectar res. Què podíem fer? Tornar a la superfície hauria significat obrir la porta. Això hauria representat, al cap de pocs minuts, el final d'un costós dia de rodatge. Els tres homes de l'equip vam idear un pla: ens vam agenollar a l'estreta passarel·la i vam desmuntar un dels cinturons de bateria. D'eines no en teníem gaires, tan sols un petit tornavís i un ganivet de l'exèrcit suís i jo, com a figurant, vaig dedicar-me a aguantar una llanterna per il·luminar-los a tots tres durant l'operació. Al cap de mitja hora, amb prou feines havíem construït una bateria, i podíem començar el rodatge. Això ho explico perquè sempre vaig tenir equips tècnics d'una qualitat extraordinària, disposats en tot moment a enfrontar-se a qualsevol dificultat que se'ls presentés. Les condicions a la cova eren realment delicades. De fet, havíem de respirar el mínim possible, i un simple esternut hauria comportat una lleugera erosió dels fins dipòsits de pols de carbó de les imatges parcialment negres. En un punt concret del terra de sorra hi vam veure el rastre d'un infant, de fet n'hi havia dos, perquè en paral·lel hi havia la pista d'un llop. La gran entrada de la cova era freqüentada en temps prehistòrics tant per humans com per animals d'una mida respectable, sobretot per una espècie actualment extingida, la dels ossos de les cavernes, que hi hibernaven. No ens podíem acostar a les petjades, però encara ara continuo pensant: el llop va seguir un nen o van entrar confiadament tots dos junts, com amics, o bé el llop va seguir el seu rastre centenars o fins i tot milers d'anys després? El més incomprensible d'algunes de les pintures rupestres és el fet que, per exemple, hi havia la imatge d'un mamut o d'un rinoceront llanut que es va acabar de pintar en una època molt posterior. Segons la datació radiocarbònica dels isòtops de les imatges pintades amb carbó, es va poder comprovar amb exactitud que un pintor havia començat una imatge i un altre l'havia acabat més de cinc mil anys després, com si la pintura hagués començat a l'època dels faraons i l'hagués acabat un ésser humà actual.

Sempre m'ha fascinat com de vegades es manifesta una memòria col·lectiva des de les profunditats del temps. Per què desitgem «salut» a algú o li diem «Jesús» quan esternuda però no ho diem mai quan algú estossega? Potser és una reminiscència de les epidèmies de pesta, en què les persones infectades mostraven com a primers símptomes uns esternuts inespecífics. Per què en tantes cultures els cementiris estan envoltats amb tanques? Possiblement això procedeix de temps arcaics, en què preferien tenir envoltats amb tanques els esperits malèvols dels morts. Com és que en moltes cultures és un costum que el marit porti en braços la muller per creuar el llindar de casa seva? Hi veig un indici dels temps antics, en què els homes robaven les dones, fins a arribar al rapte de les sabines a la història primitiva de l'antiga Roma. També la gran epopeia finlandesa, el *Kalevala*, que es remunta a tradicions orals de temps immemorials, descriu un robatori de dones. A la cova de Chauvet vaig veure dues d'aquestes reminiscències que trobo molt remarcables. Allà hi ha la imatge d'un bisó galopant que el pintor paleolític volia representar amb un moviment dinàmic. El bisó té vuit potes. Tres mil anys després, trobem al poema medieval islandès de l'Edda una descripció del cavall del déu més important, Odin. Aquest cavall, que es diu Sleipnir, és el més ràpid de tots perquè galopa damunt de vuit potes.

I a les profunditats de la cova de Chauvet penja un tros de roca que té la forma d'una pinya de dimensions colossals. Allà hi ha l'única representació humana de la cova: la part inferior d'una dona nua abraçada per les peülles d'un bisó. Tres mil anys després, Picasso va fer una sèrie de litografies, *Minotaure et femme,* com si hagués obtingut la inspiració de la cova de Chauvet. Però Picasso —amb qui personalment no tinc gran cosa a veure— feia temps que era mort quan van descobrir la cova. De totes maneres, em pregunto si hi ha una memòria oculta a les famílies. O, plantejat d'una altra manera: pot ser que hi hagi imatges latents dins nostre i que per algun impuls extern es despertin del seu somieig? Crec que sí i, en certa manera, durant tot el meu treball m'he dedicat a perseguir aquestes imatges, siguin els deu mil molins de vent de l'illa de Creta, que són la imatge central de la meva primera pel·lícula, *Lebenszeichen*, o el vaixell de vapor que van arrossegar per damunt d'una muntanya, la metàfora central de la meva pel·lícula *Fitzcarraldo.* Sé que és una gran metàfora, però no puc dir de què.

12

LA VALL DELS DEU MIL MOLINS DE VENT

Amb els molins de vent de Creta, hi vaig ensopegar literalment. Va passar en una de les meves primeres empreses, però ja no estic del tot segur del moment en què es va esdevenir. Sens dubte ja havia estat a l'illa amb amics de l'«associació dels sants» al final de curs de l'institut, però llavors vam viatjar més aviat per la part central i oest de Creta, Réthimno, Khanià, i per la part sud d'Hora Sfakion. I hi vaig estar una vegada seguint el rastre del meu avi Rudolf, crec que just després d'acabar el batxillerat. Tenia amics grecs de Creta a Múnic, amb qui vaig començar a parlar grec modern.

A l'estiu, en acabar els estudis, em vaig unir a un comboi de camions usats que havien comprat a Múnic i que transportaven un o dos automòbils cadascun. L'objectiu era embarcar-los a Atenes fins a Creta per vendre'ls allà. Jo vaig fer-hi una petita inversió i sabia que guanyaria prou diners amb aquell negoci per poder anar fins a l'Àfrica. Encara recordo com vaig sortir de Múnic i vaig recórrer l'autopista en direcció a Salzburg muntat a l'últim vehicle de la columna; davant meu hi anava un vell camperol de Creta que no havia circulat mai tanta estona en línia recta. Conduïa fent esses, com si viatgés pels estrets revolts de les carreteres de la seva illa natal.

Quan finalment vaig arribar a Creta, em va convidar a casa seva, al poble d'Archanes. Em van donar «l'habitació de luxe», que pràcticament no s'utilitzava mai si no era per a ocasions especials com ara casaments i vetlles. Hi vaig dormir a terra. En obrir els porticons em vaig fixar que hi havia alguna cosa que formiguejava al terra de fusta, com si fossin bombolles de xampany. A contrallum vaig observar que eren puces, una quantitat immensa de puces que vaig suportar sense queixar-me per no incomodar els meus amfitrions. Archanes és al costat dels primers contraforts de la muntanya més alta de l'illa, el Psiloritis, l'antic Ida, en què va néixer Zeus, el pare dels déus, i als vessants de la qual vaig anar a caçar cabres salvatges i perdius. En tinc una foto antiga, de molt jove, amb una escopeta de perdigons a la mà. Hi duc una perdiu lligada al cinturó i un mocador al cap per protegir-me del sol. Hi surto de perfil, segurament per mostrar la perdiu a la càmera. En aquella època m'havia convertit en un jove atlètic, però poc després, a l'Àfrica, quan em vaig posar malalt, em vaig aprimar d'una manera terrible. Encara tinc una altra foto meva a Creta, damunt d'un ruc que vaig llogar durant unes quantes setmanes. L'anomenava Gaston, i per molt que m'hi escarrassi no aconsegueixo recordar per què li vaig posar aquest nom, tot i que sé que aleshores hi atribuïa una gran importància. Vaig travessar a peu gairebé tot el llarg de l'illa, però no per la costa, sinó per les muntanyes de l'interior. Ho vaig fer tot sol i em vaig adonar que m'havia convertit en un adult independent. Quan el Gaston descansava, jo també descansava i quan, després d'uns quants estímuls, es decidia a continuar, jo també continuava. Molt a l'est de l'illa, vaig arribar per la muntanya a un punt en què el terreny s'enfonsava abruptament. De sobte, com sorgint del no-res, vaig veure al cap d'un moment com s'obria davant meu una àmplia vall plena de molts milers de molins de vent que es movien alhora, amb veles blanques de lona, com si tingués al davant un prat immens ple de flors enfollides que giravoltaven, un camp de margarides esbojarrades. No hi havia cap poble ni cap casa, només els molins de vent. Aclaparat, em vaig asseure. Sabia que allò no podia ser, que una cosa així no podia existir. Vaig tenir por que m'hagués tornat boig, perquè la visió no es volia esvair com un miratge. Recordo que vaig pensar que era massa aviat. Si fos tan gran com el meu avi podria passar que m'hagués tornat boig, però encara era massa aviat. Em vaig refer com vaig poder quan de sobte vaig sentir, procedents de la plana, uns cruixits i uns grinyols. O sigui que potser tot allò era real? Potser encara podia confiar en els meus sentits? Finalment vaig baixar de la muntanya i vaig poder comprovar de més a prop que realment eren molins de vent que, per regar la plana, extreien aigua subterrània. Anomenaven aquella plana «la vall dels deu mil molins de vent». Fa un any em va escriure l'alcalde de Lassithi, un poble de la zona, per demanar-me si volia donar suport als esforços de la regió per restaurar els molins de vent en la seva forma original. Els havien modernitzat i hi havien instal·lat motors elèctrics que bombaven l'aigua.

Tan sols tres anys després vaig escriure el guió de *Lebenszeichen.* El protagonista, un soldat alemany ferit al cap durant la Segona Guerra Mundial, és traslladat a vigilar una fortificació en què, per combatre l'avorriment, elaboren focs artificials amb la pólvora de les granades. En una missió d'exploració per les muntanyes de l'illa, la patrulla arriba exactament al lloc des del qual vaig veure per primera vegada els molins de vent. En contemplar-los, el soldat es torna boig i comença a disparar al seu voltant. Des del fort ataca el port i la ciutat amb coets de focs artificials, declara la guerra tant a amics com a enemics i fins i tot al sol ixent. Al final l'han de controlar els seus propis companys. La part essencial d'aquesta història es va inspirar en un relat d'Achim von Arnim, *Der tolle Invalide auf dem Fort Ratonneau,* però la meva trama va seguir una altra direcció. Recordo que la narració comença amb un vell comandant que ha perdut una cama i explica la seva història al costat de la llar de foc. Parla amb tanta ràbia que no s'adona que se li cala foc a la cama de fusta.

Hi ha una sèrie de motius recurrents a les meves pel·lícules que gairebé sempre tenen a veure amb experiències reals. En general, el cinema no és adequat per reproduir engendres abstractes. Hi ha hagut moltes especulacions sobre el cotxe buit i sense conductor de la pel·lícula *Auch Zwerge haben klein angefangen* (1970), que circula en cercles d'una manera d'allò més absurda. Hi ha molts motius circulars com aquest en altres pel·lícules meves, l'origen dels quals és l'època en què tenia disset o divuit anys. Treballava de soldador al torn nocturn, feina força ben pagada, perquè hi havia un plus per l'horari nocturn, tot i que durant el dia havia d'anar a l'institut i, en l'estat crepuscular de cansament en què em trobava, només m'assabentava del contingut de les classes de manera esquemàtica. També hi havia un plus de perillositat, perquè sempre ens exposàvem a les partícules metàl·liques roents que saltaven. Jo treballava amb un davantal de cuir, però a aquelles hores de la nit la meva atenció es relaxava i sovint les partícules metàl·liques roents, a més de mil graus de temperatura, lliscaven del davantal i m'entraven pels costats a les sabates. Llavors feia un bot sobtat però quan aconseguia treure'm les sabates ja tenia cremades als peus. En aquella època sempre tenia butllofes en aquella part del cos.

Durant l'Oktoberfest de Múnic vaig interrompre la meva feina de soldador per fer de vigilant en un aparcament. Allà sí que vaig guanyar diners de debò. Durant els setze dies de les festes, centenars de milers de persones ocupen el recinte, però llavors, devia ser el 1959 o el 1960, encara hi havia una petita part del prat que no estava ocupada per muntanyes russes, cavallets, parades de tir al blanc i parades de cervesa, sinó que encara quedava lliure i que servia d'aparcament per als cotxes. La feina a l'aparcament era lucrativa, perquè uns quants amics meus havien desenvolupat un mètode per cobrar dues vegades els tiquets d'aparcament. Havíem de liquidar blocs de cent tiquets, però teníem un truc per tornar a enganxar-los. N'arrencàvem uns quants i els ficàvem sota els netejaparabrises i els altres els donàvem als propietaris dels cotxes. Enredàvem els conductors perquè ens tornessin el seu tiquet, a la nit planxàvem els que estaven arrugats i els tornàvem a vendre; els anomenàvem *duplices,* i de vegades fins i tot veníem *triplices.* A les deu del vespre les parades deixaven de servir cervesa i cap a mitjanit el recinte quedava buit del tot. En aquestes dues hores, la feina de vigilar l'aparcament es feia realment difícil. En aquella època encara es considerava un delicte menor conduir havent begut, tampoc hi havia cinturons de seguretat, i els semàfors no eren gaire habituals. A partir de les deu, però, tothom anava borratxo, centenars de persones que havien begut molt i que sovint anaven en cotxes pleníssims. Aquest tipus de viatgers eren gairebé sempre militants, escandalosos i en part perillosos. De vegades, els cotxes que marxaven m'apartaven a un costat quan intentava aturar-los i convèncer els ocupants que agafessin un taxi. Per a mi, un estudiant d'institut, aquella responsabilitat era excessiva. La policia no apareixia en cap moment, ja tenia prou feina amb les baralles i els borratxos inconscients. Hi havia casos en què els conductors anaven tan beguts que al cap d'uns quants metres haurien representat un perill per a ells mateixos i per als altres i, per tant, els demanava que em donessin la clau de contacte, però en general no servia de res. Per això m'havia de buscar algun pretext perquè m'abaixessin el vidre de la finestra i poder-los agafar ràpidament la clau. De vegades intentaven atacar-me quan m'inclinava a través de la finestra. N'hi va haver un que em va mossegar al braç. Un altre em va arrencar un manyoc de cabells. Fèiem sortir els conductors més intrèpids dels seus vehicles i els estiràvem a l'herba els uns al costat dels altres. En general s'adormien de seguida. La policia solia aparèixer de manera rutinària passada la mitjanit i jo els donava les claus dels cotxes corresponents. Després deixaven els borratxos en cel·les fins que els passava la trompa. Sovint, si m'avorria, aprofitava l'estona fins que no venien els agents per provar uns quants dels cotxes. Crec que encara no tenia carnet de conduir, i per això sempre traçava cercles per la superfície deserta del recinte de la fira i, en tot cas, no m'atrevia a circular pels carrers. Una nit vaig descobrir un cable de goma amb un ganxo en un dels cotxes. Vaig girar el volant tant com vaig poder, hi vaig enganxar el cable i vaig deixar que el cotxe circulés en cercles sense haver-lo de conduir. Llavors se'm va acudir posar una pedra damunt del pedal del gas i vaig baixar del cotxe. A partir d'aquell moment vaig acostumar-me a fer circular un cotxe buit en cercles sense parar, i de vegades dos. Aquella imatge se m'ha quedat profundament gravada a la memòria.

D'aquestes profunditats sovint inexplicables procedeixen moltes vegades els elements de les meves històries. Una vegada, la meva mare ho va descriure així en una entrevista: «Quan anava a l'escola, el Werner no aprenia mai res. Mai llegia els llibres que havia de llegir; no estudiava mai. Semblava que no sabés mai el que havia de saber. Però en realitat el Werner sempre ho sabia tot. Els seus sentits eren notables. Podia captar el so més insignificant i, al cap de deu anys, recordar-lo amb exactitud. Llavors en parlava i l'utilitzava d'alguna manera. Però és completament incapaç d'explicar alguna cosa. Sap, veu, entén, però no pot explicar res. No forma part de la seva naturalesa. Tot penetra dins seu i, quan alguna cosa torna a sorgir, es manifesta d'una forma diferent». No és fàcil citar la teva pròpia mare, però no tinc cap problema a admetre que tenia raó. De totes maneres, crec que amb el temps he après a explicar unes quantes coses, tot i que sento una profunda aversió per l'autocontemplació i l'egocentrisme.

M'estimaria més morir-me abans que anar a un psicoanalista, perquè soc del parer que això comporta una conclusió fonamentalment equivocada. Si algú il·lumina tots els racons d'una casa amb una llum intensa, aquesta casa esdevé inhabitable.

Passa exactament el mateix amb l'ànima, il·luminar-ne els racons més foscos fa que les persones siguin «inhabitables». Estic convençut que la psicoanàlisi —juntament amb molts altres errors terribles de l'època— ha convertit el segle xx en un moment espantós. Considero que el segle xx, en conjunt, és un error.

13

CONGO

L'època immediatament posterior a l'institut també va ser important en un altre sentit. Des de Creta vaig agafar un vaixell cap a Alexandria. Vaig agafar un bitllet de la classe més barata, a coberta, per poder allargar els meus diners tant com pogués. Però de seguida que vaig trepitjar el continent africà, a Alexandria, ja em van estafar. Un oficial d'uniforme em va exigir una taxa de desembarcament de deu dòlars i em va donar un rebut a canvi. Quan ja l'havia pagat em vaig adonar que ningú més havia hagut de pagar aquella taxa. En tot cas, els egipcis no la pagaven, i uns quants grecs es van riure de l'estafador. A partir d'aquell moment vaig anar amb més compte. Els meus records d'Egipte estan coberts per un vel. Vaig arribar al Caire i vaig anar amb tren al llarg del Nil fins a Luxor i la Vall dels Reis. Després vaig continuar fins a Assuan en direcció al Sudan. Al sud d'Assuan, el Nil no era navegable a causa dels ràpids, i entre Shellal i Wadi Halfa vaig haver de viatjar en un camió empolsegat. Després vaig arribar a Khartum i Omdurman. El que m'empenyia a continuar era la meva curiositat pel Congo. Tan sols un any abans, el 1960, el país havia proclamat la seva independència i en aquell moment estava sumit en el caos i les guerres entre ètnies. Totes les institucions havien deixat de funcionar i ja no existia un ordenament jurídic. A més, es van produir hostilitats entre les forces dretanes sota la direcció de Tshombé i Mobutu i els socialistes com Lumumba, que va ser assassinat. En el fons del meu interès, encara que no fos del tot confessable, hi havia la qüestió de com Alemanya, després de la Primera Guerra Mundial, havia deixat que un país cultivat caigués d'una manera tan ràpida en la barbàrie del nazisme. Al Congo els motius eren uns altres, tenien a veure amb els estralls provocats pel colonialisme, però igualment volia entendre com s'havia pogut produir la ruïna de l'ordre institucionalitzat. Com era possible que es restablís el canibalisme? A més, a l'est del Congo havien aparegut figures polítiques que no havien estat formades per les elits occidentals, sinó que defensaven antigues tradicions africanes, com ara Gizenga, Mulele i Gbenye. A l'Àfrica s'havia implantat un esperit occidental.

Recorrent cap amunt el curs del Nil no hi ha cap connexió fiable amb el sud del Sudan, les inundacions i els pantans provocats pel Nil fan impossible circular-hi. Vaig volar amb un petit avió postal cap a Juba. Des d'allà, la frontera del Congo ja no és gaire lluny. L'únic que en recordo és la terra vermella pertot arreu, al costat de les cases, fins i tot força grans, cobertes de canyís fosc. A Juba de seguida em vaig posar malalt, va ser una espècie de disenteria amèbica, vaig tornar enrere i al cap de pocs dies vaig arribar per fi a Assuan, Egipte, on em vaig refugiar en un cobert per a estris de jardineria. No tenia cap assegurança per a malalties i vaig empitjorar ràpidament. Recordo que, malgrat la calor que feia, portava un jersei i tremolava a causa de la febre. Gairebé no tenia equipatge, només una bossa de cuir amb quatre coses. Tenia somnis febrils de mi mateix, em veia endinsant-me al mar i alguna cosa em mossegava a la part interior del colze. Eren peixos, o un tauró, potser? Em vaig despertar, sobresaltat, i una rata em va saltar del colze i em va passar corrent directament per sobre de la cara. Hi havia més rates. En allargar el braç vaig descobrir que a la part de dins del colze m'havien rosegat un forat enorme. Vaig suposar que la rata volia aconseguir llana per fer-se un niu. De totes maneres, em vaig descobrir a la galta una petita mossegada. La galta se'm va inflar i, al cap d'unes quantes setmanes, el lloc de la ferida encara em supurava i no s'havia curat del tot. Continuava defecant escuma sangonosa però, en certa manera, procurava mantenir un cert ordre en la meva situació i dormia damunt de pàgines de diari curosament desplegades. Sovint havia arribat a situacions extremes a la meva vida, fins i tot molt extremes, però mai m'havia vist tan crític. Sabia que havia d'aconseguir sortir d'aquell cobert.

Només recordo el sol ardent de fora i, en algun moment, més tard, uns quants homes al meu voltant. Crec que vaig percebre'n la presència en estat febril, però parlaven alemany. Eren tècnics de la Siemens que construïen les turbines per a la presa d'Assuan. La presa va ser construïda per enginyers de la Unió Soviètica, però la instal·lació elèctrica va ser obra d'alemanys. El metge em va donar medicaments increïblement forts i vaig arribar al Cairo amb avió. Des d'allà vaig aconseguir arribar fins a casa. La sort més gran que vaig tenir no va ser pas superar aquella malaltia amb divuit anys, sinó no haver travessat mai la frontera del Congo. L'any 1992, quan vaig dirigir durant poc temps el festival de cinema Viennale de Viena, hi vaig convidar l'escriptor i filòsof polonès Ryszard Kapuściński. Per a mi era qui havia entès l'Àfrica d'una manera més profunda, però també va ser algú que, de jove, amb prou feines un any abans que jo, venint també de Juba, va arribar a l'est del Congo. Allà, durant un any i mig, va ser detingut quaranta vegades i quatre vegades va ser condemnat a mort. Li vaig preguntar pel pitjor dia que hi havia viscut. El pitjor dia va ser tota una setmana que va passar en un calabós, condemnat a mort, mentre els soldats borratxos li llançaven serps verinoses. «Al cap d'una setmana», va dir Kapuściński, «se m'havien tornat els cabells blancs». Els seus cabells no eren ben bé blancs, sinó grisos. «Faci el favor d'agenollar-se ara mateix davant meu», em va ordenar, «i doni gràcies a Déu per no haver estat mai allà». A banda d'ell, només en va tornar viu un reporter.

De fet, vaig voler rodar amb ell una pel·lícula de ciència-ficció, però d'un altre estil. En general, la ciència-ficció projecta avenços tècnics en un món futur, o bé imagina que ens envaeixen extraterrestres per destruir-nos amb una tecnologia superior i armes futuristes, però jo —i també ell— estàvem fascinats per la idea que en el futur s'haguessin perdut tots els avenços tècnics i que, de la mateixa manera que va passar després de la caiguda de l'imperi Romà, haguessin desaparegut gairebé totes les innovacions de la tecnologia, la medicina, les ciències, les matemàtiques i la literatura. Va haver de passar quasi un mil·lenni, en què es van conservar restes de l'antic coneixement als monestirs o en traduccions en àrab. La pitjor de les pèrdues va ser l'incendi de la biblioteca d'Alexandria, en què hi havia emmagatzemat tot el tresor de l'antiga saviesa, la literatura i la filosofia. Kapuściński i jo imaginàvem un món futur en què ell ho havia vist tot i jo n'havia vist una part, en què els ascensors dels hotels ja no funcionaven i s'hi acumulaven les aigües residuals als pous, en què els hotelers t'acompanyaven per les escales i portaven una bombeta a la butxaca de la jaqueta que penjaven a l'habitació i després se l'emportaven quan els clients marxaven; un món en què els embussos de trànsit duraven dies, en què només es podia arribar a peu als aeroports, en què als ordinadors que suposadament contenien la informació de les línies aèries hi creixien delicades plantes enfiladisses, en què no hi havia benzina a les benzineres, en què la moneda estava tan destruïda per la inflació que, per comprar un pollastre, caldria arrossegar un carretó ataconat de bitllets de banc; un món en què en un cop d'estat militar els soldats borratxos no encertessin els membres del govern lligats en pals; finalment, potser els ferien al genoll en algun altre lloc, i al cap de més d'una hora tots els ministres eren morts; un món en què quan sortia aigua de les aixetes calia omplir ràpidament totes les olles, els recipients i fins i tot la banyera perquè els militars havien tallat conduccions d'aigua i després venien cara l'aigua potable a la població en camions cisterna. Un món en què ningú volia llegir i ningú volia estar informat, excepte si es tractava de les teories conspiratives més barroeres. Un món, en fi, que no calia imaginar, que només calia observar i que ja feia temps que hi era. Kapuściński pensava en l'est del Congo o en el Sudan, en la zona fronterera amb Etiòpia i Kenya o en una república bananera de l'Amèrica Llatina, però vam rebutjar-ho tot perquè aquelles regions, almenys a l'Àfrica, estaven afectades per guerres civils. No feia gaire, Kapuściński circulava amb camió per pastures d'elefants, havia caigut en una emboscada i havia estat tirotejat. A més, rodéssim on rodéssim, sempre hauríem provocat la sospita general que volíem denunciar un país concret o un grup determinat de persones. I la pel·lícula va quedar en no res.

14

DR. FU MANXÚ

Estava profundament convençut que no arribaria als divuit anys. Després, quan em vaig trobar que havia arribat a aquesta edat i encara era viu, em semblava impossible que pogués superar els vint-i-cinc anys. Això va tenir com a conseqüència que vaig començar a fer pel·lícules que em feien pensar que, més enllà, no hi hauria cap altra creació meva. Llavors, per què no tenir el valor de trobar formes que no havien existit mai? *Letzte Worte* del 1967, amb les seves infinites repeticions a la narració, un curtmetratge en grec modern; *Fata Morgana* del 1969, en què vaig filmar miratges al Sàhara; temàtiques com la de *Auch Zwerge haben klein angefangen*, també del 1969, segurament la meva pel·lícula més radical, en què tots els actors són nans. També era conscient que jo, tenint en compte el meu quasi desconeixement del cinema, hauria de reinventar-lo a la meva manera. Perquè el món a les muntanyes del voltant de Sachrang també era en bona part un món inventat per nosaltres. Ens inventàvem els nostres propis jocs, i també les nostres pròpies joguines. Vam inventar, per exemple, un projectil que anomenàvem «pilar». Tallàvem un bon tros de fusta de faig i el convertíem en una fletxa curta, d'un pam aproximadament. La fletxa era plana per sota i, en canvi, per dalt era lleugerament boteruda, cosa que li donava força ascensional, com si fos l'ala d'un avió. De totes maneres, no sabíem res d'aerodinàmica. La fletxa tenia un ganxo al centre de gravetat i no utilitzàvem un arc per disparar-la, perquè la fletxa hauria estat massa curta, sinó que la disparàvem amb una tralla en què posàvem un ullet al ganxo de la fletxa. Era impossible apuntar amb aquest estri, però volava molta estona, gairebé com un plat volador. La nostra fletxa arribava més lluny que qualsevol altra fletxa disparada amb un arc.

Les primeres dues pel·lícules a l'escola de Sachrang, projectades damunt d'un llençol, no em van impressionar. La primera era sobre uns esquimals que construïen un iglú, però de seguida em vaig adonar que no tenien gaire idea de com treballar amb el gel i la neu dura. Crec que era una pel·lícula amb figurants que es limitaven a fer veure que eren esquimals. La segona era molt més interessant, s'hi veien pigmeus, crec que al Camerun, que construïen un pont penjant amb lianes damunt d'un riu de la selva verge. La construcció estava teixida d'una manera molt convincent, una obra d'art molt especial. Igualment, més endavant, quan vaig començar a anar al cinema a Múnic, les pel·lícules no em resultaven especialment impressionants, a diferència del que passava amb els meus germans i els meus amics. Quan vaig reconèixer el meu destí, en la breu època pels volts dels catorze anys, en què em vaig convertir en catòlic i vaig començar a viatjar a peu, de seguida em vaig adonar que acabaria fent pel·lícules. Així i tot, va passar un cert temps fins que vaig emprendre aquesta tasca, perquè sospitava que seria una vida difícil. El meu coneixement del cinema era molt limitat. De vegades anàvem a veure pel·lícules com ara *El zorro* o *Dr. Fu Manxú,* de la qual va haver-hi moltes seqüeles. És possible que ja als dotze anys veiés a Heilbronn un western amb els meus amics Zef i Schinkel. Zef, el daltònic, va reproduir l'enfrontament final de la pel·lícula, perquè jo dubtava que el bo, un cowboy com cal, que només volia protegir les vaques dels lladres de bestiar, pogués despatxar de cop vuit malvats armats que l'envoltaven. En una situació així, algun dels malvats havia de disparar correctament i liquidar-lo. El Zef ens va col·locar al seu voltant en cercle i va fer uns quants salts en horitzontal perquè no el poguessin encertar mentre ens disparava a nosaltres, els malvats, amb dos colts imaginaris. La recreació del Zef va ser tan impetuosa que va resultar impressionant, però tot plegat no m'acabava de semblar plausible. De totes maneres, vam interpretar el que vèiem a la pantalla com la realitat. També parlàvem amb la pantalla. Quan al cinema de Múnic vèiem plomes que sobresortien per damunt d'un turó, avisàvem els colons que anaven amb els seus carros i els cridàvem: «Que venen els apatxes!». Un dia, en una de les pel·lícules del Dr. Fu Manxú, em va cridar l'atenció una cosa que els altres no havien vist. En un tiroteig entre bons i dolents, van disparar a un bergant especialment desagradable del bàndol de Fu Manxú. Va caure des d'una roca i es va precipitar en l'abisme. Però llavors, al cap de vint minuts, a la pel·lícula va passar una cosa curiosa: en un altre combat vam veure com abatien a trets un grapat de bons i dolents. Uns quants s'havien atrinxerat entre els blocs de pedra d'un congost, i llavors vaig veure que el mateix malvat queia des de dalt. El procés era més curt, potser durava dos segons, però l'home va perdre l'equilibri i es va precipitar des de la mateixa roca. Ningú més ho va veure, però jo estava segur que era la mateixa escena. Per a mi va ser el moment en què vaig descobrir que hi havia escenes i muntatges. Des d'aleshores ho vaig veure tot diferent. Com s'explicava una història, com es creava la tensió, com es construïa tot plegat? De fet, fins ara només he pogut aprendre d'altres pel·lícules si són dolentes. En el cas de les bones les continuo veient com sempre havia vist el cinema. Les grans pel·lícules, per més que les vegi repetidament, continuen sent un misteri per a mi.

La meva mare tenia dubtes generals sobre el fet que jo fes pel·lícules. Segons ella era massa introvertit i massa tímid. Però dins meu hi havia una cosa que en el catolicisme anomenen fe en la salvació. Mentre jo estava de viatge, em va escriure que havia de buscar una base sòlida per als meus plans esbojarrats i començar fent pràctiques amb un fotògraf, només així podria aconseguir feina en un laboratori i des d'allà tindria l'oportunitat de convertir-me en ajudant de direcció. Encara no hi havia escoles de cinema, crec que si haguessin existit ella m'hauria aconsellat que m'hi matriculés. De la seva època a Geiselgasteig, a la productora cinematogràfica Bavaria, coneixia un attrezzista que, per iniciativa d'ella, em va convidar un dia a l'estudi perquè em pogués fer una idea de com era la feina. El dia de la meva visita hi produïen un espectacle televisiu per a Cap d'Any, per al qual encara faltaven mesos, amb un presentador vestit amb un frac blanc i un barret de copa alta blanc. Era l'animador de l'espectacle, però també cantava i ballava. Vaig presenciar com rodava el final del programa, acompanyat pels elfs del ballet, també vestits de blanc i guarnits amb purpurina. Durant la música final, tots els personatges es giraven, s'allunyaven de la càmera i es dirigien ballant cap al fons de l'escenari, on començava a brillar la xifra del nou any. L'animador, però, s'havia de girar cap al públic a mig camí sense deixar de ballar i havia de llançar un petó a la càmera. Però llavors ensopegava. Per això va caldre repetir l'escena unes deu vegades, i després encara van haver de fer com a mínim deu preses més, no se sap ben bé per què. La fanfarroneria de tots els participants, tant davant com darrere de la càmera, era insuportable. Em va quedar clar que això no era el que jo volia.

Uns quants anys després, quan em vaig proposar rodar curtmetratges, va sorgir-me la pregunta de si havia de fundar la meva pròpia productora. Per a mi era evident. No trobaria productors, almenys no per al meu tipus de projectes, per tant ho hauria de crear tot jo mateix. És per això que vaig començar a guanyar diners al marge dels meus estudis. Hi va haver un moment que recordo amb tots els detalls: una productora cinematogràfica va reaccionar positivament davant d'un esquema meu de pel·lícula, però havia d'evitar de totes passades aparèixer-hi personalment. Llavors ja tenia més de quinze anys, però físicament encara era un nen, la pubertat i el creixement van venir una mica més endavant. Les negociacions van consistir en un intercanvi de cartes, i després es va produir una trucada telefònica. Crec que va ser la primera vegada que em trucaven per telèfon, però no volia que em veiessin. Avui dia això és inimaginable. Però els retards s'havien d'acabar. Vaig acceptar la invitació de la productora i vaig anar a un despatx de Múnic. Al vestíbul hi havia una feixuga imitació de càmera antiga dels anys trenta amb un poderós trípode. La secretària em va mirar amb expressió de sorpresa. Em van fer passar a un luxós despatx amb una butaca de pell i una taula ampla i massissa de fusta de noguera, darrere de la qual hi havia dos homes, els productors. Tots dos van mirar cap al fons del vestíbul i van allargar els colls, com si hagués vingut algú amb el seu fill i encara no hagués fet acte de presència, però darrere meu no hi havia ningú. Al cap d'uns quants segons van comprendre la situació. Vaig intentar presentar-me, però no vaig tenir temps, perquè un dels productors es va posar a riure i a picar-se a la cuixa. L'altre es va aixecar i em va dir, rient: «O sigui que ara a la guarderia també volen fer pel·lícules!». Sense dir res, em vaig girar damunt dels talons i me'n vaig anar. No volia perdre ni un segon més amb aquella ofensa. Simplement vaig pensar: aquests són uns cretins que no tenen ni idea de res. La meva decisió es va anar reforçant dins meu. En una mirada retrospectiva, agraeixo profundament al destí no haver tret res positiu d'aquella reunió. No puc imaginar-me on hauria anat a parar des d'allà, i a més el meu projecte encara havia de madurar. Era com un funàmbul, a la meva dreta i la meva esquerra hi havia l'abisme, però jo continuava endavant, com si anés per un carrer ample i no per un cable prim.

La fundació de la meva pròpia empresa cada cop em semblava més inevitable. La meva mare ho veia amb preocupació. Finalment va proposar-me que ho consultés al marit d'una de les seves amigues a Aschau i que li demanés consell. L'home era un dels principals dirigents econòmics del començament de la República Federal. Es deia professor Wagner; havia ocupat càrrecs al govern i en aquell moment, que jo recordi, era el president de la Comunitat Europea del Carbó i de l'Acer, que més tard es va convertir en la Unió Europea. Era un home d'una gran autoritat i un corifeu de la vida econòmica, sens dubte. Wagner em va escoltar breument i després em va oferir amb veu amenaçadora un discurs sobre la complexitat de la indústria cinematogràfica. De totes maneres, segurament no estava grillat i el millor que podia fer era estudiar economia i potser també dret i després aprendre en una gran empresa com funciona el món de les finances. Encara recordo les pells d'os que hi havia a les parets de la seva sala d'espera, trofeus que havia aconseguit anant de caça als Carpats amb el president de Romania. Quan me'n vaig anar, les orelles encara em van xiular una estona. De totes maneres, vaig fundar la meva empresa. El meu pare també havia sentit parlar dels meus plans. Em va escriure una carta ben argumentada en què m'exposava la seva visió sobre la situació del cinema internacional; gairebé tot el que deia eren carrincloneries i dubtava que valgués la pena ficar-se en un negoci com aquell. A més, em va dir obertament que potser no posseïa el vigor necessari en aquest ofici.

A l'entorn de l'Institut de Cinema i Televisió vaig trobar gent de la meva edat i amb la meva sensibilitat. Estàvem decidits a ser-nos útils els uns als altres en els nostres projectes. L'Institut era un precursor de l'Acadèmia de Cinema de Múnic, i m'hi vaig sentir atret perquè allà hi havia càmeres, aparells de so i taules de muntatge. Es podien demanar els aparells i te'ls deixaven sense cap mena de cost, però totes les sol·licituds que vaig fer van ser rebutjades, i vaig haver de veure com els més ineptes sempre aconseguien càmeres. Cap dels meus companys va arribar a fer mai res, excepte Uwe Brandner, que al principi era músic, després va fer unes quantes pel·lícules i finalment es va dedicar exclusivament a escriure. Durant ben bé una setmana vaig aprendre les coses bàsiques sobre el cinema, resumides en unes trenta o quaranta pàgines d'una enciclopèdia sobre ràdio, televisió i cinema. Encara ara continuo pensant que no cal saber-ne més. És com aprendre a escriure a màquina, i tampoc s'aprèn a ser escriptor estudiant literatura. Em vaig familiaritzar amb el funcionament bàsic d'una càmera, amb el transport de les tires de pel·lícula i amb què era una banda sonora òptica. A partir d'aquí vaig deduir pel meu compte com es gravava a càmera lenta i a càmera ràpida. Però en necessitava una. Encara era l'època del cel·luloide i les càmeres mecàniques. La meva primera càmera la vaig robar. D'aquest tema se n'ha parlat i se n'han fet moltes especulacions, i la història té un munt de versions. En part en soc responsable. El fet en si, però, va ser relativament senzill. Era al magatzem d'instruments tècnics de l'Institut de Cinema i Televisió, on sempre hi havia una persona que feia tasques de manteniment. Un dia, però, m'hi vaig trobar tot sol. Al principi no me'n vaig adonar. Després, al cap d'una estona, em va cridar l'atenció el silenci, i vaig mirar al meu voltant. No hi havia ningú més que jo. En un prestatge hi havia quatre o cinc càmeres, i en vaig agafar una que m'agradava. Després una altra, i en vaig examinar l'òptica. Com que continuava sense aparèixer ningú més, vaig sortir a l'exterior amb la càmera i vaig enfocar-la cap a uns quants objectes distants. I com que ja era fora, de sobte se'm va acudir tocar el dos, senzillament. Era un divendres. Vaig voler filmar durant el cap de setmana i tornar la càmera dilluns. Però aquell dilluns i aquell dimarts vaig continuar filmant, i al final me la vaig quedar. Crec que l'Institut no va notar mai que els faltava una càmera. Més aviat vaig tenir la sensació d'haver expropiat la càmera que no pas d'haver-la robat o, per expressar-ho d'una altra manera, vaig experimentar com una manifestació de dret natural dirigir una càmera cap a un destí més adequat. Amb aquella càmera vaig filmar els meus primers curts: *Herakles, Spiel im Sand, Die beispiellose Verteidigung der Festung Deutschkreutz* i *Maßnahmen gegen Fanatiker*. Únicament la pel·lícula *Spiel im Sand* constitueix una excepció en aquesta llista. Tracta d'uns nois de poble que arrosseguen un pollastre lligat amb un cordill, ficat dins d'una capsa de cartró. No vaig controlar del tot la pel·lícula i per això és l'única que no he publicat mai. Vaig aprendre'n moltes coses. Encara no feia gaire que tenia la càmera, però una vegada, en una entrevista, se'm va acudir inventar-me que l'havia fet servir per filmar uns quants dels meus llargmetratges. Això ben aviat va adquirir una curiosa vida pròpia, com passa habitualment amb els mitjans de comunicació. Jo també hi vaig contribuir confirmant i negant històries cada cop més estrafolàries.

En aquella època, el meu germà Lucki va acabar l'escola i va començar a treballar, com el meu germà gran, en una empresa del ram de la fusta. Ell també va ascendir ràpidament dins de la jerarquia de l'empresa, però es va traslladar a Essen i més endavant al nord d'Alemanya. Com que era set anys més jove que el Till i cinc anys més jove que jo, no va participar mai en els nostres partits de futbol i encara menys en altres episodis. Durant la seva època a Múnic va cantar en un conegut cor infantil i durant un temps es va plantejar dedicar-se a la música. Als dinou anys la vida que duia li va començar a fer una mica de basarda perquè podia veure massa clarament l'evolució de la seva carrera comercial fins a arribar a la jubilació. Va decidir abandonar-ho tot i anar-se'n a córrer món. Tenia un Volkswagen Escarabat i planejava viatjar a Turquia. Li vaig aconsellar que viatgés molt més lluny i que es fixés un objectiu al més ambiciós possible, i va acabar viatjant d'Anatòlia a l'Afganistan, va travessar el Pas de Khyber per dirigir-se cap al Pakistan i l'Índia i, des d'allà, cap al Nepal i, finalment, cap a Indonèsia, on es va guanyar la vida com a professor d'anglès en una escola privada. Aquesta va ser la seva etapa més inoblidable d'independència i d'aventura. Havia passat tant de temps, però, que finalment es va haver de trobar amb mi mentre jo era al Perú preparant *Aguirre, la còlera de Déu*. Des d'Indonèsia em va venir a veure a Lima passant per Mèxic. A partir d'aquell moment es va convertir en la figura central del meu treball i les meves empreses, va assumir-ne l'organització i va compartir amb mi les seves idees i iniciatives. Sense la seva intervenció probablement no hauria escenificat mai una òpera, i sense els seus coneixements tampoc existiria la fundació sense afany de lucre que actualment administra totes les meves pel·lícules i els meus treballs literaris. Ell i jo ens complementàvem molt bé. Crec que durant dècades ha estat un meravellós contrapès per a mi, des d'un punt de vista estratègic, perquè jo sempre buscava l'enfrontament immediat. Jo em desgastava ensorrant fortificacions mentre que ell era el pol tranquil que movia els fils des de l'ombra. Sempre va ser l'últim punt de referència per als afligits, els deprimits i els desesperats.

15

JOHN OKELLO

Mentre repassava velles cartes del Lucki em vaig trobar emocionants descripcions de la seva estada al sud de l'Índia, a Goa, a Katmandú i a Jakarta. I, casualment, també en vaig trobar unes quantes del mariscal de camp John Okello, figura que va influir en el meu personatge cinematogràfic d'Aguirre a *Aguirre, la còlera de Déu*. Okello, orfe des de petit, procedia del nord d'Uganda. Va créixer en la misèria més absoluta, va sobreviure com a treballador auxiliar i va aconseguir, força tard, anar uns quants anys a l'escola. Va començar una vida errant que el va dur d'Uganda a Kenya i allà va aprendre l'ofici de fuster. A Uganda va complir una condemna de dos anys de presó per un delicte sexual que mai no es va concretar però que va negar haver comès. Més tard va treballar també de picapedrer, venedor ambulant i, finalment, predicador. Va arribar a l'illa de Zanzíbar, on, encara molt jove, va començar la seva activitat política. Tenia una extraordinària capacitat per comunicar-se i per organitzar els camperols. Històricament, Zanzíbar havia estat durant segles el lloc de transbordament més important del tràfic d'esclaus a l'Àfrica Oriental. Els àrabs encara eren el poder dominant al segle xx, per bé que tan sols representessin una minoria davant de la resta de la població africana. Okello va organitzar un moviment revolucionari contra els àrabs, que es va desencadenar sense armes o uniformes, sense formació i sense mitjans econòmics. El 12 de gener de 1964, Okello es va posar en marxa amb un grup extremament desordenat, format per uns quatre-cents homes. Per començar necessitaven armes, i per això van robar els fusells als guàrdies d'una comissaria de policia i van assaltar el dipòsit d'armes. Abans de l'atac, en l'últim moment, la majoria dels seus soldats van fugir, perquè els va fer por com acabaria tot allò. De totes maneres, encara li quedaven trenta homes que el van seguir. A l'edat de vint-i-set anys, Okello es va nomenar a si mateix mariscal de camp i també va nomenar espontàniament generals, brigadiers, coronels, i al cap de poques hores els africans de Zanzíbar es van adherir al seu aixecament, perquè la dinàmica era favorable a la revolució. El sultà àrab va fugir al continent amb un iot, però es van produir sanguinàries massacres entre els àrabs per part de les tropes d'Okello i de la població mateixa. En pocs dies Okello es va fer famós, fins al punt que a la premsa occidental se'n parlava de passada, a la pàgina tres o les notícies miscel·lànies. A mi em va cridar l'atenció a Múnic pels discursos absurds que pronunciava per mitjà d'una petita emissora local. Per ràdio, va exigir al comissari en cap de la policia que es rendís: «Si no, em veuré obligat a venir jo mateix en persona i, si això passa, les coses seran més terribles del que qualsevol criatura vivent pugui suportar mai». Crec recordar que circulaven informacions segons les quals Okello sobrevolava l'illa amb un petit avió connectat a l'emissora amb la ràdio de bord: «Qui robi ni que sigui un tros de sabó i mengi un gra de cereal de més, passarà cent cinquanta anys a la presó!». Pel que fa al sultà, li va dirigir un ultimàtum: «Tens vint minuts per rendir-te, altrament no tindré cap més remei que esborrar-te de la capa de la Terra. Et dono vint minuts perquè matis els teus fills i les teves dones i després et matis a tu mateix. En cas contrari, et vindré a buscar i et mataré no només a tu, sinó també els teus pollastres i les teves cabres, i faré cremar el teu cadàver amb un foc furiós i afamat». El meu personatge cinematogràfic d'Otello diu, inspirat pel to original d'Okello:

AGUIRRE

Soc el traïdor més gran de tots,
no n'hi pot haver cap de més gran que jo.
Qui s'atreveixi a pensar a fugir, serà esmicolat
en 198 trossos, i el trepitjaran fins que s'hi
pugui pintar les parets. Qui mengi un gra
de blat de moro de més o begui una gota
d'aigua de més serà empresonat durant 155 anys.
Si jo, Aguirre, vull que els ocells caiguin morts
dels arbres, els ocells cauran morts dels arbres.
Soc la còlera de Déu. La terra per on camino
em veu i tremola.

Dos dies després de la revolta, en una conferència de premsa, Okello va dir que deu anys abans, quan era combatent de la revolta independentista del Mau-Mau a Kenya, havia ocupat el càrrec de general de brigada i havia treballat d'intèrpret de somnis. Segons ell, tota la direcció del moviment revolucionari, incloent-hi la intervenció del seu líder, Jomo Kenyatta, s'havia basat en la interpretació i la traducció que ell havia fet dels seus somnis. Ho considero altament improbable, perquè aleshores Okello només devia tenir disset anys, i perquè l'ètnia kikuyu, dominant entre els revoltats del Mau-Mau, difícilment acceptaria un estranger de l'ètnia acholi procedent d'Uganda que tot just començava a aprendre la *lingua franca* de Kenya, el suahili. Després de la seva victòria a Zanzíbar, Okello va fer tornar Karume, l'anterior primer ministre, desterrat al continent, i el va restituir en el seu càrrec, però Tanganyika, al continent, i l'illa de Zanzíbar ja planejaven la unió de tots dos països per formar un estat unitari, Tanzània. Al cap de poques setmanes al continent, van prohibir a Okello tornar a Zanzíbar. Se'n volien desempallegar. I així és com se'n va perdre la pista. Sembla que va tornar tot sol a Uganda. Es va dedicar a vagarejar sense cap mena de mitjans econòmics i va sobreviure pidolant de tant en tant. L'última vegada que el van veure en públic va ser en companyia d'Idi Amin, el nou dictador militar d'Uganda. Després va desaparèixer per sempre, sense deixar ni rastre.

Dos anys abans jo havia filmat a Kenya, Tanzània i Uganda una pel·lícula per a una organització de metges que en certa manera va ser una precursora de Metges Sense Fronteres. La pel·lícula es deia *Die fliegenden Ärzte von Ostafrika*. El càmera d'aleshores, com a *Lebenszeichen*, rodada a l'illa de Kos, va ser Thomas Mauch, amb qui vaig filmar una sèrie de pel·lícules, entre les quals *Aguirre* i *Fitzcarraldo*. El Mauch va ser per a mi una figura molt influent, sempre disposat a qualsevol cosa, amb una gran seguretat estilística i una extraordinària intuïció estètica, però alhora amb molta confiança en si mateix i capacitat d'intervenir en relació amb la substància i la dinàmica d'una escena. Els càmeres sempre són els meus ulls. He treballat amb els millors entre els millors: Thomas Mauch, Jörg Schmidt-Reitwein i, més tard, Peter Zeitlinger, amb qui he filmat les últimes vint-i-vuit pel·lícules. Els càmeres sempre són qui creen la cohesió entre un equip de filmació. Després d'acabar de rodar *Flying Doctors*, Thomas Mauch em va acompanyar a Uganda, a la recerca de John Okello. Vam travessar Kenya i Uganda amb un cotxe perquè, segons els rumors, suposava que Okello podia ser al nord d'Uganda, que és d'on procedia. Vam arribar a la petita ciutat de Lira. Allà vam investigar i, finalment, vam trobar uns quants dels seus parents que, de totes maneres, semblaven tenir por de facilitar-nos qualsevol tipus d'informació. La policia ens va detectar, en aquest sentit ja havia tingut males experiències mentre rodava la pel·lícula *Fata Morgana,* perquè el meu petit equip havia estat detingut unes quantes vegades al Camerun. Això va ser força desagradable, i a la república centreafricana no ens va anar gaire millor, perquè el meu càmera Jörg Schmidt-Reitwein i jo vam contreure la malària i a més vam emmalaltir d'esquistosomiasi. L'interès de la policia va fer que no ens quedéssim gaire temps a Lira. El Mauch encara recorda com paràvem en algun lloc per dormir dins del cotxe i en despertar-nos vèiem enganxades a tots els vidres un munt de cares de nens que ens contemplaven en silenci i amb expressió de sorpresa. Vaig deixar als familiars d'Okello una nota amb la meva adreça a Alemanya i, al cap d'uns quants mesos el mariscal de camp es va posar en contacte amb mi. En unes quantes cartes va insistir-me perquè traduís el seu llibre *Revolució a Zanzíbar* i el publiqués en editorials europees. Havia escrit el llibre durant una condemna a presó de quinze mesos a Kenya, país que després el va expulsar al seu país natal, Uganda. També es va oferir per protagonitzar una pel·lícula sobre si mateix i va preguntar pels seus honoraris. Però no vam arribar a fer res de tot això. Probablement el va assassinar Idi Amin l'any 1971, i de totes maneres jo ja tenia pensat rodar una pel·lícula sobre el conqueridor espanyol. Però a la pel·lícula es manifesta un eco fantasmagòric del mariscal a través dels monòlegs enfollits d'Aguirre. A la pel·lícula també hi ha un esclau negre que acompanya els conqueridors. Li vaig posar el nom d'Okello.

16

PERÚ

Quan el Lucki va arribar a Lima, venia d'un món completament diferent. La filla d'un dels generals més importants d'Indonèsia, escandalosament ric, es va voler casar amb ell, però el meu germà es va salvar d'aquest destí amb alleujament. Com que no hi havia connexió telefònica, no en sabíem res des que va arribar. Ningú el va anar a buscar a l'aeroport i ningú l'esperava al petit despatx que li havien preparat. Jo em dirigia cap a la selva, més enllà dels Andes. Però allà les pluges eren tan intenses que em van cancel·lar el vol. En plena nit vaig tornar a la ciutat i vaig trobar-me amb el meu germà, a qui feia tant de temps que no veia. Encara recordo l'alegria que vam sentir. El Lucki va prendre la iniciativa de seguida, va posar ordre en totes les qüestions i va crear una comptabilitat que funcionava, cosa gens fàcil, perquè calia establir una sèrie d'acords amb analfabets i, amb la pluja tropical, molts documents s'havien fet malbé. Va intentar controlar el finançament, però això era gairebé impossible, perquè pràcticament no n'hi havia. El pressupost total de la pel·lícula era de 380.000 dòlars, una quantitat ridícula per a una pel·lícula ambiciosa que es desenvolupava a la jungla al segle XVI, amb vestits de l'època, armes, llames i embarcacions, i al principi més de quatre-cents figurants, indis de les terres altes que parlaven quítxua. Actualment, si avaluem el «valor de producció» de la pel·lícula, crec que ningú en tota la indústria cinematogràfica s'atreviria a implicar-se en el projecte amb un pressupost inferior als 50 milions de dòlars. Vam filmar la pel·lícula en tres afluents difícilment accessibles de l'Amazones, a més de la complicació que suposava tenir un protagonista irascible i furiós com el Klaus Kinski. Patíem penúries econòmiques contínuament, aconseguir diners en efectiu des d'Alemanya era molt difícil i les transferències sovint trigaven setmanes a arribar. Quan l'estat de misèria va arribar al moment culminant, una nit el Lucki se'n va anar a Miraflores, el barri dels rics de Lima, i va començar a recórrer-ne les cases per proposar-los un negoci: com que allà pràcticament tothom tenia un compte en dòlars als Estats Units per ocultar els diners a les autoritats fiscals peruanes, els interessava enviar diners als Estats Units directament des de l'exterior. El Lucki els deia que necessitava sols peruans per valor de 50.000 dòlars, i de seguida. Com a compensació enviaria la mateixa suma telegràficament als Estats Units des d'Alemanya, amb un suplement del deu per cent per la seva confiança, i des d'Alemanya l'import arribaria als Estats Units en tan sols quaranta-vuit hores. A Lima coneixien el meu projecte pels diaris, però qui s'hi apuntaria si li truquen a la porta de casa en plena nit? Així i tot, el Lucki tenia la capacitat natural d'aconseguir la confiança de tothom, i mai va decebre aquesta confiança amb ningú. Un empresari molt jove, Joe Koechlin von Stein, va acceptar l'oferta del Lucki. Necessitava dòlars perquè planejava organitzar un concert amb el músic de rock Carlos Santana. Amb una simple encaixada de mans com a garantia, l'endemà al matí va lliurar els soles al Lucki, i això salvar la continuïtat del projecte. El meu germà Lucki, per part seva, de seguida va transferir dels seus fons privats 50.000 dòlars al compte del Joe a Miami. Així és com va aconseguir salvar *Aguirre, la còlera de Déu*, tot i que estava segur que no tornaria a veure mai més els seus diners. De totes maneres, encara que tard, els va recuperar tots. Fins ara he mantingut una sòlida amistat amb Joe Koechlin. Va construir el primer hotel amb criteris ecològics a la selva del Perú, i aquesta visió va tenir-la abans que ningú hagués sentit gran cosa sobre la paraula ecologia. Més endavant també em va donar suport en la meva pel·lícula *Fitzcarraldo*, va ser un dels productors del documental de Les Blank *Burden of Dreams* sobre el rodatge de *Fitzcarraldo,* i fa poc, el 2018, em va fer d'assessor quan, junt amb un nombrós grup de joves cineastes, vaig organitzar un taller a la seva cabana de la selva, prop de Puerto Maldonado.

Aguirre, la còlera de Déu, tracta d'una campanya militar dels conqueridors espanyols a les terres baixes de l'Amazònia, a la recerca del fabulós El Dorado. Lope de Aguirre es converteix en el cap del grup després d'un motí i, per culpa del seu deliri de poder i riquesa, l'expedició es converteix en un fracàs de follia i autodestrucció. Al final, Aguirre, com a únic supervivent, es dirigeix cap a un destí incert amb l'embarcació plena de centenars de micos petits. Des del principi, el mateix rodatge es va caracteritzar pels riscos i les incerteses. Tots plegats vivíem a la deriva i ens desplaçàvem en petites embarcacions, els actors, un minúscul equip tècnic de només vuit persones i, per rodar, sempre a una distància d'un o dos meandres de l'embarcació real. Normalment no sabíem què ens esperava després del pròxim meandre.

Durant el rodatge també va desaparèixer tot el negatiu que teníem sense deixar ni rastre. Vam fer un acord amb una empresa de transports de Lima que havia d'enviar el negatiu a Mèxic, on l'havien de revelar, però els mexicans van jurar i perjurar que no havien rebut res. El negatiu de la pel·lícula era tot el que teníem. Sense negatiu estava tot perdut. Teníem dues teories: era possible que el laboratori mexicà hagués comès un error catastròfic, hagués tractat el negatiu amb productes químics equivocats i l'hagués fet malbé, i per això fingia que no l'havia rebut mai. Però el Lucki va observar que els mexicans segurament comptaven obtenir un benefici de l'encàrrec i, per tant, deien la veritat. La segona possibilitat tenia a veure amb l'enviament des de Lima, però els transportistes van mostrar-nos documents segellats a la duana que demostraven que el material havia sortit del país. Els avions tampoc feien escales en què es pogués haver perdut res. A Lima no el van deixar passar al magatzem de la duana, però finalment, decidit, es va enfilar a una tanca de filferro de tres metres i va descobrir darrere d'una nau tots els rotlles de pel·lícula en una pila d'escombraries, llençats, però encara segellats. Durant unes quantes setmanes, aquell material tan sensible havia estat exposat a la calor del sol. Va resultar que l'empresa de transports havia subornat els funcionaris de duanes perquè segellessin els papers, amb la qual cosa l'empresa es va embutxacar els drets de transport. El Lucki va agafar els rotlles de negatiu i els va portar personalment a Mèxic com a equipatge de mà. La situació al lloc de rodatge, a la selva, va ser espantosa per a mi durant tot aquest temps. Sabia que tot el material irrepetible que havíem estat filmant durant setmanes s'havia perdut. Només ens quedava una solució: continuar rodant com si no hagués passat res. Si l'equip de filmació sabés que tot el que havíem rodat amb tant d'esforç s'havia perdut, s'estendria el pànic. Només el Lucki, jo i el director de producció, Walter Saxer, n'estàvem informats. Vam guardar el més absolut silenci. Des d'un punt de vista coherent de produccions cinematogràfiques, caldria formular aquesta pregunta: per què no vam fer una assegurança? La meva resposta és ben senzilla: teníem tan pocs diners que no ens en podríem haver permès cap. De vegades, amb prou feines teníem diners per comprar menjar. A més, el que havíem filmat era únic, realment irrepetible.

Recordo que de vegades ja no hi havia res per menjar i marxava amb un parell de persones de confiança, agafàvem unes canoes i ens posàvem a buscar en plena nit algun poblat indi on poguéssim aconseguir aliments. Vaig canviar les meves millors sabates per una tina de peix i un altre cop vaig donar el meu rellotge com a pagament. Recordo una nit en què ens vam dispersar i ens vam retrobar en un dels meandres. Cap de les tres canoes havia trobat res. A les quatre de la matinada vam lligar les tres canoes, ens vam deixar portar pel riu i ens vam posar a plorar.

Dels meus germans, i sobretot del Lucki, vaig aprendre no només a inspirar confiança, sinó també a mantenir-la incondicionalment. Un exemple n'és la pel·lícula *Into The Inferno*. Per filmar-la vaig recórrer tota mena de llocs del món amb el vulcanòleg Clive Oppenheimer, i l'any 2015 vam estar també a Corea del Nord. Després d'un any de negociacions, el Clive va obtenir el permís per filmar al país, cosa que en realitat consideràvem pràcticament impossible. Va haver-hi limitacions sobre el que podíem filmar, i vam estar contínuament controlats per agents del servei secret. Però vam poder filmar al voltant del cràter del Mont Paektu. Com que la muntanya és justament a la frontera amb la Xina, les mesures de control eren especialment estrictes. En aquest punt, molts nord-coreans intentaven fugir a través de la frontera, i hi havia moltes barreres en què ens controlaven destacaments militars. Em va cridar l'atenció el fet que tots els fusells automàtics duguessin baionetes, però no decoratives, com les que duen els guàrdies d'honor del cementiri dels herois d'Arlington, als Estats Units, sinó esmolades com navalles d'afaitar. Corea del Nord sol considerar-se un gran perill militar a causa de les seves armes atòmiques, però el país disposa de més d'un milió de soldats. Si aquest exèrcit de lluitadors fanàtics es desplegués i s'endinsés més enllà de la frontera, tenint en compte que la força aèria i les metralladores amb prou feines poden contenir-los, al cap de pocs dies conqueririen la capital de Corea del Sud. La infanteria és un perill que ningú sembla prendre's seriosament, perquè es creu que està obsoleta.

Vam filmar al costat del cràter que es considera míticament el punt originari del poble coreà, tots els escolars i els soldats l'han de visitar almenys una vegada a la vida. Mentre filmàvem amb un científic, vaig sentir molt a prop una rialleta i el crit reprimit d'una noia. De seguida vaig dirigir la càmera cap allà i vam filmar un grup de soldats que es feien fotos amb el llac del cràter de fons. Un jove soldat tenia agafada una soldat molt bonica pel maluc i li feia pessigolles sota l'aixella. Feia goig de veure les ganes de viure que transmetia aquest grup. No era gens habitual, però mostrava un altre aspecte, més humà, de les forces armades nord-coreanes. Llavors se'ns va acostar un dels nostres vigilants. Havíem d'apagar la càmera de seguida. Em van informar que acabava d'infringir les regles que m'havien imposat. Els soldats nord-coreans estaven sempre disposats a vessar la seva sang per la pàtria i pels seus estimats germans i líder, i tot el que no fos això era impensable. Per això, era especialment greu que hagués filmat soldats en uniforme, de manera que els seus rostres podien ser identificats per part de l'enemic imperialista. En resum, que vaig rebre l'ordre de destruir aquelles imatges immediatament. El problema és que amb el nostre sistema d'emmagatzament digital de dades no estàvem en condicions d'esborrar les dades de manera espontània. Amb l'equip nord-coreà i els seus tècnics tampoc ens resultava possible aconseguir-ho. Llavors em van comunicar que havien de confiscar-me tot el disc dur per destruir el material. Jo els vaig respondre que hi havia quatre dies sencers de rodatge, i que això seria un cop molt dur per a la pel·lícula. Els vaig proposar conservar les imatges gravades però oferir-los la garantia que no faria mai públic el material en què apareixien els soldats. Em van respondre que quina garantia els podia donar. «Es refereixen a un acord de cinquanta pàgines que podria estripar un cop abandonés l'espai aeri de Corea del Nord amb l'avió? Jo no funciono així», els vaig contestar. En moltes de les pel·lícules més importants que he rodat, com *Aguirre* —que els vigilants nord-coreans coneixien—, no vaig tenir mai contractes escrits amb els meus col·laboradors, tan sols verbals, segellats amb una encaixada de mans. I no vaig trencar mai un acord d'aquesta naturalesa. També els vaig dir que en el nostre cas no només podia oferir una garantia, sinó tres. «Quines?», em van preguntar. «El meu honor, la meva decència i una encaixada de mans». Es va esdevenir la cosa més inesperada. Em van deixar conservar tot el disc dur. I jo, per part meva, no vaig utilitzar mai aquest material ni el penso utilitzar en el futur.

En el cas d'*Aguirre*, a banda del meu germà Lucki, Walter Saxer va tenir un altre dels seus moments estel·lars. Anys enrere, durant els preparatius de la pel·lícula *Auch Zwerge haben klein angefangen*, a Lanzarote, a les Illes Canàries, ja m'havia cridat l'atenció un jove suís procedent de Sankt Gallen que se n'havia anat a córrer món. En aquell moment dirigia un petit hotel a l'illa i em va ajudar a trobar un cotxe per fer-lo circular tota l'estona en cercles. Poc després de començar a filmar, el vehicle, una desferra dels anys cinquanta que ja havia quedat fixat en imatges a la pel·lícula, es va espatllar definitivament, crec que perquè el bloc del motor va rebentar. Saxer va estar buscant en algun punt de la carretera un model similar, el va aturar i va aconseguir que el conductor li cedís el motor del seu vehicle. Saxer n'hi va oferir un de recanvi. Durant la nit el va instal·lar al nostre vehicle i el va modificar perquè no encaixava exactament. Mai no havia vist res semblant. No hi havia cap risc que no assumís personalment. Sentia menyspreu per tots els qui no treballaven tant com ell, i sobretot no suportava els actors amb els seus estúpids capricis. Durant el rodatge d'*Aguirre* va dormir a sota del Machu Picchu, damunt del terra argilós, al costat d'una índia geperuda i els seus fills, envoltats per dotzenes de conillets d'Índies que allà solien criar i menjar-se com si fossin pollastres. Més tard aquell lloc també es va convertir en el meu allotjament. Amb ell vaig nedar a través del riu Urubamba per traslladar una plataforma mòbil fins a un cable que s'havia enredat a la riba de l'altra banda. Encara recordo com de cop se'ns va acostar un enorme remolí d'aigua sorollosament. Va ser el mateix que, al lloc de rodatge a la gorja del riu Huallaga, en què hi ha tres ràpids seguits, va sumir tota la producció en una situació desesperada que va obligar-nos a grimpar durant la nit per pedres enormes i relliscoses fins a la localitat de Chasuta. Saxer portava una cartera plana i un cop el vaig veure treballar durant seixanta hores i després me'l vaig trobar dormint damunt d'un munt de pedres.

Molts dels atacs de ràbia del Kinski va dirigir-los contra ell, però encara més contra mi i, en realitat, contra qualsevol, contra tots. El Kinski havia exigit que volia un contacte exclusiu amb la natura. Jo li vaig dir unes quantes vegades per escrit que no filmaríem l'escena inicial en una glacera, com deia el guió, sinó en el descens de l'exèrcit a la vall de l'Urubamba. Així i tot, el Kinski va portar jaquetes gruixudes, piolets, tendes i sacs de dormir de plomes, i no sabíem ni què fer-ne. Seguint les seves indicacions, vam muntar la tenda en una clariana de la jungla, però ja durant la primera nit va ploure moltíssim, i la humitat va penetrar a l'interior. El furibund personatge va estar cridant durant hores fins a primera hora del matí. Volia fer un simulacre de celebració de la natura, però sense pluja. Li vam construir una teulada amb fulles de palmera entrellaçades per damunt de la tenda, però encara sentia massa humitat perquè humitejava la tela de la tenda amb l'alè. De nou brams i crits inarticulats. La fúria va dirigir-la sobretot cap als indis de l'altiplà, que durant uns quants dies del rodatge havíem allotjat provisionalment en un enorme graner, en què abans s'assecaven fulles de tabac. Saxer havia fet construir amb lona lliteres molt senzilles però molt efectives. Em vaig enfrontar al Kinski i, mantenint la calma, vaig permetre que descarregués la seva ràbia contra mi. A la tercera nit, l'única solució que ens quedava era allotjar-lo a l'únic hotel que hi havia al costat de les ruïnes inques del Machu Picchu. Però les vuit habitacions que tenia aleshores estaven ocupades. En aquella època, a baix, a l'estació terminal del petit ferrocarril de Cusco, encara no hi havia cap allotjament, i el meravellós hotel del meu amic Joe Koechlin no es va construir fins més endavant. Què havíem de fer? Saxer va aconseguir entabanar fins a tal punt el propietari de l'hotel que va acabar cedint-li la seva pròpia habitació i es va traslladar a una mena de sala de la neteja. Però a l'hotel el Kinski va continuar la rabieta tota la nit. No va deixar dormir ningú en tot l'hotel. El grillat apallissava la seva dona vietnamita, que intentava fugir-ne, i va llançar-la daltabaix de les escales.

Walter Saxer va ser el cap de producció de les pel·lícules *Kaspar Hauser, Nosferatu, Woyzeck, Cobra Verde* i moltes altres. La seva contribució més gran va ser, sens dubte, a la pel·lícula *Fitzcarraldo*. Els treballs preparatoris van durar tres anys i mig. Va ser ell qui va començar a construir dos vaixells idèntics, per a la qual cosa primer calia organitzar la infraestructura, i en aquest cas es tractava de construir tota una drassana enmig de la selva. Va fer bastir el campament per als centenars de figurants indis i per a l'equip tècnic, es va encarregar d'ells i, des del punt de vista tècnic, també va ser el responsable de traslladar el vaixell de vapor a través de la muntanya. Una de les coses que més l'ha fet enfadar és que a les entrevistes sovint he dit que havia estat jo qui havia fet pujar el vaixell per una muntanya quan, en realitat, ho havien fet ell i el seu equip. A les entrevistes sempre deia, en sentit metafòric, que un adult com cal hauria de caçar una balena blanca o arrossegar un vaixell de vapor per damunt d'una muntanya. Però ara voldria deixar les coses clares: tècnicament, va ser Walter Saxer qui va traslladar el vaixell per la muntanya. De totes maneres, vull recordar que hi va haver un punt crític durant el rodatge en què el tècnic brasiler va expressar el seu temor que les estaques de fusta clavades a terra, que en espanyol anomenaven *muertos*, no fossin prou estables. El brasiler va renunciar i va abandonar la tasca, i crec que va ferho perquè tenia por de no tenir prou coratge. Llavors jo sol vaig assumir-ne la responsabilitat i vaig fer clavar un altre *muerto* a molta profunditat, de manera que fos més segur. Des del punt de vista tècnic, Saxer va ser qui ho va executar. Aquesta nova estaca hauria aguantat el pes de cinc vaixells. Situacions tan estranyes com aquesta, que de vegades exigeixen les pel·lícules, per desgràcia fan que les amistats es trenquin, i així va passar amb Walter Saxer i jo.

17

«PRIVILEGIUM MAIUS», PITTSBURGH

Quan tenia vint-i-un anys, ja havia fet dos curtmetratges i estava completament disposat a abordar un llargmetratge. Però llavors era impensable que confiessin un llargmetratge a un home tan jove. En aquest ofici no hi havia ningú que tingués menys de trenta-cinc anys. Van esdevenir-se una sèrie de circumstàncies pràcticament alhora: per una banda, continuava guanyant diners per a les meves produccions i, per l'altra, anava a la universitat de tant en tant. Això en part era una farsa, però em va permetre aconseguir uns quants diners addicionals gràcies a una beca, tot i que amb prou feines vaig adquirir coneixements bàsics. No tenia temps. Recordo que vaig demanar a un bon company d'estudis que m'escrivís un treball, cosa que ell va fer sense problemes. De broma em va preguntar què rebria com a compensació, i jo li vaig respondre, en el mateix to de broma, que faria el seu cognom immortal. Es diu Hauke Stroszek. L'any 2017, en un acte públic celebrat vint-i-cinc anys després de l'època de Múnic, en què em van concedir un premi de l'Acadèmia del Cinema Europeu, se'm va presentar per sorpresa la seva filla. Hauke Stroszek s'havia convertit en professor emèrit d'una universitat de Renània del Nord-Westfàlia. Havia posat el seu cognom, Stroszek, al protagonista del meu guió *Feuerzeichen*, que després, l'any 1967, vaig filmar amb el títol *Lebenszeichen*. A més vaig anomenar *Stroszek* la meva segona pel·lícula, que vaig rodar el 1976 amb Bruno S., i de la qual parlaré més endavant. Una vegada, quan ja era conegut, vaig participar en un concurs literari del programa juvenil de la Bayerischer Rundfunk i, d'acord amb una aposta, hi vaig enviar cinc textos curts.

Hi havia premis per als deu millors textos, calia tenir menys de vint-i-cinc anys i els escrits havien de començar sempre amb la frase «Una persona jove era al mig de...». Jo vaig enviar-hi cinc textos d'allò més diversos escrits per una suposada colònia de joves escriptors, entre els quals hi havia un poema d'un autor que vaig batejar Wenzel Stroszek.

Vaig rebre quatre telegrames felicitant-me a una adreça fictícia, en realitat la de la meva àvia a Grosshesselohe, però el cinquè text no va resultar premiat. Vaig perdre l'aposta.

A la carrera universitària també hi havia coses fascinants, i que seguia amb interès. A història medieval vaig escriure un treball sobre el *Privilegium maius*. Es tracta d'una falsificació aberrant de l'any 1358-1959, de fet són fins a cinc documents falsificats d'una manera totalment barroera que justifiquen mútuament la seva veracitat i un dels quals es remunta suposadament a l'època de Juli Cèsar i Neró. L'objecte d'aquest fraudulent document jurídic és l'ampliació del poder dels florents Habsburg, en aquest cas de Rudolf IV, i la definició del territori, que actualment és gairebé idèntic al territori autríac. A partir d'aquests documents falsificats es van crear realitats legals que a llarg termini van desembocar en la creació de l'estat d'Àustria. El poeta Petrarca ja va reconèixer la falsificació, però des del punt de vista històric va tenir una gran eficàcia. Es tractava de simples *fake news*, i al treball vaig desenvolupar un mètode que, sense que jo ho sabés, no s'havia aplicat mai d'aquella manera. Com que fins ara a les meves pel·lícules m'he ocupat exclusivament dels fets, la veritat i la realitat fins a arribar al que he anomenat *veritat extàtica*, exposaré breument el que vaig fer: encara que això contradigués la lògica, vaig declarar que el Privilegium era *autèntic* i vaig clavar estaques de fusta a terra per examinar els documents des de tots els punts de vista, però sempre des de l'argumentació de l'època —política del poder, canvis socials, interpretació jurídica, correlació de forces militars—, i al final vaig retirar les estaques i vaig obtenir un sòlid entramat d'argumentacions. En altres paraules: la falsificació, la *fake news*, es va transformar estructuralment en veritat perquè la història hi havia implantat les seves transformacions i la va convertir en una veritat en construcció.

El que em va semblar un procés natural en aquest treball, es veu que en certa manera va cridar l'atenció. Com que sabia que en aquell moment seria inútil intentar rodar un llargmetratge, vaig acceptar una beca per anar a estudiar als Estats Units; amb prou feines em va caldre sol·licitar-la. Es van quedar sorpresos del fet que no fos historiador, sinó que volgués anar a una universitat on hi hagués càmeres i un estudi cinematogràfic, per tal de posar-me a treballar de seguida de manera pràctica i poder continuar aprenent. Fins aquell moment, els meus primers curtmetratges havien estat, per dir-ho d'alguna manera, la meva única escola de cinema. Hauria tingut l'oportunitat d'anar a una de les universitats més prestigioses, però vaig triar Pittsburgh perquè tenia la convicció sentimental que no m'hi trobaria acadèmics que diguessin ximpleries, sinó que aniria a una ciutat en què hi havia persones reals i fortes que treballaven. Pittsburgh era la ciutat dels obrers metal·lúrgics, i hi simpatitzava perquè jo havia començat a treballar en una fàbrica metal·lúrgica. Al mateix temps, quan tenia vint-i-un anys vaig escriure en poques setmanes el guió *Feuerzeichen* i el vaig presentar al Premi Carl Meyer, creat en honor de l'autor de cèlebres pel·lícules de cinema mut com *El gabinet del doctor Caligari* o *Der letzte Mann*. Uns quants mesos després, just quan acabava de fer-ne vint-i-dos, vaig guanyar el premi dotat amb 5.000 marcs, però com que l'any anterior no l'havien concedit, l'any 1964 vaig rebre 10.000 marcs, l'import dels dos premis. Tots els cineastes consagrats i tots els joves i ambiciosos s'hi van presentar, i recordo que entre els aspirants també hi havia Volker Schlöndorff i la seva obra *Jungen Törless*. Més endavant, això va ser un argument important davant de les productores cinematogràfiques que em rebutjaven però promovien altres projectes. Jo podia argumentar que el meu guió havia superat tots els altres concurrents al premi, i que a més ja havia filmat unes quantes pel·lícules, cosa que no era el cas dels altres participants. En triar Pittsburgh vaig prendre una decisió equivocada: per una banda, la indústria siderúrgica pràcticament ja no existia, havia experimentat una decadència vertiginosa, i les fàbriques d'acer estaven tancades i es rovellaven i, per l'altra, la Duquesne University, que tenia un estudi, era en aquella època una institució insignificant des del punt de vista intel·lectual. Jo ignorava que hi pogués haver aquesta diferència de qualitat entre les universitats. Però, per altres motius, aquella ciutat em va acabar resultant atractiva i important.

Al començament dels anys seixanta encara no era habitual viatjar en avió, i vaig rebre una beca addicional per viatjar gratis en un vaixell. Em vaig embarcar al Bremen, el mateix vaixell en què un any abans Siegfried i Roy* van treballar de cambrers i van entretenir els passatgers amb els seus trucs abans d'establir-se a Las Vegas. Al vaixell vaig conèixer la meva primera dona, la Martje. A partir del mar d'Irlanda va haver-hi temporal durant una setmana, i el menjador per a vuit-cents passatgers es va buidar en dos dies. Tothom estava marejat. Els més resistents vam aplegar-nos al voltant d'una taula rodona, i els altres van abandonar les taules que els havien assignat perquè les aprofitessin els qui encara s'aguantaven drets. La Martje havia de començar una carrera de literatura a Wisconsin. La mala maror no l'afectava. Quan vam passar pel costat de l'Estàtua de la Llibertat no hi vam prestar atenció, perquè estàvem concentrats en una partida de *schuffleboard* a coberta. Més endavant va acabar la seva carrera a Friburg i ens vam casar. És la mare del

* Famosos il·lusionistes alemanys.

meu primer fill, el Rudolph, que té els noms de tres persones importants a la meva vida: Rudolph, Amos, Achmed. Rudolph pel meu avi, i és curiós que sempre pensés que el seu nom acabava amb *ph*, tot i que després de repassar amb més atenció les meves notes em vaig adonar que en realitat es deia Rudolf. Amos en honor d'Amos Vogel, autor, director de festival i distribuïdor cinematogràfic que va ser un mentor meu, com Lotte Eisner. Recordo com, al cap de potser tres anys de matrimoni, em va agafar a part un moment i em va preguntar si hi havia algun problema al meu matrimoni. No, no hi havia cap problema. I per què no teníem fills?, em va preguntar directament. Jo vaig pensar: sí, i per què no? I així és l'Amos, que en les circumstàncies més adverses va fugir dels nazis a Viena per refugiar-se als Estats Units i per a mi va convertir-se en una mena de pare adoptiu. Achmed en honor de l'últim treballador supervivent del meu avi, que havia treballat de jove per a ell i l'Ella. Me'l vaig trobar per primera vegada a Kos quan jo tenia quinze anys i em vaig presentar com el net del «Rodolfo». L'Achmed es va posar a plorar, després va obrir tots els armaris, tots els calaixos, totes les finestres i les portes i em va dir: ara tot això és teu. Ell també tenia una neta de catorze anys i em va proposar que em casés amb ella. Va costar fer-lo canviar d'opinió, i de mica en mica va acceptar les meves cauteloses objeccions —que jo encara era massa jove i no podria mantenir una família—, fins que li vaig prometre que al meu primer fill li posaria el nom del Rudolf i el seu. L'Achmed pertanyia a la minoria turca. Després de la caiguda de l'imperi Otomà, malgrat les «neteges ètniques» a l'illa que havia esdevingut grega, l'Achmed s'hi va quedar. L'Achmed treballava de vigilant a les excavacions de l'Asclepieion, però hi havia de suportar un martiri diari. Quan desplegava la seva catifa d'oració, els nens li tiraven pedres i cridaven «Achmed, Achmed!». Però ell feia les seves oracions i ho suportava tot. Es veu en una seqüència de la pel·lícula *Lebenszeichen*. Se li va morir la dona, la filla i també la neta, i en l'època en què el vaig tornar a veure per preparar la pel·lícula només li quedava el seu gos, Bondchuk. I aquell dia l'Achmed va tornar a obrir tots els armaris, calaixos i finestres i, en comptes de saludar-me, es va limitar a dir en grec *Bondchuk apethane*, el Bondchuk és mort. El gos havia mort el dia abans. Vam estar una estona asseguts plorant l'un al costat de l'altre, sense dir res.

A Pittsburgh, al cap de pocs dies em va quedar clar que estava fora de lloc i, al cap de ben bé una setmana, que no m'hi podria quedar. Sí que hi havia un estudi cinematogràfic, però estava preparat per emetre notícies per a la televisió, amb un escriptori per al locutor i al voltant tres càmeres electròniques mòbils d'un pes considerable. Al sostre de l'estudi hi havia instal·lats uns focus antiquats que no es podien desmuntar ni bellugar. El problema era que abandonar de seguida la universitat hauria suposat perdre la vigència del meu visat i, per tant, haver d'abandonar els Estats Units. De manera que sobre el paper vaig continuar matriculat, però vaig deixar l'allotjament. A l'entorn de la universitat hi havia un petit grup de joves autors que es reunien per elaborar una revista; hi vaig publicar el meu primer relat curt. Tot ho recordo de manera desdibuixada, com una sèrie de fets que s'anaven sobreposant. De vegades dormia al terra de la biblioteca, però això cridava l'atenció, perquè a les sis del matí m'hi trobaven les dones de la neteja. També alternava els sofàs de coneguts i el del meu anterior amfitrió, un professor que ja tenia més de quaranta anys i, malgrat tot, tenia pànic a la seva mare, que li prohibia relacionar-se amb les estudiants i, en general, amb les dones. Davant de la finestra de casa seva veia arbres foscos i esquirols llistats, *chipmunks,* que tenien un efecte confortant. El cant d'uns ocells que jo desconeixia també tenia un efecte consolador, així com el joc dels poderosos rajos del sol a través de les gruixudes branques dels arbres.

Vaig presenciar escenes estrafolàries, i vaig haver de testificar davant de la mare del meu amfitrió que la nit anterior una persona de sexe femení havia visitat el seu fill, però que anava amb el seu promès, un estudiant. L'acompanyant masculí, però, era una absoluta invenció del professor que jo vaig haver de ratificar sense cap mena de dubte. La seva mare l'alimentava com un nen petit, més ben dit, l'obligava a menjar Jello, una gelatina transparent en general d'un sintètic color verd clar o taronja, i va considerar que jo era algú a qui també podia agradar aquella gelatina. De manera que, sense queixar-me, vaig menjar Jello. Aquest motiu va aparèixer dècades després al meu llargmetratge *My Son, My Son, What Have Ye Done?*, de l'any 2009, en què el protagonista, Michael Shannon, es veu implicat en una mena de guerra secreta amb la seva mare a causa de la Jello. Ell, que en un muntatge teatral interpreta Orestes, ja no pot distingir la ficció de la realitat i finalment mata la seva mare amb una espasa del teatre.

L'atzar va fer que tot tornés a canviar per a tots. La zona del refugi provisional on m'allotjava era als turons dels afores de Pittsburgh, al municipi de Fox Chapel. Per recórrer els vint quilòmetres que el separaven de la universitat sempre agafava l'autobús que s'aturava a la vall de Dorseyville. Des d'allà recorria els últims quilòmetres a peu per la carretera i a través d'un bosc caducifoli fins als turons. Per aquella zona moltes vegades m'avançava un cotxe conduït per una dona. En general duia tots els seients ocupats per gent jove. Un dia en què es va posar a ploure però jo no duia paraigua, el cotxe es va aturar al meu costat, la dona va abaixar la finestra i em va dir que em podia portar, que no feia temps per anar a peu. Amb cotxe només trigaria dos minuts a arribar al meu destí, cent vint segons. Em va preguntar d'on era. D'Alemanya, un *Kraut*. El fet d'utilitzar aquella expressió va fer riure tots els ocupants del cotxe. I on vivia? Li vaig explicar en poques paraules la meva situació. Ah, o sigui que vivia allà, ja sabien qui era, un *weirdo*.* Encara pitjor, un *wacko*,** un *wacko-weirdo*. Sense dubtar ni un moment, la dona va afegir que estaria millor amb ells, que em podria allotjar a la golfa, que encara hi tenia lloc. Vivia a tan sols trescents metres del meu allotjament actual. D'un moment a l'altre em van acollir com un membre més de la família, com si sempre hi hagués estat. La mare es deia Evelyn Franklin. Tenia sis fills d'entre disset i vint-i-set anys, i a la família no li aniria malament un setè fill, sobretot ara que la filla gran s'havia casat i era l'única que havia marxat de casa. L'equip estava incomplet. El pare havia mort alcoholitzat, tots aquells anys devien ser un martiri per a l'Evelyn. Rarament en feia observacions i tan sols l'anomenava Mr. Franklin. Les filles més joves eren dues noies bessones, la Jeannie i la Joanie, després hi havia el Billy, que era un músic de rock fracassat, després dos germans més, dels quals un era una mica avorrit i burgès, i l'altre, de vint-i-cinc anys, era lent i compassiu, a més de «retardat». De petit havia caigut del cotxe en marxa i des de llavors que era lleugerament discapacitat. També hi havia una àvia de noranta anys i un cocker spaniel, el Benjamin, a qui també anomenaven «Benjamin Franklin». Em van allotjar a la golfa, on hi havia un llit que no feien servir i nombroses andròmines. La teulada feia molta baixada i només al centre de la golfa, on hi havia la intersecció dels dos aiguavessos, podia estar-hi dret.

De seguida em vaig convertir en part de la bogeria quotidiana. L'Evelyn anava amb cotxe a la ciutat, on tenia una feina de secretària en una empresa d'assegurances. A la tarda les bessones arribaven de l'escola secundària de Fox Chapel, i normalment portaven unes quantes amigues. Fins aquell moment, i des de les vuit del matí, l'àvia havia intentat despertar el Billy,

* En anglès, 'raret'.

** En anglès, 'boig'.

que moltes nits tocava música rock en un bar fins a les tres de la matinada. Cada mitja hora l'àvia picava amb força a la porta tancada i intentava salvar-lo de la vida pecaminosa que duia mentre li llegia cites d'una Bíblia oberta. El gos, que compartia amb el Billy una mena de simbiosi, jeia pacientment davant la porta. A la tarda per fi es dignava a aparèixer i estirava els membres amb fruïció, completament despullat. L'àvia fugia i el Billy es picava al pit i es lamentava en veu alta i en paraules que semblaven extretes de l'Antic Testament de la seva vida pecaminosa. El Benjamin Franklin acompanyava els laments amb udols que continuava ajagut, però sabia el que exigia el ritual i mantenia estirades les potes del darrere. Llavors el Billy es posava a parlar en la llengua canina inventada, agafava el Benjamin Franklin per les potes i l'arrossegava darrere seu per l'escala de la mateixa manera que feia Christopher Robin amb Winnie el Pu. S'aturava en cadascun dels replans recoberts amb catifes barates per continuar lamentant-se de la seva existència pecaminosa en llengua canina. A baix, a la sala d'estar, les bessones i les seves amigues fugien xisclant davant del jove nu, que continuava perseguint l'àvia desapareguda. El Billy proclamava les seves jeremiades compungides en una barreja de llengua de profeta de l'Antic Testament i cocker spaniel.

En aquest ambient predominant de caos creatiu tampoc era gens estrany que les bessones em perseguissin i em ruixessin amb aigua de colònia barata de Woolworth. Eren molt imaginatives. Un dia vaig veure com em paraven una trampa prop de la porta del garatge, que era més avall, i vaig lliscar fins al lavabo de dalt amb la intenció d'escapar-me'n, després saltar per la finestra, aparèixer de sobte al garatge i atacar-les per l'esquena. La meva intenció era atacar-les amb escuma d'afaitar. A fora havia nevat, però només hi havia un pam de neu, que vaig calcular que seria suficient per protegir-me de la caiguda. El problema és que vaig anar a parar a l'escala de cargol de ciment que baixava al garatge. El soroll que em va fer el turmell va ser penetrant i m'ha quedat gravat per sempre més a la memòria, va ser com l'espetec d'una branca seca acabada de trepitjar. Les fractures eren tan complicades que em van haver d'operar a l'hospital i em van enguixar fins als malucs. Fins al cap de cinc setmanes no em van posar una escaiola que em permetia caminar i que només m'arribava fins als genolls.

M'estimava els Franklin. Amb ells vaig conèixer el millor de l'ànima d'Amèrica. Més endavant els vaig convidar a Múnic i vaig anar amb ells a Sachrang, a una festa popular. Abraçades, cerveses, crits de joia. Me'ls vaig emportar fins al cim del Geigelstein. Anys més tard el contacte es va fer més difícil, perquè tota la família, incloent-hi el Billy, va abraçar el fonamentalisme religiós. A això cal afegir que tots es van engreixar tant que amb prou feines els podia reconèixer. Quan l'any 2014 vaig interpretar el malvat en una pel·lícula d'acció de Hollywood —el director Stephen McQuarrie i el protagonista Tom Cruise em volien tant sí com no a la seva pel·lícula *Jack Reacher*—, la filmació es va fer a Pittsburgh. Però ja no hi vaig trobar els Franklin, havien desaparegut completament. Vaig viatjar a Fox Chapel. Gairebé tot a la zona havia canviat, pertot arreu hi havia edificis nous, era molt depriment. De totes maneres, la casa al costat d'Oak Spring Drive gairebé estava com sempre, la gespa, els vells arbres caducifolis, només el camí de cargol cap al garatge estava cobert per un turó de terra amb tot de matolls decoratius. No hi havia ningú, i vaig trucar a la porta d'unes quantes cases veïnes. Hi vaig trobar una parella de gent gran i em vaig assabentar que la casa havia tingut uns quants propietaris durant aquells anys. Ja sabia que l'Evelyn Franklin havia mort. Només un any després em vaig assabentar de la mort del Billy, que era com un germà per a mi, i de l'existència del qual no havia sabut res durant tot aquell temps. Només vaig trigar uns segons a reconeixe'l com a tal.

En aquella època, les bessones i les seves amigues estaven fora de si d'alegria, perquè una nova banda d'Anglaterra feia un concert al Civic Arena. Eren els Rolling Stones. Tots aquells grups i la cultura pop en general em van passar pel davant sense que en fes gaire cas, amb excepció de l'Elvis. Vaig veure la seva primera pel·lícula a Múnic i al meu voltant els joves van començar a arrencar de manera tranquil·la i metòdica les cadires dels seus ancoratges. Recordo que la policia hi va haver d'intervenir. A Pittsburgh, les bessones van portar al concert cartells de cartró amb el nom del seu favorit, el Brian. En aquell moment era el líder de la banda, però poc després es va ofegar a la seva piscina. Encara recordo amb sorpresa els xiscles de les noies i el terrible enrenou que van muntar. Quan es va acabar el concert, vaig veure que moltes de les cadires de plàstic fumejaven i feien pudor d'orins. Moltes de les noies s'havien pixat. Quan vaig veure-ho, vaig saber que aquella banda es convertiria en una cosa molt gran. Molt més endavant, a *Fitzcarraldo*, Mick Jagger va acceptar el paper de coprotagonista al costat de Jason Robards, però quan havia filmat gairebé la meitat de la pel·lícula vaig haver d'interrompre-la perquè Robards s'havia posat malalt. Ho vam haver de tornar a filmar tot des del principi, aquest cop amb Klaus Kinski. Mick Jagger era tan curiós, tan únic, que no vaig voler que ningú el substituís en el seu pper. El vaig eliminar del guió. De totes maneres, només n'hauria pogut disposar durant tres setmanes, perquè tenia dates fixes per a la següent gira mundial dels Rolling Stones. A la meva pel·lícula interpretava el paper de Wilbur, un actor anglès que havia perdut la raó i que apareixia a la selva de l'Amazones. En part, la inspiració per a aquest personatge era el Billy Franklin que voltava despullat per casa seva a Pittsburgh. El substitut del gos Benjamin Franklin va ser un mico molt tímid que es deia McNamara.

18

NASA, MÈXIC

Vaig trobar feina amb un productor que treballava per a l'emissora WQED a Pittsburgh. Es deia Matt —Matthias— von Brauchitsch, un parent de l'antic mariscal de camp i comandant en cap de l'exèrcit alemany que, a partir del 1941, va caure en desgràcia davant de Hitler. Li vaig ocultar que no tenia permís de treball. Von Brauchitsch treballava en uns quants documentals sobre formes de propulsió futuristes per a coets, un encàrrec de la NASA. Des del principi va semblar convençut de les meves capacitats, tot i no tenir cap mena de formació ni tampoc referències. Sempre he valorat aquest optimisme pragmàtic dels Estats Units. La meva pel·lícula s'havia de concentrar en les primeres investigacions bàsiques sobre coets de plasma que s'impulsaven sobretot des de Cleveland, Ohio. Per dir-ho de manera senzilla, es tractava d'utilitzar com a propulsor un plasma molt calent que hauria desfet de seguida tots els dipòsits materials, per aquest motiu es duien a terme experiments amb dipòsits no materials que calia formar a partir de camps magnètics extremament forts. En aquella època, a Cleveland hi havia l'imant més potent del món. Al costat mateix hi havia un reactor d'investigació atòmica. Recordo vagament uns passadissos llarguíssims amb portes darrere les quals hi treballaven matemàtics. Una vegada vaig observar un grup de joves que simplement estaven pensant. De sobte, un d'ells es va aixecar i va dibuixar un punt amb guix en una pissarra de color verd fosc, i després una fletxa que l'assenyalava. Tot seguit, silenci de nou. Em vaig fer amic del director científic de l'institut, per a qui treballaven uns quants centenars de persones.

Només tenia vint-i-sis anys. Jo m'havia comprat un Volkswagen molt rovellat que l'àvia anomenava «Bushwagon». Tampoc va aconseguir dir mai bé el meu nom. M'anomenava «Wiener, «Urban» i «Orphan». Les bessones m'anomenaven «Orphan, l'òrfena» afectuosament. Vaig viatjar unes quantes vegades de Pittsburgh a Cleveland amb el meu «Bushwagon» atrotinat. Encara recordo un estrany incident que em va passar. En una nau hi havia una gran cambra de buit construïda amb acer intensament endurit, tan gran que uns quants tècnics hi podien preparar un experiment. El buit era tan potent que podia evaporar un home. Van procedir a aïllar la cambra i la immensa porta corredissa d'acer accionada de manera elèctrica es va anar tancant a poc a poc. A l'interior de la cambra hi havien deixat uns quants objectes elaborats per a l'experiment. La porta es va tancar sense fer soroll i van sonar unes desagradables alarmes per assenyalar que començava l'experiment. De sobte es van sentir crits a la cambra i uns cops desesperats a les parets d'acer. S'havien deixat un tècnic a l'interior, que no s'havia adonat que tancaven la cambra. Tampoc sabia que a fora sentirien els seus cops amb tanta força. Van passar minuts fins que la porta es va tornar a obrir amb una lentitud infinita. L'home que hi havia a dins estava blanc de terror, en estat de xoc. Ningú no sabia què fer. Un home molt jove, molt alt, molt fort i molt tranquil, l'únic negre entre la vintena d'investigadors presents, es va avançar i va limitar-se a agafar el científic rescatat pel clatell. Va tenir-lo una estona agafat fins que l'altre va superar l'estat de xoc i es va posar a riure, i tots els presents també van començar a riure. Sigui com sigui, aquell fet va tenir com a conseqüència que clausuressin la cambra immediatament i que, al cap de pocs dies, duguessin a terme un exhaustiu control de seguretat. Això va posar fi a la meva col·laboració en el projecte i a la meva estada als Estats Units.

Amb el pas del temps, el meu episodi en aquest projecte cinematogràfic es va anar esbombant cada cop més, tot seguint la mateixa pauta: jo havia rodat pel·lícules per a la NASA; per tant, havia treballat com a investigador per a la NASA; per tant, havia renunciat a la meva carrera com a investigador i possible astronauta en favor de la meva carrera cinematogràfica. Aquestes invencions sonaven molt bé i no em molesten en absolut. No em molesten perquè jo sé qui soc. O, més ben dit, sempre hi ha coses en què la memòria esdevé independent i s'estén com un vel lleuger damunt del somnàmbul. En la pel·lícula que vaig fer el 2017 sobre internet, *Lo and Behold: Reveries of the Connected World*, plantejo una pregunta central a diversos investigadors, que anomeno la «qüestió de von Clausewitz». Al seu llibre *De la guerra*, el teòric de la guerra von Clausewitz va fer el 1804 la famosa afirmació que la guerra de vegades se somia a si mateixa. A partir d'aquí, vaig plantejar la qüestió de si internet se somia a si mateix. Mentrestant, uns quants experts en Clausewitz es van posar en contacte amb mi per dir-me que ell mai havia fet aquella afirmació, i que no existia cap testimoni, ni tan sols a les seves cartes. Per això ara em pregunto: en llegir-lo el vaig interpretar malament, o em vaig inventar aquesta cita fa molt de temps i em vaig convèncer que era certa fins al punt que m'ho vaig acabar creient?

Al cap d'uns deu dies de l'incident amb la cambra de buit, vaig rebre una citació de l'oficina d'immigració perquè m'hi presentés de seguida amb el passaport. Sabia el que això significava. Com que havia infringit les condicions del meu visat, m'expulsarien dels Estats Units, però no m'enviarien una mica més enllà de la frontera, sinó que em tornarien a Alemanya. A Pittsburgh em vaig comprar ràpidament un diccionari d'espanyol i vaig tocar el dos. El comiat amb els Franklin va ser dolorós, però sabíem que en algun moment ens tornaríem a veure. Vaig viatjar cap a Texas gairebé sense aturar-me i vaig travessar la frontera a Laredo. En terra de ningú, al pont que hi ha sobre el Río Grande, el motor del meu Volkswagen atrotinat va fer un soroll estrany i es va aturar, com si els Estats Units no em volguessin deixar marxar i com si Mèxic encara no estigués preparat per acollir-me. Per dur-lo a arreglar vaig empènyer el cotxe cap al sud, cap a la frontera mexicana. Des d'allà vaig continuar conduint durant dos dies, disposat a acceptar tot el que vingués. Primer em vaig aturar a Guanajuato, perquè podia treballar a les *charriadas*, però al cap d'uns quants caps de setmana va passar una cosa inesperada i allò es va acabar. A diferència dels rodeos als Estats Units, en què deixen anar junts del clos el toro i el genet, a Mèxic tres *charros* subjecten el toro amb llaços i el tiren a terra. Després li lliguen una corda al voltant del tronc i, quan el tenen absolutament immobilitzat, el deixen anar. L'animal s'aixeca immediatament i surt disparat, i al cap de dos segons, en què la sensació és la d'un cotxe a tota velocitat, algú com jo cau a terra. Això sempre resultava dolorós, però al públic li encantava aquell idiota alemany. L'últim toro, o més ben dit, el meu últim vedell, es va aixecar amb normalitat però llavors va passar una cosa d'allò més insòlita: de cop es va aturar i va girar el cap en la meva direcció. Per engrescar els espectadors li vaig clavar els esperons i vaig cridar: «*¡Atrévete, vaca!*». L'animal no va reaccionar amb calma, sinó amb traïdoria, va córrer directament cap a la paret de pedra que envoltava el recinte i m'hi va llançar. En l'impacte, la meva cama dolenta va quedar atrapada entre l'animal i la paret. Per precaució m'havia protegit la canyella i el turmell amb dos regles de fusta d'escola, però la diversió s'havia acabat.

Per poder tirar endavant necessitava una altra font d'ingressos. Vaig passar uns quants equips estereofònics i televisors dels Estats Units a través de la frontera, perquè a Mèxic eren molt més cars a causa dels impostos. Podia fer-ho perquè a la frontera entre Reynosa i McAllen hi havia un punt que es podia travessar fàcilment. Per allà passaven treballadors durant el dia cap a McAllen, a l'estat de Texas, i a la nit tornaven a casa seva, a Mèxic. A la carretera que travessava la frontera hi havia tres carrils exclusivament per a ells, i els seus vehicles es podien reconèixer des de lluny pels adhesius que duien al parabrisa. Els mexicans només podien obtenir-los després de diverses comprovacions de seguretat per part de les autoritats dels Estats Units. Per mitjà d'uns quants tripijocs vaig aconseguir una matrícula mexicana i també un d'aquests adhesius. El meu cotxe tenia un aspecte tan deteriorat que resultava creïble. De bon matí travessava la frontera dels Estats Units pels carrils especials junt amb uns quants milers de cotxes més. Avui dia és inimaginable però aleshores, l'any 1965, amb prou feines hi havia tràfic de drogues ni crim organitzat. Qui volia emigrar de manera il·legal als Estats Units simplement travessava el Río Grande i arribava a l'altra riba com a *mojado*. A mi l'únic que m'interessava era arribar pel camí més curt possible a la ciutat fronterera de McAllen sense que s'adonessin del visat segellat que duia al passaport. Al trajecte de tornada, els mexicans et saludaven sense cap mena de control i et donaven la benvinguda al seu país. Hi va haver unes quantes vegades, no gaires, que també vaig portar colts a Mèxic, que més aviat eren armes cerimonials i que, sobretot, havien de tenir empunyadures bellament treballades de nacre. Els ranxers rics en presumien. Els canons de les pistoles també havien de ser sempre molt llargs, un mascle com cal no podia dur res curt a la cintura. Fa poc vaig trobar una carta dirigida al meu germà Lucki en què li descrivia una pistola que tenia un canó tan llarg que em vaig ficar l'empunyadura sota l'aixella i em vaig enganxar damunt del tronc amb cinta adhesiva el canó, que m'arribava exactament fins al cinturó, i ho vaig fer tan fort que amb prou feines podia respirar. Ho vaig fer així perquè em va semblar més segur. Encara que et trobessin una arma al cotxe, si eres un *gringo* els duaners mexicans mai t'escorcollaven directament, tret que fossis un fugitiu de la justícia. Però aquesta mena de negoci es va acabar aviat. Un ranxer volia un colt de plata de llei, a més d'una bala també de plata. Aquesta mena de coses no es trobaven a McAllen, s'havien d'encarregar expressament. Això va comportar que jo n'hagués d'assumir personalment les despeses. Vaig arriscar tot el que tenia per aquell negoci. El que va passar va ser que després el ranxer es va negar a pagar el colt perquè no incloïa cap bala de plata. L'arma es podia utilitzar, però els projectils no eren de plata perquè amb l'acceleració s'haurien deformat i haurien fet esclatar el canó. Van passar tres setmanes fins que l'home, gairebé per llàstima, em va comprar el colt. I així va ser com vaig experimentar durant força temps en el meu propi cos el que senten cada dia els pobres *peones* i *vaqueros.*

Em vaig traslladar a San Miguel de Allende, una petita i bonica ciutat colonial que actualment costa de reconèixer. Precisament en aquella època s'hi va establir la primera avantguarda d'una colònia artística i al cap de dècades hi va arrossegar masses d'americans tan benestants com desorientats, que es pensaven que hi trobarien la seva creativitat. Avui dia em resulta difícil anar a la ciutat. Però durant les primeres exploracions que vaig fer des d'allà vaig descobrir les mòmies de Guanajuato, que aleshores encara tenien repenjades a la paret en llargues fileres. La meva pel·lícula *Nosferatu,* rodada dotze anys més tard, comença amb una llarga seqüència d'aquestes mòmies, totes amb la boca oberta com si estiguessin a punt de proferir crits d'horror. Quan vaig tornar-hi per filmar la pel·lícula, les mòmies ja estaven exposades com en un museu, en caixes de vidre verticals. Només podíem alliberar-les en secret de les seves presons de vidre durant la nit per tornar-les a repenjar a la paret. No he pogut oblidar que semblaven lleugeres com el paper perquè havien perdut tots els líquids corporals. Per a mi, el començament de *Nosferatu* no conté cap mena de simbolisme, o si en té és només de manera marginal. Simplement, havia vist les mòmies i m'havien quedat gravades a la memòria.

Durant tot aquest temps vaig continuar impulsant el meu projecte cinematogràfic *Lebenszeichen*. Des de Múnic, la meva mare continuava amb la tasca incansable de buscar encàrrecs per a mi entre les productores, i els enviava còpies de les meves primeres pel·lícules perquè les examinessin. Jo era conscient que aviat hauria de tornar a casa. Llavors em vaig posar malalt al sud de Mèxic, a la frontera amb Guatemala. Era hepatitis, però jo encara no ho sabia. No havia obtingut cap visat per accedir a Guatemala, però se m'havia ficat al cap la curiosa idea que havia de col·laborar amb el departament del Petén per fundar-hi una ciutat maia independent. Havia sentit parlar dels esforços que s'estaven fent. Encara recordo la carretera d'asfalt que s'endinsava a la selva, en què moltes serps eren atropellades, i els rierols d'aigua clara i les pedres immenses en què les dones rentaven la roba. Formava la frontera el riu Suchiate. Volia arribar a Guatemala ni que fos per poc temps. Riu amunt, a uns quants centenars de metres de la frontera, vaig trobar un lloc adequat per travessar-lo. Vaig ficar una vella pilota de futbol de goma en una bossa de la compra perquè m'ajudés a flotar, i em vaig posar a nedar cautelosament amb el meu equipatge damunt del cap. En certa manera, vaig sentir que alguna cosa no anava bé. Em vaig ficar a l'aigua i de seguida em vaig adonar que, just al davant, a l'altra riba, hi havia dos soldats molt joves i indecisos amb uns fusells. Havien sortit de la selva i em somreien amb aire de superioritat. Els vaig saludar cautelosament i vaig fer mitja volta a poc a poc.

De fet, en el fons agraïa no haver aconseguit travessar la frontera. També em vaig adonar que devia tenir un problema de salut. Estava marejat i em va agafar febre. Vaig recórrer el trajecte de retorn a Texas gairebé sense aturar-me, aquest cop sense matrícula falsa i sense adhesius al parabrisa. En aquella època no hi havia registre de dades electrònic, i vaig suposar que amb el meu visat d'estudiant d'intercanvi podria tornar a entrar al país. Que què havia fet a Mèxic? Vaig declarar que hi havia fet un breu viatge d'estudis i de seguida em van deixar passar. A partir d'aquí, tot està cobert per un vel com en un somni febril. Vaig conduir de dia i de nit, reposava durant breus descansos amb el cap cobert de suor al seient del costat i dormia unes quantes hores. Recordo un poble en una reserva índia, Cherokee, a Carolina del Nord. Hi vaig parar per posar benzina i em vaig menjar una hamburguesa que em va servir una dona índia. Portava un vestit que semblava d'una festa de carnaval. Em va preguntar si volia veure unes gallines ballarines, allà davant mateix. Tot ballava, el meu plat, el meu cotxe aparcat, la meva propina damunt de la barra. Sí, volia veure les gallines abans de continuar ballant amb el meu «Bushwagon» en direcció nord. Anys després hi vaig tornar, i les gallines ballarines que apareixen a la pel·lícula *Stroszek*, del 1976, són probablement la cosa més boja que he dut a la pantalla. Ara, quan veig la seqüència final de la pel·lícula, veig les gallines com en un somni febril, tal com les vaig veure durant el viatge. Vaig arribar a Pittsburgh. Els Franklin em van portar de seguida a l'hospital. Al cap de dues setmanes i després d'haver recuperat completament les forces, el clan dels Franklin em va venir a buscar a l'hospital i, dos dies després, vaig agafar un avió i vaig tornar a Alemanya.

19

PURA VIDA

Ja he acceptat que mai més podré saltar amb el peu dret. Va ser un accident estúpid i irresponsable que vaig provocar en saltar per una finestra, però a Mèxic, un dels homes del recinte de les *charriadas* em va dir que allò era *pura vida*. Es deia Euclides. Es va limitar a donar-me la mà la primera vegada que l'animal em va tirar a terra i jo sagnava per la boca, perquè amb l'impacte havia estat a punt de perdre les dents. La seva mà era com un cargol de banc de ferro. En dir aquesta frase no es referia a la «puresa» de la vida com en l'època dels primers sants, sinó a la simple existència en el moment present, rude, impetuós, aclaparador. En honor seu vaig triar el nom més tard de la pel·lícula *Cobra Verde*, del 1987, sobre un jove esguerrat de dotze anys que s'encarregava d'un hostal i era l'únic que no tenia por del bandit Cobra Verde, interpretat per Klaus Kinski. El jove tenia un defecte de parla, quequejava, però pronunciava amb molt d'orgull el seu nom sencer: Euclides Alves da Silva Pernambucano Wanderley.

Com que la meva cama bona era l'esquerra, vaig poder continuar jugant a futbol a Alemanya. El meu germà Till em va introduir al club de futbol Schwarz-Gelb de Múnic i hi vaig començar a jugar tant de porter com de davanter. Els membres del club eren taxistes, aprenents de forners i empleats, i això m'encantava. El club Schwarz-Gelb no jugava en cap lliga oficial, però ens hauríem pogut mantenir fàcilment a la cinquena categoria. El meu germà tenia més talent com a porter que no pas jo. Quan tenia catorze anys va cridar l'atenció d'un buscador de talents del 1860 Múnic, que en aquell moment era l'equip predominant a la ciutat, fins i tot per davant del Bayern, però la meva mare el va dissuadir de començar una carrera professional com a esportista. El Schwarz-Gelb havia estat fundat per un pastisser, Sepp Mosmeir. No havia conegut mai un home tan commovedor. El Sepp irradiava una calidesa incondicional i estimava l'òpera profundament, i a més disposava d'uns dots extraordinaris de lideratge. Tots ens desvivíem per ell. De totes maneres, pesava una ombra damunt de tot el seu ésser. Durant la seva infantesa al sud del Tirol, ell i els seus companys de joc s'havien enfilat a un pal elèctric pel terraplè del ferrocarril i un dels seus amics va aconseguir agafar el cable d'alta tensió. El noi es va estar sacsejant uns minuts i va començar a fumejar. El Sepp va descriure'ns el so del cos en caure a terra, completament carbonitzat. Va sonar com un sac ple de briquetes quan va impactar damunt la via del ferrocarril. La dona del Sepp, la «Moosin», va morir de càncer després d'un llarg sofriment, i després ell també va patir el mateix destí. El vaig veure poc abans de morir. Va deixar un buit dins meu per sempre.

Vaig abandonar la porteria i em vaig convertir en jugador de camp. Al Festival de Canes, crec que va ser l'any 1973, quan *Aguirre* va ser projectada a la secció dels directors, *Quinzaine des Réalisateurs*, perquè el festival oficial havia rebutjat la pel·lícula, a l'estadi havien organitzat un partit de futbol d'actors contra directors, i jo feia de porter. La majoria de directors no eren gaire esportistes, uns quants eren grassos i amb prou feines podien córrer, mentre que bona part dels actors estaven en forma. De fet, érem clarament inferiors, però vaig poder aturar tots els xuts dirigits contra la meva porteria. Llavors els actors van canviar de tàctica. Van deixar que els directors avancessin tranquil·lament fins a mig camp i després xutaven la pilota ben lluny, en direcció a la meva porteria, en aquell moment solitària. De cop i volta van aparèixer davant meu dos o tres jugadors de l'equip contrari, entre els quals hi havia Maximilian Schell, que havia jugat a la selecció suïssa amateur. Vaig veure com perseguia una llarga passada i es dirigia completament sol cap a mi. Lluny de l'àrea vaig aconseguir arribar primer a la pilota i la vaig allunyar una fracció de segon abans que ell, però Schell va topar amb mi amb violència. Es podria haver apartat, però era molt ambiciós, fins i tot en un partit amistós com aquell. Vaig veure les estrelles. Se m'havia dislocat el colze; se m'havia doblegat cap endavant en comptes de cap enrere. Vaig necessitar tot un any per recuperar-me. Aquesta topada va fer que Schell i jo ens féssim amics, i apareixo fugaçment com a figurant en la seva pel·lícula *Der Fußgänger*, nominada a un Òscar.

A partir d'aquest moment vaig jugar de davanter, malgrat que gairebé tots els jugadors de l'Schwarz-Gelb eren més ràpids o tècnicament millors que jo. Però jo entenia més ràpidament els moviments i els espais i també tenia un gran poder per atacar. Aquest poder feia que se m'acostessin un o més defenses contraris, i això creava espais per als meus companys. Podia llegir les situacions, i aquesta mena de jugadors són els que després sempre em van impressionar, com l'italià Franco Baresi als anys vuitanta, un defensa que podia llegir les intencions col·lectives de tot un atac del contrari. Per a mi ningú havia entès aquest joc amb tanta profunditat com ell. Thomas Müller, del Bayern de Múnic, té un estil semblant, sempre apareix com un fantasma tot sol davant de la porteria de l'equip contrari, descobreix els espais com ningú i resulta impossible saber d'on ha sortit. El meu avi també era d'aquesta mena, perquè podia llegir els paisatges. Sepp Mosmeir jugava a la defensa, i no havia pogut aconseguir el seu somni de marcar un gol. En el seu partit de comiat hi va haver de sobte un penal a favor nostre. Malgrat que s'hi resistia, tot l'equip vam insistir que el llancés ell. Sepp Mosmeir va marcar. Vam anar a buscar l'afortunat, que no parava de plorar. L'àrbitre va aturar el partit durant uns minuts.

Jugant a futbol vaig patir una de les típiques lesions d'aquest esport, una ruptura de lligaments, i una vegada, quan encara era porter, en un partit contra el gremi de carnissers de Baviera —una colla de vigorosos carnissers que ens tractaven amb la mateixa violència que si fóssim vedells en un escorxador—, un dels seus davanters em va clavar un cop tremend a la barbeta. Havia aturat la pilota i em vaig quedar estès a terra. Quan em vaig despertar, no volia abandonar el camp i vaig intentar explicar a l'àrbitre que l'expulsió no era correcta, perquè jo no havia comès cap falta, sinó el meu contrincant. Però l'àrbitre em va repetir unes quantes vegades a crits una cosa que no vaig poder entendre a causa del rebombori que tenia dins del cap. Finalment em va estirar la samarreta i em va ensenyar tota la sang que hi havia, i vaig entendre que devia ser meva. Em van posar catorze punts a la barbeta, però com que en aquella època no tenia cap assegurança de salut i no volia que les despeses fossin massa elevades, em van cosir sense l'habitual injecció d'analgèsic, igual que quan em van treure un queixal. Qualificar això de masoquisme sens dubte seria una interpretació equivocada. Formava part de la meva forma d'entendre el món i de viure la meva vida.

Un dia, durant la meva infantesa a Wüstenrot, lliuràvem un combat amb altres nens amb castanyes acabades de treure de la closca, i jo em vaig enfilar a la teulada d'un graner per tenir una posició favorable per poder veure qui s'amagava i a on. Em vaig asseure encamellat damunt el capcer i una veu va cridar el meu nom. Vaig girar el cap en direcció a la veu i, en el mateix moment que em girava, un projectil em va encertar l'ull. Vaig veure com un llampec i encara recordo com vaig relliscar sobre la panxa pel vessant de la teulada. Mentre baixava, em va semblar que passaven mesos. Vaig caure de cap enmig d'unes màquines agrícoles, molt avall, encara veig les varetes metàl·liques i les reixes de l'arada a sota meu. Em vaig trencar l'avantbraç, tots dos ossos, el radi i el cúbit, que s'havien trencat netament. El metge de Wüstenrot no me'ls va recol·locar bé. Una setmana més tard, després d'uns dolors espantosos, em van treure el guix a l'hospital i me'ls van tornar a col·locar correctament.

El pitjor, però, em va passar en una caiguda mentre esquiava l'any 1979 prop d'Avoriaz, a la zona del Mont Blanc. M'havien convidat al festival per una pel·lícula i m'havien deixat un equip per esquiar. Jo tenia la vista posada en una baixada especialment vertiginosa en què els esportistes feien l'intent més aviat ridícul de batre el rècord de velocitat damunt d'esquís, que en aquella època era de més de 220 quilòmetres per hora. A aquestes velocitats, els corredors duien cascos aerodinàmics i allargats que arribaven fins al còccix i se subjectaven als panxells amb una mena d'alerons. Quan el meu grup ja se n'havia anat, em vaig quedar encara una estona examinant la baixada. Finalment vaig començar a descendir des d'uns dos terços de l'alçada del pendent. La sensació era embriagadora. Cap al final hi havia una lleugera pujada que et permetia reduir la velocitat. A la nit vaig explicar l'experiència, però es van riure de mi, perquè estava convençut que havia arribat als 140 quilòmetres per hora. Dos dies després tornàvem a ser prop del pendent i vaig dir: ara i aquí us ho demostraré. Per desgràcia, no va ser més que pura fanfarroneria. Aquest cop vaig sortir des d'uns quants metres més amunt. A aquestes velocitats, la més mínima irregularitat afecta com afectaria la suspensió d'un cotxe de carreres, i de vegades un obstacle d'un pam damunt la neu fa que perdis el contacte amb el terra durant vint o trenta metres. Hi ha dues coses que recordo molt bé: vaig passar volant a l'altura dels ulls pel costat del meu germà Lucki i d'un productor israelià, Arnon Milchan, tots dos homes molt alts, i de seguida vaig saber que m'havia enlairat massa. I quan vaig tornar a aterrar al pendent, ho vaig veure tot com en càmera lenta. Un dels esquís em va sortir disparat com una javelina. El Lucki encara és incapaç de descriure el que va veure. Però la meva bota d'esquí es devia clavar de seguida a la neu i vaig caure de cap. Devia sortir volant uns quants metres per damunt del pendent, però al cap d'uns cent metres per fi em vaig aturar. A partir d'aquí, el màxim perill era que, en el meu estat d'inconsciència, em pogués ofegar amb els meus propis vòmits. Quan vaig recuperar la consciència, vaig veure sang i vòmits a la neu i vaig sentir un sospir lleuger. Llavors vaig comprendre que era jo mateix, qui sospirava. Em vaig lesionar dues vèrtebres cervicals i la clavícula se'm va desenganxar de l'estèrnum. Tot i que la neu era recent i tova, m'havia arrencat part de la pell de la cara, i també m'havia ferit un ull. Explico aquest accident, del qual m'avergonyeixo, perquè en certa manera va ser la conseqüència d'un error meu i d'un mal càlcul.

Però també vaig tenir sort. Anys després, durant el rodatge a Suïssa de la pel·lícula *Gekauftes Glück*, d'Urs Odermatt, jo interpretava un malvat, devia ser l'any 1987. En una escena, el desagradable monstre que jo interpretava fugia cap a la vall amb un jeep descobert des d'una granja isolada. Havia de travessar un pont molt estret per damunt d'un barranc amb un torrent. Vaig conduir a força velocitat, però Odermatt, el director, va dir que allò no havia estat gran cosa, i que si no podia anar més ràpid. A la presa següent vaig accelerar tant que el vehicle va relliscar a la sorra de la costeruda pista forestal. Vaig perdre el control del jeep i el vehicle va travessar la barana de ferro del pont, però com per un miracle una de les barres de ferro va travessar el motor, va aturar el cotxe i, enfilat d'aquesta manera, el vehicle es va inclinar cap endavant, com si em volgués llençar com un munt d'escombraries. Encara no sé com em vaig poder aferrar al volant. De totes maneres, amb l'impacte el volant se'm va clavar en un costat del cos i vaig patir un còlic nefrític. Walter Saxer, que dirigia la producció, em va traslladar espantat al metge rural més proper. Les fotos amb càmera

Polaroid que tinc del lloc de l'accident semblen irreals, impossibles d'identificar, com un insecte estrany i enorme que travessa un entramat de ferros. Més avall brillen les immenses roques polides pel torrent.

També vaig tenir sort en els últims dies de preparació d'*Aguirre*. Pressionats pel temps, vam traslladar tota la producció a l'altiplà, a Cusco, per començar el rodatge just a l'inici de l'any 1972 a la vall d'Urubamba i al Machu Picchu. Vam tenir grans retards i dificultats per aconseguir que ens arribessin els vestits, els cascos i les armadures dels conqueridors. Vaig haver d'anar unes quantes vegades de Lima a Cusco i tornar. Vaig utilitzar la línia aèria local Lansa, perquè era, amb molta diferència, la més barata. Tenint en compte la penúria econòmica de la producció, era l'opció més lògica. De totes maneres, Lansa tenia mala fama pels accidents. Un dels quatre avions de la seva flota es va estavellar, el següent era pràcticament ferralla i el van desmuntar per aprofitar-ne les peces. El penúltim aparell, en intentar aterrar a Cusco, va anar a parar al vessant de la muntanya del costat i tots els passatgers van morir. Aviat van sortir a la llum una sèrie de dades curioses: l'aparell tenia capacitat per transportar 96 persones, incloent-hi els passatgers i la tripulació. Però al lloc de l'accident, prop de Cusco, s'hi van recuperar 106 cadàvers. Es veu que alguns empleats de la línia aèria havien venut deu places suplementàries d'amagat a persones que havien d'anar dretes al passadís. Després també van descobrir que el capità en certa manera podia volar però no tenia una llicència vigent, i crec que també va resultar que els mecànics de terra que havien assumit el manteniment només havien reparat motors. Així doncs, només quedava un aparell que feia els vols locals —Lima-Cusco i tornada, i Lima-Pucallpa-Iquitos i tornada—, els quals formaven part del recorregut complet per la jungla. Van retirar de manera categòrica la llicència a la línia aèria però, al cap d'uns quants mesos, curiosament, l'únic avió que els quedava tornava a funcionar. La Martje, la meva dona, va estar present durant el rodatge d'*Aguirre*, va col·laborar en tot i va acompanyar uns quants dels actors de Lima a Cusco. Havia reservat un vol dos dies abans de Nadal, i va agafar l'últim avió abans de la imminent catàstrofe. No és senzill reproduir de manera ordenada el garbuix d'esdeveniments que es van produir aleshores. Molts viatgers es van aplegar a l'aeroport per arribar a temps a casa per celebrar les festes amb les seves famílies. Jo mateix vaig aconseguir un bitllet per al dia després del viatge de la Martje, a primera hora del matí del 23 de desembre. Em vaig traslladar a l'aeroport però l'avió no va aparèixer a la porta d'embarcament. Al cap d'unes quantes hores van informar que encara el tenien a manteniment, que calia tenir paciència i que de seguida estaria a punt. Així va passar tot el dia. Mentrestant van arribar els passatgers del segon avió, el que feia la ruta de la selva, i es van acostar massivament al taulell. Cap al vespre van dir que l'avió no podria sortir, que hauríem de tornar la vigília de Nadal de bon matí. A les sis del matí hi vaig tornar. La multitud de passatgers havia tornat a augmentar, perquè hi havia tots els del dia anterior i s'hi havien afegit els del 24 de desembre. Però l'avió continuava en reparació. Enmig de la gentada vaig aconseguir allargar un bitllet de 20 dòlars a l'empleat de la companyia, darrere del taulell, i tant jo com un petit grup de persones vam ser incloses a la llista per al vol. Però l'avió continuava sense arribar. Recordo que hi va haver moments en què em va envair un sentiment sinistre. Per fi, cap al migdia, va arribar l'avió, però llavors, davant la meva decepció, van anunciar que ja era massa tard i només podrien fer un vol, el que anava a la selva. Per desgràcia, havien anul·lat el vol de l'altiplà, el de Cusco. Encara ara sento els crits de joia dels passatgers que podien volar a Pucallpa i Iquitos.

Al cap de trenta minuts, l'avió va desaparèixer del radar. La recerca de l'avió desaparegut va durar dies. Al final es va convertir en una de les campanyes de recerca més importants que hi havia hagut mai a l'Amèrica del Sud. Fins i tot hi va participar una astronauta americana que en aquell moment era al Perú. Van suposar que l'avió s'havia estavellat més enllà dels Andes, en un dels vessants que desembocaven a la selva, però allà només hi havia núvols, tempestes i pluja. Al cap de deu dies van abandonar la recerca en considerar-la inútil. El dotzè dia després de l'accident va aparèixer de sobte una noia de disset anys, l'única supervivent, Juliane Köpke. Havia anat a veure el seu pare junt amb la seva mare a través de la selva. Després de la guerra havia travessat els Alps a peu i havia arribat fins a Itàlia per trobar-hi un vaixell que anés a l'Amèrica del Sud, on volia crear una estació ecològica com a biòloga. En aquell moment, els principis de l'ecologia encara eren del tot desconeguts. A Itàlia no va trobar cap vaixell i va continuar a peu fins a Espanya, on va viatjar com a polissó fins al Brasil, oculta en un carregament de sal. Després va travessar bona part del continent a peu i amb canoa i finalment va instal·lar l'estació d'investigació a la jungla del Perú, on va créixer. El dia de Nadal del 1971, Juliane va emprendre el seu viatge amb minifaldilla i unes sabates lleugeres, atès que el vespre anterior havia celebrat a la capital la conclusió dels seus estudis secundaris. A cinc-cents metres d'altura, enmig d'una violenta tempesta, l'avió va començar a desmuntar-se. Asseguda en un rengle de seients per a tres persones, la Juliane va continuar flotant enmig de la tempesta, sense avió. Més tard va dir que no havia estat ella qui havia abandonat l'avió, sinó que l'avió l'havia abandonat a ella. Durant unes quantes setmanes es va convertir en una sensació mundial i després va desaparèixer completament de les pantalles, perquè a l'hospital de Pucallpa els periodistes l'abordaven disfressats de capellans o de dones de la neteja. Allò devia ser espantós per a ella, perquè al capdavall també havia perdut la seva mare a l'accident. La història de la sort increïble que va tenir i la seva odissea per la selva se'm va quedar profundament gravada a la memòria, perquè jo havia estat a punt de patir la mateixa desgràcia. Al cap de vint-i-sis anys la vaig buscar i vaig rodar una pel·lícula amb ella, *Schwingen der Hoffnung* (1998), just al lloc de l'accident. La seva història és l'impressionant testimoni d'una dona jove que va tenir un valor que no he vist mai en un home. Durant els primers dies de l'any 1972, a la fase inicial d'*Aguirre* vam filmar als tres ràpids consecutius del riu Huallaga i, sense saber-ho, vam estar a uns quants afluents de l'Amazones del camí que va travessar la Juliane a través de la selva, desorientada i mig morta.

El lloc de l'accident era amb prou feines una clariana enmig de la selva, perquè tots els fragments de l'avió s'havien escampat per una superfície de quinze quilòmetres quadrats. Per això resultava impossible des de l'aire descobrir arbres destrossats i les restes d'un avió. Gràcies a la informació de la Juliane després d'haver estat rescatada per tres treballadors forestals, vam poder reconstruir la seva ruta a peu d'onze dies i localitzar el punt en què havia caigut. Els primers equips que s'hi van desplaçar van trobar als arbres maletes obertes, garlandes de Nadal i regals i, com a afegitó macabre i surrealista a la decoració general, vísceres humanes.

L'any 1998 vaig enviar dues expedicions a la selva de la regió del riu Pachitea i van tornar sense resultats. Després vaig trobar un dels treballadors forestals que havien salvat la Juliane. Encara recordava força bé la zona i es va posar a buscar tot sol el lloc en què havia caigut l'avió. Seguint el petit riu Shebonya, va arribar a una zona d'aigües poc profundes i va trepitjar una escurçana oculta entre la sorra que, amb la punta de la cua, li va penetrar fàcilment el taló de la sabata, reforçat amb unes quantes capes de goma. Aquests peixos són tan verinosos que resulten més perillosos que la majoria de les serps. Va estar dos dies estirat en un banc de sorra prop de la mort fins que casualment va passar una canoa. Els remers no se'l volien emportar perquè no tenia diners per pagar el viatge. Finalment els va donar l'escopeta de perdigons com a pagament i el van convidar a pujar. D'aquesta manera es va salvar. Jo vaig localitzar la tripulació de la canoa i els vaig comprar l'escopeta de perdigons. La Juliane la va retornar com a regal al seu àngel salvador en retrobar-se al cap de tants anys. També va ser ell qui va dirigir la quarta i última expedició per trobar la zona de l'accident per a la pel·lícula. En aquella època no es van poder traslladar les restes de l'avió, només van recollir-se les restes humanes. En aquesta expedició m'acompanyava el meu fill petit, el Simon, que llavors tenia vuit anys. Davant nostre hi anaven cinc *macheteros,* que ens obrien pas a través de la jungla. Anàvem ben equipats, però el meu fill, amb qui aleshores em sentia molt unit, es va posar malalt. Vam continuar caminant cinc dies, dos dels quals el Simon va anar carregat sobre l'esquena d'un dels *macheteros*. El Simon va ser qui va trobar els primers fragments, com ara un panell de comandaments de la cabina de l'avió, que encara conservo.

Més tard, el meu assistent Herb Golder va baixar per la corda d'un helicòpter, acompanyat d'uns treballadors forestals que van tallar uns quants arbres perquè l'helicòpter pogués aterrar. Aquest espai es va convertir en el nostre campament de rodatge. El meu amic Herb Golder ha ocupat el càrrec d'assistent en unes quantes pel·lícules. En la pel·lícula *Invencible* interpreta de manera molt convincent un rabí. Vaig provar dotzenes d'actors, i l'únic que podia interpretar l'escena de manera decisiva i realista va ser el Herb. Més endavant també vam escriure junts el guió per a una història que va estar investigant durant anys, *My Son, My Son, What Have Ye Done?*, del 2009. En la seva feina habitual, el Herb era professor de grec clàssic i llatí a la Boston University, i no tinc ningú més amb qui discutir de manera tan detallada sobre l'antiguitat. El Herb no és un erudit de saló. És com un roure i cinturó negre en unes quantes arts marcials. Quan parla, de cop i volta tots els figurants que volten distrets pel lloc de rodatge se l'escolten. Vaig rodar la pel·lícula l'any 2008 amb Michael Shannon, l'actor amb més talent de la seva generació. Actualment és una estrella. Fins a *My Son, My Son, What Have Ye Done?* només havia interpretat petits papers, i jo li vaig confiar el paper protagonista. David Lynch va participar en la producció, però qui va portar la batuta va ser el productor Eric Basset. En aquella època, a David Lynch ja no li interessava gaire el cinema i s'havia retirat gairebé del tot a la seva vida de meditació.

20

A LA CORDA FLUIXA

En molts moments de la meva vida m'ha semblat que estava damunt d'una corda fluixa, sense adonar-me gairebé mai que, a tots dos costats, hi tenia un abisme. No és casualitat que sigui amic de Philippe Petit, que es va fer famós quan, poc abans de la inauguració de les Torres Bessones del World Trade Center, va tensar un cable entre els dos gratacels i hi va ballar a una altura que feia venir vertigen. Quan projectaven *Lebenszeichen* al Filmfestival de Nova York em va buscar i em va trobar. En aquella època ja feia temps que planejava l'actuació a les Torres Bessones. Poc abans de la nostra trobada havia dut a terme una proesa d'amagat a la gorja més profunda d'Europa, a la Savoia. A la nit va tensar una corda per damunt de l'abisme i a l'alba es va posar a travessar-la, i només un camperol que creuava un pont per allà prop per dur a pasturar les seves vaques el va veure per casualitat. El camperol va deixar les vaques allà on eren, se'n va tornar corrents cap al poble i va despertar el policia. Quan tots dos van arribar al lloc dels fets, ja no hi havia res. El Philippe havia desaparegut. Els seus ajudants havien retirat la corda amb rapidesa i només unes quantes vares de ferro clavades a terra van quedar com a record del lloc on l'havia fixat. En el cas de les Torres Bessones de Nova York es va incorporar amb papers falsos en una brigada de soldadors i, per dissimular, fins i tot va crear una empresa constructora que va adquirir una oficina en una de les torres encara en construcció. A l'oficina va anar instal·lant el cable d'acer i els altres aparells. Finalment, des del terrat va disparar una fletxa cap a l'altra torre que duia enganxat un delicat fil de pescar. Els seus ajudants van agafar el fil de pescar i hi van enganxar un cable prim d'acer al qual van fixar-ne un altre de tornada i finalment van tensar-ho tot fins a l'altra torre. El cable pesava unes quantes tones i, sota un revestiment, el Philippe va soldar-hi d'amagat un gruixut ganxo com a fixació. A les sis del matí va començar a caminar pel cable. Ningú el va destorbar ni el va veure, fins que de sobte un taxista que va mirar cap amunt el va descobrir. Es va formar un embús de trànsit, que va anar creixent carrer rere carrer en direcció nord. Agents de policia van assaltar els dos terrats, però no van poder fer baixar el Philippe del cable. Finalment es va estirar damunt del cable, com si anés a dormir, perquè un helicòpter de la policia estava provocant perilloses turbulències.

Més endavant, a París, el Philippe em va aixecar una tapa de claveguera en plena nit i em va guiar pel regne secret de túnels i sales infinits que hi ha sota la ciutat. En una sala immensa hi havia milers d'esquelets pulcrament apilats, en una altra, cranis de l'època de la pesta. Una altra nit ens vam posar en marxa amb una corda d'alpinisme de seixanta metres de llargada i un ganxo, perquè el Philippe volia explorar amb mi la teulada de l'església gòtica de Sant Eustaqui, al barri de Les Halles. Però ens va sorprendre un conegut cantant i actor que tornava borratxo cap a casa, i vam abandonar el projecte. L'any 1991, quan vaig inaugurar la Viennale de Viena, vaig convidar el Philippe perquè dansés damunt d'una corda fluixa entre la Torre Flak i la torre del Cinema Apollo.

Jo no veia els abismes que hi havia als costats del meu camí però, sense fer res, com si em perseguís una maledicció, atreia la desgràcia mentre treballava en les meves pel·lícules. Ja en el meu primer llargmetratge, *Lebenszeichen*, ho tenia tot preparat, els contractes signats i els vestits al lloc de rodatge, quan es va produir el cop d'estat militar a Grècia. Van interrompre les comunicacions ferroviàries, van paralitzar el trànsit aeri, ningú sabia què havia passat exactament. No em podia comunicar amb ningú i per tant vaig anar amb cotxe des de Múnic fins a Atenes gairebé sense aturar-me. La frontera encara era oberta. El ministeri responsable dels permisos de rodatge estava tancat i els soldats dormien als passadissos. Vaig saber gràcies al nostre director de producció grec que tots els permisos havien estat anul·lats, i calia reconèixer que l'exèrcit estava interessat en tot, però no pas en les produccions cinematogràfiques estrangeres. Em vaig arriscar a començar el rodatge, encara que fos amb uns quants dies de retard. Em van prohibir de manera categòrica buidar de gent el port de l'illa de Kos i disparar focs artificials al passeig i, així i tot, ho faig fer. Hi havia soldats pertot arreu, però no em van detenir.

Aquest va ser només el començament dels problemes. El meu protagonista, Peter Brogle, abans de convertir-se en actor, havia estat funàmbul en un circ. Va proposar ballar damunt d'una corda fluixa al castell, i malgrat que això no estava previst al guió, vaig trobar la idea interessant, perquè feia visible el precari equilibri del protagonista. Un funàmbul sempre es fixa la corda ell mateix, i mentre ho feia, ni a dos metres d'altura, es va desenganxar una pedra del mur Brogle i va caure d'un sortint baix de la paret. Es va trencar el calcani. És el punt més delicat del peu humà, en què recau tot el pes en caminar. Dues setmanes abans d'acabar el rodatge vam haver d'interrompre la pel·lícula. El meu actor es va passar sis mesos entre l'hospital i rehabilitació, fins que vam poder reprendre el rodatge. El problema és que només podia caminar amb una complicada pròtesi que li havien fixat al maluc. Només el vam poder filmar de cintura en amunt, i encara no havíem rodat l'escena dels molins de vent a Creta. Thomas Mauch va tenir una idea tan senzilla com brillant. Va filmar només les botes i les cames d'un figurant que pujaven pel terreny pedregós, i per a la continuació de la seqüència vam col·locar el Brogle en posició d'espera.

Durant l'ascens, la càmera abandona durant una fracció de segon les cames, enfoca el tronc i el rostre del protagonista i el segueix fins al punt del terreny darrere del qual l'esperen els molins de vent.

La desgràcia em va acompanyar puntualment a les pel·lícules següents. Al començament del nostre viatge al Sàhara, abans de travessar la frontera a l'Àfrica, el càmera Jörg Schmidt-Reitwein va ficar involuntàriament un dit sota el capó i l'os se li va trencar en molts fragments, que només van poder posar-li a lloc en l'ordre correcte amb un cable d'acer. Després, al Camerun, vam anar a parar a la presó i encara no m'ha quedat clar per què. Finalment, des d'allà ens vam dirigir a l'interior de l'Àfrica i volíem continuar rodant a la serralada de Ruwenzori, a la frontera entre el Congo i Uganda, però des de la República Centreafricana tant el meu càmera com jo ens vam posar tan malalts que ja no vam poder avançar més. A Bangui vam haver d'interrompre el rodatge i, durant les dues pel·lícules següents, vam continuar recollint material. En el cas de *Auch Zwerge haben klein angefangen,* la fortuna ens va ser més favorable, i vam tenir sort en tot moment. El tema de la pel·lícula és la rebel·lió dels interns d'un correccional, que ho trinxen tot en una orgia de destrucció. Els objectes per a nosaltres tenen una mida normal, però com que els actors són tan petits, una moto o un llit de matrimoni semblen monstres. Un dels nans de la pel·lícula va ser atropellat per un cotxe sense conductor, però es va tornar a aixecar de seguida i va continuar llançant plats amb entusiasme contra el vehicle. Un altre dels actors va aparèixer de cop envoltat de flames, en l'escena en què els nans, embriagats per l'entusiasme destructiu, reguen els testos de plantes amb benzina i hi calen foc. Em vaig llançar damunt seu i vaig apagar les flames amb el cos, i l'actor se'n va sortir amb només una petita butllofa a l'orella. Un dia de cop i volta va començar a esbombar-se pels mitjans un detall absolutament insignificant d'aquest rodatge, molt més endavant, i es va convertir en una història independent, cosa que em passa sempre, fins i tot amb els fragments més breus i trivials de la meva vida: va sortir publicat que m'havia llançat damunt d'un cactus. Correcte. Després de l'horror de veure un home en flames, vaig fer una promesa als actors: «Si tots vosaltres sortiu sans i estalvis del rodatge, em llançaré en un camp de cactus perquè em capteu amb les càmeres de 8 mm i les màquines de retratar». Aquest camp s'estenia darrere mateix de l'edifici principal. Saltar-hi des d'una rampa era més fàcil que sortir-ne, i els cactus eren alts, estaven molt junts i tenien unes punxes desagradablement llargues. Unes quantes van quedar-se'm als tendons dels genolls a passar l'hivern.

Més endavant vaig fer una promesa semblant al meu amic Errol Morris: em vaig menjar les sabates davant del públic en un cinema de Berkeley, a Califòrnia, quan l'any 1978 hi va estrenar la seva primera pel·lícula, *Gates of Heaven*. Només jo me'l prenia seriosament, perquè de fet mai no havia acabat res. Encara que tenia un immens talent musical, d'un dia per l'altre va deixar de banda el violoncel, tenia pràcticament acabada la tesi doctoral però no la va arribar a presentar, i va acumular milers de pàgines de material sobre assassins de masses, però no va escriure el llibre. Quan va voler començar la seva pel·lícula, se'm va queixar sobre els problemes que tenia per aconseguir diners per produir-la. Llavors jo li vaig dir: l'única cosa que necessites per començar aquest projecte és un rotlle de pel·lícula, la resta ja anirà sortint. Amb un projecte tan ambiciós, el vaig animar, per força els diners acabaran apareixent i et seguiran pel carrer com un gossot amb la cua entre les potes. I que aquesta vegada havia d'acabar el projecte. El dia en què la pel·lícula es projectés als cinemes, em menjaria les sabates que portava en aquell mateix moment. Aquesta anècdota també va aparèixer a les meves biografies més breus, tot i que és molt més important el fet que la pel·lícula va ser extraordinàriament bona. Roger Ebert, el papa dels crítics dels Estats Units, la va incloure a la seva llista de «les deu millors pel·lícules de tots els temps». Per cert, *Aguirre* també hi està inclosa.

D'altra banda, amb l'Errol vaig tenir els meus estira-i-arronses. Durant els seus estudis sobre assassins de masses, va dur a terme recerques en un racó del món anomenat Plainfield, Wisconsin. És on havia actuat el més notori dels assassins americans, Ed Gein. Hitchcock s'hi va inspirar per fer *Psicosi*. A banda de cometre assassinats en què treia les vísceres a les seves víctimes com si fossin animals salvatges i els arrencava la pell per fer-se pantalles de llums i un tron, a la nit també desenterrava d'amagat cadàvers acabats d'enterrar al cementiri. L'Errol va observar que les tombes profanades formaven un cercle al mig del qual hi havia la tomba de la mare de Gein. Ed Gein l'havia desenterrat també? Vam especular una bona estona sobre la qüestió. Només era possible obtenir la resposta excavant a la tomba. Si el cadàver de la seva mare encara hi era, no l'havia desenterrat, i si no hi era, és que ho havia fet. Al cap d'uns mesos havia de fer un trajecte amb cotxe des de Nova York fins a Alaska, i a mig camí de la frontera canadenca em trobaria amb l'Errol un dia determinat. Vaig arribar a Plainfield i vaig aconseguir pics i pales, però l'Errol havia perdut el valor. De fet, s'havia esfumat. La meva inútil espera a Plainflied, però, almenys va tenir una conseqüència que més tard seria important per a mi. El cotxe tenia problemes amb l'embragatge, però a Plainfield no hi havia cap taller. A unes quantes milles hi havia un cementiri de cotxes on un mecànic desballestava els vehicles. Em vaig sentir espontàniament entusiasmat amb aquell terreny i el seu propietari, i al cap de poc més d'un mes hi vaig tornar i vaig convèncer el mecànic per convertir-se en un dels principals personatges de la pel·lícula *Stroszek*. El cementiri de cotxes i el paisatge melangiós donen a la pel·lícula l'aire de desolació de l'*American Dream*. L'Errol, que mai s'havia plantejat rodar res a Wisconsin, al principi no tenia ganes de parlar amb mi, perquè li havia robat «el seu paisatge» i era un lladre sense botí. Però com que la pel·lícula li va agradar molt, ens vam reconciliar. No ens veiem gaire, però ens tenim un afecte especial.

En el cas de *Fitzcarraldo*, l'experiència va ser especialment dura. Quan haig de rodar pel·lícules difícils sempre porto la Bíblia del 1545 de Martí Luter en una reproducció facsímil. Trobo consol en el Llibre de Job, i també en els Salms. També porto la *Segona Guerra Púnica*, de Titus Livi, del 218 al 202 aC, que comença amb la partida d'Anníbal del nord d'Àfrica i la travessa dels Alps amb elefants de guerra, una empresa d'una audàcia inaudita. Després d'aclaparadores derrotes al llac Trasimè i a Cannes, Roma estava al caire de l'abisme. En aquella situació gairebé desesperada van encarregar a Quint Fabi Màxim que dirigís l'estratègia de la guerra. Va salvar Roma i al capdavall també l'Occident que coneixem, que si no hauria estat fenici en comptes de romà. Però la seva estratègia salvadora consistia a retirar-se contínuament i no decidir-se mai a plantejar una batalla oberta, perquè això hauria estat la fi de Roma. Fabi Màxim va dur a terme una guerra de desgast lleugera però implacable. Per això li van posar el malnom de «cunctator», «vacil·lant» o «covard vacil·lant», i la història mai l'ha reconegut com es mereix. Però Fabi Màxim sabia exactament el que feia, encara que obtingués el menyspreu de la casta militar. Només Anníbal va comprendre que seria la seva ruïna. Quan un gran contingent amb tropes de reforç dirigides pel seu germà Asdrúbal va ser destruït, Anníbal va dir: «Ja conec el destí de Cartago». Fabi Màxim és el més gran dels meus herois, per davant de Siegel Hans, i després de Siegel Hans ve de seguida Anníbal.

Per a *Fitzcarraldo,* els preparatius es van allargar més de tres anys. Al principi qui volia produir la pel·lícula va ser 20th Century Fox. Jack Nicholson estava molt impressionat amb les meves creacions i volia interpretar el paper protagonista, però de seguida va quedar clar que tant ell com 20th Century Fox volien rodar la pel·lícula al Jardí Botànic de San Diego, amb un vaixell en miniatura de plàstic. Al començament dels anys vuitanta amb prou feines hi havia efectes especials digitals. A més, en aquella època Nicholson només acceptava projectes que li permetessin assistir personalment com a espectador als partits de bàsquet de Los Angeles Lakers. Em va portar a Denver en el seu avió privat per veure un partit dels Lakers i em va intentar convèncer que la solució de San Diego era la més senzilla. Quan ho recordo em sorprèn la quantitat d'alternatives que vaig sospesar, una de les quals era Warren Oates, que hauria estat interessant —a contrapel— en el paper de Fitzcarraldo. Tenia un rostre esclafat de «proletari» i s'havia convertit en una estrella gràcies a pel·lícules com *Grup salvatge* i *Vull el cap d'Alfredo Garcia*. Havíem de construir vaixells, instal·lar grans campaments a la selva, però 20th Century Fox, en una important reunió amb tots els responsables i advocats, va parlar en un to molt benvolent amb mi, anomenant-me pel meu nom, tot i que llavors va aparèixer la proposta de rodar la pel·lícula en una «bona jungla» o, dit d'una altra manera, en un jardí botànic. Vaig preguntar amablement què era una mala jungla, i a partir d'aquest instant l'ambient es va tornar gèlid, només se'm van dirigir anomenant-me «Mr. Herzog» i vaig saber que m'havia quedat sol.

Més tard em van preguntar moltes vegades per què no vaig rodar la pel·lícula a la ciutat d'Iquitos, tan propera a la jungla, amb els seus hotels i connexions aèries, és a dir, en una jungla més accessible. Però al voltant d'Iquitos, en un radi de tres mil quilòmetres el paisatge és tan pla, que l'altitud màxima és de poc més de cent metres per damunt de l'Atlàntic. En canvi, havíem de trobar un lloc amb dos afluents paral·lels de l'Amazones en què només una estreta i muntanyosa línia divisòria separés els rius. Però això no existia enlloc. Els rius, a la selva, fluïen en paral·lel, però separats per vint-i-cinc quilòmetres de distància i muntanyes excessivament altes. Finalment, a la confluència del riu Marañón i el riu Cenepa, vam trobar un meandre del Cenepa que gairebé arribava fins al Marañón. Entremig hi havia una serralada que amb prou feines tenia cent metres d'altitud. Vam planejar traslladar amb gran esforç el vaixell que encara havíem de construir del Cenepa al Marañón. Una mica més enllà, aigües avall, conflueixen el riu Santiago i el Marañón. La confluència d'aquests rius trenca una serralada. Alhora el corrent s'estreny, travessa una gorja i forma els fatídics ràpids del Pongo de Manseriche, que quan hi ha una crescuda poden ser molt perillosos. En aquella època escrivia un diari que, dècades després, vaig publicar amb el títol *Eroberung des Nutzlosen*. Tot seguit en comparteixo un fragment:

Saramiriza, 9.7.79

Als meus peus, un papagai es menja una espelma que aguanta amb les ungles d'una pota. Després, una gallina amb els seus pollets entra al magatzem, una barraca feta amb fustes amb la teulada de xapa ondulada, on ens preparem alguna cosa per menjar, la gallina ataca el papagai gairebé nu, li arrenca una de les últimes plomes que li queden al cul i el pica unes quantes vegades a la calba ferida. Després, la gallina s'eixuga el bec a terra. L'horror dels ràpids ens ha deixat tan cohibits que ens relacionem els uns amb els altres d'una manera més aviat matemàtica. Al destacament militar del teniente Pinglo cap dels soldats sabia quin era el nivell de l'aigua, només feien referència al fet que, pocs dies enrere, una barca amb onze homes havia desaparegut sense deixar ni rastre; de totes maneres, havien begut massa aiguardent i s'havien endinsat al Pongo en fer-se fosc.

Després d'una llarga reflexió vam suposar que havia de ser factible, perquè el riu Marañón portava molt poca aigua: només durant la nit anterior el nivell de l'aigua havia baixat ben bé dos metres i al matí les nostres barques van quedar embarrancades i amb prou feines les vam poder arrossegar fins a l'aigua. El que no tenia bon aspecte era el riu Santiago. Probablement hi havia hagut unes precipitacions tremendes a la capçalera, al nord, i el riu duia un cabal terrible a la confluència amb el Marañón. Abans dels primers ràpids, dels quals el Pongo de Manseriche constituïa un preludi aïllat, vam sentir un fort corrent d'aire fred procedent del congost entre muntanyes, i aquí encara hauríem pogut tornar enrere. El vent fred anava acompanyat d'una remor llunyana procedent de la gorja fins al punt que ningú tenia clar per què continuàvem endavant, però vam continuar simplement perquè vam fer-ho. De sobte va aparèixer davant nostre una paret furiosa d'aigua que vam travessar com un projectil. La topada va ser tan violenta que la barca va giravoltar en l'aire, l'hèlice va udolar enmig del buit, per un moment vam caure de costat damunt de l'aigua i jo vaig veure una nova paret d'aigua que, com una aparició, s'encastellava davant nostre i topava contra nosaltres encara amb més violència. La barca va giravoltar de nou en l'aire, aquest cop en la direcció oposada. Abans d'entrar als ràpids havia subjectat amb força la cadena de l'àncora perquè no ens pogués tirar per la borda i arrossegar-nos cap a l'hèlice, i el dipòsit de benzina estava rígidament lligat, però de sobte va sortir volant la bateria, tan grossa com la d'un camió, més aviat es va quedar un instant amb el cable tensat que la subjectava davant meu, i jo hi vaig picar de cap. Al principi em semblava que m'havia trencat el nas des de l'arrel, i sagnava per la boca. Vaig aguantar la bateria perquè no acabés de sortir volant. Després, durant una estona, no hi havia res més que onades al nostre voltant i damunt nostre, però el que més recordo és la remor de la gorja. Després recordo que en vam sortir navegant marxa enrere. A ambdós costats dels vessants costeruts de la selva, els micos no paraven de xisclar.

A Borja, al capdavall del Pongo, no ens podíem creure el que vèiem, perquè amb un nivell de l'aigua superior a setze peus per damunt del nivell normal ningú havia sobreviscut en travessar aquell pas. Els pongeros *del poble ens van rodejar en silenci. Un va observar el meu rostre tumefacte i va dir: «Su madre». Després em va donar un glop del seu aiguardent.*

Vam signar un contracte amb Wawaim, un poble proper. Però a la zona hi havia tensions polítiques entre dos campaments d'indis aguaruna, i un dels grups, trenta quilòmetres riu avall, va aprofitar la nostra presència per treure'n beneficis. També hi havia un controvertit oleoducte que travessava els Andes en direcció al Pacífic, i de sobte la presència militar va augmentar de manera dràstica. Ningú sabia què implicava, però ens vam trobar enmig d'un conflicte fronterer entre el Perú i l'Equador, la frontera entre els quals era al nord, no gaire lluny del nostre campament a la Cordillera del Cóndor. En aquesta situació, vaig retirar tot el personal del campament i només hi vaig deixar la unitat mèdica per atendre la població. Aprofitant la confusió, els aguarunes van ocupar el campament i hi van calar foc. Jo era a Iquitos i rebia comunicacions per ràdio des del campament plenes d'interferències i amb prou feines comprensibles. Vaig enregistrar amb una cinta magnetofònica les comunicacions de les hores següents, per poder desxifrar amb calma què passava. Però vaig saber que allò significava la fi provisional de la producció.

A més, els mitjans peruans i ben aviat els internacionals em van retreure que en rodar la pel·lícula havia devastat els boscos dels indígenes, havia ficat a la presó uns quants indis, havia comès violacions dels drets humans i unes quantes ximpleries més. Fins i tot hi va haver un tribunal públic en contra meva a Alemanya i tot plegat va projectar una ombra sinistra damunt de la pel·lícula. Volker Schlöndorff va ser l'únic que aleshores em va donar ple suport. Recordo una conferència de premsa del Festival de Cinema d'Hamburg davant de periodistes àvids que, tot i que jo duia documents que sens dubte demostraven la veracitat de la meva posició, de sobte Schlöndorff es va aixecar i se'm va acostar. Tenia la cara tan morada que vaig pensar que patia un atac de feridura. Però va escridassar de tal manera els periodistes que encara ara em sorprenc que un home d'una estatura més aviat estàndard pogués posseir una veu tan retrunyidora. De tots els directors del nou cinema alemany amb qui m'unien sentiments d'amistat, ell és l'únic a qui considero un amic de debò. Més endavant, Amnistia Internacional va confirmar que en una petita ciutat de la selva, Santa Maria de Nieva, molt abans del rodatge la policia havia arrestat quatre aguarunes durant uns dies, però no tenien absolutament res a veure amb nosaltres, sinó que havien estat denunciats pels propietaris de bars i comerços locals perquè no havien pagat els seus deutes. Però la premsa no en va dir res; aquesta història no devia ser prou atractiva. A més, solien presentar els aguarunes com un poble que amb prou feines havia tingut contacte amb la civilització i que vivia en una paradisíaca harmonia amb la natura, i en canvi portaven ulleres de sol Ray-Ban i samarretes de John Travolta a *Febre del dissabte nit*. Tenien llanxes ràpides, utilitzaven ràdios i tenien consultors de mitjans. Vaig haver de superar aquest obstacle i vaig començar a construir un nou campament a dos mil quilòmetres de distància. Entre l'Urubamba i el Camisea vaig trobar una serralada que separava els dos rius i que feia només un quilòmetre d'amplada.

Totes les catàstrofes que puguin imaginar-se, i no parlo de pel·lícules de catàstrofes, sinó de catàstrofes reals, em van passar a mi. No va ser només una «catàstrofe cinematogràfica» el fet que el meu protagonista Jason Robards es posés greument malalt quan amb prou feines havíem rodat la meitat de *Fitzcarraldo* i hagués de tornar en un vol cap als Estats Units. Després, els metges li van prohibir tornar a la jungla. El problema és que vam haver de tornar a rodar la pel·lícula des del principi, aquest cop amb el Kinski, i el meu germà Lucki va aconseguir que la producció, que amenaçava d'anar pel pedregar, pogués tirar endavant. Va convocar tots els financers i agents d'asseguran-ces a Múnic i els va exposar la situació. Havia elaborat un pla alternatiu que realment va salvar la producció. Em van pregun-tar si tenia prou energia per tornar a filmar la pel·lícula. Vam tenir dos accidents amb dos avions Cessna d'un sol motor, un portava subministraments i l'altre duia uns quants figurants in-dis a bord. En arrencar a volar el segon, una branca es va em-bolicar amb l'estabilitzador horitzontal a la cua de l'aparell i el va obligar a fer un giravolt gairebé complet. Tots els ocupants de l'avió van resultar ferits, i un d'ells va quedar paraplègic. Això encara em pertorba profundament. Més tard li vam mun-tar una botiga al seu poblat perquè s'hi pogués guanyar la vida. A un treballador forestal dels nostres el va picar una serp, una *chuchupe*, la més verinosa de totes. Sabia que al cap de seixanta segons es produiria una parada respiratòria i cardíaca, i com que el campament en què hi havia el nostre metge amb el sèrum corresponent estava a vint minuts, va agafar la seva ser-ra de cadena de terra, la va tornar a posar en marxa i es va tallar el peu. Va sobreviure. Tres dels nostres treballadors nadius, que havien remuntat el Cenepa per pescar, van ser atacats en plena nit per indis amahuaca. Els amahuaques vivien com un poble seminòmada a les muntanyes, a deu dies riu amunt, i rebutja-ven violentament qualsevol contacte amb la civilització, però com que van viure l'època més seca des de temps immemo-rials, van recórrer riu avall el curs del corrent cada cop més exigu, segurament per buscar ous de tortuga. Van disparar flet-xes de gairebé dos metres de llargada a la nostra gent, i van travessar el coll d'un home amb una punta de bambú esmolada de trenta centímetres. La ranera va despertar la dona jove que jeia al costat, que va dir que un jaguar havia mossegat el seu marit al coll i va agafar del foc una branca encara encesa. El seu moviment abrupte per apartar-se de la brasa li va salvar la vida.

La van tocar tres fletxes que devien anar dirigides al seu coll. Una li va penetrar la panxa fins a l'interior de la pelvis, una altra se li va clavar a un costat de l'ili i l'altra arran mateix de la segona. El tercer dels qui van patir l'atac tenia una escopeta de perdigons i va disparar a la babalà enmig de la foscor. Els atacants van fugir. L'endemà, els qui no havien resultat ferits van transportar els dos ferits greus al nostre campament, i vam decidir operar-los allà mateix, perquè si els havíem de transportar més lluny haurien mort inevitablement. El nostre metge i l'auxiliar local, que tenia una formació excel·lent, van practicar les operacions damunt la taula de la cuina i jo els vaig ajudar il·luminant el forat de la panxa de la dona amb una potent llanterna. Amb l'altre ferit vaig utilitzar un esprai contra insectes amb el qual vaig mantenir a distància els núvols de mosquits atrets per la sang. Tots dos van sobreviure. Aquell home, que quan va arribar encara tenia la punta de la fletxa clavada al coll, i que li havia perforat l'espatlla del costat oposat, quan es va curar només podia parlar amb un xiuxiueig. Les Blank el va filmar després de l'operació. Apareix a la seva pel·lícula *Burden of Dreams*.

Tan sols dos dies després vam filmar com el vaixell —que era idèntic a l'anterior— era arrossegat sense control pels ràpids del Pongo de Mainique. El vaixell va topar amb les roques dels dos costats de la gorja amb tanta violència que vaig veure com l'òptica de la càmera sortia volant. Vaig intentar subjectar el càmera Thomas Mauch, però vam ser arrossegats darrere de l'òptica, i ell va impactar contra la coberta amb la feixuga càmera encara a la mà. El pes de l'aparell li va seccionar els dos últims dits fins a l'arrel. El nostre experimentat auxiliar indígena els hi va cosir de nou. Era extraordinàriament hàbil amb els membres dislocats i les sutures, i va recol·locar l'espatlla al Mauch, però com que després de les necessàries operacions dels nostres ferits per fletxes, que van durar hores, els anestèsics s'havien esgotat i no en podíem aconseguir més de seguida, el Mauch va patir dolors considerables. Jo el vaig subjectar amb força, però això no el va ajudar gaire. Finalment vaig cridar una de les nostres dues senyoretes, la Carmen, que va prémer el rostre del Mauch contra els seus pits i li va dirigir unes paraules tranquil·litzadores. Ho va fer de manera amable, pausada i magnífica. Pot semblar estrany en una producció cinematogràfica, però fins i tot el capellà dominicà de la missió de Timpia, cinquanta quilòmetres riu avall, va insistir que procuréssim tenir prostitutes perquè si no hi havia el perill que la multitud de llenyataires i barquers masculins ataquessin la població local.

Aquesta mena de fets no s'acabaven mai. Vam haver de suportar l'època més plujosa en seixanta-cinc anys, que va perjudicar la nostra feina, però sobretot els subministraments. Walter Saxer va assumir personalment grans perills en encarregar-se dels transports en avionetes que aterraven en una pista minúscula i plena de fang. Cal tenir en compte que estàvem a centenars de quilòmetres de llocs més importants com Pucallpa o la ciutat d'Iquitos. Cada clau, cada tros de sabó, tot el combustible i gairebé tots els aliments procedien de fora. Els rius creixien fins a assolir un nivell extraordinari i arrossegaven matolls, branques i illes senceres d'arbres gegantins. Llavors no hi podia navegar una llanxa motora ni aterrar un hidroavió. Després, el nivell de l'aigua disminuïa de manera tan dràstica que ja no podíem transportar el vaixell des de dalt del turó fins al riu Urubamba. Allà, el nivell d'aigua habitual era de vuit metres, però de cop i volta es convertia en tan sols cinquanta centímetres. No vam poder reprendre el rodatge fins al cap de sis mesos. A més, es van produir conflictes a la meva vida privada i vaig experimentar una profunda solitud perquè, en no poder enfilar el vaixell ni un centímetre per la muntanya, gairebé tots els participants del projecte van deixar de creure-hi. La solitud mai m'ha perjudicat, però quedar-me sol enmig d'un munt de gent que m'havia abandonat i que dubtava de la meva capacitat mental, va ser difícil. Un dels pocs que es va mantenir impertorbable va ser el Lucki. Els apunts del meu diari, que amb una escriptura cada cop més petita es van tornar indesxifrables i microscòpics, es van interrompre a la jungla durant gairebé tot un any: l'any de les impugnacions. Però jo sempre estava disposat a tirar endavant, a lluitar tot i les proves que em posaven la feina i la vida.

21

MENHIRS
I LA PARADOXA DEL QUADRAT PERDUT

La pel·lícula *Fitzcarraldo* va tenir un origen doble, encara que un home que va col·laborar en la construcció del campament a la jungla avui dia asseguri que durant llargues nits em va explicar tots els detalls de la vida del baró del cautxú. De fet, els detalls de la pel·lícula són invenció meva. El mateix col·laborador també afirma que formava part d'un grup d'alliberament peruà que tenia contacte amb el Che Guevara a Bolívia. En cas d'èxit, tothom sempre vol ser el pare de la criatura. Un dels esdeveniments crucials es va produir per casualitat mentre buscava una costa castigada pel vent com a escenari per a una seqüència onírica de *Kaspar Hauser* el 1974, o sigui, vuit anys abans. Eren candidates les illes Lofoten i la costa nord de Noruega, però com que tot això era molt lluny vaig començar a recórrer la costa de Bretanya. Al cap de pocs dies, un vespre, quan ja s'havia fet fosc, em vaig aturar en un aparcament a Carnac i, amb la llum dels meus fars, vaig veure davant meu una cosa sorprenent. Com exèrcits sorgits del no-res, unes pedres neolítiques formaven llargs rengles que pujaven i baixaven pels turons, n'hi havia milers. Vaig caminar una bona estona a les palpentes entre els menhirs i després vaig dormir al cotxe. Vaig experimentar una sorpresa similar a la que havia sentit en descobrir els molins de vent a Creta. Al matí vaig tornar a passejar entre els rengles paral·lels d'enormes roques tallades. A Carnac hi ha uns quatre mil menhirs arrenglerats; els més feixucs pesen més de cent tones.

Vaig comprar un fullet al quiosc on venien les entrades, un fullet que contenia l'estúpida afirmació que el transport d'aquests menhirs hauria estat impossible per als homes de fa milers d'anys, i que només els podien haver erigit extraterrestres d'alguna galàxia llunyana. Empipat amb el que havia llegit, vaig decidir que no abandonaria aquell lloc abans d'haver descobert, com si jo mateix fos un home de la prehistòria, alguna explicació de com aquelles roques es podien transportar des d'una certa distància i després dreçar-les.

El mateix dia vaig descobrir com ho faria utilitzant només tecnologia prehistòrica: pales, cordes, destrals de pedra, greix d'animals per lubricar i foc. Per simplificar, em vaig plantejar la tasca d'aquesta manera: vaig suposar que havia tallat una pedra gegantina de les nombroses roques de la costa propera i que, de nou per simplificar, l'havia de transportar al llarg d'un quilòmetre per un terreny pla per finalment dreçar-la. Podria durho a terme al llarg d'un any amb la col·laboració de mil homes disciplinats. La tasca principal seria construir una rampa sòlida d'un quilòmetre de llargada i pràcticament sense cap elevació. Amb tan sols mig punt d'elevació, la rampa tindria al final cinc metres d'alçada. En aquest punt construiria un turó artificial que crearia al costat mateix un cràter que s'aniria estrenyent progressivament. En començar el transport de l'enorme pedra caldria excavar petites rases perpendiculars i introduir-hi troncs de roure rodons i endurits amb foc. En apartar la terra, la roca començaria a rodolar, i desplaçar-la com si anés damunt de rodes seria ben senzill. Al final, el menhir cauria al cràter i només caldria desfer el turó artificial i deixar-ne tan sols una petita resta perquè la pedra es mantingués dreta.

En el cas d'un terreny ascendent com el de Carnac la tasca seria més difícil, però el principi d'una rampa sòlida i un cràter continuaria sent vàlid, tot i que requeriria molta més força per arrossegar el menhir cap amunt. En aquest cas utilitzaria torniquets que enrotllarien una corda en un tronc ben fixat a terra, i això seria com una transmissió de força pel llarg recorregut necessari per fer girar el torniquet d'uns quants metres mentre la corda s'enrotllés com en un fus. Amb uns quants d'aquests torniquets n'hi hauria prou per arrossegar per un pendent un objecte d'almenys cent tones. Aquest és el principi que realment es pot veure a *Fitzcarraldo*. Grups de matsigenkes empenyen els enormes braços dels torniquets, i a terra, una amarra s'enrotlla al voltant dels pals.

Molts anys després, en la meva escenificació operística de *La flauta màgica* a Catània l'any 1999, vaig encarregar a Maurizio Balò, un meravellós escenògraf que m'ha acompanyat en moltes escenificacions, un decorat en què al fons es veiessin uns esclaus egipcis dreçant un obelisc. El llibret de *La flauta màgica* situa l'acció en un fictici Egipte faraònic, i jo volia fer-hi referència amb una estilització òptica. En la meva escenificació, l'obelisc van dreçar-lo amb cilindres i torniquets. Fa pocs anys em vaig trobar per casualitat uns gravats en acer sobre la instal·lació de l'obelisc l'any 1556 a l'enorme esplanada de Sant Pere a Roma. Em vaig quedar atònit. En aquesta ocasió també van utilitzar una rampa i molts torniquets, amb l'única diferència que els feien girar cavalls i que utilitzaven un sistema de corretges i politges d'inversió per a la gran quantitat de cordes. Em vaig quedar tan fascinat per aquell descobriment que finalment vaig obtenir el permís per consultar totes les actes d'aquella època sobre la instal·lació de l'obelisc a la Biblioteca Vaticana. El meu entusiasme va convèncer l'arquebisbe que n'era responsable. A les actes hi ha inventaris precisos sobre els aparells que van utilitzar, llistes de cavalls i jornalers, informes sobre accidents i malalties, però el millor de tot eren les més diverses propostes per part de tècnics i arquitectes de l'època per tal de dreçar l'obelisc. Per divertir els meus oients de vegades afirmo, com en una cronologia inversa, que en aquella època m'havien robat la idea. De totes maneres, a *Fitzcarraldo* la major part de l'esforç no el van fer els indis nadius ni els cavalls, sinó el nostre

Caterpillar, que prèviament havia reduït el desnivell d'un 60 a un 40 per cent.

El gegantí menhir de Locmariaquer, també a la Bretanya, sembla confirmar la meva hipòtesi que a la prehistòria devien utilitzar el mètode de construir un turó artificial i un cràter. Es tracta, de llarg, de l'exemplar més gran de la seva espècie. Devia tenir una alçada de més de vint metres i un pes d'almenys 330 tones. Probablement el van dreçar el sisè o el cinquè millenni abans de la nostra era. Actualment és a terra, trencat en quatre trossos, però descarto que es trenqués en caure a terra, perquè el tros més gros i massís apunta en una direcció i els altres tres trossos, més prims, estan perfectament ordenats en una altra direcció. Les especulacions a l'entorn d'aquesta qüestió són vagues i contradictòries. Jo suposo que l'accident prehistòric es devia produir d'aquesta manera: en empènyer el menhir al cràter des del turó artificial, el terç superior es va trencar pel volum de la massa, segurament arran mateix del cràter, que devia actuar com un punt de ruptura controlat. L'enorme pes devia produir la ruptura, precedida al principi per unes quantes esquerdes a la roca. Si un gatet salta des del tercer pis d'una casa resulta il·lès, en canvi, es pot evitar que un elefant fugi d'un zoològic amb una rasa de ciment d'un metre de profunditat, perquè els ossos de les potes, extraordinàriament gruixuts a causa de la massa del cos de l'elefant, se li trencarien de seguida. Per tant, és molt probable que la part superior del menhir es trenqués a la superfície inclinada del turó en tres trossos que van quedar arrenglerats en una direcció concreta. M'imagino que a la prehistòria, els homes d'aquella època devien eliminar bona part del turó que envoltava la part més voluminosa, perquè continuava sent més gran que qualsevol altre menhir conegut fins a l'actualitat. Per tant, podem suposar que la immensa part inferior del menhir devia resistir encara uns quants mil·lennis i va acabar caient a causa de l'erosió, tot i que en una altra direcció. També s'ha plantejat la possibilitat d'un terratrèmol, però això és difícil d'imaginar a la Bretanya, i no hi ha registres històrics que ho confirmin. Una anotació al quadern de bitàcola d'un vaixell de l'any 1659 també descriu haver utilitzat el menhir com a punt d'orientació, i segurament l'enorme part inferior encara es devia aguantar dreta. Segueixo amb curiositat les investigacions sobre el tema i estic disposat a replantejar en qualsevol moment les meves hipòtesis.

Joe Koechlin em va presentar el guió de *Fitzcarraldo*. Em va visitar a Múnic i em va insistir que tornés al Perú, perquè tothom esperava que, després d'*Aguirre*, tornés a rodar una nova pel·lícula a la jungla. Tenia una història molt emocionant per a mi, la del baró del cautxú Carlos Fermín Fitzcarrald, que al final del segle XIX es va convertir en l'empresari més ric de tota la regió. Aquest Fitzcarrald donava feina a més de tres mil treballadors forestals i tenia un petit exèrcit privat que exercia la vigilància. Fitzcarrald va morir quan no tenia ni trenta-cinc anys en un accident amb una canoa. No vaig trobar que fos un material realment bo per a una pel·lícula, era tan sols la història d'un notori explotador, i el Joe i jo ens vam limitar a passar l'estona junts. En anar-se'n, el Joe va tancar la porta darrere seu, però després va tornar a treure el cap per la porta i va dir que havia oblidat un detall. Una vegada, l'esmentat Fitzcarrald havia aconseguit transportar un vaixell de vapor d'un riu a un altre a través d'un istme. Amb aquesta finalitat, uns quants enginyers van desmuntar la nau, que pesava només trenta tones, en dotzenes de components, els van transportar al riu que discorria en paral·lel i allà els van tornar a muntar. Vaig fer tornar a entrar el Joe. De sobte, al meu cap tot encaixava: somnis febrils a la jungla, un vaixell de vapor d'almenys tres-centes tones transportat a través d'una muntanya, arrossegat amb torniquets per indis de la selva, com a l'edat de pedra, la veu de Caruso, grans òperes a la selva. Quan poc després vaig tornar a baixar de l'avió a l'aeròdrom fumejant per la calor d'Iquitos, amb tot de voltors que volaven en cercles pel cel i porcs rebolcant-se al fang al costat mateix de la pista d'aterratge —una de les truges es podria damunt del ciment, perquè havia estat atropellada per un avió—, vaig retrocedir. Per l'amor de Déu, no pot ser que tornis a fer una pel·lícula com aquesta! Però el projecte, com també m'havia passat amb molts altres, ja s'havia instal·lat dins meu amb una vehemència terrible. No tenia elecció. Ho dic perquè sovint han suposat que dec ser obsessiu. Però això no és cert. Com tampoc és cert que hagués reunit prou diners per començar la pel·lícula. En realitat vaig arriscar tots els diners que posseïa personalment per posar en marxa el projecte. Vam començar a construir campaments a la selva i també el vaixell de vapor, però al cap de poc temps estava tan esgotat que dormia en un antic galliner amb un sostre de paper maixé amb el qual gairebé topava amb el cap. A la nit se'm passejaven les rates pel damunt. Al final ja no tenia res per menjar. Sempre portava un xampú especialment bo i un sabó molt delicat, perquè a la jungla és molt útil per a l'autoestima poder rentar-se en un riu i després fer bona olor. Vaig canviar el xampú i el sabó al mercat dels indis d'Iquitos per tres quilos d'arròs, amb els quals em vaig alimentar durant les tres setmanes següents. Sempre he tingut la capacitat de reconèixer les meves necessitats i desenvolupar un sentit del deure que m'obliga a perseguir una gran visió.

De fet, sempre vaig desconfiar dels llibres de text a l'escola. Si observem la història dels coneixements de la física, ens agafa vertigen en adonar-nos de la vehemència amb què durant mil·lennis ha intentat explicar el cosmos una vegada i una altra. Durant dos mil anys, a partir d'Aristòtil, es va poder comprovar experimentalment que l'aire no pesa. Aristòtil va pesar una bufeta de porc buida i després la va portar a pesar completament plena d'aire. El resultat va ser idèntic. Però quan es van aplicar els coneixements sobre la força ascensional, de cop i volta tot es va veure des d'una nova perspectiva. Per a mi, això passa en molts àmbits. Contínuament ens trobem amb nous dictats de la ciència de la nutrició, en què de seguida una nova tendència substitueix l'anterior. Molts coneixements sobre el colesterol són sens dubte correctes, però no ho és demonitzar-lo, perquè sense colesterol moriríem al cap de pocs dies. Als Estats Units, en cada ampolla d'aigua de plàstic hi diu, en un lloc destacat, «Total Fat: 0». També la sal de cuina és excel·lent en aquest sentit: no té gens ni mica de greix, com si això fos realment útil. Quan el meu protagonista Christian Bale es va aprimar de manera sistemàtica més de trenta quilos per a la meva pel·lícula *Rescue Dawn* del 1997 durant mig any i sota supervisió mèdica per tal de poder interpretar de manera creïble Dieter Dengler, a qui, després de fugir del Vietcong, que el tenia presoner, van trobar gairebé mort de gana, com a gest de solidaritat em vaig aprimar la meitat del pes que havia perdut Bale. Em van preguntar moltes vegades com ho havia fet, quina dieta havia escollit, i la sensacional mesura que vaig prendre va resultar absolutament insòlita, sobretot per als americans: em vaig limitar a menjar la meitat de les meves racions diàries habituals. Però el que va exigir una capacitat especial per part de Christian Bale va ser el fet que vam haver de rodar la pel·lícula cap enrere en la cronologia, començant pel final, perquè després del primer dia de filmació és relativament fàcil menjar més del compte i recuperar el pes perdut al cap de cinc setmanes. La desesperació creixent a la pel·lícula pel fet d'haver de filmar cap enrere només pot controlar-la un actor d'una classe molt especial.

No m'agrada donar res per fet. També forma part d'aquest context la *paradoxa del quadrat perdut*. A la sala d'espera del meu dentista vaig fullejar una edició de *Scientific American*, una revista científica molt ben considerada. En una pàgina sortia reproduïda una paradoxa que contradiu tant la lògica com l'experiència vital. S'hi veia una figura formada per setze elements, però si aquests elements es col·locaven geomètricament d'una altra manera, apareixia de sobte un espai buit exactament al centre de la figura. Com que em vaig sentir interpel·lat, vaig arrencar la pàgina de la revista. Volia resoldre la paradoxa sense ajuda.

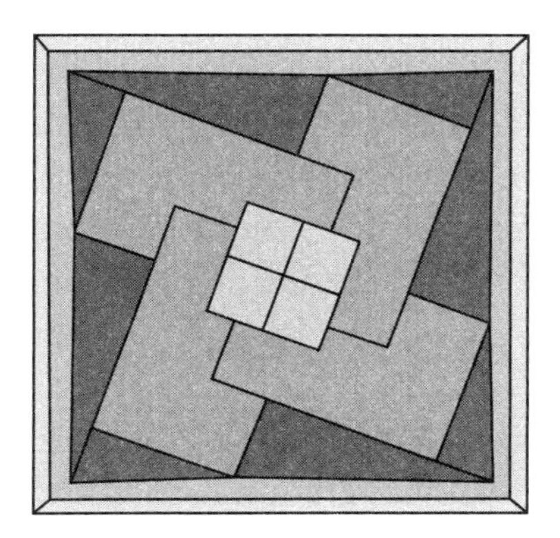

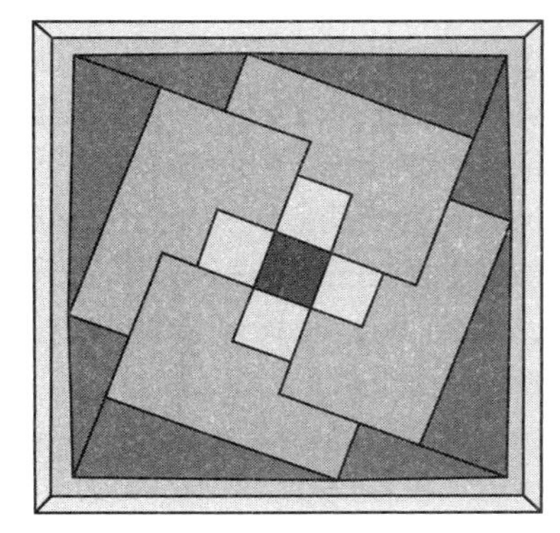

Com és possible una cosa inimaginable? Mai m'he tancat a aquesta mena de preguntes. Per exemple, segueixo amb gran interès que, en el món de la física quàntica, existeixi una partícula que té l'alternativa de passar per la finestra A o la finestra B d'una retícula, i que en certs casos travessa alhora les dues finestres. Haig d'afegir que no tinc la més mínima idea d'aquesta mena de física, però entre les comunitats de físics de partícules, que em conviden sovint, les meves pel·lícules tenen molts seguidors, com també entre els músics de rock, entre els usuaris de monopatins i entre altres comunitats d'entusiastes. He parlat amb matemàtics que s'interessaven pel caràcter fantàstic dels paisatges que mostro, i jo per la seva capacitat d'algebraitzar corbes i espais impensables. A la pel·lícula *Fireball*, del 2018, hi ha una seqüència sobre cristalls quasiperiòdics, és a dir, quasicristalls, que van descobrir en rastres i fragments minúsculs d'un meteorit que va caure a Sibèria prop de l'estret de Bering.

Els cristalls segueixen estrictes regles de simetria, això se sap des de fa dos-cents anys, i qualsevol altra possibilitat es considerava impensable i pràcticament prohibida. Però als anys setanta el matemàtic anglès Roger Penrose va desenvolupar una geometria en què demostrava una cosa inimaginable. De totes maneres, el més sorprenent és que, ja l'any 1453, a la paret exterior d'un santuari d'Isfahan, uns artesans perses van crear un ornament de rajoles amb una distribució quasiperiòdica, sense haver conegut la base matemàtica d'aquest patró. Vaig conèixer Penrose i des de llavors encara sento més respecte per les coses inimaginables. Però m'irritava que la revista *Scientific American* presentés com a irresoluble la paradoxa del quadrat perdut. Tampoc es va qüestionar Aristòtil durant dos mil anys perquè era Aristòtil.

Després de reflexionar molt sobre aquell misteri, vaig abandonar el punt de vista de la geometria. Vaig enfocar la paradoxa d'una altra manera. Senzillament, vaig qüestionar que es tractés en realitat d'una paradoxa. I vaig observar amb més atenció les dues figures. Per què hi havia dos marcs, si un hauria estat suficient? Allà on els costats dels elements esglaonats tocaven els marcs, la superfície interior d'una de les dues figures formava un angle imperceptiblement orientat cap a fora i, en l'altra, cap a dins. La paradoxa no era una paradoxa, sinó simplement una estafa. La suma de les lleugeres ampliacions i la suma de les lleugeres reduccions donava com a resultat la superfície exacta del petit quadrat buit de la segona figura. Per fer aquest descobriment vaig necessitar dos mesos, mentre que un altre potser ho hauria aconseguit en pocs minuts, és a dir, en l'estona que es passaria matant el temps a la sala d'espera del dentista.

22

LA BALADA DEL PETIT SOLDAT

Fitzcarraldo va ser una combinació brutal d'imatges, música i experiències que vaig haver de combatre durant molt de temps després del rodatge. Al començament dels anys vuitanta encara em vaig passar un temps llepant-me les ferides tot sol. En aquella època vaig conèixer l'alpinista Reinhold Messner. Ben aviat vam planejar una pel·lícula sobre el seu projecte que no només consistia a escalar dues muntanyes de més de vuit mil metres al Karakòrum, al Pakistan, sinó a «passar-hi per sobre». En general, els alpinistes pugen a aquestes muntanyes per una ruta concreta i després baixen pel mateix lloc, però ja l'any 1970 Messner, després de la seva primera ascensió a un vuitmil, va ultrapassar el Nanga Pargat. El seu germà petit hi va morir. El fet d'anar més enllà de la muntanya va ser provocat per la situació gairebé desesperada que es va produir al cim, quan les tempestes van fer impossible el descens per la ruta habitual. Messner va baixar en unes condicions espantoses per l'altre flanc de la muntanya, on una allau de glaç va soterrar el seu germà. Ell mateix va perdre uns quants dits per congelació i va estar a punt de morir. Però Messner era un home extraordinàriament assenyat i metòdic, i això és el que més em va agradar d'ell. En les seves expedicions, després d'una freda reflexió, moltes vegades tornava enrere tot i tenir el cim a tocar perquè el perill d'allaus era massa gran a l'últim tram. Sempre triava l'opció més factible. Fer pujar un vaixell per una muntanya no era un joc d'atzar, sinó que simplement em vaig adonar que era viable. En el nostre projecte comú, Messner volia emprendre l'ascensió de dos vuitmils propers del Karakòrum, el Gasherbrum I i el Gasherbrum II, juntament amb l'alpinista Hans Kammerlander. Tots dos van pujar al Gasherbrum I l'any 1984 per una ruta i van baixar-ne per una altra que els va dur als peus del Gasherbrum II. Aquest cim també el van superar mentre els esperàvem al camp base. Va ser un fet únic i, com gairebé tot el que emprenia Messner, inspirador. No tinc cap dubte que, no només ha estat l'alpinista més important de la seva època, sinó també de tots els temps. La professionalitat de Messner, per una banda, i la calidesa humana que irradiava Kammerlander, per l'altra, eren una bona combinació per a una pel·lícula. La producció de *Gasherbrum, der leuchtende Berg* es va acabar el 1985. Però en realitat m'havia proposat un llargmetratge que s'havia de rodar al costat del K2, muntanya que es troba a mig camí dels cims del Gasherbrum. Durant els últims vuitanta quilòmetres cal seguir la immensa glacera de Baltoro, de la qual neix el riu glacial del K2. Somiava amb el K2 per ser tan bell i solitari com el Matterhorn als Alps suïssos, el problema és que aquesta muntanya gegantina, la segona més elevada del món, és la més perillosa. Al camp base del Gasherbrum vam presenciar una allau que va durar quaranta minuts. No em podia creure que una allau no es pogués acabar, i vaig mirar el meu rellotge de polsera. De cop i volta va baixar una massa tan monstruosa de neu i gel que semblava que s'estava formant un fong nuclear, però no pas cap amunt, sinó directament cap a nosaltres. Per seguretat havíem instal·lat el camp base damunt de la glacera a dos quilòmetres del flanc de la muntanya, però en qüestió de segons tot va acabar cobert per la neu de l'allau. Vam trigar dies a desenterrar l'equip de filmació i deixar-lo en condicions. De fet, l'endemà el meu rellotge de polsera em va esclatar a la cara mentre m'acostava una tassa de te a la boca. A causa de l'altitud, la pressió de l'aire sota l'esfera era massa alta.

Tots dos alpinistes van sortir en plena nit amb els frontals posats, i quan finalment els vaig perdre de vista i van convertir-se en minúsculs punts de llum, el rodatge es va aturar. Al cap d'uns quants dies, una expedició espanyola que tenia el camp al costat nostre em va convidar a ascendir amb ells un tram en direcció al Gasherbrum I, perquè no havien aconseguit arribar al cim i volien desmuntar el camp base. Em van enganxar a la corda i vam travessar l'espectacular cascada a la glacera, que és com una massa de blocs de gel llançada per gegants i constitueix el primer obstacle al principi de l'ascensió. Com que els blocs de gel, immensos com blocs de pisos, no paren de bellugar-se, els espanyols per orientar-se van clavar pals d'alumini amb banderetes en zig-zag enmig de tota aquella confusió. Vam pujar ràpidament dels cinc mil metres d'altitud als sis mil cinc-cents. Allà vaig començar a tenir símptomes indubtables de mal d'altura. Un dels indicis va ser que em vaig asseure a la neu mentre els espanyols desmuntaven el seu campament i, amb una sobtada indiferència, em vaig estirar. De seguida vaig comprendre que havia de reduir l'altitud. Els espanyols ho van acceptar i em van deixar marxar. No ho haurien d'haver fet mai. Anava sol i la visibilitat era bona. Però existia la regla ineludible que hi havia d'haver almenys una altra persona per assegurar la corda. Quan vaig arribar a la cascada de la glacera vaig decidir evitar-la fent marrada per un costat. Per allà la massa de neu no feia tanta baixada i vaig aconseguir un descens ràpid. El que no sabia és que en aquella zona hi havia esquerdes a la glacera cobertes de neu de fins a cent metres de profunditat que ni els alpinistes professionals podien detectar. No es distingeixen en absolut de la superfície uniforme de la neu. Anava força ràpid i de sobte vaig notar un buit sota l'estreta capa de neu, però l'embranzida em va permetre arribar a l'altra banda del tronc, agafar-m'hi i sortir del forat. L'esquerda no devia tenir més de dos metres d'amplada. A Kammerlander va passar-li una cosa similar quasi al final de la impressionant empresa que havien iniciat, però va quedar penjat perquè anava lligat a Messner amb un cordino. Per estalviar pes, cap dels dos duia una corda d'escalada regular. Gràcies al cordino, Messner va poder evitar que Kammerlander caigués a l'abisme que s'obria sota seu. En el meu cas, més tard els espanyols van lamentar la seva negligència. Els vaig retrobar no gaire lluny del camp base, mentre llençaven els pals d'alumini de la cascada en una esquerda de la glacera. En topar amb el glaç, el grapat de pals prims d'alumini es va escampar amb una mena de rebombori metàl·lic, i a mesura que anaven caient el so era més profund. Era com un immens cor de crits. Al final, quan van arribar a una profunditat d'uns cent metres, van ressonar com el bramul d'incomptables orgues. Per a la pel·lícula sobre el K2 ja tenia un guió, una idea de ciència-ficció sobre una estació de radar a un cim gairebé inabastable, però després de les experiències que vaig viure al Gasherbrum, el projecte va quedar descartat per sempre. La veritat és que per a aquestes coses sempre he tingut un sisè sentit.

Cap a aquella època va aparèixer a la meva vida un desconegut, Denis Reichle. Estava totalment convençut que en el futur havíem de treballar junts en un projecte, i que aquell projecte sorgiria de manera natural. Reichle, que era orfe, s'havia criat a Alsàcia, i va haver d'anar a la guerra com a nen soldat amb el Volkssturm per lliurar l'última batalla per Berlín. Gairebé tots els nois de la seva unitat van morir, però ell va sobreviure. Alsàcia va esdevenir francesa, i França el va enrolar al seu exèrcit i el va enviar a la guerra d'Indoxina quan acabava de fer divuit anys. Va sobreviure uns quants anys de guerra bruta a la jungla. Quan va tornar a França com a veterà de dues guerres es va convertir en fotògraf i va treballar per a la indústria de la moda; també va intentar ser ciclista de competició. De totes maneres, aviat es va cansar de la frivolitat del món de la moda i finalment es va convertir en reporter gràfic. Va treballar a gairebé tots els escenaris bèl·lics del món i va fer reportatges a l'Afganistan, Angola i el Líban, sempre a favor de les minories oprimides. Va sobreviure a cinc mesos de presó amb els khmers rojos a Cambodja. Va ser l'únic periodista occidental que va informar de la sagnant guerra d'alliberament de Timor Oriental. Com que no hi havia connexions aèries ni marítimes, el van transportar en un vaixell de pesca fins a prop de l'illa i va recórrer nedant els últims quilòmetres fins a arribar a terra. Mai no havia conegut ningú que sabés tantes coses sobre la guerra, que fos capaç d'actuar d'una manera tan metòdica durant mesos, ni que s'obrís camí de comandant en comandant fins a saber que es podia endinsar en una perillosa zona de guerra o que podia confiar en una tropa concreta de combat. Als anys vuitanta, després d'acabar *Fitzcarraldo*, l'exèrcit clandestí Sendero Luminoso va tenir cada cop més força al Perú. Havia començat a perpetrar accions terroristes a l'altiplà d'Ayacucho i, en aquell moment, era un enigma pel que fa a la ideologia i l'estructura de comandament, i era pràcticament impossible introduir-s'hi des de l'exterior. Va cometre massacres entre la població rural, i l'exèrcit peruà va respondre també amb massacres. El Denis va establir-hi els primers contactes i durant més de cinc mesos va preparar cautelosament l'apropament a l'organització guerrillera. Vam sospesar la possibilitat de fer una pel·lícula sobre el tema. Llavors va arribar-li una invitació a una trobada amb membres d'alt nivell dins de l'escala de comandament. També hi van convidar altres reporters, però el Denis em va trucar per dir-me que havia analitzat la qüestió amb tots els seus contactes i que no ho veia gens clar. Li vaig preguntar què havíem de fer i em va respondre, simplement: «No hi anirem». La trobada es va portar a terme, sense nosaltres, i els vuit reporters van caure a la trampa. No en va sobreviure ni un, els van tallar el cap.

L'any 1983 era a Austràlia preparant el llargmetratge *Wo die grüngen Ameisen träumen*, que parla del conflicte d'un grup d'aborígens que defensen el seu lloc sagrat contra els buldòzers d'una companyia minera. Tracta dels últims parlants d'una llengua i de mitologies complexes. Tenia clar que des de la meva cultura no podria penetrar mai en el pensament dels aborígens ni en el seu concepte del temps dels somnis, i durant la meva reflexió simplement vaig inventar la meva pròpia mitologia sobre les formigues verdes de què parlo a la pel·lícula. El consell d'ancians amb qui vaig contactar a Yirkkala, al nord d'Austràlia, també va preferir que no furgués en la seva mitologia. En aquella època, un parell de directors cinematogràfics australians em van resultar molt útils, Phil Noyce i Paul Cox, que em va allotjar a casa seva. Interpreto un petit paper en la seva pel·lícula *Man of Flowers*. El documentalista i càmera Michael Edols coneixia molts aborígens i em va ajudar amb un gran entusiasme a establir els contactes adequats. Ja havia conegut el Michael i unes quantes pel·lícules seves al Festival de Cinema de Canes de 1976 i el vaig convidar a acceptar un petit cameo a *Nosferatu*. Walter Saxer, les encarregades de vestuari Gisela Storch i Anja Schmidt-Zäringer, i una col·laboradora intel·ligent i fidel durant molts anys apareixien a la mateixa escena, aquella en què conviden Isabelle Adjani a un banquet a l'aire lliure. Als seus peus hi corren centenars de rates.

Quan Denis Reichle em va voler com a director per a una pel·lícula sobre nens soldat a Nicaragua, em vaig haver d'excusar, perquè estava massa ficat en el meu nou treball a l'Outback d'Austràlia. El meu problema durant aquests mesos va ser, entre altres, que volia filmar 400.000 formigues aturant-se de cop i limitant-se a bellugar misteriosament les antenes. Per aconseguir-ho calia dirigir-les a un punt concret com els encenalls de ferro sota els efectes d'un camp magnètic. Vaig fer experiments amb biòlegs en magatzems frigorífics, però de seguida vaig comprovar que tot plegat era inútil. Llavors vaig suprimir l'escena del guió i les formigues només surten als diàlegs. El que no era possible, no ho vaig fer.

Vaig recomanar el Michael Edols al Denis. El Michael va començar a col·laborar amb el Denis al rodatge en un campament de formació militar a Hondures, amb la doble funció de director i càmera. Com que tots dos tenien enfocaments diferents pel que fa al projecte, ben aviat van seguir camins separats. El Denis em va trucar bastant desesperat per demanar-me si podia participar-hi i salvar la pel·lícula, i al cap d'un temps vaig aconseguir arribar a Hondures i al campament de formació militar. Allà la majoria de soldats eren nens i tots pertanyien a l'ètnia dels miskitos. Els més joves tenien entre vuit i onze anys. Al cap de pocs mesos de començar el rodatge, gairebé la meitat ja eren morts, perquè sempre els enviaven a primera línia de combat. Eren considerats els més valents de tots. El Denis era extraordinàriament assenyat. A la nit, durant un transport de les tropes a través del riu Coco, fronterer amb Nicaragua, van arribar missatges en morse prop del nostre campament. L'oficial en cap volia fugir a la desbandada i va quedar clar que ningú havia de conèixer la nostra posició. Ens vam quedar on érem perquè el Denis ens ho va aconsellar. L'endemà s'havia de produir un atac escenificat per a la nostra càmera en un campament militar dels sandinistes, però el Denis i jo no volíem cap acció militar que fos únicament una escenificació per a les càmeres. Es va reunir amb el comandant, un tros de bèstia vanitós, i li va preguntar què sabia sobre un helicòpter al campament enemic. No es tractava d'un helicòpter, va respondre el comandant. Que com ho sabia, li va preguntar el Denis. Va resultar que només era una suposició, una mena de somni. El perill més evident d'un atac consistia en el fet que durant una retirada de més de dos quilòmetres per una prada amb prou feines tindríem protecció fins al límit de la selva. El Denis va preguntar-li quines metralladores ens protegirien durant la retirada en el cas que es produís un atac de soldats a la polsegosa carretera del campament, i quines podrien contrarestar els reforços que els adversaris rebessin per l'altra banda. Una sola metralladora, utilitzada per dos homes, estaria en condicions d'aturar camions plens de soldats l'estona necessària perquè la pròpia tropa es posés a recer. El comandant no havia sentit mai a parlar d'una tàctica com aquesta. Es donava molta importància, afirmava que havia derrotat molts enemics *mano a mano*, i que aquest cop també ho faria. Poc després de delectar-se en el seu propi valor, va ordenar la retirada.

Aquells petits soldats van deixar una profunda sensació dins meu. Tinc més presents aquests nens obligats a participar en les guerres dels homes que no pas moltes altres persones que m'he trobat a la vida. De vegades em pregunto si hi deu haver en algun lloc un escenari terrible en què els nens siguin els veritables soldats i els adults només els imitin. Potser no és casualitat que ara mateix, mentre escric això, estigui preparant un llargmetratge sobre nens soldat. La història es remunta a un episodi violent i surrealista que vaig viure a l'Àfrica Occidental, en una topada de tropes de pau de l'ONU amb nens soldat que vigilaven un punt de control en un pont de la selva.

Encara conservo unes quantes notes de l'època de rodatge de *La balada del petit soldat* (1984), a la zona fronterera entre Hondures i Nicaragua.

BALADA DEL PETIT SOLDAT I

Els llangardaixos corren pel terra carbonitzat del bosc. Dies després del gran incendi forestal, les arrels resinoses dels arbres continuen cremant a les profunditats de la terra.

És el campament de formació dels petits soldats. Els més petits tenen vuit anys. Un dels nens, obeint ordres, havia explorat un pont en mans de l'enemic i n'havia construït un model molt exacte. Després van atacar el pont sense cap resultat positiu. Dos dels nens van morir perquè, tan indiferents a la mort com els adults, els enviaven a les operacions en primera línia de combat. El Raul assegurava que si haguessin tingut medalles, tots dos n'haurien merescut una. Però, encara que els haguessin enviat des del quarter general, ningú donava ordres a les gallines.

El model del pont fins i tot tenia els desperfectes als pilars que havien produït al pont real. L'havien bastit damunt d'una taula que havien cobert de sorra, d'acord amb l'entorn real. Per protegir-lo, al damunt hi havien posat un plàstic enterbolit per una infecció de fongs. Vaig descobrir petits cràters al voltant del model del pont, i al principi vaig creure que fins i tot hi havien reproduït els forats provocats per les granades en aquell atac fracassat, però després vaig entendre que en alguns dels petits cràters hi havia vida. Eren petits escarabats que estaven enfeinats apartant la sorra amb les potes del darrere i s'endinsaven en els forats.

BALADA DEL PETIT SOLDAT II

Considerava molt estúpid seguir el corrent d'un riu per arribar-ne a les fonts. Era només per curiositat o què? El nen de nou anys que ho havia fet va haver de comparèixer davant d'un tribunal sumari pel fet d'haver-se allunyat de la tropa. Aquí es tractava d'anar ràpidament de victòria en victòria. El Raul, el porc, dirigeix la formació de petits soldats. Va fer una afirmació d'una manera que deixava clar que creia el que deia: les emboscades no eren cosa seva, sinó cosa de covards. La dona jove que tenia agafada pel cul va assentir amb el cap en senyal de complicitat. Això li va agradar.

Ell preferia lluitar amb l'enemic home a home, ull a ull, cos a cos, mano a mano. *Ja no sabia dir quants n'havia matat, feia temps que havia parat de comptar. La dona jove se li va acostar encara més.*

A la dreta i a l'esquerra, a l'altura de la clavícula, porta a l'abast de la mà dues granades, que són els seus altres ous. La senyoreta, fingint un horror femení, exclama, ay Diosito. *Ell s'encarrega de convertir aquests nens en homes amb* cojones. *Encara completa la seva pantomima guerrera amb una cosa que no havia vist mai. En un arnès posat en diagonal damunt de l'omòplat dret hi porta un ganivet de combat, l'empunyadura del qual li sobresurt per damunt de l'espatlla. En la lluita a mort mà a mà és la posició en què pot treure's el ganivet amb la dreta de la manera més ràpida possible. Després el Denis va deixar anar la rialla amb què expressa menys-preu, una rialla curta i seca.*

Mentre caminaven, els petits soldats emetien crits vigorosos. Imitaven el registre de veu dels homes adults. El Raul els ho havia ordenat. El bosc ara fa olor d'incendi i de resina ardent. Vaig ficar els peus nus al rierol d'aigua càlida i tèrbola. Uns peixos molt petits i camuflats de color negre i groc em rosegaven de manera insistent els espais entre els dits petits. Mentre reflexionava sobre les nostres opcions, els peixos em van abandonar i van atacar amb fúria una petita fulla que flotava a l'aigua.

BALADA DEL PETIT SOLDAT III

Els soldats em passen per davant parlant en veu baixa.

Un petit soldat portava la seva tassa de plàstic balancejant-se damunt del cap. L'havia omplert amb pa de pessic.

Vaig trobar un ham amb un tros de llinya clavat a l'escorça d'un pi, al costat del riu. No en vaig fer res.

El Denis va trepitjar amb expertesa un enorme escorpí que havia passat la nit sota meu a l'hamaca. N'havia notat la presència, però havia pensat que era l'encenedor, que m'havia relliscat de la butxaca.

Algú provava una nova motoserra al bosc.

Algú altre buscava una emissora de ràdio des del matí.

Un fumava, un dormia i un altre esmolava el seu matxet en una pedra plana.

Després, calma. Només es belluguen les formigues, que no se sap d'on venen i encara menys on van.

Amb finalitats militars van tensar una corda en diagonal entre dos arbres, molt tibant. Ningú sap amb quina finalitat.

Aquí hi ha un ocell que té el cos d'un color taronja brillant i les ales negres.

També hi ha un altre ocell que crida com si estigués dins d'una olla.

Segons el seu propi recompte, dos-cents dels seus soldats van matar tres mil enemics. Això pot considerar-se tota una victòria, va dir el Raul.

Avui ningú passa per davant de la meva cabana. Mentrestant, els polls s'escampen pertot arreu.

Haig d'examinar de nou unes quantes coses: la calor de l'estiu, els boscos oberts de pins, l'olor de resina després d'un incendi forestal, la croada dels nens.

Un petit soldat es va dibuixar un rellotge de polsera al canell amb un bolígraf. I no va parar de riure en tota l'estona mentre se'l dibuixava.

El Raul va al·ludir misteriosament al fet que es podien reconèixer els intrusos enemics per la seva manera d'esbufegar, de la mateixa manera que es poden reconèixer els pagans pels seus crits. Els pagans criden molt.

El petit soldat que es deia Funterrabía, que és com dir font rabiosa, va parlar amb mi. No, no era el seu nom de guerra, es deia així. Va veure com trossejaven la seva mare amb matxets davant seu.

Fuenterrabía, que no sap quina edat té, però segur que té menys de deu anys, em va ensenyar els seus peus adolorits després de les llargues marxes. També em va parlar de peixos adolorits que nedaven panxa enlaire, i també em va parlar de grans incendis. Ara només quedava un bosc adolorit.

El sofriment de Jesucrist a cavall.

BALADA DEL PETIT SOLDAT IV

Riu Coco. Campament nocturn a la jungla, no gaire lluny del riu. El sotabosc és excepcionalment espès. A la nit va començar a ploure.

Regnava un profund silenci entre els soldats. Només n'hi havia un que tossia de manera ofegada en un drap; sonava com si tingués tuberculosi. Un petit soldat, a unes quantes hamaques de la meva, va dir «bueno» mentre somiava.

El meu amic Jorge Vignati, el més fidel entre els fidels a Fitzcarraldo *i altres pel·lícules, dormia sota la pluja directament damunt del terra del bosc, sense hamaca, i no es despertava ni tan sols quan tenia els pantalons xops de tanta aigua. L'equip que ens han assignat, una part de l'esquadró de comandament, està mal dirigit i és gemegaire. Ja érem darrere de les línies de l'enemic. Van caure unes quantes granades a la selva, força a prop, però prou lluny per no causar-nos cap mena de dany, perquè les lianes formaven una tanca tan impenetrable que esmorteïa la possible dispersió de la metralla. Així i tot, els homes van voler retrocedir, fugir cap al riu, però tan sols al riu estarien en un veritable perill, perquè serien visibles i quedarien exposats. Era impossible distingir l'enemic enmig de l'espessa jungla de la riba i, per tant, tampoc podíem respondre als seus trets.*

Al matí havíem recorregut dos-cents metres en dues hores i amb un gran esforç. A aquest ritme arribarem a l'objectiu de l'atac, el campament enemic, en vuit setmanes. Enmig de la confusió de la jungla veig davant meu uns quants homes que s'obren pas a través de la malesa com si construïssin un túnel. Els petits soldats són darrere meu. Quan hi hagi operacions militars els posaran a primera línia. Una petita vespa negra em va anar a parar directament a l'ull, com un tret, i em va picar a la parpella inferior. Se'm va inflar tota la cara.

Poc després de sortir estava tan suat que ja duia el cinturó i les bosses de cuir xops de suor. Estem gairebé tota l'estona aturats perquè l'avantguarda amb prou feines avança amb els matxets. Durant les aturades cullo flors tan rares que no semblen d'aquest món. Vam sentir un tret aïllat al nord. Cap al migdia van tornar a esclatar granades cap a l'est, a força distància. Vam beure aigua d'un fangar, i hi vam tirar pastilles per depurar-la. Això no va netejar l'aigua, però almenys es podia beure.

Ens han descobert, va dir el Raul. Va fer que els petits soldats es col·loquessin en fila i es quadressin. Després els va fer saludar a la petita clariana. A qui? I per què? Va ordenar la retirada, i va semblar clar que la seva xerrameca sobre un assalt a un campament militar enemic només havia estat una xarada. El Denis ho va deixar clar sense cap mena de compassió. El Raul va ordenar als petits soldats que continuessin saludant mentre nosaltres ens retiràvem. Per damunt de la clariana es veien voltors, cap a l'est. Semblaven aturats en l'aire xafogós però anaven i venien com núvols d'un destí ombrívol. A l'aire, els cercles que tracen semblen congelar-se, com l'alè negre de la pesta i la destrucció.

Tornàvem a ser al nostre campament. Queia un aiguat inimaginable. Hi havia gallines lligades per una pota amb un cordill de ràfia. Les han oblidat enmig del xàfec. Semblen saber que ningú se'n recordarà. Tenen les plomes feixugues i xopes d'aigua, es queden immòbils sota el tenebrós aiguat, de tant en tant il·luminades pels llampecs, i tremolen de manera imperceptible. Matolls i troncs d'arbre amb les arrels cap amunt floten pel riu fuetejats per la pluja.

Després passa tota una illa d'arbres arrencats, en la qual s'arrupeix un gos desnerit, com un polissó. El segueixo amb el pensament mentre s'endinsa en l'aiguat.

BALADA DEL PETIT SOLDAT V

De manera suau i impertorbable va esclafar el cigarret amb la punta de la bota. Cauria al mar, sota la veranda del bar, si es fiqués per alguna escletxa entre els taulons. Em va cridar l'atenció que el soldat l'acabava d'encendre i només hi va fer dues pipades. Després el va apagar cautelosament a la taula. «Cuéntame algo», li vaig dir. Explicar? No, no hi havia res per explicar, va respondre. Tenia el fusell M16 repenjat a la taula, al seu costat. Era massa jove per ser soldat. Tenia un aspecte molt indi.

Es deia Paladino Mendoza, em va dir, i aquest nom li quedaria per sempre, encara que fos mort. Les nostres mirades es van passejar pel moll que s'endinsava al mar i la llacuna que hi havia més enllà. Un petit transbordador hi havia encallat. L'hèlice de l'embarcació aixecava la sorra. L'única càrrega que hi havia damunt de la coberta plana era un cotxe que el conductor accelerava i tot seguit frenava abruptament. L'espai de què disposava no superava els dos metres. Ho va repetir unes quantes vegades, i el transbordador va fer una batzegada, però estava embarrancat sense remei.

Per damunt d'aquell lloc, tot de voltors volaven fent cercles, negres i desagradables. A la nit també hi ha massa estrelles. Aquesta és una guerra de nens. La somnolència s'escampava per damunt de tot. Encara hi hauria la paraula benaventurança, la paraula rovell de l'ou, estirar la pota, noranta-u. Els trets em van sobresaltar. El soldat Paladino Mendoza ja no hi era. Ni em vaig adonar de com havia marxat.

El vaig tornar a veure al moll mentre tornaven a ressonar un reguitzell de trets. Vaig pensar que disparaven a la barca que hi havia al final de l'embarcador, perquè allà dos homes s'afanyaven a posar-se a cobert amb moviments enèrgics. Seguint les seves mirades vaig veure un noi que, en fugir, apartava ràpidament la seva motocicleta. Llavors vaig descobrir, tot sol a l'embarcador, el soldat Paladino que, amb el fusell repenjat al maluc, buidava el carregador disparant a l'aire. Tots els ulls es van dirigir cap allà. Volia cridar l'atenció de tothom.

Després va agafar tranquil·lament el fusell amb totes dues mans i es va disparar a la boca. Com que s'havia ficat el canó del fusell a la boca, el tret va sonar d'una manera que no havia sentit mai. Com si es volgués asseure, es va desplomar i va caure cap enrere. La gent va córrer cap allà. Un altre petit soldat va venir cap a mi per l'embarcador, corrent i plorant. Vaig recollir dels taulons una càpsula encara calenta sabent que no ens donarien cap mena d'informació. El cap de policia va venir corrent amb la pistola a la mà i la va agitar una estona. Ara s'ha quedat també perplex enmig de la sang que es va coagulant i, amb una mà als pantalons, s'agafa el paquet. Té fundes de plata a les incisives.

Vaig veure que Paladino Mendoza duia l'anella d'una llauna de cola en un dit. El cervell que se li escampava era com un puré groc i escumós barrejat amb el color clar de la sang. Tenia les mans girades cap amunt. També tenia la mirada dirigida cap amunt, cap al buit. El seu cos estava ben posat i el seu rostre tenia una expressió tranquil·la, la tempesta interior ja havia passat. Va començar a ploure lleugerament i les gotes li queien damunt les mans, que ja no sentien res.

Al costat dels peus de Paladino hi havia uns quants sacs de ciment amb un paper d'embalatge bast i estripat. Els havien deixat allà perquè havien agafat humitat i ja feia temps que s'havien endurit i convertit en un grapat de blocs de formigó. Un porc va fer veure que ensumava el formigó, però mirava fixament el mort. Havia intentat llepar el puré del cervell, però algú l'havia allunyat amb una puntada de peu.

23

LA MOTXILLA DE CHATWIN

Durant l'època en què preparàvem *Grünen Ameisen* a Austràlia, vaig llegir en un diari que Bruce Chatwin havia presentat el seu nou llibre *On the Black Hill* a Sydney. Jo coneixia el seu llibre *In Patagonia*, que era extraordinari, i la seva novel·la *The Viceroy of Ouidah*, que tracta d'un bandit brasiler que es converteix en el traficant d'esclaus més important de la seva època a l'Àfrica Occidental i en virrei de Dahomey. Jo mateix havia inventat l'argument de pràcticament totes les meves pel·lícules, i també n'havia escrit el guió, però sovint m'havia plantejat, en la intimitat, que aquesta novel·la podria ser la base per a un llargmetratge. De sobte ho vaig veure clar. Em vaig posar en contacte amb l'editorial de Sydney. Doncs no, Chatwin ja s'havia perdut en les profunditats de l'Outback, on duia a terme investigacions per a un nou llibre. Els vaig deixar el meu número de telèfon a Melbourne, des d'on organitzava el rodatge, i els vaig demanar que m'informessin tan bon punt Chatwin tornés a estar localitzable. Una setmana més tard vaig rebre una trucada: si durant els següents seixanta minuts trucava a un número determinat de l'aeroport d'Adelaida, potser podria parlar amb ell. Davant la meva sorpresa, Chatwin va saber qui era jo, coneixia unes quantes de les meves pel·lícules, i encara em vaig sorprendre més quan vaig saber que a la motxilla hi duia el meu llibre *Vom Gehen im Eis*, sobre la marxa a peu que havia fet per anar a veure Lotte Eisner. Tornava a Sydney i des d'allà pensava volar fins a Anglaterra. Li vaig preguntar si no podia fer una marrada, passar per Melbourne i ajornar el vol de retorn. Ho va fer sense més preàmbuls i em va dir que a la tarda podia ser a Melbourne. No sabia quin aspecte tenia ni com el podria reconèixer, i simplement em va dir: «Soc alt, ros i semblo un col·legial. Porto una motxilla de cuir». Quan el vaig anar a buscar amb el meu amfitrió Paul Cox, el vaig reconèixer a cent metres de distància enmig de la multitud.

De seguida que vam sortir de l'aeroport va començar a explicar una història darrere l'altra, i va seguir una marató de quaranta-vuit hores en què ens vam explicar un munt d'anècdotes, com si ens donessin corda, tot i que no vaig tenir gaires ocasions d'interrompre'l perquè posseïa una loquacitat inesgotable. De totes maneres, crec que en aquest sentit jo devia ser bastant únic com a interlocutor, ens engrescàvem mútuament, durant dues terceres parts del temps parlava ell, com posseït, i durant una tercera part parlava jo. Per descomptat que de tant en tant vam menjar, i també vam dormir. Li vaig cedir el meu llit a casa de Paul Cox i jo dormia al sofà. Més endavant he sabut que altres vegades que va anar a casa d'amfitrions desconeguts, tan bon punt baixava del cotxe començava a explicar una història, entrava a la casa sense deixar de parlar i saludava el seu amfitrió amb un lleuger moviment de cap. De seguida l'envoltaven els presents, que es limitaven a escoltar-lo. La nostra primera trobada va tenir un començament que no oblidaré mai.

Com que estava en plena preparació d'una nova pel·lícula, vam acordar que abordaria la seva història sobre el traficant d'esclaus Francisco Manuel da Silva de seguida que en tingués ocasió i quan hagués aconseguit el finançament per fer-ho. Per si de cas, també li vaig dir que m'informés si algú altre volia adquirir els drets del seu llibre. Suposo que també vam establir una relació tan directa perquè tots dos havíem viscut l'experiència de fer llargs recorreguts a peu. No érem els típics motxillers que porten la tenda de campanya, el sac de dormir, els estris de cuina i part de casa seva, sinó que recorríem llargues distàncies gairebé sense equipatge. El món s'obre a qui va a peu. En el cas del Bruce cal afegir el seu profund coneixement de les cultures nòmades, cosa que va fer-li entendre que tots els problemes de la humanitat tenen a veure amb el fet d'haver abandonat la vida nòmada. Quan va començar la vida sedentària es van desenvolupar assentaments, ciutats, monocultius i ciències, i es va produir una immensa explosió demogràfica, tot plegat circumstàncies que no afavoreixen la supervivència de la humanitat. És evident que no podem fer retrocedir la roda del temps. Al Bruce li agradaven els deu preceptes que havia instaurat, el meu decàleg de pecats de la civilització moderna, entre els quals hi havia la domesticació del primer porc, que no es pot equiparar amb la domesticació dels gossos, que es van convertir en companys de caça. També hi havia inclòs el primer ascens a una muntanya pel simple plaer de pujar-hi. Petrarca va ser el primer que sabem que va escalar una muntanya i, de la carta en llatí que va escriure sobre l'experiència, se'n pot deduir que va sentir una esgarrifança en enfrontar-se a una cosa tan insòlita, gairebé prohibida. Cap dels pobles de muntanya, els suïssos, els xerpes, els baltis, s'havien plantejat mai pujar a una muntanya.

Potser vaig ser l'únic amb qui el Bruce va poder compartir sense problemes la convicció que caminar tenia un caràcter sagrat. El recorregut que vaig fer a peu de Múnic a París l'hivern del 1974 per anar a veure Lotte Eisner, greument malalta, també va tenir un cert component de ritual, i la intenció d'impedir que es produís la mort amb què l'amenaçava la seva malaltia. En aquell moment, Lotte Eisner ni tan sols sabia que vaig passar vint-i-un dies caminant per la neu per visitar-la. Quan vaig arribar, gairebé estava curada com per una mena de miracle i la van donar d'alta a l'hospital. La meva caminada havia estat una mena de conjur, una mena de peregrinació. Però vuit anys després, quan ella ja en devia tenir vuitanta-vuit, em va fer tornar a París. Estava gairebé cega, amb prou feines podia caminar, i em va dir: «Estic cansada de viure». I em va demanar que eliminés la maledicció que pesava damunt d'ella i que li impedia morir. Ho va dir amb un punt d'ironia, però em vaig adonar que en realitat no ho deia de broma, i li vaig respondre amb un gest igualment lleuger amb la mà, tot assegurant-li que la maledicció havia deixat d'existir. Va morir poc més d'una setmana després.

El Bruce i jo dúiem un ritme que ens obligava a buscar refugis i a entrar en contacte amb altres persones perquè necessitàvem protecció. No recordo que ens fessin fora d'enlloc, ni a ell ni a mi, perquè hi ha un instint d'hospitalitat profund, gairebé sagrat, que a la nostra civilització sembla que ha desaparegut. Però al llarg de la meva vida també va haver-hi moltes situacions en què no trobava cap poble, cap granja, cap sostre, i havia de dormir en un descampat, en un graner i sota un pont, i quan plovia i feia molt de fred i només tenia a l'abast una cabana de caça buida o una segona residència solitària, no tenia cap problema per ficar-m'hi. Sovint he entrat en cases tancades sense trencar ni forçar res, perquè sempre porto un petit equip quirúrgic que consisteix en dos ressorts d'acer amb els quals puc obrir panys de seguretat. Normalment deixo una breu nota abans de marxar en què expresso el meu agraïment, o acabo els mots encreuats de la taula de la cuina. A causa del malestar que em provocaven les escoles de cinema d'arreu, vaig fundar la Rogue Film School, un contraprojecte, una escola de guerrilla en què les úniques dues coses que realment ensenyo són falsificar documents i forçar panys de seguretat. La resta són instruccions per esquivar el sistema imperant i fer pel·lícules que sorgeixin de dins.

Un dia em va arribar una carta del Bruce, en què em deia que David Bowie volia adquirir els drets de la seva novel·la *The Viceroy of Ouidah*. Segurament, Bowie també volia interpretarne el paper protagonista. Vaig trucar al Bruce i li vaig dir: Per l'amor de Déu, Bowie no és adequat en absolut, és massa androgin per a aquest personatge. El Bruce hi va estar d'acord, vaig arreplegar tots els diners que vaig poder i vaig comprar els drets de la novel·la. El Kinski interpretaria el bandit. El Bruce també se sentia profundament impressionat pel Kinski, a qui ja havia vist a la pantalla. La col·laboració amb el Kinski es va convertir en *Cobra Verde,* que és com vaig titular la pel·lícula del 1987, i va ser el nostre últim treball junts, després de les quatre pel·lícules precedents. En aquesta època, el Kinski era un veritable dimoni, posseït per la bogeria. En realitat, interiorment ja estava actuant en una altra pel·lícula, la que havia creat sobre Paganini. Per descomptat que no l'anomenava simplement *Paganini*, sinó *Kinski Paganini*. Durant anys m'havia insistit perquè n'assumís la direcció, però el seu guió, de sis-centes pàgines, era una cosa *beyond repair*,* com se sol dir al ram. Tan bon punt vam començar el rodatge de *Cobra Verde* a Ghana, es va dedicar a terroritzar el meu càmera de tal manera que la situació va esdevenir insuportable. El Kinski va exigir-me de manera amenaçadora que acomiadés Thomas Mauch, tot i que des d'*Aguirre* sabia que tenia davant seu un home de categoria mundial. La interrupció del rodatge va ser inevitable, però el Mauch va comprendre que no li podria donar suport, i es va retirar de la pel·lícula. De vegades em sento com si l'hagués traït. M'hauria agradat demostrar prou lleialtat per fer-li costat, però llavors la pel·lícula hauria deixat d'existir, i sobretot els danys a tots els altres col·laboradors haurien estat irreparables. La producció de pel·lícules sovint comporta episodis destructius. Si examinem la història del cinema, veurem que està plena de destrucció. Per sort, Thomas Mauch va poder-ho superar. Va filmar pel·lícules pròpies i va posar la càmera al servei de molts projectes d'altres directors. Després d'això no vaig tornar a treballar mai més amb el Kinski, tot i que també hi va haver altres mo-

* És a dir, que no es pot arreglar, que no té remei.

tius. Gràcies a ell, vaig poder crear personatges completament diferents en cinc llargmetratges, però ja no hi havia res més per descobrir. De totes maneres, a favor del Kinski haig de dir que podia ser extraordinàriament generós i servicial, i que vam viure èpoques de profunda camaraderia. La meva pel·lícula *Mein liebster Feind* n'és testimoni. Davant de la càmera podia ser molt respectuós i amable amb les seves companyes de repartiment, i en el cas de Claudia Cardinale i Eva Mattes va ser especialment evident. Simplement, havia reconegut el talent i l'atractiu únics de les dues actrius. Però la nostra col·laboració sovint arribava massa lluny i s'endinsava en terrenys en què esdevequíem perillosos l'un per a l'altre. Ens vam amenaçar moltes vegades de mort mútuament, però més aviat eren gestos grotescos, una mena de pantomima. Una vegada que volia atacar-lo vaig pujar de nit pel pendent costerut que duia a la seva cabana, al nord de San Francisco, envoltada d'altes sequoies —de fet, el camí més accessible era per l'altre costat—, però no estava del tot segur del que feia, i quan el seu gos pastor em va començar a bordar, vaig aprofitar per emprendre la retirada. Només una vegada, quan faltaven dues setmanes per acabar el rodatge de la pel·lícula *Aguirre*, el Kinski va recollir les seves coses i les va carregar en una barca per abandonar el rodatge, cosa que era impossible, perquè treballàvem en un projecte que anava més enllà i era superior a nosaltres mateixos, i jo el vaig amenaçar de matar-lo a trets. Anava desarmat, tenia les mans buides i ho vaig dir en un to tranquil, però el Kinski va notar que no era una simple bravata. Ja li havia pres el Winchester amb què de vegades es posava a disparar com un boig. No passava res per fer-ho a la jungla, i ell deia que així es defensava de l'atac de jaguars i serps verinoses, però una vegada, després d'acabar el rodatge, uns trenta figurants encara jugaven a cartes en una caseta i bevien *aguardiente*, i al Kinski li va agafar un atac de ràbia perquè unes rialles llunyanes el molestaven mentre descansava a la seva cabana solitària damunt d'un turó. Va disparar tres trets a la babalà a la caseta dels figurants, i com que estava construïda amb parets de bambú, les bales les van foradar com si fossin de paper. Que no encertés cap dels cossos apilonats va ser pura casualitat, però va escapçar la falange superior del dit del mig d'un dels nois. A *Fitzcarraldo*, els ashaninca campes sentien autèntic terror quan el Kinski es posava a cridar, llavors s'asseien a terra en cercle i xiuxiuejaven. Entre ells no hi ha mai discussions violentes. Un dels seus caps em va dir més endavant que s'havia adonat que tenien por, però que no em pensés que tenien por d'aquell boig baladrer, sinó de mi, perquè sempre restava impassible. Fins i tot es va oferir a matar el Kinski en nom meu. Vaig rebutjar la seva oferta amablement, però sé que haurien passat a l'acció sense dubtar-ho.

Vaig convidar el Bruce a Ghana, al rodatge de *Cobra Verde*, però em va escriure que estava tan malalt que ja no podia viatjar. L'havia atacat un fong extremament estrany que se li havia escampat per la medul·la. Només havien trobat el fong en una balena que havia encallat davant de la costa d'Aràbia, i també en ratpenats en una cova de Yunnan, al sud de la Xina, que ell havia visitat. Però més tard va resultar que aquella micosi només era una seqüela de la sida. Vaig continuar insistint que vingués; tot d'un plegat el seu estat va millorar i em va preguntar si podia venir amb una cadira de rodes. Jo li vaig respondre que el terreny on fèiem el rodatge no era gaire adequat per a això. Li vaig escriure: «T'organitzaré una hamaca i sis portadors a més d'un home amb una gran ombrel·la, i disposaràs d'una guàrdia d'honor com la que sempre acompanya els reietons locals». No s'hi va poder resistir. Encara era capaç de caminar, però només trajectes curts. Va escriure sobre aquell viatge al seu llibre *What Am I Doing Here*. Es va sentir especialment impressionat pel rei que interpreta un paper a la pel·lícula, Agyefi Kwame II, omanhene de Nsein. Hi va aparèixer amb tots els ornaments cerimonials i amb un seguici de tres-centes cinquanta persones, timbalers, ballarins, les seves dones i els seus poetes cortesans. Per a la pel·lícula també vam seleccionar un exèrcit de vuit-centes amazones joves que van ser entrenades durant setmanes en un camp d'esports d'Accra per part del millor coordinador d'especialistes d'Itàlia, Benito Stefanelli. Stefanelli, que havia coreografiat incomptables baralles massives en espagueti westerns, es va haver d'enfrontar a un exèrcit de noies eloqüents, segures de si mateixes i difícils de controlar. El Bruce va presenciar una petita revolta per part seva al lloc de rodatge a Elmina i descriu l'escena al seu llibre en un to horroritzat de sorpresa. A banda del Kinski, tenia davant meu una tropa de guerreres difícils, i recordo un incident el dia en què havien de cobrar la setmanada en efectiu. Al pati interior de la fortalesa, quan acabàvem el rodatge, les dones es canviaven, i ja havia viscut l'experiència que, a l'hora de cobrar, en comptes de posar-se en fila perquè les registressin i els paguessin el que corresponia, es llançaven damunt de la taula on hi havia els diners en efectiu i tot s'acabava en un caos immens. Aquest cop, els col·laboradors locals van decidir que utilitzarien el passatge en forma de túnel entre el pati interior i la porta exterior de la fortalesa com un coll d'ampolla per canalitzar la massa expectant. Va ser un gran error. Quan van anunciar-los que tenien la setmanada a punt, totes es van precipitar de cop contra l'enorme porta exterior, però només havien deixat oberta expressament una porteta perquè no entressin alhora. Al cap d'un moment, els cossos d'algunes de les dones havien quedat encallats, i de sobte la pressió des del darrere va augmentar tant que vaig veure com unes quantes perdien el coneixement, dretes i tot. No queien a terra enmig de la massa compacta, sinó que es quedaven dretes tot i estar inconscients. Les que empenyien des del darrere no tenien ni idea del que passava al davant, i no paraven de cridar. Jo també vaig cridar a les que empenyien, perquè vaig veure clar que deu quiloponds de pressió per part de vuit-cents cossos de seguida es convertirien en vuit-cents quiloponds per a les del davant, una situació que en qüestió de segons els provocaria la mort. Així és com sempre s'havien produït els desastres als estadis de futbol. A fora, al costat de la taula amb els bitllets apilats —en aquell moment a Ghana hi imperava una inflació galopant, i calia transportar els diners amb carretons—, hi havia un soldat vigilant. Li vaig cridar que disparés un tret a l'aire, però estava paralitzat. Li vaig haver d'arrabassar el fusell i disparar jo mateix. Espantades, les qui empenyien van retrocedir de cop dins del túnel, i quatre o cinc de les que estaven inconscients van caure a terra.

L'estat del Bruce va empitjorar durant els dos anys següents, sense que jo sabés com n'estava, de greu. El 1987 encara va venir al Festival de Bayreuth, dedicat a Wagner, on vaig escenificar *Lohengrin*. Hi va venir amb la seva dona Elizabeth i va conduir durant la major part del trajecte el seu ànec de llauna, un Citroën 2CV. Després vaig rodar un documental al sud del Sàhara sobre el poble nòmada dels wodaabe, més ben dit, sobre un festival tribal anual en algun lloc semidesèrtic del Níger que era una mena de mercat matrimonial. En aquest cas eren els homes, probablement els més ben plantats del món, els qui s'empolainaven i es maquillaven en rituals que duraven dies, i les dones decidien quins eren els més bells i atractius. Alhora triaven un home del grup de ballarins per passar-hi la nit i el despatxaven sense miraments si no els agradava. Vaig informar-ne el Bruce en el moment del muntatge i va voler veure-la sens falta. Quan *Woodabe, Hirten der Sonne* va quedar per fi enllestida vaig rebre una trucada de l'Elizabeth des de Selhan, a la Provença, on el Bruce s'havia refugiat en una casa mig enrunada. El Bruce es trobava molt malament, però volia veure urgentment la meva pel·lícula. Vaig agafar el cotxe i vaig anar a veure'l des de Múnic, amb la pel·lícula en format vídeo.

Quan vaig arribar, l'Elizabeth em va aturar a la porta i em va preguntar en veu baixa si de debò volia entrar, perquè el Bruce agonitzava. Tot i que vaig prendre'm un moment per preparar-me, quan el vaig veure em vaig espantar molt. Del Bruce només en quedava un esquelet, i al crani només li brillaven uns ulls immensos. Amb prou feines podia parlar. Tenia la boca i el coll coberts per una capa clara de fongs que se li havia escampat fins a l'interior dels pulmons. El primer que em va dir va ser: «Em moro». Jo vaig contestar: «Bruce, ja ho veig». Volia que l'ajudés en el seu turment, com si jo pogués matar-lo. Li vaig dir: «Vols dir que t'hauria de matar amb un bat de beisbol o ofegar-te amb un petó?». Ell, però, pensava en algun medicament que tingués un efecte ràpid. Per què no n'havia parlat amb l'Elizabeth? No, ella era massa catòlica, era impensable demanar-li una cosa així. Va deixar de banda el seu pla i em va dir que volia veure la pel·lícula, i li vaig mostrar els primers quinze minuts. Llavors va caure en un estat d'inconsciència. Quan va tornar en si, em va dir que volia continuar veient la pel·lícula, i així és com va veure-la de mica en mica. Van ser les últimes imatges que va contemplar. Les cames, que ell anomenava els seus «boys», i que a aquelles altures eren com fusos d'os, li feien molt de mal. Em va demanar que li col·loqués els *boys* d'una altra manera i jo ho vaig fer. Després es va despertar del seu estat de semiinconsciència i va exclamar: «*I have to be on the road again. I have to be on the road again*». Jo li vaig dir: «Sí, Bruce, és el que has de fer», i ell es va mirar les cames i va veure que ja no li quedava res, que ja no tenia cos, només una ànima ardent, i em va dir: «La motxilla em pesa massa». Jo vaig respondre: «Bruce, jo soc fort, et puc portar la motxilla». Va veure la pel·lícula fins al final. Al cap d'un parell de dies em va dir que li feia vergonya morir davant meu, i jo li vaig dir que ho entenia però que no em feia por quedar-me amb ell. Quan finalment vaig accedir als seus precs, va dir, en un moment d'absoluta lucidesa: «Werner, t'has de quedar la meva motxilla, la portaràs en el meu lloc». Me'n vaig anar i uns quants dies després l'Elizabeth el va enviar a un hospital de Niça, on va morir poques hores després. També va ser l'Elizabeth qui em va enviar la motxilla del Bruce, que tenia guardada a casa, prop d'Oxford. La motxilla no és un simple record, també la utilitzo. De totes les coses materials que posseeixo, aquesta motxilla de cuir resistent elaborada per un albarder de Cirencester és la més valuosa.

Menys de dos anys després de la mort del Bruce, la seva motxilla es va convertir en un objecte important. Havia començat a rodar el llargmetratge *Schrei aus Stein*, que es va presentar l'any 1991. La idea va ser de Reinhold Messner, i tractava de la competició entre dos escaladors per pujar a la muntanya més difícil de totes, el Cerro Torre, a la Patagònia. Aquesta muntanya sembla una agulla de dos quilòmetres d'alçada coronada per un bolet de gel i neu sòlida. Molt pocs alpinistes han aconseguit escalar-la, només *la crème de la crème*. En un sol cap de setmana arriben tants escaladors al cim de l'Everest com el total d'alpinistes que han aconseguit pujar al Cerro Torre. A més de les parets llises i perilloses, cal tenir en compte que, al sud de la Patagònia, s'hi produeixen tempestes imprevisibles. Walter Saxer va produir la pel·lícula i també va col·laborar en el guió, i aquest fet va ser el pitjor problema de l'empresa, perquè en aquests casos sempre adapto l'argument de manera que sigui compatible amb el meu punt de vista. Però vaig topar amb una resistència pertinaç, i al final vaig haver de cenyir-me al guió gràfic establert i acceptar coses impossibles de fer en una paret de roca enmig d'una tempesta de neu. El guió gràfic i el muntatge van ser els problemes més grans de la pel·lícula, però això no em fa perdre la son. Així funciona gairebé tota la producció de les pel·lícules. Hauria desitjat que la pel·lícula fos tota de Walter Saxer o tota meva, però no va ser ni una cosa ni l'altra.

El protagonista, Vittorio Mezzogiorno, porta la motxilla de cuir a la pel·lícula com a homenatge a Bruce Chatwin. Jo també la portava quan no apareixia a la pantalla. En una seqüència en què els dos alpinistes han arribat al bolet de gel, prop del cim de la muntanya, el més jove es despenja amb la seva corda i perd la vida. Aquest paper el va interpretar un escalador de veritat, Stefan Glowacz. Havia guanyat el títol de Rock Master, que el convertia en una mena de campió mundial no oficial. A causa de les tempestes, durant uns quants dies vam traslladar el rodatge de la muntanya a la vall. Durant més d'una setmana no vam poder veure la muntanya ni acostar-nos-hi. Després, de sobte, va produir-se una pausa. Els núvols es van esvair i vam tenir una nit sense ni una mica de vent, plena d'estrelles i meravellosament tranquil·la. De bon matí el cel era blau, feia sol i res no es bellugava. Estàvem segurs que podríem rodar la complicada escena prop del cim, i per fer-ho havíem escollit un bolet de neu similar a un cim que hi havia a una certa distància, accessible a través d'una estreta cresta de neu. Calia actuar ràpidament. Vam decidir que hi transportaríem amb helicòpter una avantguarda, formada per Stefan Glowacz, un càmera escalador i jo mateix, i vam començar a col·locar i a assegurar la seva corda. Així estalviaríem temps, i al cap de vint minuts arribaria per ajudar-nos un grup d'escaladors, que instal·larien ràpidament un campament provisional com a mesura de seguretat, amb tendes, sacs de dormir, cordes i avituallament. Això anava en contra dels plans rígidament establerts, però aquell matí els escaladors, entre els quals n'hi havia uns quants dels millors del món, havien fet una breu reunió, i vam decidir actuar d'una altra manera, tenint en compte les circumstàncies que predominaven en aquell moment.

L'helicòpter ens va transportar a l'avantguarda fins a la cresta, en un trajecte de deu minuts. Vam baixar i l'helicòpter se'n va anar de seguida a buscar l'equip de seguretat. Havíem caminat unes quantes passes damunt de la cresta, i a una banda teníem la glacera que s'endinsa a l'Argentina des del Cerro Torre i, a l'altra, Xile. A tots dos costats hi ha unes parets quasi verticals de més de mil metres que es perden en les profunditats. Llavors, de cua d'ull, vaig veure una cosa ben curiosa. Pel costat de Xile, molt per sota de la nostra situació, hi havia uns núvols immòbils que semblaven de cotó fluix. La visió era tan clara que des d'uns cent quilòmetres de distància es podia veure la línia del Pacífic, però aleshores, de sobte, aquells núvols blancs van començar a agitar-se en silenci. Des de la profunditat, les masses de cotó fluix avançaven ràpidament cap a nosaltres. Vaig cridar a Glowacz què podia voler dir allò, però ell es va limitar a aturar-se, sorprès. Jo tenia un walkie-talkie amb el qual vaig trucar de seguida a l'helicòpter. En aquell moment era només un punt llunyà en l'aire, però vaig veure que girava de nou i es dirigia cap on érem nosaltres. Quan ja el teníem a tocar, vam sentir el primer impacte de la tempesta, que es va endur l'helicòpter.

En qüestió de segons ens vam trobar enmig d'una tempesta de neu tan intensa que, si estiràvem el braç, no hi vèiem més enllà de la mà, amb un vent d'uns dos-cents quilòmetres per hora i una temperatura de vint graus sota zero. Ens vam arrambar els uns als altres, vam arribar a una paret de neu sòlida i ens hi vam refugiar. Només teníem un piolet i la corda que Glowacz necessitava per a la seva escena, però cap tenda, cap sac de dormir i cap mena d'avituallament. Jo duia dues xocolatines en una butxaca i la motxilla buida de Bruce Chatwin. Vam aconseguir construir una minúscula cova a la neu per fer bivac, que no era més gran que una bota de vi. Ens hi vam poder arraulir en una relativa seguretat perquè allà dins la temperatura que produïen el nostre alè i el nostre cos era de dos graus positius, després de tancar l'entrada darrere nostre amb blocs de gel. Em vaig asseure damunt de la motxilla buida per no perdre la temperatura corporal en contacte amb el gel. Més endavant vaig sentir rumors que deien que la motxilla m'havia salvat la vida, però això és absurd, perquè els dos homes que tenia al costat també van sobreviure sense cap mena de protecció. Cada dues hores, exactament, em posava en contacte amb la gent que hi havia a la vall. Així pretenia estalviar bateria. Vaig repartir la xocolata que duia i vam fer durar al màxim cada petita ració. Vam passar tot el dia i tota la nit molt junts, i aviat el càmera, que era un alpinista resistent i experimentat, va començar a trobar-se malament. Glowacz i jo vam col·locar-lo entre tots dos, i el vam obligar a mantenir en moviment els dits de les mans i dels peus, perquè les extremitats sempre estan més exposades a patir congelacions. De totes maneres, es va anar afeblint amb rapidesa i al final de la nit havia empitjorat molt. Quan vaig connectar el walkie-talkie, que mantenia calent sota l'aixella, em va arrabassar l'aparell i va comunicar que no resistiria una altra nit com aquella.

Això va alarmar els alpinistes de la vall. Van formar dos grups de quatre homes cadascun, que havien d'intentar arribar a la nostra ubicació per dues rutes diferents. Un dels grups va abandonar aviat la missió a causa de la tempesta, la manca de visibilitat i el fred glacial. El segon es va acostar fins a uns quants centenars de metres d'on érem, però llavors el més fort de tots, el millor alpinista dels Andes de l'Argentina, es va treure els guants. Va fer-ho amb les dents i els va deixar anar enmig de la tempesta. Després va fer petar els dits per demanar un caputxino al cambrer. Els seus companys el van haver de protegir i el van baixar gairebé fins a la glacera, però una petita allau els va arrossegar encara més avall. Allà van excavar una petita cova per fer-hi bivac i van arrecerar-s'hi; també tenien aliments, sacs de dormir i un fogonet per desfer la neu. A dalt, mentrestant, ens vam obligar a menjar neu i a mantenir les mans i els peus en moviment. Així vam passar el dia següent i la segona nit. El tercer dia, els núvols es van esvair una mica, la tempesta gairebé va cessar i l'helicòpter es va atrevir a pujar fins on érem, tot i que no va gosar aterrar directament damunt de la cresta. Vam pujar l'home malalt a l'helicòpter, després va ficar-s'hi Glowacz en pocs segons i jo vaig enfilar-me a la cistella metàl·lica de rescat. Per un moment em van enlairar perquè entrés a l'interior de l'helicòpter, però al nostre pilot li va agafar pànic i va sortir volant ràpidament d'allà, i jo vaig trontollar cap enrere. Vaig aconseguir agafar-me a un dels puntals de la cistella, em vaig ajupir i m'hi vaig aferrar. En els pocs minuts que va durar el vol fins a baix, els meus dits desprotegits s'havien quedat glaçats i ja no els podia separar de la barra. Finalment, un dels argentins va demanar a les senyores que s'apartessin i em va ruixar els dits amb pipí calent. D'aquesta manera es van reanimar. Havíem estat cinquanta-cinc hores a la cresta, i durant els onze dies següents el temps va tornar a ser terriblement dolent.

24

ARLSCHARTE

Les meves pel·lícules sempre les he fet a peu. No utilitzo el concepte només com a metàfora. Però la dèria de caminar, que compartia amb Bruce Chatwin, ha contribuït a crear una visió del món que sempre es pot percebre en el meu treball, per molt diferents que siguin els temes que m'han fascinat. Abans de la seva mort, l'any 1986, va dur la seva motxilla durant una travessa pels Alps, o més ben dit, una vaga còpia que havia fet elaborar a Anglaterra i que em va oferir com a regal. També vull deixar clar que anar a peu em pot fer tanta mandra com a qualsevol altre, i que només ho he fet en moments de gran transcendència per a mi. En aquella època escrivia un diari, aquí n'exposo uns quants fragments:

Dijous, 8 de maig de 1986

Tegernsee - Rottach-Egern - Sutten - Valepp. Caminada al llarg del Rottach; pluja durant tot el dia. Un bloc de fusta m'enfonsava una vegada i una altra en un remolí d'aigua al costat d'una presa, en sortia de nou però anava a parar un altre cop, inevitablement, al remolí que arrossegava el bloc de fusta sota la superfície escumejant de l'aigua. Me'l vaig quedar mirant una bona estona, i cada cop em tornava amb més claredat un record d'infantesa. Era al rierol de darrere de la casa i contemplava amb un profund temor un tros de fusta. La cascada també havia arrossegat una branca acabada d'arrencar. Amb prou feines contenia fulles i les roques n'havien arrencat gairebé tota l'escorça. La branca va anar a parar al mateix remolí. Després, però, d'haver giravoltat una estona, va fer sortir el tros de fusta de l'horrible remolí. La branca s'hi va quedar, i me la vaig quedar mirant.

Ja s'havia fet bastant fosc, i havien començat a buscar-me. El Lenz, servent a la granja gran, em va trobar. Em va donar la seva mà dura, poderosa i enorme i ja no vaig tenir més fred.

A Enterrottach hi havia una associació de practicants de l'icestock que jugaven damunt l'asfalt. Amb un barril de cervesa i el seu dialecte se sentien com a casa. Deixa de ploure. Primavera, la floració dels arbres, la felicitat dels ocells cantaires. Una mica més amunt, cap als mil metres, ha nevat lleugerament.

L'hostaler de Valepp em va ensenyar un número de loteria de feia tres mesos. Damunt de cada número n'havia escrit un altre. Hansi, el cérvol de la casa, abans corria pel menjador. Quan es va fer gran es va tornar furiós, atacava els clients amb les banyes i el van haver de sacrificar.

Al refugi de muntanya que funcionava passada la frontera hi havia un cabrot blanc que bevia aiguardent i fumava cigars. Quan va morir en van dissecar el cap, el van penjar al menjador i li van ficar un cigarret a la comissura dels llavis. Vaig preguntar de què havia mort. De cirrosi hepàtica, va dir l'hostaler, mentre se servia un got de licor de genciana. «Alerta, fetge, ves amb compte», es va animar a si mateix, va abaixar un moment el cap i es va beure l'aiguardent d'un glop. Després jo també vaig demanar un licor de genciana. Sí, va dir l'hostaler, jo també he sentit parlar del cérvol de Valepp. L'any 1936, encara hi havia Hitler i tot això, li va clavar les banyes a un client. Això va ser la seva fi. En aquella època no anaven amb gaires miraments amb els cérvols. Així funcionava la cosa també amb Hitler, tampoc anaven amb gaires miraments.

Divendres, 9 de maig

Al vespre vaig penjar la meva hamaca en una borda alpina. A prop, uns quants edificis dels voltants estaven habitats, i el meu recel de trobar-me amb gent em va obligar a mantenir-me en secret. Tenia uns calfreds tan violents que quan em vaig repenjar a la barana per penjar l'hamaca, tota la veranda tremolava amb mi.

—

Diumenge, 11 de maig

A la nit feia tant de fred que em vaig aixecar i vaig estar fent voltes per la veranda durant hores, després vaig dormir una estona més. Aquest matí s'estenia davant meu tot l'Steinernes Meer. Els ocells em van despertar. El matí era com un mineral purificat. Vaig travessar el bosc costerut; hi havia neu profunda i un silenci encara més profund. Al restaurant, entre els bombers hi havia un noi amb síndrome de Down amb uniforme de bomber.

Seguint la brúixola, em vaig dirigir directament des de Mühlbach cap a St. Johann. Un camí molt costerut pel bosc, on ja no hi ha ni cérvols. En una primera parada vaig treure una agulla i em vaig rebentar les butllofes dels peus. Vaig adonar-me que cada cop necessitava més valor per barrejar-me entre la gent de les poblacions.

Sobre el fet de caminar: una vegada i una altra, el significat del món es deriva de les coses més petites, les que habitualment passen desapercebudes, aquest és el material del qual sorgeix un món completament nou. Al capvespre, el caminant és incapaç de comptar totes les riqueses que conté un sol dia. En caminar, no hi ha res entre línies, tot es produeix en el present més immediat i brutal: les tanques que separen les pastures, els ocells que encara no són capaços de volar, l'olor de la fusta acabada de tallar, l'expressió de sorpresa dels animals salvatges. Avui és el Dia de la Mare.

Per damunt de Dienten em vaig trobar un home gran i desastrat que va sorgir de cop del bosc i que, menut i mig ajupit, mirava amb una ullera de llarga vista mig enterbolida la processó fúnebre que pujava cap a l'església. Es va espantar i va semblar avergonyir-se de les finestres trencades i de les llates descolorides i en part inclinades de la seva teulada. Feia la sensació que feia anys que no es rentava els cabells ni les mans. Darrere de la seva caseta atrotinada algú havia abandonat un Volkswagen al qual faltava el motor, les portes i les rodes. Sí, va dir, visc sol aquí, i em va preguntar si havia travessat la muntanya amb aquell munt de neu. No pensava permetre que continués pujant per aquell vessant tan costerut; per això vaig agafar el camí sinuós.

Grossarl - Hüttschlag. Hüttschlag sembla l'últim lloc en què podré trobar alguna cosa en una botigueta. Passaré la nit en un hostal. La serralada del Tauern, de la cadena principal dels Alps, es veu molt i molt alta i completament coberta de neu. M'emportaré una peça de pa i cansalada.

Dilluns, 12 de maig

Hüttschlag. Després d'anar a comprar al matí vaig tallar un bon bastó més llarg que el meu braç i vaig començar a pujar seguint el rierol. Ràpidament, el paisatge es va tornar més salvatge i dramàtic. Neu profunda, ramats d'isards, cascades. M'enfonsava contínuament a la neu humida fins al maluc. Vaig renegar i després em vaig reconciliar amb el Déu de l'alpinista principiant. Les meves polaines i el meu bastó han adquirit un valor, vaig pensar, que ningú no es podrà imaginar mai. Això em va fer sentir una mica més satisfet, com algú que enumera les seves dues úniques riqueses.

Vaig seguir el rastre d'algú que devia tenir dues setmanes, fins que es va acabar. Ningú havia passat per allà. Una pujada extraordinàriament costeruda al llarg d'unes quantes canals cobertes de neu, després em vaig trobar una cabana de caçadors al voltant de la qual hi havia tot de cartells que advertien que aquella propietat privada estava protegida amb disparadors automàtics. Unes quantes perdius blanques van fugir davant meu. Amb prou feines les vaig veure perquè, malgrat el mal temps i el cel gris, vaig començar a estar encegat per la neu. No portava ulleres de sol, això va ser ben estúpid. Els ulls se'm van irritar i les parpelles se'm van inflamar, però encara podia veure per on anava. El meu objectiu a la cadena, l'Arlscharte, estava a una altitud diferent de la que havia suposat. No podia fallar per res del món. Vaig reflexionar una bona estona damunt d'un munt de neu amb la brúixola i el mapa. A l'última població m'havien dit que no hi anés, de cap de les maneres. Cap al final de la guerra, exactament el mateix dia del mes de maig, em van dir com a advertència, molts soldats, homes joves i forts havien intentat arribar a la seva pàtria, Caríntia, i molts havien mort a l'Arlscharte en intentar travessar la cadena principal dels Alps, sepultats per allaus o desapareguts per sempre.

Més amunt, camí de l'Arlscharte, em vaig enfonsar moltes vegades a la neu fins a l'altura del pit en llocs costeruts; em va costar un gran esforç pujar. Just al costat de l'Arlscharte hi ha un vessant extremament costerut en què sovint es produeixen allaus i el vaig esquivar mentre continuava pujant fent marrada per la roca del costat. De sobte vaig veure sota meu, cap al sud, el Maltatal amb la seva enorme presa. Damunt de l'aigua del pantà suraven trossos de gel. L'hotel al costat de la presa era tancat, però vaig veure tres homes amb els meus ulls irritats i plorosos. Després també vaig veure que cap al sud calia travessar un vessant extraordinàriament costerut que també era terreny d'allaus, i que no hi havia cap manera d'evitar-lo perquè la roca que hi havia més amunt no era transitable sense equip, grampons, mosquetons i corda. Què podia fer? Tornar enrere i fer una marrada de més de cent quilòmetres? Hi vaig pensar una bona estona, sense pressa. Em vaig acostar al vessant d'allaus i el vaig examinar. No tenia bon aspecte. El vessant cruixia i feia un soroll estrany, com un xiulet, com el xiulet d'una serp. Alguna cosa es volia trencar, però resistia. Sense haver pres cap decisió, em vaig veure travessant el vessant fent ràpides gambades. Quan ja n'havia recorregut la meitat, es va produir un gran espetec, com si hagués esclatat un globus enorme i molt inflat. L'espetec va sonar alhora fort i esmorteït. Després de travessar el vessant vaig veure, horroritzat, que la neu que hi havia sota les meves petjades tenia una profunda esquerda que devia fer un metre d'amplada i s'estenia d'una punta a l'altra del vessant. Així i tot, l'allau no s'havia produït.

A la presa de Köllbrein, l'equip tècnic repassava el mur de la presa. Passaven aquí tot l'hivern, encara estaven aïllats per la neu i descon-

nectats del món exterior. Només un helicòpter els portava avituallament de tant en tant i a més tenien un telèfon. No es van creure que jo acabés de baixar de l'Arlscharte, van examinar les meves petjades a la neu amb uns prismàtics i van deliberar una estona en veu baixa. Semblaven haver deduït que jo era un reclús que s'havia escapat. Volien saber per què ho havia fet i per què havia baixat fins allà. Jo els vaig dir que en realitat no volia dir-ho a ningú, que havia fet aquell trajecte per demanar la mà de la meva dona, i que això es feia millor a peu. Després, els homes em van ensenyar la seva feina a l'interior del mur de la presa. En uns buits a l'interior del mur de formigó hi ha uns pèndols que detecten les deformacions. Hi ha diverses estacions de medició. Els murs de la presa tenien una vida interior molt complicada.

Un dels enginyers va dictar a la seva filla una redacció escolar per telèfon sobre la floració de la natura al mes de maig, encara que en aquell lloc encara regnés l'hivern. Un s'entrenava durant hores en aparells de musculació i un altre es cuidava de les plantes d'hidrocultura de tot l'hotel, amb les quals va omplir la recepció i el despatx. Jo vaig dormir al quart pis de l'edifici buit. Em van deixar triar en quin pis volia dormir. Al final del dia vaig parar l'orella a la vall i em va semblar sentir un cucut des de molt lluny.

Dimarts, 13 de maig

Un dia clar i blau. Avui a la tarda, més tard, l'atzar ha disposat que l'equip plegui; els vindrà a buscar un helicòpter. Ara fan l'equipatge. A la cuina, un home renta els plats que s'hi han apilat durant uns quants dies. Es diu Gigler Norbert i l'ajudo a fregar el terra.

Em volien donar una llanterna per travessar el túnel que arribava a la vall, però m'hi vaig negar sense dubtar-ho. Pel camí encara hi havia allaus i despreniments de roques. Vaig haver d'avançar fantasmagòricament fent tentines pel túnel. El final llunyà del túnel superior està gairebé del tot sepultat per una allau, i s'hi han format blocs sòlids de neu humida i gel. A la part de dalt de la galeria hi ha una estreta obertura a través de la qual em puc obrir pas cap a l'exterior. A la vall se m'acosten comandos que aparten la neu. El primer treballador amb qui em vaig trobar en sortir arrossegant-me del túnel s'estava menjant un entrepà a la màquina llevaneu. Vaig saludar-lo, i es va quedar tan parat que va deixar de mastegar.

25

DONES, FILLS

Vaig recórrer aquell trajecte perquè volia demanar la mà de la meva dona Christine. Vam celebrar el casament l'any 1986, però per més convincent que fos el gest d'anar-hi a peu, el matrimoni no va durar. Parlar de les meves dones entra en conflicte amb el meu sentit de la discreció, però puc dir que totes les dones de la meva vida, sense excepció, eren extraordinàries: amb talent, independents, molt assenyades i afables. La Christine és una superdotada des del punt de vista musical, filla d'una família de pedagogs musicals de Caríntia. Als quinze anys va actuar com a pianista a Budapest, en un programa per a músics joves dirigit per Leonard Bernstein, però als setze va deixar el piano a causa d'una greu inflamació als canells. Políticament era molt d'esquerres i escrivia en revistes. Va posar al nostre fill el nom de Simon en honor de Simon Wiesenthal, per a qui va treballar durant una temporada. Al principi no volíem assumir el que va acabar convertint-se en un problema: per culpa meva, ella no podia fer mai realitat els seus propis desitjos i projectes. Va haver de rebutjar una oferta per anar a fer de corresponsal per a la ràdio austríaca a Sud-àfrica perquè jo no podia ni volia traslladar-m'hi amb ella. Va participar en moltes de les meves pel·lícules, no només acompanyant-me com a dona, sinó col·laborant en funcions pràctiques. A *Gasherbrum* es va encarregar del so, a *Hirten der Sonne*, de la fotografia, a *Who die grünen Ameisen träumen* i *Cobra Verde* va treballar a la producció, i a *Lohengrin*, a Bayreuth, va ser la meva assistent, perquè soc un director d'òpera que encara ara és incapaç de llegir notes musicals. Era una lleona com a mare. Quan els companys van fer la vida impossible al Simon a l'escola francesa, el Lycée, i ell finalment li va descriure els horrors que havia viscut, el va treure immediatament de l'escola i no el va inscriure en cap altra. Això anava contra la normativa legal, però ella era impertorbable. El Simon va estudiar anglès durant unes quantes setmanes en classes privades, perquè volia entrar a la International School de Viena. Va aprendre tan de pressa que l'hi van admetre i en mig any va superar tots els nivells i va arribar a la classe dels «parlants nadius». Que a tots els meus fills els hagin anat tan bé les coses no m'ho han d'agrair a mi, sinó a les seves mares.

Vaig conèixer la Martje, la meva primera dona, al vaixell que anava als Estats Units. També tenia talent musical, tocava el clavicèmbal i encara canta en unes quantes corals, sobretot música religiosa de Bach, però el seu principal talent és la literatura. Filla d'una família de mestres, es va criar a Dithmarschen, al nord d'Alemanya, amb les seves quatre germanes. Una veritable llar femenina. Quan va acabar la seva carrera a Friburg ens vam casar. Va estar present en gairebé totes les meves primeres pel·lícules, *Lebenszeichen, Auch Zwerge haben klein angefangen*, i a *Aguirre* es va encarregar de la tasca més ingrata de totes, la d'administrar al lloc de rodatge, la jungla, els diners que rarament teníem. No la vaig sentir queixar-se mai, ni una sola vegada. Sempre em va protegir més a mi que no pas jo a ella, més aviat com hauria correspost al típic paper masculí d'aquella època. A *Nosferatu* interpreta un paper secundari com a germana de Jonathan Harker, interpretat per Bruno Ganz. Ja he explicat com va ser que vaig posar al nostre fill els noms de Rudolph, Amos i Achmed. Rudolph en honor del meu avi, Amos en honor d'Amos Vogel i Achmed en homor de l'últim supervivent de les excavacions de Kos. Fa pel·lícules, reportatges i fa poc un llargmetratge, i també és un escriptor d'èxit. La seva filla Alexandra és fins ara la meva única neta. La Martje es va fer amiga de Lotte Eisner, amb qui sempre vaig ser molt formal. En canvi, totes dues es tractaven de tu amb total confiança. Quan la Lotte va escriure les seves memòries, *Ich habe einst ein schönes Vaterland*, va basar el llibre en gravacions seves i després va ser la Martje qui les va transcriure. De totes maneres, mai va voler que el seu nom sortís esmentat a la sobrecoberta, només a l'interior consta com a autora. La Martje és profundament sensible amb els altres i s'entusiasma amb les coses grandioses. Vam veure junts *La quimera de l'or* de Chaplin i a l'escena en què la cabana de fusta comença a lliscar per un pendent i s'atura, trontollant, al costat d'un abisme, va riure tant que va caure cap endavant. El cinema encara tenia cadires velles amb el respatller de fusta. Ella hi va picar amb la cara i va perdre les dues incisives de dalt. Jo vaig cometre molts errors. Quan el 1977 vaig decidir a l'últim minut volar al Carib per rodar-hi *La Soufrière*, la pel·lícula sobre el volcà que està a punt d'explotar, només vaig parar un moment a casa per agafar el passaport. Hi havia el nostre menut i no estava clar si jo tornaria viu després de la pel·lícula. Ho esmento perquè aquesta mena de coses no ajuden a mantenir un matrimoni. Així va ser com vam començar a emprendre camins separats, al principi de manera imperceptible.

Amb l'Eva Mattes tinc una filla, la Hanna-Marie. L'Eva va voler que es digués Marie per fer referència al seu paper a la pel·lícula *Woyzeck*, pel qual va rebre el premi a la millor actriu al festival de Canes. Va ser una injustícia que Klaus Kinski no rebés el mateix premi com a millor actor masculí, i l'Eva va ser molt generosa amb ell, així com ell també la va tractar amb molta gentilesa. De fet, no havia volgut tenir mai una relació massa estreta amb cap de les meves actrius però, quan vam rodar junts *Stroszek* l'any 1975, vaig perdre el cap. Hi ha coses que són evidents, però encara són més evidents si les expresses. L'Eva és sens dubte l'actriu més excel·lent de la seva generació al cinema i al teatre alemany. Hi ha hagut bones actrius i n'hi ha hagut de molt bones, però cap amb una presència tan primordial com la seva. En retrospectiva, totes les altres formen part de determinades tendències, del gust de l'època. L'Eva Mattes està al marge de tot això. Ella estava molt ficada en el batibull dels seus compromisos professionals, i jo també en els meus, i va quedar clar que no podríem viure junts. La nostra filla Hanna és una artista visual que crea escenaris inventats i s'hi integra. Al final del procés generalment hi ha una fotografia, però jo no la qualificaria de fotògrafa. Últimament s'ha dedicat a produir textos. Sento molta curiositat per veure cap on es dirigeix. La seva calidesa és la de la seva mare, i la seva veu i les seves rialles són tan sorprenentment iguals que molts cops per error li he dit Eva per telèfon.

Vaig conèixer la meva dona Lena, amb qui ja fa més de vint-i-cinc anys que convisc, en un restaurant de la Bay Area, el Chez Panisse, gràcies a Tom Luddy. Haig d'agrair moltes coses a Tom Luddy. De fet se'l considera membre de la llista dels béns culturals dels Estats Units. Com a futur físic teòric, va estudiar amb el cèlebre físic Edward Teller a Berkeley i es va convertir en un dels dirigents de la protesta estudiantil Free Speech Movement. També va ser Junior Golf Champion de la categoria amateur i hauria pogut fer una gran carrera com a jugador de golf. Però els seus companys de lluita revolucionaris a Berkeley el van criticar i li van dir que el golf era un esport burgès, i el Tom va abandonar el golf. Va dirigir el Pacific Film Archive a Berkeley, i el va convertir en el centre més important per a la cultura cinematogràfica de la costa oest. El director Errol Morris en formava part, i el director Les Blank també. El director brasiler Glauber Rocha va viure durant força temps a casa del Tom. Durant unes quantes setmanes jo també vaig viure sota el mateix sostre amb el Tom i el Glauber. Va ser una època intensa de pel·lícules, idees i noves amistats. Recordo com el Glauber va haver de tornar de sobte al Brasil i va ficar ràpidament les seves pertinences personals en unes quantes maletes, perquè estava a punt de perdre l'avió. Va fer una pila amb totes les seves notes i documents, se'ls va ficar sota el braç i va arrencar a córrer davant meu per la sala d'embarcament mentre jo recollia entre les cames dels passatgers papers que havien sortit volant. Quan poc després el Glauber va morir, massa jove, durant tot un dia totes les escoles de samba del Brasil van suspendre les seves activitats. Ja cap al final dels anys seixanta, el Tom Luddy m'havia convidat al seu Pacific Film Archive amb el meu primer llargmetratge, *Signes de vida*, i quan més endavant va dirigir el famós festival de Telluride, a Colorado, hi vaig tenir unes trenta estrenes mundials de les meves noves pel·lícules.

La història de la creació del restaurant Chez Panisse és interessant. El Tom aleshores vivia amb Alice Waters, que es mostrava escèptica davant dels «revolucionaris» de Berkeley. Per a ella, la suposada revolució mundial que es preparava no era més que una quimera creada per teòrics i acadèmics i acabaria en no res. S'havia d'avaluar sempre què era més important i convenient en funció de si era útil per a la classe treballadora. L'alimentació, per exemple, consistia sobretot en fast food. Per contrarestar-ho calia crear un moviment que promogués una nova gastronomia que fos sana i assequible. L'any 1971, l'Alice va crear el Chez Panisse, que al llarg de les dècades es va convertir en el lloc més influent dels Estats Units en qüestions d'alimentació. Sempre que apareixia a San Francisco o a Berkeley, el Tom m'hi convidava a sopar. Només hi volia portar un o dos amics, però sempre acabaven sent almenys dotze persones que s'aplegaven molt apilades al voltant d'una taula.

També vaig pujar al pis de dalt del restaurant. Aquella vegada, com que la nostra taula encara no estava a punt, vam anar al bar, on hi havia dues dones joves. Una es va girar cap a mi, era la Lena. Segurament, tot i que no ho recordo amb exactitud, em vaig quedar paralitzat a l'últim esglaó de l'escala, com si m'hagués fulminat un llamp. En tota la meva vida no havia vist uns ulls d'una bellesa i una intel·ligència com aquells. Aquell vespre vaig buscar una cadira lliure i em vaig asseure entre ella i el seu company de taula, i vam estar parlant durant tot el sopar com si no hi hagués ningú més present. Em vaig assabentar que, durant els seus estudis a Sibèria, quan només tenia quinze anys, es va dedicar a copiar a mà d'amagat* llibres aleshores prohibits a la Unió Soviètica i els havia fet circular entre amigues còmplices. Havia copiat *El mestre i Margarida* de Bulgàkov i el primer llibre de Soljenitsin, *Un dia en la vida d'Ivan Denísovitx*. Aquell vespre va ser únic. Vaig saber de seguida, allà mateix, que aquella era la dona amb qui voldria viure.

Però aquesta vegada vaig voler fer-ho tot correctament. Vaig tornar cap a Viena, on jo encara estava casat formalment tot i que vivíem separats. Vaig posar ordre a casa meva i vaig renunciar a totes les meves pertinences físiques. Quan vaig tornar als Estats Units no portava equipatge, res. Volia començar de zero. Ja era a la duana i al control de passaports quan de sobte un funcionari em va fer tornar enrere per preguntar-me on era el meu equipatge, i que potser me l'havia deixat a la cinta transportadora. Això em va convertir en sospitós, com si hagués transportat una bomba i l'hagués deixat donant voltes a la cinta. Vaig dir que no portava cap mena d'equipatge. El funcionari va respondre que, en vint-i-dos anys de servei, encara no havia vist cap viatger procedent d'un altre continent sense equipatge, a tot estirar n'havia vist que duien una cartera o un maletí. Per

* Aquest pràctica s'anomenava *samizdat*, i consistia en la còpia i distribució clandestina de literatura prohibida pel règim soviètic i, per extensió, també pels governs comunistes d'Europa Oriental durant la Guerra Freda. D'aquesta manera, moltes vegades els dissidents aconseguien esquivar la forta censura política.

pura estupidesa, potser per impressionar-lo, em vaig ficar la mà a la butxaca de la jaqueta i li vaig ensenyar el meu raspall de dents. El resultat d'aquell gest va ser passar sis hores i mitja entre interrogatoris i investigacions per descobrir un eventual rerefons criminal. Vaig intentar fer-los comprendre que havia trobat la dona de la meva vida i que només volia ser jo, sense estatus, sense propietats, sense res, ni tan sols la certesa que ella m'acceptaria. Finalment em van deixar en llibertat.

Al principi només teníem dos plats, dos jocs de coberts i dos gots, i quan convidàvem amics, havien de venir amb un plat sota el braç, coberts i un got de vi. La Lena no havia vist mai cap de les meves pel·lícules, i al principi jo no volia presumir del meu treball i l'hi vaig explicar a la nostra primera trobada. Li vaig dir que treballava al cinema, que abans havia estat especialista i que ara em dedicava a coordinar especialistes. Que dins de l'ofici m'ocupava també de tota mena de funcions. Durant molt de temps i fins quan li explicava més detalls sobre la meva feina, es preguntava, amoïnada, si havia fet mai alguna bona pel·lícula, perquè gairebé totes les que havia vist als Estats Units eren fluixes i més aviat vergonyoses. I què, si només havia fabricat pel·lícules que fossin una vergonya? Després d'un any de vacil·lacions, va veure d'amagat *Aguirre*, que projectaven en un cinema. S'havia assegut a la punta de l'última fila, just al costat de la sortida, per tal de poder fugir discretament en cas de necessitat.

Vaig tenir la sort de trobar la meva ànima bessona en una dona, algú amb qui compartir la meva visió del món. El Tom Luddy no havia urdit cap pla secret per fer que ens trobéssim. Des del punt de vista estadístic, la nostra trobada va ser una absoluta anomalia. La Lena va aparèixer per sopar perquè a la seva residència de la universitat només li quedava una llauna de tonyina i tenia gana. El fet que fos als Estats Units havia estat el resultat d'una llarga sèrie de casualitats. S'havia criat a Iekaterinburg, a l'oest de Sibèria, en una família de científics els avantpassats dels quals havien fugit cap a l'est de les repressions de Stalin. El seu pare és un destacat geofísic rus, i ella va créixer en una casa en què sempre seien a taula estudiants afamats que discutien sobre tota mena de temes i on regnava una atmosfera d'idees, d'interès per la literatura i d'afecte pels grans escriptors. La Lena també va ser gimnasta des de molt petita, però això devia ser una tortura diària d'unes quantes hores, perquè a les competicions no va voler demostrar mai la seva veritable capacitat. Si ho feia, s'arriscava que la incloguessin en un equip olímpic. Sempre va treure molt bones notes i als setze anys ja la van admetre a la Universitat de Leningrad, l'actual Sant Petersburg, però com que procedia d'una família d'acadèmics, va haver de fer un treball pràctic durant un any per ser considerada una veritable proletària. Després va estudiar lingüística i filosofia. De nou gràcies a un munt de casualitats, una família americana la va convidar a San Francisco i tot d'una la van expulsar de la universitat del seu país perquè no s'havia donat de baixa d'acord amb la normativa durant aquella breu estada a l'estranger. La van admetre a la Universitat de Stanford, però com que Stanford no li podia concedir cap beca, li van oferir de col·laborar en un projecte d'història de les idees sobre l'Harmagedon a canvi d'uns honoraris. Distribuïa el temps entre Stanford, Berkeley i el Mills College a la Bay Area. Quan va acabar la carrera de filosofia, el seu pare li va regalar la seva càmera fotogràfica, una imitació soviètica d'una Leica. En aquella època, jo escenificava *Tannhäuser* al Teatre de la Maestranza de Sevilla, i la Lena feia les seves primeres fotografies a només dos carrers d'allà, a la plaça de toros. Quan va tornar a San Francisco i va revelar ella mateixa els dos primers rodets que havia fotografiat en un espai que havia llogat en un estudi, un galerista va descobrir les fotografies que havia penjat perquè s'eixuguessin. Les imatges es van convertir en la seva primera exposició i, més tard, en una monografia, *Tauromaquia*. Fins ara la Lena ha publicat sis volums de fotografies i també s'ha dedicat a altres projectes, com *Last Whispers*, que és un oratori compost per llengües ja extingides de les quals només existeixen gravacions, i per llengües extremament amenaçades, de les quals ja només queden dos o tres parlants vius. Les gravacions de la Lena van acompanyades d'un component visual, un vídeo contemplatiu. L'oratori es va estrenar al British Museum i després es va presentar en moltes altres institucions importants, com el Kennedy Center de l'Smithsonian Museum i també el Théâtre du Châtelet de París. De vegades fem la broma que, des dels Ballets Russos de Diàguilev, ella és la primera persona russa que, en el decurs de cent anys, ha omplert l'edifici amb un programa propi. El fet, però, és que és ciutadana nord-americana. Vivia als Estats Units amb un passaport vigent de la Unió Soviètica, però de cop el país va deixar d'existir, havia desaparegut. Per tant, havia esdevingut mig apàtrida. Si ens haguéssim casat de seguida, hauria obtingut la ciutadania alemanya, però ella no ho volia, i jo tampoc. Quaranta-vuit hores després que aconseguís la ciutadania americana ens vam casar.

Ho hem viscut tot junts i intentem no passar mai més de dues setmanes separats. Només durant el rodatge a l'Antàrtida vaig estar sis setmanes sense ella. Ens ha semblat positiu evitar en la mesura del possible treballar junts, només en casos excepcionals la Lena ha fet fotos fixes per a pel·lícules meves, com *El tinent corrupte* o *The White Diamond* a la jungla de Guaiana. Vam viatjar junts al llunyà riu Pacaás Novos al Brasil, a la zona fronterera amb Bolívia, on des de mitjan anys vuitanta, el grup aleshores més gran d'indis de la jungla que encara no havien estat contactats, format per unes sis-centes cinquanta persones, rebien la pressió creixent dels buscadors d'or i els llenyataires. Els indis rebutjaven qualsevol contacte amb la civilització moderna i havien atacat i mort els colons amb fletxes. L'òrgan del govern brasiler encarregat de desenvolupar les polítiques relacionades amb els pobles indígenes, la FUNAI, va decidir establir contacte amb els aborígens nòmades, perquè els va semblar millor no deixar la confrontació inevitable en mans de saquejadors. La primera trobada amb els Uru Eus, cautelosament preparada, va ser filmada en 16 mm. L'any 2000 em van convidar a un projecte conjunt, amb altres directors internacionals, entre els quals hi havia Wim Wenders. Cadascú hi havia de contribuir amb una pel·lícula de deu minuts sobre el temps. El projecte es deia *Ten Minutes Older*, però jo volia fer una pel·lícula que es diria *Ten Thousand Years Older*, en què un grup de persones aïllades, durant els minuts en què durava el contacte amb la civilització, passaven de cop de la seva existència de l'edat de pedra de fa deu mil anys a l'actualitat. La tragèdia afegida d'aquest fet va ser que durant el primer any després del primer contacte, el 75 per cent dels membres de la tribu van morir de varicel·la i infeccions gripals per a les quals no havien desenvolupat cap mena d'immunitat.

Remuntar el Pacaás Novos va ser difícil, perquè el riu amb prou feines era navegable ni tan sols per a barques petites, i un munt d'immensos arbres caiguts barraven el pas. Després de llargs preparatius, ens vam reunir fora de la reserva amb els dos caps guerrers que havien sobreviscut al primer contacte, el Tari i el Wapo. A banda d'arcs i de fletxes que tenien dos metres de llargada com les dels amahuaques durant el rodatge de *Fitzcarraldo*, ja utilitzaven escopetes de perdigons. De fet, van exigir-nos que en portéssim. Ho vam fer o, més ben dit, els vam demanar un intercanvi i que ells ens donessin unes quantes de les seves fletxes. El Tari i el Wapo ens van mostrar com havien disparat a un colon brasiler en una teulada fent grans gambades i van imitar en un portuguès inventat amb una cantarella com el fill de l'assassinat demanava auxili. Abans que marxéssim del rodatge, van remenar les nostres coses i van voler que els féssim uns quants regals addicionals. Això en principi no suposava cap problema, el que passa és que volien les nostres hamaques i m'hi vaig haver de negar, perquè a terra hi havia veritables exèrcits de formigues ambulants i, a més, els mateixos indis sabien elaborar unes hamaques magnífiques. Això va provocar uns moments de tensió. Quan es va fer fosc, la Lena patia per la possibilitat que ens ataquessin a l'empara de la nit, però per què havien de fer-ho si, quan vam trobar-nos, ja tenien arcs i fletxes i una escopeta de perdigons? Sens dubte, era il·lògic. Enmig de la nit, la Lena em va despertar des de la seva hamaca, es va incorporar, espantada, i va limitar-se a dir: «Que venen». Efectivament, a la jungla se sentien moviments, branques que espetegaven, però devia ser un tapir o algun altre animal voluminós. «Si fossin ells», vaig dir, «no els sentiríem», i em vaig tornar a adormir de seguida. Vist en retrospectiva, puc dir que a les meves pel·lícules hi ha hagut pocs moments en què no es produís alguna cosa extraordinària, com qui diu per la gràcia de Déu, en què una bellesa i una veritat misterioses i insondables en certs instants s'il·luminaven per si mateixes. Un d'aquests casos és el final de *Land des Schweigens und der Dunkelheit*, del 1972, segurament la meva pel·lícula més profunda, en què un camperol que s'havia tornat sord i cec, sense que la família en tingués cura, viu durant anys a l'estable, amb les vaques, per tal de poder participar de la calidesa animal, i de sobte s'aixeca d'un banc del parc i es dirigeix ràpidament cap a les branques d'una pomera tardorenca. La manera en què el sordcec palpa les branques i després toca el tronc de l'arbre forma part dels moments que són difícils de descriure. Com també quan, a *Ten Thousand Years Older*, el Tari examina intensament un enorme minuter de cuina que havíem portat. Si només hagués filmat aquest moment, amb el seu rostre i el rellotge, la meva vida ja hauria valgut la pena.

Les millors situacions sempre es van produir quan jo rodava una pel·lícula i la Lena, en paral·lel, treballava en un projecte fotogràfic. A *Das Rad der Zeit*, la pel·lícula que vaig filmar el 2003 amb el dalai-lama, va treballar al meu costat en el projecte d'un llibre, *Pilgrims*. De vegades tragino com una mula les seves càmeres, que pesen bastant, unes quantes de les quals són per fer fotografies de gran format en cel·luloide. Quan vam rodejar la muntanya sagrada del Kailash, al Tibet, i havíem arribat gairebé als cinc mil metres, li va agafar mal d'altura. El nostre iac, que dos guies de muntanya havien portat com a animal de càrrega, va llançar la seva càrrega de sobte i va fugir per retrobar la llibertat. Com a conseqüència d'aquest fet, els nostres guies van haver de carregar els aliments i una tenda de campanya fins al límit de les seves forces, i com que la Lena, que anava davant meu, ja no caminava d'una manera gaire coordinada, vaig carregar la seva motxilla, a més de la meva. Vam estar amb projectes de treball diferents al Mont Roraima, a la frontera entre Veneçuela i el Brasil, vam estar a Mèxic, vam estar al Japó per l'òpera *Chusingura*, i allà la Lena va conèixer Hiroo Onoda, el soldat japonès que es va rendir vint-i-nou anys després de la fi de la Segona Guerra Mundial. A causa d'un munt d'indicis, va deduir que la guerra encara continuava, i no va ser fins més endavant que es va assabentar que els Estats Units ja lliuraven altres guerres a Corea i al Vietnam. Jo acabava d'escriure un llibre sobre ell, *Das Dämmern der Welt*. La Lena i jo vam anar fins a la cova de Chauvet, al departament francès de l'Ardecha, per filmar *Höhle der vergessenen Träume* el 2010, vam estar al Bàltic, al Marroc i al desert de sal d'Uyuni, a Bolívia, per rodar els llargmetratges *Invincible, Queen of the desert* i *Salt and Fire*. La Lena va tornar a fer les fotos per a la producció del meu llargmetratge més recent, rodat al Japó, *Family Romance*, i *Meeting Gorbachev* va ser un esdeveniment especial perquè vam anar junts a Rússia. De fet, entre nosaltres no parlem ni alemany ni rus, perquè hem descobert que és positiu que ens trobem en un nivell que no és del tot seu ni meu. Per això cuidem molt la nostra llengua, que originàriament no és de cap dels dos.

26

ESPERANT ELS BÀRBARS

Després de presentar-me un projecte per a un llargmetratge, basat en la novel·la *Esperant els bàrbars*, de J. M. Coetzee, vam anar junts a buscar localitzacions a l'Àsia Central, a Kashgar, a la Regió Autònoma Uigur de la Xina, i des d'allà a les muntanyes, en direcció a la zona de les fronteres amb el Pakistan, l'Afganistan, el Kirguizistan i l'Uzbekistan. També volia anar a l'Hindu Kush i, al nord, buscar les muntanyes del Pamir. Allà, al Tadjikistan, havia participat a la pel·lícula de ciència-ficció de Peter Fleischmann *El poder d'un déu* (1990), en què interpretava el paper d'un profeta fanàtic que, de totes maneres, després dels primers vint minuts, assassinaven clavant-li una llança a l'esquena. De seguida vaig simpatitzar amb Coetzee, però el finançament per a la pel·lícula no es va materialitzar mai. Tot l'entorn de Kashgar i la situació dels uigurs ha empitjorat dràsticament des d'aleshores, però en aquella època encara hi havia un mercat setmanal que atreia dos-cents mil uigurs de la zona. Tot era com fa mil anys a la ruta de la seda, homes barbuts que parlen una llengua emparentada amb el turc, musulmans amb llargues vestidures i gorres de pell... Recordo una zona d'aquell mercat tan atapeït de gent en què hi havia uns tres mil homes que només venien galls; cadascun en duia un sota el braç. Recordo un embolic inextricable format per quatre-cents carros tirats per rucs, de sobte es va formar un embús i els rucs cridaven. Recordo que la multitud, com si respongués a una paraula no pronunciada, es va dispersar i va deixar lliure un llarg carreró pel qual se'm va acostar corrent un cavall magnífic muntat per un nen de sis anys, descalç i sense sella. Es va encabritar davant meu, va agitar les potes del davant enlaire com una aparició mítica, va girar cua i se'n va anar galopant. El carreró es va tornar a tancar com un mar dividit en dues parts. El cavall de seguida va trobar comprador. Durant el rodatge de la pel·lícula *My Son, My Son, What Have Ye Done?* vaig tornar a Kashgar per filmar-hi una seqüència onírica amb la Lena i el meu protagonista, Michael Shannon. En el somni, el personatge del Michael, confús, es veu en un lloc completament desconegut en un passat enigmàtic. Travessa una multitud en una fira de bestiar i tots els homes, sense excepció, es giren per mirar-lo, com si fos una aparició procedent d'un país de faula. Vam fixar una enorme cuirassa de fusta al tronc del Michael, a la qual vam subjectar un trípode que li sobresortia del cos i que sostenia una càmera que li filmava el rostre. Mentre caminava entre la multitud, jo ja sabia què passaria: tothom es giraria per mirar-lo. El Michael va estar d'acord amb aquesta improvisació en un lloc completament desconegut, amb l'única condició que jo no me'n separés mai. Com que no teníem permís de treball ni de rodatge, cosa que en la situació política del país hauria estat impossible, el Michael em va dir que no volia que el detinguessin només a ell, sinó a tots dos. Va ser un desig plenament justificat.

Davant de l'extens recinte del mercat hi havia una gran porta d'entrada amb una forta presència de policia xinesa de l'ètnia han. Vam decidir anar directament cap a aquells policies, el Michael amb la seva estrambòtica carcassa, i passar entre les seves files. Això ho vaig aprendre de Philippe Petit, que travessava els carrers de Nova York com a funàmbul, malabarista i mag. Quan el World Trade Center gairebé estava acabat, va transportar al terrat els aparells per tensar el seu cable d'acer sota una lona i baixava per l'escala amb un còmplice, ja que els ascensors encara no funcionaven. Eren les tres de la matinada i de sobte va sentir com un grup d'agents de seguretat pujava per l'escala. Fugir cap a la teulada hauria estat un error, inevitablement el descobririen i no hauria pogut justificar de cap manera la seva presència en aquell lloc. Llavors, sense vacil·lar, va prendre la decisió correcta. Philippe va accelerar el pas i va començar a escridassar el seu empleat i a dir-li que quin pitafi havia fet, que era un irresponsable, que aquell bunyol no s'ajustava a les normes, que el portaria a judici per reclamar danys i perjudicis. Els quatre homes del cos de seguretat es van arrambar a la paret de l'escala i van deixar passar aquell home baladrer i furiós. A Kashgar no vaig escridassar el Michael, però vam anar cap als policies, just al lloc on n'hi havia més, llavors em vaig posar a parlar en bavarès, en un to esverat, vaig fer veure que mirava algú més enllà del cordó policial, perquè no hi podíem tenir contacte visual, i vaig preguntar a aquell espai imaginari si algú havia vist el meu amic Harti. Els funcionaris es van apartar una mica i vam poder fer la nostra feina. Sens dubte, intentar evitar-los hauria despertat sospites, però si hi passes pel mig, això és gairebé una llei del comportament grupal, tots es pensen que hi ha alguna cosa estranya i algú intervindrà, però ningú intervé.

Que no m'atrevís a abordar els diaris de l'època en què treballava a *Fitzcarraldo*, ho dec sobretot a la Lena. Hi ha unes quantes llibretes en què la meva lletra, que generalment és d'una mida normal, cada cop es torna més petita, fins a convertir-se gairebé en microscòpica, fins al punt que només es pot desxifrar amb una lupa com les que utilitzen els joiers. A això cal afegir-hi el fet que volia mantenir a distància aquesta etapa tan difícil de la meva vida. Una vegada, quatre o cinc anys després dels esdeveniments produïts entre el 1979 i el 1981, vaig obrir les meves notes i vaig passar a net unes trenta pàgines, però va ser espantós tornar-me a enfrontar a tot allò, i estava segur que no tornaria a tocar aquells apunts. Més de dues dècades després, però, la Lena em va dir que seria millor tornar-me'n a ocupar, que realment existien, perquè si no, en algun moment, quan ja no hi fos, algun cretí se n'encarregaria. Després de pensar-hi una mica, vaig fer l'intent de tornar-me a enfrontar amb el que havia escrit aleshores, i de sobte tot va ser molt senzill. Tot el que resultava opressiu, tota la càrrega, havia desaparegut. D'aquí va sorgir més endavant el llibre *Eroberung des Nutzlosen*, i el que escric ara mateix també ha sortit de l'estímul de la Lena.

El meu treball més insòlit, *Hearsay of the Soul*, el vaig crear l'any 2014 per al Whitney Museum de Nova York. Va ser una instal·lació tridimensional amb diverses projeccions d'aiguaforts d'Hercules Seghers, acompanyats amb música d'Ernst Reijseger, amb qui havia col·laborat en moltes de les meves primeres pel·lícules. Una comissària del museu em va trucar i em va intentar animar perquè preparés alguna contribució per a la futura biennal, però de seguida m'hi vaig negar perquè tinc problemes amb l'art contemporani. I com és això?, em va preguntar. De manera més aviat sumària, vaig fer referència al mercat de l'art i les seves manipulacions, a més del fet que es dedica gairebé exclusivament als conceptes en comptes d'exhibir obres accessibles, però no em va resultar tan fàcil desempallegar-me de la comissària, que em va preguntar si no em podria interessar el projecte com a artista. Jo li vaig respondre que no em sentia un artista, ja que aquest concepte actualment només s'aplica als cantants d'èxit i als artistes de circ. Ella va insistir-hi: i si no era un artista, llavors què era? Jo li vaig dir que era un soldat, i vaig penjar. La Lena, que era a l'habitació, va voler saber exactament de què anava tot plegat, i va comentar que segur que jo tenia un munt de projectes que no eren purament cinematogràfics ni literaris, sinó que exploraven una zona intermèdia que contenia altres idees. Tenia raó, i un dia després vaig tornar a contactar amb el Whitney Museum.

27

PROJECTES NO REALITZATS

La zona intermèdia continua existint. L'any 1976 vaig rodar una pel·lícula sobre el campionat mundial de subhastadors de bestiar, *How much wood would a Woodchuck Chuck*,* que tenia a veure amb la meva fascinació pels límits del llenguatge. Per això són tan importants per a mi Hölderlin i Quirin Kuhlmann, el líric barroc. Són tan importants perquè de maneres diferents han explorat els límits de la meva llengua, l'alemany. A *Stroszek*, quan el somni americà de Stroszek s'ha esvaït, la seva caravana és subhastada. L'actor d'aquesta escena era un antic campió mundial de la subhasta de bestiar, que vaig trobar a Wyoming i que va reincorporar-se per al rodatge. Ningú que hagi vist la pel·lícula pot oblidar aquella subhasta, en què el llenguatge es condensa fins a convertir-se en una cascada de frenesí, en una cantarella impossible de compactar encara més. Sempre vaig sospitar que aquest vertigen verbal podia ser la manifestació extrema de la poesia, o almenys la manifestació màxima del capitalisme. Sempre vaig voler escenificar *Hamlet*, però que els papers antics els interpretessin campions de subhasta de bestiar. Volia reduir *Hamlet* fins a una durada de catorze minuts. De totes maneres, el text de Shakespeare és àmpliament conegut i per a la representació, el públic s'hauria de familiaritzar de nou amb l'obra prèviament.

Quan vivia a Viena, crec que va ser l'any 1992, l'Òpera Estatal de Viena em va demanar si em vindria de gust escenificar una òpera al seu teatre. Vaig respondre que en realitat m'esti-

* Fa referència a un embarbussament típic de l'anglès nord-americà.

maria més escriure'n una jo mateix, ja tenia bona part de la música i del llibret també me n'encarregaria jo. Això va despertar un gran interès. Vaig tenir una llarga conversa amb el dramaturg de l'Òpera Estatal, que simplement anomenaré B. La meva idea era escriure una òpera sobre Gesualdo, i el seu sisè llibre de madrigals constituiria una part fonamental de la música. Carlo Gesualdo (1566-1613) va ser príncep de Venosa i, com a home molt benestant, podia compondre música sense dependre de l'Església ni de mecenes. La seva música s'integra plenament en el context de la música de la seva època, el Renaixement tardà, però al seu sisè llibre de madrigals va escriure una música que semblava que se li haguessin creuat els cables. Un tipus de música com aquella no es va sentir fins a quatre-cents anys més tard, a finals del segle XIX, i no és gens casual que Ígor Stravinski, fortament influenciat pel compositor italià, fes dues peregrinacions al castell de Gesualdo, prop de Nàpols. Va compondre un *Monumentum pro Gesualdo*, el seu monument musical a Gesualdo, que va ser estrenat l'any 1960.

La teatralitat de la vida de Gesualdo és difícil de superar. Era la quinta essència del príncep de les tenebres. Es va casar amb Maria d'Avalos, de disset anys, que ja havia enviudat dues vegades. Fonts de l'època especulen que havia esgotat fins a la mort els seus dos primers marits per la seva excessiva exigència al llit matrimonial. Després de casar-se amb Gesualdo, Maria de seguida es va buscar un amant, Fabrizio Carafa, duc d'Andria, un noble napolità. Gesualdo es va assabentar de la relació, va fingir que se n'anava a caçar i els va enxampar tots dos *in fraganti*. Va ordenar als seus ajudants que els assassinessin i Gesualdo va tornar al dormitori per comprovar que realment eren morts. Després va fugir de Nàpols, es va refugiar al seu castell i, tement que l'ataquessin, va tallar ell mateix tots els boscos que hi havia al voltant. I, fins ara, al voltant del seu castell d'aspecte maleït continua sense haver ni un arbre. Va passar els últims anys de la seva vida fent penitència en un deliri religiós, envoltat d'homes joves que a la nit l'havien de fuetejar amb vares. Probablement va morir de resultes d'una inflamació de les vergassades que tenia a l'esquena. Aquesta història té un afegitó que vaig inventar-me del tot sense fer-ho saber al dramaturg. En el meu projecte, Gesualdo matava el seu fill de dos anys i mig, del qual no sabia si n'era el pare o havia estat engendrat per l'amant de Maria. Va fer que col·loquessin el nen en un gronxador i que els seus criats el gronxessin. El nen estava entusiasmat, però els criats el van haver de gronxar contínuament fins que, al cap de dos dies i dues nits, el nen va morir. Gesualdo va posar dos cors als costats perquè cantessin els seus madrigals sobre la bellesa de la mort. M'havia proposat penjar damunt de la rampa de l'escenari un gronxador amb unes cordes molt llargues perquè es balancegés a l'auditori per damunt dels caps del públic.

No vaig tenir cap més notícia de l'Òpera Estatal de Viena però, tot d'un plegat, al cap de mig any, van anunciar que l'Òpera Estatal havia encarregat una nova obra, *Gesualdo*, amb un llibret de B. i música del compositor rus d'origen alemany Alfred Schnittke. L'òpera tenia l'estrena mundial el 1995. No hi vaig anar, però vaig sentir que el públic va quedar especialment impressionat per una escena al final, en què Gesualdo fa gronxar el seu fill fins a la mort, i que es balancejava damunt de la sala d'espectadors per damunt dels caps del públic. Sempre he pensat que havia estat millor que em robessin la idea que no pas que no me la robessin.

També tenia el projecte d'escenificar *El crepuscle dels déus*, de Wagner, però en un lloc especial, a Sciacca, a la costa sud de Sicília. Ningú coneix aquest lloc, i ningú en parla. Sciacca va ser originàriament una colònia cartaginesa, i possiblement també grega, però la petita ciutat de quaranta mil habitants no destaca per res. El que passa és que allà hi ha un teatre de l'òpera.

Sense que en tingui cap prova, suposo que la construcció d'aquell teatre no tenia cap més objectiu que blanquejar diners de la màfia, perquè l'òpera no va ser mai inaugurada i mai va tenir director artístic, ni administració, ni programa, ni empleats com tramoistes i electricistes, ni cor, ni orquestra, ni cantants. Res. Jo volia destinar el teatre de l'òpera, només per una vegada, a la seva suposada funció. Amb aquesta finalitat vaig organitzar una orquestra, un cor i cantants, tècnics d'il·luminació, escenògrafs, tot el que feia falta. Abans del tercer acte hauria evacuat completament el teatre, hauria traslladat el públic i els músics a una distància segura, i després faria volar l'edifici. Tot seguit, l'obra s'acabaria de representar damunt la runa fumejant. L'ajuntament no era reticent a la meva idea, perquè el teatre de l'òpera era una mena de vergonya de formigó, i ja m'havia posat en contacte amb la millor empresa d'enderrocs dels Estats Units, que té la seu a Nova Jersey. Jo només havia vist imatges de l'edifici i plànols arquitectònics, però quan vaig arribar a Sciacca i em disposava a posar-me a la feina, de seguida vaig veure clar que el projecte era irrealitzable. El formigó de l'edifici modernista estava especialment endurit i hauria exigit una gran quantitat de dinamita, però molt a prop del teatre, que estava ple de matolls, hi havia un gran hospital, que també saltaria pels aires o com a mínim resultaria greument danyat.

Com que últimament he rebut atacs de maníacs de la correcció política i m'han preguntat per què escenifico Wagner, ja tinc una resposta preparada. En primer lloc, els pregunto per què Daniel Barenboim ha dirigit Wagner i fins i tot l'ha portat a Israel. No hi ha cap dubte que Wagner va ser una persona repulsiva i, encara pitjor, antisemita. Però no és responsable de Hitler ni de l'Holocaust, de la mateixa manera que tampoc es pot fer responsable Marx de Stalin. La música que va escriure Wagner és tan grandiosa que no en podem prescindir. Qüestions similars sobre la culpa i una condemna general es van difondre amb relació al Kinski després que la seva filla Pola hagués parlat en un llibre sobre l'incest continuat per part del seu pare. La Pola —com han fet altres dones últimament— em va demanar consell i suport abans de publicar el llibre. No tinc cap mena de dubte sobre les seves afirmacions. Però què havia de fer, reflexionar sobre la meva posició estètica amb relació al Kinski i retirar de la circulació les pel·lícules que havia rodat amb ell? La meva resposta a aquesta qüestió són dues preguntes, la primera: hauríem de treure de les esglésies i museus les pintures de Caravaggio perquè era un assassí? I l'altra: hauríem de rebutjar l'Antic Testament o, almenys, el Llibre de Moisès perquè Moisès de jove va cometre un homicidi? Sovint se'm queden mirant amb expressió confusa, perquè tothom parla de la Bíblia però gairebé ningú se l'ha llegit.

Volia escriure i representar un oratori i espectacle musical per a elfs a North Pole, una població d'Alaska. North Pole és la seu de Sant Nicolau i els seus rens. Cada any hi arriben centenars de milers de cartes a Sant Nicolau procedents dels Estats Units i de tot el món. La majoria són desitjos infantils del tot normals, però de tant en tant també hi arriben desitjos que són commovedors. En vaig llegir molts. Una nena desitjava que el papa no pegués més la mama perquè es pogués aixecar aviat de la cadira de rodes. Per a aquests casos hi ha un petit grup d'elfs que contesten les cartes en nom de Sant Nicolau. Per a aquesta tasca recorren, entre altres, als millors alumnes de l'institut local, i el més estrany va ser precisament que dins d'aquest grup d'elfs hi havia un pla per dur a terme una massacre escolar. Almenys sis alumnes, cap dels quals tenia més de catorze anys, ja s'havien armat amb fusells i armes de foc procedents de l'arsenal dels seus pares, ja havien fixat la data i havien distribuït la llista de professors i companys d'institut que calia matar. Després de consumar el fet, els elfs volien bloquejar les vies del tren que passaven per North Pole amb branques petites i després pujar al tren de mercaderies que tenia l'estació de transbordament a la ciutat propera de Fairbanks. Ningú va recordar-se que aquelles vies ja feia un any que no s'utilitzaven. Així és com volien tocar el dos i anar-se'n a córrer món, naturalment amb noms diferents, com ara Luke Skywalker i Darth Vader. El vespre abans de la gran operació d'alliberament contra Sant Nicolau i tot el que tingués a veure amb el sentimentalisme, una de les mares va descobrir el pla a l'ordinador del seu fill, i tot se'n va anar en orris. Tots els implicats van ser expulsats de l'institut, però el cas mai va arribar a tenir conseqüències judicials. A North Pole vaig topar amb una paret de silenci i de rebuig. Em van prohibir posar-me en contacte amb els participants del complot amb l'amenaça d'emprendre accions legals, la policia va iniciar investigacions sobre el meu permís de residència i l'institut em va rebre amb una evident hostilitat. Vaig haver de reconèixer que allà no hi havia res a fer.

Erik Nelson va ser qui em va ajudar a seguir la pista d'aquest cas. És el productor amb qui vaig fer *Grizzly Man* l'any 2005, i després la pel·lícula a l'Antàrtida i la de la cova de Chauvet. També va ser qui va insistir perquè comencés el rodatge de *Into the Abyss* de seguida, tot i que encara no hi havia un esquema ni un finançament, però la imminent execució de l'assassí Michael Perry no ens permetia cap ajornament. Gràcies a aquesta i vuit pel·lícules més sobre presos al corredor de la mort vaig poder contemplar un profund abisme.

Em vaig trobar l'Erik en un petit festival de pel·lícules sobre la natura a Wyoming. Es va posar a parlar amb mi i de seguida em va ajudar a buscar finançament posant-me en contacte amb un redactor de l'emissora japonesa NHK present al festival. Això va passar durant la fase de preparació de la pel·lícula *The White Diamond*, sobre un dirigible que va sobrevolar la jungla de Guyana. Després de tornar a Los Angeles, vaig visitar l'Erik a la seva productora de Burbank, per agrair-li l'ajuda que m'havia prestat tan desinteressadament. Quan em vaig aixecar, em vaig adonar que havia perdut la clau del cotxe, i vaig passejar la mirada per la taula baixa de vidre que tenia al davant, pel desordre de papers, devedés i una amanida a mig menjar i pansida que hi havia en un envàs de plàstic. L'Erik, que es va pensar que m'havia fixat en algun paper que tenia damunt la taula, em va atansar un article. «Llegeix això. Estem preparant un projecte interessant a Alaska». Un cop a casa, vaig llegir un dels primers articles sobre Timothy Dreadwell, que havia viscut molts anys entre ossos grizzly a Alaska amb la ferma convicció que els havia de protegir dels caçadors furtius. De totes maneres, la seva visió de la natura salvatge a la manera de Walt Disney li va fer ultrapassar certs límits. S'acostava als ossos fins que els tenia a tocar, els acaronava i els deia com els estimava, i els cantava cançons. Havia rodat un material cinematogràfic d'una qualitat i una bellesa úniques, però després d'onze anys d'estades durant els mesos d'estiu, ell i la seva companya van ser trossejats i devorats per un grizzly. Sorgida del no-res, hi havia una pel·lícula que havia de fer. La vehemència amb què ho vaig sentir em va fer tornar de seguida a veure l'Erik Nelson. Li vaig preguntar per l'estat del projecte i em vaig assabentar que calia començar el rodatge al cap de deu dies a tot estirar, perquè al final de l'estiu a Alaska començava la migració dels salmons i els ossos grizzly es reunien arran dels rius per pescar. Vaig preguntar amb discreció: i qui dirigirà la pel·lícula? L'Erik em va mirar i, amb un deix de vacil·lació amb prou feines perceptible, em va dir: «*I am kind of directing this film*». Em vaig fixar en aquest *kind of*, que vol dir, si fa no fa, «Sí, en fi, m'imagino que seré jo qui dirigirà la pel·lícula». Em vaig adonar que no n'estava del tot segur. El vaig mirar fixament i li vaig dir amb la màxima naturalitat, amb la veritable certesa sagrada dels meus dies llunyans de conviccions religioses: «No, la pel·lícula la rodaré jo». Li vaig allargar la mà i, amb un cert ensurt o tal vegada alleujament, em va donar la seva. Al cap d'uns quants dies ja era a Alaska.

A banda de *Grizzly Man*, l'Erik Nelson, que era intel·ligent i complicat a parts iguals, em va facilitar, com ja he dit, unes quantes pel·lícules més. Després de les nou pel·lícules sobre el corredor de la mort a Texas i Florida, n'havíem de rodar quatre més, però l'últim cas, sobre un jove que, en un deliri provocat per la droga, va fracassar en intentar fer un exorcisme a una nena petita que tot just havia començat a caminar i parlar i va cometre un assassinat indescriptiblement espantós, em va perseguir amb horror. Tot i que havia demanat als detectius responsables de la brigada d'homicidis que només em facilitessin fotos del lloc dels fets i no de la víctima, de sobte van projectar el cadàver de la nena petita per error damunt d'una pantalla. Vaig veure coses tan espantoses que costen de descriure. Mai abans havia tingut por de contemplar un abisme, però el que jo havia vist no ho haurien de veure ni els meus pitjors enemics. Interiorment em preparava per continuar rodant pel·lícules sobre el corredor de la mort, però una vegada un crit em va despertar en plena nit. La Lena estava completament desperta al meu costat i també havia sentit el crit. Era jo, qui havia cridat. En aquell moment vaig saber que hauria d'abandonar aquella sèrie de pel·lícules immediatament. La ment és com una llar dels propis sentiments.

Amb l'Erik vam tenir altres idees per a pel·lícules, però tots els projectes van acabar en no res. Mai he estat capaç d'abordar projectes urgents sense haver acabat la pel·lícula anterior. És com si intentés anar a la mateixa velocitat que el corrent d'un riu impetuós, però mai no he aconseguit mantenir aquest ritme, malgrat que actualment puc treballar més de pressa que abans. A més, ara el finançament de les pel·lícules és més difícil, perquè el gust de la majoria del públic ha canviat. El lloguer de les pel·lícules ha desaparegut, i els cinemes d'art i assaig, que sempre m'havien resultat sospitosos —tret de poques excepcions—, ja no existeixen. En canvi, els meus treballs cada cop són més presents a internet. Sempre vaig ser partidari de fer pel·lícules per a un públic majoritari, però, en certa manera, les meves pel·lícules han coincidit amb la tendència majoritària molt de passada. Podria ser perfectament que tan sols m'hagués convençut que era així per animar-me. Amb les càmeres i el muntatge digitals puc treballar molt més de pressa que abans. Exagerant una mica, podria afirmar que ara puc fer el muntatge d'una pel·lícula quasi a la mateixa velocitat amb què la penso. Després de tantes pel·lícules, també he adquirit més fluïdesa a l'hora de fer-les, de la mateixa manera que s'arriba a parlar amb fluïdesa una llengua estrangera.

Habitualment, els treballs em persegueixen com si fossin fúries. Però de vegades també fugen de mi. M'agradaria filmar un llargmetratge sobre Onoda a l'illa de Lubang, i després la pel·lícula sobre nens soldat a l'Àfrica, en què soldats de nou anys saquegen una botiga de vestits de núvia. El nen que es vesteix de nuvi va descalç, porta uns pantalons d'esport esparracats i, damunt de la pell nua, un frac, els faldons del qual li arribaven fins als turmells. La núvia, també un nen, porta un vestit massa gran, n'arrossega la cua pel terra humit per la pluja, i porta unes enormes sabates blanques de taló. Tots dos disparen amb els seus kalàixnikovs cap a qualsevol cosa que es mogui: gossos, cotxes, persones, porcs. Hi ha un mort al carrer que ningú no retira. Al principi es veu tot negre, cobert de mosques, després venen els voltors, i després venen els gossos i n'escampen els ossos. Al cap de dues setmanes, al lloc del mort només hi queda una taca fosca. Així m'ho va descriure Michael Goldsmith, el corresponsal britànic a l'Àfrica que Jean-Bédel Bokassa va estar a punt de matar amb el seu ceptre d'or. Poc abans, Bokassa s'havia fet coronar emperador de la República Centreafricana. Goldsmith va passar mesos en un calabós de la presó amb pitjor fama, la de N'garagba. Però això va ser molt de temps abans de la nostra pel·lícula del 1990 sobre Bokassa, *Echos aus einem düsteren Reich*. Després del rodatge, Goldsmith se'n va anar a Sierra Leone, on hi havia una guerra civil, el van capturar un grup de rebels i va presenciar des de darrere de les reixes de la seva finestra com un mort s'acabava convertint en una fastigosa taca damunt del carrer al cap de dues setmanes. L'any 1991, després del seu alliberament, va poder assistir a l'estrena de la meva pel·lícula *Schrei aus Stein* a Venècia, i al cap de tan sols tres setmanes va morir. Encara va poder veure en vídeo la pel·lícula que havíem fet junts sobre Bokassa. Durant el rodatge d'*Echos aus einem düsteren Reich* vaig estar a la cambra frigorífica en què unitats de paracaigudistes francesos, després d'expulsar Bokassa, van trobar congelat mig cos del ministre de l'interior, o potser era algun altre polític d'alt rang. Estava penjat pels talons, com si fos la meitat d'un porc. Bokassa l'havia fet executar per alta traïció i després va oferir un banquet en què els seus convidats se'l van menjar. Però com que només hi havia una dotzena de convidats, el cuiner va decidir guisar només mig ministre i congelar i penjar l'altra meitat. El segon procés contra Bokassa, en què va tornar a ser condemnat a mort, va ser gravat en vídeo, més de tres-centes hores en total. Com a testimoni, el cuiner facilita dades exactes, però l'advocat estrella de Bokassa, un francès, l'acusa sarcàsticament de mentider per haver afirmat que la mà del ministre de l'interior encara tenia reflexos quan l'hi va tallar. L'advocat entusiasma els presents al procés amb una teatralitat digna de veure, i crida que la mà hauria d'haver caigut a terra i fugir com una aranya. Per tant, això és una pura invenció, i es veu com Bokassa també l'escolta, entusiasmat. Onze anys després del cop d'estat militar perpetrat l'any 1977, Bokassa, en una enorme escenificació teatral que va consumir una tercera part del pressupost del seu país, es va coronar a si mateix com a emperador. La cerimònia imitava la coronació de Napoleó Bonaparte, amb vestits i carruatges adornats amb or. Una orquestra de l'exèrcit nord-coreà va tocar valsos vienesos en un palau esportiu que s'assemblava a Versalles, construït per a l'ocasió. Bokassa tenia disset dones i cinquanta-quatre fills reconeguts. Va nomenar mariscal de camp el seu preferit, que tenia quatre anys, i el menut dormia en uniforme de gala en una estrada de vellut al costat del tron. Més endavant, Bokassa es va nomenar a si mateix el tretzè apòstol, però el Vaticà no el va reconèixer. Quan vaig voler anar a Bangui, la capital de la República Centreafricana, per filmar la carcassa d'acer del seu tron, que encara es conserva al palau dels esports abandonat i degradat, uns milicians van intervenir i ens van detenir uns soldats. Poc després va tornar a passar el mateix, i ens van portar per segona vegada davant del ministre de l'interior en funcions. Tot plegat ja no tenia bon aspecte, i vaig decidir suspendre el rodatge immediatament.

Tinc el projecte d'escriure un rèquiem sobre un tsunami al nord d'Itàlia, el més espantós que hem conegut, en què l'aigua va arribar a una altura de dos-cents cinquanta metres i es va desplaçar per una gorja. La presa de Vajont m'havia atret durant anys. El 9 d'octubre de 1963 s'hi va produir una catàstrofe que va costar 2.400 vides humanes. La presa, que té una alçada de més de dos-cents seixanta metres, és una de les més altes del món, i tanca un congost. Enmig de l'auge de la industrialització del nord d'Itàlia en què es va construir la presa, ningú va voler tenir en compte els perills que des del principi eren evidents. Al costat sud del pantà, els vessants del Monte Toc eren extremament costeruts i inestables. Un geòleg va fer una advertència en aquest sentit, però el van apartar de la circulació. Hi va haver també una sèrie de periodistes crítics, però l'estat fins i tot els va portar als tribunals per «soscavar l'ordre social». Mentre el pantà s'omplia es van produir despreniments de pedres i de terres, i el 8 d'octubre de 1983, al vessant costerut, els arbres van deixar d'estar verticals i es van quedar en posició horitzontal. Van enviar-hi un grup d'enginyers per examinar la situació. Van desaparèixer sense deixar ni rastre. A les 22.39 h s'hi va produir el despreniment de terres més gran de tots els Alps des del Neolític. Amb una amplitud de dos quilòmetres, el flanc del Monte Toc, uns 260 milions de metres cúbics, es va precipitar a una velocitat de 110 quilòmetres per hora damunt del pantà, el nivell de l'aigua del qual ja havia arribat gairebé a l'altura prevista. El tsunami va arrasar el poble que hi havia al vessant oposat, dos-cents cinquanta metres per damunt de la superfície de l'aigua del pantà. Cinquanta milions de metres cúbics d'aigua van passar per damunt de la presa, que va resistir el despreniment de terres, i van baixar pel congost en una onada inimaginable. Al cap d'uns quants quilòmetres, el tsunami va travessar la vall del Piave, va remuntar la riba del riu i va destruir Longarone, construït damunt d'un turó. Longarone va quedar arrasat gairebé del tot. Aquí va haver-hi quasi dos mil morts. Moltes de les víctimes van morir d'un atac de cor, perquè l'aigua que els va caure al damunt estava glaçada. Un diari catòlic italià va arribar a publicar que allò havia estat una prova enviada per l'amor de Déu.

Tinc el projecte de rodar un llargmetratge sobre el poeta Quirin Kuhlmann, que ja he esmentat. Era un líric i un fanàtic religiós que, durant la segona meitat del segle XVII, va travessar Europa a peu, va predicar i va mantenir polèmiques amb altres místics. Procedia de Silèsia i volia fundar un nou regne espiritual, un regne *jesuelític*, per al qual Kuhlmann va redactar l'anomenat *Kühlpsalter*. Es va dedicar a l'alquímia i, com que s'ho agafava tot literalment, va agafar una pala i es va posar a buscar la pedra filosofal. Posseït per la seva missió divina, va emprendre amb dues dones, una mare i la seva filla adolescent, l'última croada de la qual tenim notícia. Va viatjar cap a Constantinoble per convertir el sultà, però a Gènova les dues dones se'n van cansar, es van posar d'acord amb uns quants mariners i es van escapar amb ells. Kuhlmann va estar a punt d'ofegar-se mentre nedava per arribar fins al vaixell. Va arribar a Constantinoble i quan va intentar presentar-se davant de Mehmet IV el van detenir i el van ficar a la presó. En presència del sultà, pensava pronunciar aquestes paraules: «Perquè cauràs tu sol, monstre, enlluernat per la saviesa divina, no pas per cap escut ni espasa: en nom de Jahvè-Sabaot, salta tant com vulguis, encoleritza't, persegueix, irrita't; la teva fi s'acosta; el teu temps s'ha acabat». No està documentat com es va alliberar i va sobreviure. Però de la seva estada a la presó ens ha quedat el seu *Kühlpsater 14*, que comença així:

> Jo t'invoco, Déu de la Trinitat,
> Esporuguit, mig mort i desesperat,
> El meu cor pateix un dolor espantós!
> Jahvè escolta'm, per Jesucrist!
> Mostra't benèvol amb un home trist,
> Abans que el cos i l'ànima s'hagin fos.

El seu trajecte es va acabar el 1689 a Moscou, on va arribar després d'un viatge a peu. Va atiar un tumult religiós que devia ser interpretat de manera equivocada com un aldarull polític. Kuhlmann va morir a la foguera, i també van cremar-hi els seus escrits.

Volia rodar una pel·lícula sobre antics reis francesos amb Mike Tyson. Ens van posar en contacte quan un productor de Hollywood planejava fer un documental sobre ell. A la reunió hi havia gent de la productora, a més de cinc advocats. Tyson no es devia sentir gaire còmode i li vaig demanar que sortíssim a fora, a la terrassa. Volíem parlar a soles, d'home a home, i de seguida vam simpatitzar. En comptes de parlar sobre la seva pel·lícula, vam parlar de la seva infantesa. Quan era petit, va viure amb la seva mare en una sola habitació. De vegades venien homes que ella coneixia i es treien els pantalons, i ell els robava els diners que duien a les butxaques. Abans dels tretze anys ja l'havien detingut quaranta vegades. Quan va arribar a l'edat penal, va aprendre a boxejar al reformatori i es va convertir en el campió del món dels pesos pesants més jove que hi havia hagut mai. Més endavant, després de passar tres anys a la presó per una violació que nega de manera vehement, va començar a llegir intensament, impulsat per la curiositat intel·lectual. Va familiaritzar-se amb la república romana i l'antiga dinastia franca dels merovingis, amb Clodoveu, Xilderic, Xildebert, Fredegunda, i després amb el carolingi Pipí el Breu. Al final de la seva carrera boxística, Tyson va malbaratar ràpidament 300 milions de dòlars i va adquirir un munt de deutes, i suposo que per això els honoraris que exigia a la productora eren tan elevats. Com a boxejador feia por, i després que en un combat pel títol arrenqués d'una mossegada l'orella del seu contrincant Evander Holyfield al ring, el van anomenar *The Baddest Guy on the Planet*. De totes maneres, Tyson és un home força tímid que més aviat sembla un noi. Parla en veu baixa i una mica papissot. Vaig aconsellar a Paul Holdengräber que convidés Tyson a un dels seus debats populars a la Biblioteca Pública de Nova York. Va ser una vetllada inoblidable, en què van participar sis-cents cinquanta intel·lectuals, acadèmics, escriptors i filòsofs. Paul, a qui prèviament havia informat, va preguntar al públic, per començar, si hi havia algú que hagués sentit parlar de Pipí el Breu, però a ningú li sonava aquell nom. I això que Pipí va ser el primer rei carolingi, fill de Carles Martell i pare de Carlemany. Tot seguit, Mike Tyson va oferir una conferència sobre el rei i sobre el nou començament de l'Europa moderna.

M'agradaria rodar un llargmetratge sobre les germanes bessones Freda i Greta Chaplin. Van aparèixer breument a la premsa del cor anglesa l'any 1981 i durant unes quantes setmanes van aconseguir una certa celebritat com les «bessones boges d'amor» que van perseguir de tal manera un veí seu camioner que l'home, enervat, va recórrer als tribunals per aconseguir mesures cautelars contra elles. La seva història és única. De fet, que se sàpiga són les úniques bessones univitelines que hi ha hagut que parlessin alhora. Sí que és conegut que els bessons de vegades desenvolupen una llengua secreta pròpia amb la qual parlen en confiança i còmodament, perquè exclouen la resta del món, però la Freda i la Greta parlaven alhora i deien les mateixes paraules, de manera completament sincronitzada, coral. Jo vaig presenciar com obrien la porta, em saludaven i em convidaven a entrar de manera sincronitzada, tant en els gestos com en la parla. Naturalment, podia ser que haguessin practicat i ritualitzat uns quants elements d'aquesta forma de conversa. Però també responien alhora preguntes que no podien haver previst. De vegades parlaven per separat, però de manera que una d'elles, la Freda, deia la primera part de la frase, i la seva germana Greta l'accentuava de manera sincronitzada amb la paraula clau. Després la Greta pronunciava la segona part de la frase, que la Freda repetia alhora amb un èmfasi especial en la paraula decisiva. Portaven exactament la mateixa roba, els mateixos pentinats, les mateixes sabates. Les bosses i els paraigües eren idèntics, i estaven coordinades l'una amb l'altra com un test de Rorschach. Quan caminaven, no ho feien al mateix pas com els soldats, esquerra-dreta, esquerra-dreta, sinó que caminaven alhora amb els peus oposats, seguint el mateix ritme. Tampoc portaven les bosses a la mateixa mà, sinó a mans oposades, i amb els paraigües feien el mateix. Es podria plegar una foto pel mig de totes dues i les imatges coincidirien exactament. Els seus gestos eren sincronitzats i la coordinació física era impertorbable. Durant les primeres reunions que vam fer, l'única possibilitat de distingir qui era la Greta i qui era la Freda era fixar-se en quina de les dues seia a la dreta i quina seia a l'esquerra.

Per a les activitats quotidianes necessitaven l'ajuda d'assistents socials. Per posar un exemple, no podien obrir una llauna de sardines, perquè els era impossible fer-ho a quatre mans. Llavors es posaven a cridar de manera convulsiva. També els resultava molt problemàtic netejar la seva habitació amb l'aspiradora. Es movien l'una al costat de l'altra per l'habitació mentre agafaven alhora el mànec i el tub de l'aparell, però quan arribaven a l'atrotinada butaca entapissada, estaven tan juntes que no podien accedir als racons, es quedaven paralitzades i patien una crisi nerviosa. De totes maneres, podien dur a terme fàcilment altres coses, amb clars i estrictes rituals, com ara preparar el te i servir-lo als convidats.

S'havien criat a Yorkshire i, segons les seves declaracions, sembla probable que un pare tirànic mantingués una relació incestuosa amb elles. Això segurament també va provocar que s'aïllessin i comencessin una relació íntima amb el veí camioner. Es trobaven amb l'home en una caseta de jardí que hi havia a la frontera entre els dos terrenys. Segons la seva declaració, la cosa va anar bé durant uns quants anys fins que el veí un dia els va dir que pensava casar-se i que havien de posar fi a aquella mena de trobades íntimes. Les bessones no ho van poder suportar. Van començar a assetjar el seu antic amant i el van escridassar —sincronitzadament— amb tota mena d'obscenitats. Es van tirar davant del seu camió i el van obligar a aturar el vehicle. Van fer sortir el conductor de la cabina i el van pegar —sincronitzadament— amb les seves bosses. Al tribunal, el jutge que presidia el judici va permetre que totes dues declaressin alhora amb les seves veus sincronitzades. Intentar fer-les pujar per separat a l'estrada dels testimonis les hauria posat fora de si. Parlaven sincronitzadament, gesticulaven sincronitzadament i, enmig de la seva irritació, van exclamar, mentre assenyalaven alhora el seu demandant amb el dit índex: «*He is lying, don't your hear that he is lying, the bucking fastard is lying!*». Havien comès el mateix error, és com si, en comptes de dir «fill de puta», haguessin dit «pill de futa». El títol de la pel·lícula seria *El pill de futa* o *Bucking Fastard*. Van donar la raó al demandant i les bessones van ser condemnades a un mes de presó, tot i que les van deixar en llibertat condicional amb la condició que es mantinguessin allunyades del camioner. Després d'això, van quedar indefenses davant de la persecució de la premsa del cor, però un enginyer tèxtil jubilat finalment les va acollir al petit àtic de casa seva. Així i tot, la tragèdia encara no s'havia acabat. A sota de l'àtic hi havia un petit taller i de sobte el propietari va començar a assetjar-les. A les nits s'enfilava a la teulada del costat de la casa per observar-les mentre es despullaven. El problema és que va acabar caient, i quan vaig anar a veure per primera vegada les bessones, tenia les dues cames enguixades. Un aprenent del mateix taller, un punk, havia tirat a terra una de les germanes, la Freda, quan sortia al pati, i li havia tallat les trenes per fer-la distingible. Poc després, la Greta també es va fer tallar els cabells.

Com que s'havien apartat de la mirada del públic, només les vaig localitzar gràcies a una fotografia de la premsa de la casa on vivien. Al fons es podia llegir un cartell, una cruïlla de dos carrers i el nom del taller, que era tan vulgar que ocupava dues pàgines de la guia telefònica de Londres. Però el nom del carrer em va permetre descobrir l'adreça concreta. Les bessones em van respondre a una carta, i des del primer moment vam tenir una intensa comunicació. Les vaig convidar a un restaurant, però tenint en compte que gairebé mai sortien, els feia basarda. Potser estarien disposades a menjar en un Fish and Chips proper, en un petit establiment que vaig descobrir a la cantonada. Això els va semblar acceptable, però primer van estar xiuxiuejant una estona de manera sincronitzada. Molt bé, podem sortir, em va anunciar la Greta, que tenia la funció de ministra d'afers exteriors, mentre que la Freda era més aviat la ministra de l'interior. Normalment, les cartes les començava la Greta —tinc cartes seves en què ella escrivia les dues primeres línies—, però immediatament després la Freda repetia exactament el mateix text. Més endavant, a les cartes, les paraules sortien molt separades; la Greta començava les línies amb la mà dreta al costat esquerre del full, i la Freda escrivia alhora amb l'esquerra al costat dret, no pas a l'inrevés, però igualment cap al centre del full. Al mig, les dues parts de la línia es trobaven i formaven una frase coherent. Quan havíem de sortir em vaig haver d'esperar un minut perquè s'acabessin de preparar al lavabo. Però no sortien. Al cap de vint minuts tampoc havien sortit. Al cap de mitja hora vaig anar a veure què passava. La porta del lavabo era oberta i me les vaig trobar. Haig de descriure el que vaig veure. La Greta s'estava lligant el mocador del cap davant del mirall, i devien passar deu segons fins que de sobte a la seva imatge es produir una cosa inesperada i en absolut sincronitzada: al mirall hi va aparèixer una mà i li va ficar un ble de cabells sota el mocador. En realitat no hi havia cap mirall, les bessones s'estaven utilitzant mútuament com a mirall, es posaven l'una davant de l'altra i feien exactament el mateix. Al cap d'unes quantes trobades amb elles vaig haver d'interrompre el contacte, perquè hi havia indicis inconfusibles que m'havien començat a tenir al radar dels seus sentiments. Van insistir perquè em quedés a dormir a casa seva, em volien mostrar una cosa *deliciosa* que volien fer amb mi. Totes dues ja són mortes. La Freda va morir de càncer, i la Greta la va sobreviure uns catorze anys en què no va passar ni un sol dia en què no anés a visitar la tomba de la seva germana.

No acabaria mai. Encara hi ha una pel·lícula que voldria fer sobre algú que es fa invisible. Vaig tenir llargues converses amb Kevin Mitnick sobre el hacker conegut més gran de tots, que es va poder escapar de la persecució de l'FBI però finalment va passar cinc anys a la presó federal. Hi ha una pel·lícula sobre un antic rei irlandès, Sweeney, que enmig d'una gran batalla cada cop es torna més lleuger fins que surt volant, es posa damunt d'un arbre i s'integra en el cant dels ocells. Ningú el pot fer baixar d'allà. Però quan baixa a ajudar un monjo sant a arrencar un nap enorme de terra, mor de l'esforç. El títol de la pel·lícula és *Sweeney unter Nachtigallen*. Hauria de ser per a un públic infantil. Aquest repàs de les coses que no he realitzat no em fa mala sang, ho accepto i punt.

28

LA VERITAT DE L'OCEÀ

Enmig del laberint dels records sovint em pregunto fins a quin punt canvien contínuament, què era important en cada moment i quantes coses es van esvair o van adoptar altres tonalitats. Fins a quin punt són veritables els nostres records? He tractat la qüestió de la veracitat en totes les meves pel·lícules. Avui dia és un tema d'una gran importància per a tothom, perquè deixem rastres a internet que adopten una vida pròpia. La qüestió de les fake news ha passat a un primer pla, perquè han adquirit una gran influència en la vida política. Però hi ha hagut falsificacions des que existeix l'escriptura. Un faraó egipci presumeix en un relleu de la seva gran victòria sobre els hitites, però tenim el text del tractat de pau amb l'enemic que permet deduir que la batalla va acabar sense un resultat clar. Tenim falsos Nerons que, després de la mort de l'emperador romà, de sobte van penetrar al nord de Grècia i l'Àsia Menor amb un gran seguici. Tenim les façanes dels Pobles Potemkin que havien d'impressionar la tsarina Caterina la Gran mentre hi passava. La llista és infinita.

Des de ben aviat, a la meva feina em vaig haver d'enfrontar amb fets. Cal prendre-se'ls seriosament, perquè tenen una força normativa, tot i que fer pel·lícules purament orientades als fets no m'ha interessat mai. La veritat no té per què coincidir amb els fets. Si no fos així, la guia telefònica de Manhattan seria el llibre més important del món. Quatre milions d'entrades, totes correctes, totes comprovables. Però això no ens diu res sobre les dotzenes de James Miller que conté. El seu telèfon i la seva adreça són correctes. Però per què plora cada nit al seu coixí? Només la poesia, només la invenció dels poetes, pot fer visible una capa més profunda, una mena de veritat. Per descriure-ho he encunyat el concepte de *veritat extàtica*. Per explicar-ne el contingut necessitaria tot un llibre, per això aquí només hi dedicaré unes quantes referències esquemàtiques. Sobre aquesta qüestió fins ara he procurat mantenir una polèmica pública amb els representants de l'anomenat Cinéma Vérité, que reivindiquen per a si mateixos la veracitat de tot el gènere documental. Com a autor d'una pel·lícula, has de desaparèixer completament, com si fossis una mosca a la paret. Aquesta creença convertiria les càmeres de les oficines bancàries en l'ideal de la producció cinematogràfica. Però jo no vull ser una mosca, vull ser una vespa que pica. Cinéma Vérité va ser una idea dels anys seixanta del segle passat, i qualifico els seus representats actuals com a simples «comptables de la realitat». Això m'ha comportat furiosos atacs. La meva resposta als furiosos sempre ha estat: Bon any nou, fracassats.

L'escriptor francès André Gide va escriure una vegada «Jo canvio els fets de tal manera que s'assemblen més a la veritat que a la realitat». Shakespeare deia, d'una manera similar: «*The most truthful poetry is the most feigning*», «La poesia més vertadera és la que més fingeix». M'he ocupat durant molt de temps d'aquesta qüestió. L'exemple més senzill és l'estàtua de la Pietà de Michelangelo a Sant Pere de Roma. El rostre de Jesús, despenjat de la creu, és el d'un home de trenta-tres anys, però el rostre de la seva mare és el d'una noia de disset. Ens volia enganyar, Michelangelo? Tenia intencions fraudulentes? Volia difondre fake news? Va actuar de la manera més natural com a artista per mostrar-nos la veritat més profunda dels dos personatges. Igualment, ningú sap què és la veritat, ni els filòsofs, ni el papa de Roma, ni tan sols els matemàtics. No veig la veritat com una estrella fixa a l'horitzó, sinó com una activitat, una recerca, un intent d'aproximació.

La meva pel·lícula *Lektionen in Finsternis*, que tracta sobre els pous de petroli incendiats a Kuwait al final de la guerra del Golf, començava amb una cita de Blaise Pascal: «El col·lapse dels mons estel·lars es produirà amb una grandiosa bellesa, de la mateixa manera que la seva creació». La pel·lícula no és un relat sobre els crims de les tropes iraquianes de Saddam Hussein durant la seva retirada, això ho vam poder veure i escoltar cada vespre durant tot un any per la televisió, de la forma més primitiva. Jo hi vaig veure una altra cosa. Quan vaig arribar a Kuwait, em va semblar que allà hi havia molt més: un esdeveniment de dimensions còsmiques, un crim contra la creació mateixa. Durant tota la pel·lícula, que és com un rèquiem, hi ha un punt de vista que encara ens permet reconèixer el nostre planeta. La pel·lícula es presenta com una obra de ciència-ficció tenebrosa. Per això abans de les primeres imatges vaig incloure la cita; la meva intenció era elevar l'espectador des del principi a un nivell superior i no deixar-lo baixar fins al final. El que passa és que la cita no és de Pascal, el filòsof francès, del qual tenim meravellosos aforismes sobre l'univers, sinó meva. Crec que ni tan sols Blaise Pascal ho podria haver expressat d'una manera més bella. I una altra cosa: en aquests casos sempre he inclòs referències que en bona part m'he inventat jo mateix.

Sempre m'ha fascinat la manera amb què la gent «ver-ifica» la veritat. Durant el rodatge de *Fitzcarraldo*, la comunitat local dels matsigenkes que vivien a les profunditats de la jungla ens van demanar per la seva participació, a banda de diners, unes altres compensacions, com per exemple un centre mèdic permanent, una barca per desplaçar-se, però també la nostra ajuda per aconseguir una inscripció en el registre de la propietat, un títol que demostrés que les terres eren seves. De seguida vam contractar un agrimensor per elaborar un mapa amb les línies frontereres, i després ens vam reunir amb dos representants elegits de la Comunitat Shivankoreni amb el president peruà, que uns quants anys després va reconèixer el seu dret a aquelles terres. Llavors es va produir a Lima un moment que per a mi es va convertir en la «veritat de l'oceà». Al poblat dels matsigenkes hi havia una controvèrsia sobre si realment existia un oceà i si tot l'oceà, en el cas que existís, contenia aigua salada. Quan vam anar-hi, els dos representants dels matsigenkes van caminar des de la platja, es van ficar al mar vestits de dalt a baix fins que l'aigua els va arribar a les aixelles i van tastar l'aigua que els envoltava. Després van omplir una ampolla d'aigua de mar i la van portar curosament tapada al seu poblat de la jungla. La prova va ser: si en un punt concret hi havia sal al mar, llavors, com en una gran olla, tota l'aigua del mar també havia de ser salada.

Un exemple recent em fa pensar. Després de rodar *Family Romance, LLC* al Japó, la televisió japonesa també es va interessar pel fenomen que en una agència que representa més de dos mil actors es pugui llogar algú que substitueixi un membre de la família absent, o bé un amic per a una tarda. El fundador de l'agència, Yuichii Ishii, va interpretar el paper protagonista a la pel·lícula. El contracta la mare d'una nena d'onze anys per fingir que és el pare divorciat de la filla, que troba a faltar el contacte. Com que els pares es van separar quan la nena tenia dos anys, no sap quin aspecte té. D'altra banda, la nena de la meva pel·lícula no és la filla real, sinó una actriu molt ben preparada. Yuichi Ishii va ser entrevistat sobre la seva empresa per la cadena NHK i després li van demanar que portés un client que ja hagués gaudit dels serveis de l'agència. Llavors la NHK va entrevistar un home gran que havia llogat un «amic» per passar els seus dies solitaris. Però després de l'emissió hi va haver un gran nombre de comentaris a internet que deien que el «client» no era pas un client, sinó que Ishii havia enviat un farsant a la NHK, un estafador de la seva pròpia agència que havia fingit que era un home solitari. La cadena es va disculpar públicament davant dels seus espectadors i els va dir que no havien investigat prou a fons. Al Japó, perdre el prestigi d'aquesta manera és la pitjor vergonya que pots patir. Fins aquí, tot ha quedat clar. Però ara és quan l'assumpte es posa realment interessant. Yuichi Ishii es va defensar amb l'argument que havia enviat de manera premeditada un actor de la seva agència perquè un client real, un home gran enfonsat profundament en la seva solitud, només hauria dit mitges veritats. Un client real, per tal de no quedar malament i no permetre que el públic penetrés massa en la seva intimitat, no hauria donat gaire importància a la seva situació i, en part, segurament hauria mentit. Però el «mentider», «l'impostor» que havia interpretat centenars de vegades el paper de «l'amic» d'una persona solitària, sabia exactament de què parlava, què passava realment a l'interior del solitari. Només es podia saber la veritable realitat gràcies al mentider. De tota manera, això no és del tot real, i per això l'anomeno *veritat extàtica*.

29

HIPNOSI

Després d'interpretar, perquè m'hi van obligar, el primer paper a la pel·lícula sobre l'esquiador Steiner, de recitar els meus propis comentaris i aparèixer a la pantalla com a cronista dels esdeveniments, vaig descobrir que aquesta tasca també tenia aspectes positius, tot i que al principi m'hi havia resistit. Recitar els propis textos té un element d'autenticitat que qualsevol públic pot reconèixer de seguida, i que els actors entrenats i els oradors professionals no poden transmetre. Em vaig adaptar a aquest paper sense pensar-hi gaire, però no ho volia enllestir com un aficionat, sinó que em vaig imposar la màxima precisió i èmfasi. A banda d'això, al meu llargmetratge *Herz aus Glas* no estava segur de com podia mostrar que tots els membres de la comunitat d'un poble es dirigeixen com somnàmbuls cap a una desgràcia profetitzada. La pel·lícula parla d'un vaquer amb facultats profètiques a la Selva Bavaresa que realment va existir a finals del segle XVIII i que, com Nostradamus, tenia visions de la fi del món i de la desaparició de la humanitat. El poble viu de la fabricació de vidre, però els bufadors de vidre han perdut el secret per elaborar vidre de robí. La recerca els fa tornar bojos. La bogeria col·lectiva acaba provocant l'assassinat d'una verge i un incendi. La fàbrica de vidre queda completament destruïda. Com podia crear una estilització per a aquests esdeveniments que provoqués que tots els actors es comportessin com en una mena de trànsit? Com es mouen, com parlen els somnàmbuls? Vaig tenir la idea de sotmetre'ls a tots als efectes de la hipnosi, però prèviament havia de descobrir si les persones hipnotitzades poden obrir els ulls sense despertar-se. I d'altra banda: podien dues o unes quantes persones tenir la capacitat d'establir un diàleg en estat d'hipnosi? Vaig contractar un hipnotitzador professional per fer unes proves i em vaig sentir molt animat pels primers resultats. Sí, les persones profundament hipnotitzades poden obrir els ulls i sí, poden establir un intercanvi verbal. El que passa és que l'hipnotitzador de seguida em va fer posar molt nerviós. Es va donar importància amb l'afirmació que hi havia una aura còsmica que podia atreure gràcies a les seves facultats especials i irradiar-la en altres persones. Ell provocava l'estat d'hipnosi amb les forces concentrades de les seves vibracions interiors. Era tècnicament bo en el seu ofici, però quan algú comença a dir aquestes ximpleries New Age perdo la paciència. Jo mateix vaig adoptar el paper de l'hipnotitzador, n'havia après prou i m'havia familiaritzat amb la literatura existent. Més endavant, el presumptuós practicant de les bajanades New Age va dirigir un institut que es dedicava sobretot a hipnotitzar dones joves i convertir-les en ballarines de l'antic Egipte. Llavors suposadament parlaven en la llengua dels faraons, però uns quants egiptòlegs van escoltar aquella xerrameca i van comprovar que només eren sons sense sentit, i que no pertanyien a cap llengua en absolut. En realitat, qualsevol pot hipnotitzar. Les mistificacions es produeixen perquè encara no sabem gaires coses científicament sobre els processos de desconnexió del cervell per mitjà de la hipnosi o el son. L'únic que se sap és com cal procedir de manera metòdica. Hi ha tècniques senzilles, com ara induir la persona que es vol hipnotitzar a mirar fixament la punta d'un llapis, per exemple. Naturalment, cal afegir-hi una determinada manera de parlar especialment emfàtica i que sigui hipnòticament suggerent. Més endavant, aquesta forma de parlar va ser important en el to de veu que utilitzava als comentaris de les meves pel·lícules.

Però per a la hipnosi calen unes condicions prèvies. La persona que es vol hipnotitzar ha d'estar d'acord amb el procés i ha d'estar disposada a seguir les suggestions. Quan una persona no té gaire fantasia i no és prou flexible mentalment per introduir-se en un escenari, hipnotitzar-la és molt difícil o impossible. Les persones molt grans, que tenen pensaments molt rígids, amb prou feines es poden hipnotitzar. Els nens petits, els de quatre anys, per exemple, que tenen molta necessitat de moure's i poca capacitat de concentració, tampoc es poden hipnotitzar, i val més no fer-ho. De totes maneres, no es pot tenir cap mena de poder damunt de les persones hipnotitzades. L'assassinat en estat d'hipnosi només existeix a les pel·lícules i a les novel·les dolentes, perquè l'essència del nostre caràcter no pot ser modificada ni tan sols en aquest estat. Si dones un ganivet a una persona en estat d'hipnosi i li ordenes que mati la seva mare, simplement s'hi negarà. Els hipnotitzats també menteixen. Per això els testimonis en estat d'hipnosi no s'admeten com a proves davant d'un tribunal. També és important que el retorn a la consciència normal es produeixi lentament, per tal de poder «penetrar» novament al món sense por i amb expectatives positives. Però mentre em vaig ocupar d'aquest tema també em vaig trobar amb grans sorpreses. Després de llegir l'anunci en un diari, un músic no estava gaire segur de venir a l'experiment. Tots els convidats sabien que es tractava d'una prova per seleccionar un grup d'actors, i el jove em va demanar si podia portar-hi la seva nòvia. La vaig col·locar com a observadora al fons de la sala i li vaig dir que no seguís la meva veu. Però al cap de pocs minuts va ser la primera que va caure en un estat de profunda hipnosi. Durant el rodatge també va produir-se un incident: un dels actors se sentia tan bé en l'estat d'hipnosi que es va negar a seguir les meves instruccions per despertar-se de mica en mica. Em va costar molt tornar-lo a despertar. Dècades després, al meu llargmetratge *Invincible*, la pianista Anna Gourari, que interpretava la protagonista femenina al costat de l'home més fort del món, es va mostrar molt escèptica davant de la possibilitat que pogués hipnotitzar-la mentre filmava. Vam convidar un petit grup de persones perquè en fossin testimonis, i en poc temps va caure en un trànsit tan profund que aquest cop també em va caldre molta estona per tornar-la a despertar.

Hi ha una manera ben senzilla de comprovar si algú té prou «talent» per a la hipnosi per mitjà d'un gràfic molt senzill. De la mateixa manera que hi ha gent amb talent per aprendre ràpidament a anar amb bicicleta, també hi un cert talent bàsic per a la hipnosi.

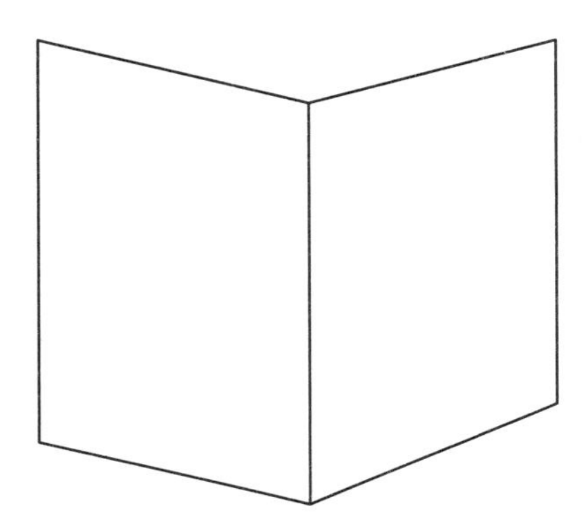

Té un llibre obert davant seu. Pregunta: El llibre està obert cap enfora, i vostè només en veu el llom? O bé està obert cap a vostè? Si veu el llibre obert cap a vostè, aparto el gràfic un moment, l'hi torno a ensenyar i li proposo que vegi la imatge d'una altra manera, és a dir, que el llibre estigui obert cap enfora. Si aconsegueix canviar d'idea fàcilment i veure la imatge d'una altra manera, és un bon candidat per a la hipnosi. Naturalment, passa el mateix si veu el llibre obert cap enfora. El pot veure al revés, obert cap a vostè?

Més endavant també vaig fer experiments amb pel·lícules que projectava davant d'un públic que prèviament havia sotmès a hipnosi. A *Aguirre*, per exemple, un espectador va aconseguir volar al voltant del protagonista com si anés amb un helicòpter, i els paisatges es van convertir per a ell en purs aspectes de la imaginació. M'interessava saber com es produïen aquestes visions, perquè, en realitat, sabem ben poca cosa dels processos que actuen en els somnis i les visions. Però els riscos de treballar amb grups importants de persones hipnotitzades són massa grans, i la responsabilitat també és massa elevada, perquè en certs casos també es poden produir reaccions psicòtiques.

De totes maneres, hi ha un lleuger deix al to de veu que utilitzo als documentals en què actuo com a hipnotitzador. I no només la veu és important, sinó el missatge que ha de transmetre. El contingut fa que el públic se senti molt bé. El que escric i després repeteixo no seria possible de cap de les maneres en una pel·lícula de National Geografic. Al final de la meva pel·lícula sobre volcans, *Into the Inferno*, es veu com torrents de lava brollen de l'interior de la terra, i la meva veu recorda que en totes les parts del món, molt per sota dels nostres peus, hi bull un magma ardent que vol pujar i obrir-se pas cap a la superfície, amb una força destructiva per a qualsevol forma de vida del nostre planeta, «amb la més profunda indiferència pel destí de les paneroles que volten per la cuina, pels estúpids cocodrils i pels humans sense sentit». Frases com aquesta exigeixen una entonació adequada. Haig d'admetre que la meva veu en alemany té un accent del sud, de la meva primera llengua, el bavarès. I també admeto que parlo anglès amb un accent fort, no tan dolent com el de Henry Kissinger, per exemple, però tan marcat que a internet tinc una colla d'imitadors que llegeixen llibres de contes amb la meva veu o donen consells per a la vida. Tinc dotzenes de dobles, però fins ara cap ha encertat realment la meva entonació. La meva veu té molts partidaris que, juntament amb la meva visió del món, els incita a la imitació. Soc una víctima agraïda d'aquesta mena de sàtires.

30

BERGANTS

Després de les primeres pel·lícules, em van convidar a treballar d'actor davant de la càmera. La primera oferta me la va fer Edgar Reitz, un dels directors del Neuer Deutscher Film de la primera època, que sempre m'havia mostrat una gran camaraderia. Molt abans, tant ell com Alexander Kluge, que dirigia una mena d'escola de cinema a Ulm, em van convidar perquè tots dos estaven convençuts que jo tenia alguna cosa especial. Però vaig rebutjar l'oferta. Sempre havia estat profundament autodidacte i mai vaig creure en les universitats. Així i tot, tots dos directors van oferir-me valuosos consells per a les meves pròpies produccions, i encara més important, uns quants col·laboradors i col·laboradores que havien treballat amb ells van venir a treballar amb mi. Així va ser com vaig entrar en contacte amb Beate Mainka-Jellinghaus, que durant molt de temps va ser la meva muntadora. La Beate tenia una intuïció extraordinària per al material de rodatge i de seguida sabia què havíem de triar per a la versió definiva. El seu tracte amb mi va ser força aspre, gairebé despietat. En el meu primer llargmetratge, *Lebenszeichen*, volíem veure un rotlle de tres-cents metres, però va resultar que al final s'havia embolicat. De totes maneres, ella va tensar-lo entre les rodes dentades de la taula de muntatge i se'l va mirar marxa enrere i de dalt a baix, a una velocitat cinc vegades superior a la normal. Quan ja havia passat tot el rotlle, va agafar els dotze minuts de pel·lícula de l'aparell i els va tirar a les escombraries. «És tot dolent», va dir, totalment lacònica. Després de demanar-li de manera insistent que tornés a veure el rotlle del dret i intentés seleccionar-ne ni que fos una breu seqüència, ho va fer. Va dir que el material aniria a parar igualment a les escombraries i, al cap de tres setmanes de treball, vaig reconèixer que tenia tota la raó. Aquest cop vaig ser jo qui va llençar el rotlle. La Beate trobava tan dolenta la feina que feia que es va negar a assistir a les estrenes. Va rebutjar totes les meves pel·lícules, fins i tot *Aguirre*, amb una excepció: *Auch Zwerge haben klein angefangen*. La va trobar fantàstica i va assistir a l'estrena amb públic. Més endavant, Harmony Korine i David Lynch també van incloure la pel·lícula ben amunt a la seva llista de preferides.

En aquella època només existia el cel·luloide. El so analògic es regravava en cintes amples i incòmodes amb perforacions com les cintes de pel·lícula i que després acoblaven la imatge i el so simultàniament i de manera mecànica. Edgar Reitz posseïa una d'aquestes màquines gravadores a la seva productora, tan gran com l'armari d'un club de gimnàstica, i vaig poder utilitzar-la sense cap cost. En aquella època, a finals dels anys seixanta, va fer una sèrie de curtmetratges, *Geschichten von Kübelkind*, per als quals em va contractar per fer el paper d'un assassí boig. La meva interpretació va ser força versemblant, i des de llavors els papers de sonats o bergants semblaven ideals per a mi. Però també va haver-hi excepcions. Edgar Reitz va col·laborar en sèries força llargues, *Heimat*, sobre la vida rural a la seva pròpia regió de Renània-Palatinat, i *Der Hunsrück*, una sèrie de televisió que abraçava tot un segle d'història a Alemanya. Finalment vaig rodar una altra pel·lícula, *Die andere Heimat*, sobre l'emigració causada per la pobresa del poble al segle XIX. Reitz em va proposar d'interpretar l'explorador viatger Alexander von Humboldt, i vaig acceptar el paper amb la condició que ell mateix aparegués en una escena amb mi. Reitz ho va acceptar i interpreta un camperol amb una dalla al costat d'un camp a qui Humboldt demana informació. En fer-ho, Reitz parla en el dialecte regional del Hunsrück, que amb prou feines puc entendre. Però jo volia fer aquesta escena, perquè tancava un cercle per a tots dos després de més de quatre dècades.

L'any 1988 vaig rodar com a director amb Peter Fleischmann *Es ist nicht leicht, ein Gott zu sein*, una pel·lícula de ciència-ficció basada en la famosa novel·la dels germans Strugatzki. Jo interpretava el paper d'un predicador fanàtic i profètic que els ambiciosos dirigents no triguen a eliminar. Moro travessat per una llança que em claven per l'esquena. Un especialista em va clavar la llança en una placa de fusta que duia oculta a l'esquena, però no ho va fer amb gaire convicció. Fleischmann i jo vam considerar que resultava massa innocent, i vaig demanar al meu assassí que em clavés la llança amb més força. El que no sabia és que l'especialista havia estat campió de boxa de pesos mitjans de la Unió Soviètica. Aquest cop me la va clavar amb tanta ràbia que em va fer saltar dues fundes dels queixals. Vam rodar la pel·lícula a Kíiv, Ucraïna, en un immens estudi de l'època més esplèndida de la Unió Soviètica, i després al Tadjikistan, als contraforts de la serralada del Pamir. Aquest treball va ser una de les poques contribucions directes que he fet al Neuer Deutscher Film, tot i que no em sento gens còmode quan m'inclouen dins d'aquesta categoria. Les meves pel·lícules sempre han estat una altra cosa.

Des d'un punt de vista purament tècnic, apareixo com a actor en la meva primera pel·lícula, *Lebenszeichen*, molt al principi, quan descarreguen d'un camió de l'exèrcit el protagonista ferit, Stroszek, i el deixen en un poble perquè en tinguin cura. El figurant que havia contractat per a l'escena no va aparèixer al lloc del rodatge i vaig haver de posar-me urgentment l'uniforme que, d'altra banda, a ningú més li anava bé. Ara m'adono amb sorpresa que en realitat tenia l'aspecte d'un estudiant d'institut, de tan jove que era en aquella època. Molt més endavant em vaig interpretar a mi mateix, Werner Herzog, en una pel·lícula de Zak Penn, *Incident at Loch Ness*, del 2004. Faig el paper d'un director que es veu obligat a adquirir certs compromisos per part d'un productor sense escrúpols, interpretat per Zak Penn, el qual fins i tot m'apunta amb una pistola. L'arma és només de fogueig, totalment inútil en una veritable amenaça. De totes maneres, tot resulta tan autèntic que bona part del públic ho va considerar real i es va posar a favor meu, tot i que des dels primers minuts queda clar que es tracta d'una falsificació, més ben dit, d'una falsificació dins d'una falsificació. El que faig a la pel·lícula és una ironia sobre mi mateix. Aquests moments sempre els he sabut interpretar prou bé. Però com que s'ha perdut el sentit del context, de la sàtira, que permet descobrir el que és inventat i el que no ho és, bona part dels espectadors no es van adonar que tot formava part del guió i de l'escenificació. La pel·lícula és una lúcida al·lusió al gran percentatge de fake news que predomina avui dia en una part dels mitjans.

El 2007 vaig tornar a participar en una pel·lícula de Zak Penn, per a la qual també vaig escriure el guió i vaig assumir la direcció: *The Grand*. L'escenari és un casino de Las Vegas durant un torneig de pòquer, en què interpreto el paper de «L'alemany», que fa trampes i finalment és expulsat del torneig. «L'alemany» és un personatge més aviat gemegaire que no se separa de la seva mascota preferida, un conill, però que contínuament vol escanyar uns animalons que transporta a tot arreu ficats en gàbies per recordar-se a si mateix que encara és viu. Voldria deixar clar aquí mateix *—for the record—* que no hi ha res en mi que pogués inspirar un personatge així a un guionista. Per part del Zak és pura invenció i, per part meva, no és més que una interpretació.

Abans de treballar amb Zak Penn, que estava interessat en mi perquè les meves pel·lícules li havien causat una profunda impressió, Harmony Korine ja m'havia contactat. Ens vam conèixer al festival de Telluride, on presentava la seva pel·lícula *Gummo*, que em va impressionar perquè hi vaig detectar una veu completament nova al cinema nord-americà, i ell també s'havia sentit commogut per les meves pel·lícules, sobretot la dels nans. El seu pare, que també era cineasta, l'havia portat al cinema quan encara era un adolescent i l'Harmony va quedar profundament impactat amb l'experiència de la meva pel·lícula. Més endavant ho va descriure en una entrevista: «Ni tan sols sabia que hi pogués haver poesia al cinema, no havia vist mai una cosa així, tan poderosa». Per a Harmony Korine jo era una mena de figura principal del seu propi cinema, i vaig accedir a participar a la seva pel·lícula del 1999 *Julien Donkey-Boy* com a actor, sobretot perquè ell havia d'interpretar el meu fill, que s'havia tornat boig, i jo havia de fer del seu pare, epicentre d'una família profundament destruïda. El germà gran, Harmony, havia comès un assassinat en un atac de bogeria després d'haver deixat embarassada la seva pròpia germana, interpretada per Chloë Sevigny. El fill petit era un fracassat, i l'àvia, que vivia amb ells a casa seva, estava completament grillada. Però quan vaig arribar a Queens, que era el lloc del rodatge, vaig descobrir que l'Harmony havia cedit el seu paper a un actor i ell continuava sent el director. Potser ho havia planejat així des del principi, o potser és que senzillament el coratge l'havia abandonat. De fet, a les seves pel·lícules no hi havia diàlegs escrits, sinó una sèrie de situacions establertes de manera molt esquemàtica. El primer dia de rodatge em va quedar clar que hauria d'improvisar els diàlegs sobre la marxa. A l'hora de sopar, a taula, el meu fill gran em recita un poema que ha escrit ell mateix, i jo l'haig de deixar com un drap brut de la manera més hostil davant del seu germà. L'escena va ser rodada amb unes quantes càmeres de vídeo alhora. Quan m'acabava d'asseure a taula, em vaig adonar que els llums de «gravació» de les càmeres estaven encesos, i em vaig dirigir a l'Harmony, que havia aparegut al fons: «Què haig de dir, quin és el meu diàleg?». Però l'Harmony es va limitar a respondre: «Parla!». Així doncs, no vaig tenir cap més remei que posar-me a parlar. Llavors vaig començar a comportar-me amb una vilesa creixent, cosa que va fer que l'Harmony sortís del seu amagatall. Es va col·locar darrere d'una càmera, gairebé en la meva línia de visió, i en certa manera em vaig adonar que estava entusiasmat. Llavors vaig pensar que havia d'apujar l'aposta i, seguint la meva inspiració, vaig esbroncar el meu fill i li vaig dir que aquella poesia que acabava de sentir no podia ser tan estúpida i pretensiosa, sinó que havia de ser més grandiosa, com si estiguéssim veient Clint Eastwood a *Harry el Brut*. A la confrontació que es produeix al final de la pel·lícula, Harry s'embranca en un tiroteig amb un dels bergants. El malvat ensopega cap enrere i queda estès a terra, però dirigeix la seva arma cap a Harry, dret davant seu. No sap si ha disparat totes les bales o si encara n'hi queda una. Harry li diu una cosa fantàstica: «Ara t'hauries de fer una pregunta: Pots sentir-te afortunat?». Llavors el bergant prem el gallet, però la pistola fa clic: el carregador és buit. I Harry el mata en aquell mateix instant. L'Harmony devia estar tan entusiasmat amb el meu fervor que es va posar a cridar, va arruïnar el so i vam haver de posar fi a l'escena. Als seminaris de teòrics del cinema, que no puc suportar, aquest passatge ha estat comentat amb insistència com si tots dos, l'Harmony i jo, haguéssim volgut crear una cita profunda i tan brillant que quedés reflectida a la història del cinema, quan en realitat va sorgir d'una situació de necessitat sense cap mena de reflexió.

Sempre m'havia imaginat les produccions d'Harmony Korine com una mena de guerrilla, però també vaig descobrir-hi coses que tenen un gran domini sobre la indústria cinematogràfica. L'equip, format exclusivament per gent jove i entusiasta amb ganes de participar en un projecte innovador, va fugir horroritzat quan va despenjar un quadre de la paret i en van sortir una dotzena de paneroles. Només van estar disposats a continuar treballant quan la producció els va facilitar granotes de plàstic, com si haguessin de netejar un lloc amb contaminació radioactiva. Sense dir ni una paraula, l'Harmony i el seu càmera es van despullar quasi del tot i van continuar treballant amb uns minúsculs calçotets. Una altra cosa que em va cridar l'atenció és que dins d'aquell espai relativament reduït hi havia un fotimer de mòbils i walkie-talkies. Quan vaig tornar de la nevera del primer pis després d'una absència de dos minuts i tothom em va veure, vaig sentir com ho anunciaven per ràdio, de manera que, com un eco, va ser audible a tots els aparells que jo era a l'escala, que havia baixat tres graons i que havia tornat al lloc de rodatge. Avui dia, a les escenes de petons de les grans produccions de Hollywood hi ha d'haver un *intimacy consultant* i mentrestant setanta persones, que en general pul·lulen pel lloc del rodatge, parlen per walkie-talkies.

Més endavant vaig rodar amb Harmony Korine en una illa tropical de la costa est de Panamà. A la pel·lícula interpreto un pilot i missioner fanàtic que, amb l'ajuda de religioses catòliques, llança aliments en regions allunyades per a la població índia que es troba en una profunda situació de misèria. Per error, una de les religioses cau de l'avió, però sobreviu sense problemes, perquè cau suaument a terra guiada per la seva fe. Altres monges fan el mateix per posar a prova la seva fe, i una fins i tot abandona l'avió amb una bicicleta i baixa pedalant de manera plàcida fins a terra. Quan al vespre l'equip va rodar una escena al camp d'aviació sense mi, em vaig fixar en un home, encara amb la meva disfressa d'actor. Darrere de la tela metàl·lica del petit edifici provisional de l'aeròdrom i enmig d'un grapat de gent que esperava un vol local, hi havia un home relativament jove que havia vist feia unes quantes hores. Era negre, i duia agafat un petit ram de flors ja molt pansit. Es veia profundament trist. Vaig intentar parlar amb ell i em va preguntar si el podia confessar encara que no estigués ordenat, aprofitant que duia una sotana de capellà. Jo li vaig respondre que allò em semblava molt important, i que si voldria fer la confessió davant de la càmera. Vaig dir a l'Harmony: «Estàs a punt?». Ell no tenia ni idea de què passaria, i jo tampoc. Vaig confessar l'home. Va reconèixer que la seva dona i els seus tres fills petits l'havien abandonat, i que des de feia dos anys anava cada dia a l'aeròdrom amb l'esperança que tornessin amb el proper avió. No va deixar clar per què la seva dona l'havia abandonat, i jo li vaig dir que en aquell moment i en aquell lloc tenia l'oportunitat d'alleujar la seva consciència davant de tothom. Però no hi havia manera que parlés. «Has fornicat amb altres dones?», li vaig preguntar directament, però ho va negar. Vaig voler tractar-lo amb comprensió i finalment se'm va acudir una idea: «Fill meu, has fornicat almenys amb cinc dones diferents». De sobte es va sentir alleujat i ho va reconèixer: «Sí, així ha estat, exactament». Li vaig donar l'absolució i el vaig beneir. Després d'acabar de rodar em va dir que ja sabia que només era una pel·lícula, però que havia estat molt millor que haver anat a un confessionari davant d'un capella de debò.

Algunes vegades també he fet breus participacions. Molt abans de les pel·lícules amb Zak Penn i Harmony Korine ja havia fet cameos per exemple en dues pel·lícules per a Paul Cox a Austràlia a mitjan anys vuitanta, una de les quals va ser *Man of Flowers*, en què torno a interpretar un pare desagradable que ningú voldria tenir. L'any 1996 vaig tenir un paper petit en una pel·lícula del director austríac Peter Patzak que es deia *Brennendes Herz*, però no en tinc cap record i ni tan sols l'he vist. Sovint també m'esmenten dos documentals de Wim Wenders en què apareixo breument, *Room 666* i *Tokyo Ga*, però fins ara tampoc els he vist. De *Brennendes Herz* només tinc un record clar. L'escena es desenvolupa al final de la Segona Guerra Mundial: mentre parlem esclata una bomba a prop nostre i sacseja tota l'habitació. Al costat del general hi ha un gran mirall penjat a la paret i hi surt una esquerda. Uns especialistes en efectes especials hi havien col·locat una petita càrrega explosiva al darrere, i jo, enmig d'una frase del meu interlocutor, vaig sentir curiositat per veure com es produiria l'esquerda. Per això vaig proposar que em col·loquessin al costat de la càmera per tenir contacte visual amb el meu interlocutor. Jo no em veia a la imatge, però només ens separava l'ample de la taula i podia observar el mirall, que era un metre més enllà. En aquell moment, alguna cosa dins meu em va recomanar que girés la cara. Va produir-se una violenta explosió i més de cent miques de vidre, minúscules com punxeguts grans d'arròs, se'm van clavar en un costat del cap. La càrrega explosiva havia estat massa potent. Van necessitar una hora per treure'm tots els vidres de la pell amb pinces. Els ulls no van resultar afectats perquè havia girat el cap.

Els Estats Units és el primer lloc on van reconèixer el meu tipus d'humor, d'una varietat particularment tenebrosa. Per això no va ser cap sorpresa per a mi que Matt Groening, el creador dels *Simpson*, allargués les seves antenes cap a mi i em proposés participar com a convidat a la sèrie. Al principi no n'estava segur. Creia haver vist els *Simpson* en tires còmiques als diaris però va resultar que mai havien existit en forma impresa. De totes maneres, no els havia vist mai a la televisió en forma d'*animated cartoons*. Matt Groening va deixar anar una riallada i em va dir que ja feia més vint anys que els *Simpson* eren famosos. Quan li vaig demanar que m'enviés un parell de capítols recents en format DVD, es va pensar que li volia aixecar la camisa. Però l'únic que volia era veure i practicar com parlaven els personatges dels dibuixos animats. Em va deixar clar que només volia la meva veu en anglès, sense dissimular, perquè això ja resultaria prou divertit. No m'ho va dir directament, però vaig entendre el que volia dir.

Llavors em vaig plantejar la qüestió fonamental de què hi feia jo, a la cultura popular, però alhora tenia la sensació que així formava part del corrent principal. Mai no havia tingut clar quins eren els accessos a aquest tipus de cultura. Els músics de rock sempre havien volgut posar-se en contacte amb mi, així com els skates i els futbolistes professionals. De totes maneres, no vaig poder deixar de preguntar-me per què el cosmòleg Stephen Hawking, immobilitzat a la seva cadira de rodes, es va avenir a participar en un episodi dels *Simpson*. Però quan hi vaig fer un cop d'ull, em vaig adonar que els *Simpson* tenien un caràcter tan groller i anarquista que em va despertar una certa simpatia. Va haver-hi especulacions que afirmaven que hi havia col·laborat pels diners, però als *Simpson* no se'n poden guanyar gaires, el sou és dels més baixos dins de les tarifes fixades pel sindicat d'actors, i equival al sou diari d'un actor secundari de qualsevol sèrie de televisió. Finalment, el que va ser determinant per a mi va ser el sorprenent entusiasme de l'equip dels *Simpson* pel meu treball, i els vaig dir que sí. Vaig posar veu al personatge convidat de Walter Hottenhoffer a *The Scorpion's Tale,* més endavant a l'enfollit Dr. Lund i fa poc vaig fer un altre paper. El que em va interessar va ser el metòdic treball preliminar d'una sèrie com aquesta. L'equip d'autors em va convidar a una de les seves reunions, on no van parar d'intercanviar idees de la manera més caòtica, boja i creativa. No havia vist mai una cosa així. També hi havia un mètode de prova dels guions que em va impressionar. Tots els actors es reuneixen en un anomenat *table reading* per posar a prova l'eficàcia del guió i dels gags. En una gran sala, unes cent persones seleccionades amb molta cura, el públic de prova, s'asseuen al voltant dels actors. Representen diverses franges d'edat, sexe, estatus social, nivell de formació i grups ètnics, tot hi està previst. Però per a mi va passar una altra cosa sorprenent. Abans que nosaltres, els actors, llegíssim els diàlegs del guió en veu alta, un còmic professional que explicava acudits va actuar durant tota una hora. Quan el públic ja s'havia escalfat va començar la lectura, durant la qual es mesurava amb una precisió de dècimes de segon quant trigava el públic a esclatar de riure i el volum i la durada de les rialles, i quan calia introduir la frase següent. Em vaig informar sobre el paper del còmic. El contracten perquè el públic que veurà el programa des de casa ja està ben predisposat a riure, però el públic de prova està envoltat per un entorn estrany i per persones desconegudes, i per tant se sent cohibit per deixar-se anar.

Per a mi és una gran alegria adonar-me que ho vaig fer bé. A l'estudi de gravacions de la producció dels Simpson tot és tècnic, després de gravar els textos dibuixen els personatges amb els gestos i el moviment dels llavis. Però hi ha coses que també es modifiquen durant el procés, es torna a gravar la veu del personatge i s'estableix una sincronització posterior en breus clips que s'executen en bucle. Normalment, els tècnics de so i el director seuen separats darrere dels actors en una sala de control, però en el meu cas el director va voler estar a prop meu. Abans que acabés de dir el meu text, es va posar a riure enmig de la gravació. Per tant va caldre repetir-la, i em vaig sentir engrescat a afegir-hi una broma grollera, llavors el director encara va riure més fort malgrat que li demanessin que guardés silenci. Finalment el van desterrar a la sala de control, però jo vaig saber que havia fet una bona feina.

Mai m'he presentat per fer un paper. Mai he participat en un càsting. Així va ser, també, com el director Christopher McQuarrie i la seva estrella, Tom Cruise, es van posar en contacte amb mi. Em volien per fer de malvat a la primera pel·lícula de *Jack Reacher*. Això era el 2011, i la pel·lícula s'estrenava el 2012. Abans d'acceptar la proposta, em vaig llegir el guió amb calma i em va semblar més intel·ligent que moltes altres pel·lícules d'acció. El paper de Zec també era un veritable repte. Hi havia una sèrie de delinqüents que es clavaven cops de puny, no paraven de cridar i obrien foc els uns contra els altres de manera indiscriminada amb uns fusells d'assalt desagradablement immensos. A la pel·lícula, però, jo apareixo desarmat. He perdut gairebé tots els dits en un gulag rus i soc cec d'un ull. Només compto amb una veu sedosa per provocar terror. Hi ha una escena en què proposo a un dels meus subordinats que compensi un error molt perillós que ha comès, és a dir, que es mengi els dits allà mateix, tal com vaig fer jo per evitar haver de fer un treball mortífer en una mina de plom a Sibèria. Naturalment, no s'hi veu amb cor i acaba assassinat sense miraments. Durant el rodatge em vaig adonar que tots els membres de l'equip se sentien colpits d'espant i, més tard, durant el muntatge, van suavitzar dues vegades l'escena perquè no era raonable per a un públic jove. Normalment la indústria cinematogràfica fa aquestes coses quan es tracta de violència explícita, escenes de sexe amb nus o paraulotes. Però a la versió definitiva de la pel·lícula jo continuava sent tan terrorífic que, després de l'estrena, la meva dona va rebre una trucada d'una de les seves amigues a París: «Lena, de debò que t'has casat amb *aquest* home? Saps que pots agafar un avió quan vulguis i venir cap aquí. Tenim una habitació de convidats i et podríem oferir protecció».

Tom Cruise va ser extremament respectuós amb mi. A mi va impressionar-me la seva professionalitat incondicional. Sempre estava preparat, ben entrenat físicament i completament despert. Part del seu immens seguici era un especialista en alimentació que cada dues hores exactament li facilitava un àpat minúscul i amb el valor nutricional calculat amb precisió. Fent broma li vaig preguntar si també tenia un psiquiatre per als seus gossos. Ningú s'hauria atrevit a fer-li una pregunta com aquesta, i va semblar que li agradava, perquè al plató no hi havia ningú que no es quedés paralitzat de respecte davant seu. Vaig tenir una relació igualment relaxada amb Jack Nicholson, quan anys abans es va interessar per *Fitzcarraldo*. De vegades em convidava a casa seva a Mulholland Drive, i vèiem transmissions de partits dels Lakers fora de casa. Una vegada va estirar-se al llit al costat de la seva dona d'aleshores, l'actriu

Anjelica Houston. Jo era al peu del llit i en algun moment em vaig quedar adormit de tan cansat que estava després d'un vol tan llarg, i al final em va haver de despertar sacsejant-me suaument per recordar-me que el partit de bàsquet feia estona que s'havia acabat mentre exhibia el seu somriure icònic. Al costat mateix, en aquella època Marlon Brando hi tenia una finca, i em volia conèixer. La tanca de ferro es va obrir silenciosament, però pertot arreu hi havia cartells d'advertència que deien que calia tancar les finestres del cotxe i no obrir les portes fins que algú s'hagués emportat els gossos. Vaig veure quatre vigorosos pastors alemanys que semblaven molt decidits. Sens dubte haurien atacat qualsevol visitant desprevingut. Amb Brando, que s'havia preparat perquè li encarregués alguna pel·lícula, només vaig parlar sobre litertatura i sobre la seva illa als Mars del Sud. Em va acomiadar amb gratitud, com a un convidat gens habitual, perquè no vaig anar a demanar-li res, tal com feia tothom.

El director Jon Favreau em va convidar a participar a la seqüela televisiva de *Star Wars*, que van anomenar *The Mandalorian*. És un gran seguidor de les meves pel·lícules i, després de confessar-li que no n'havia vist cap de la saga, em va proposar que em familiaritzés una mica amb el món de *Star Wars*. Em va ensenyar vestits, projectes de guions gràfics i models de planetes llunyans que eren molt impressionants. A la nova producció utilitzarien una nova tecnologia d'horitzons immersius de vídeo LED que faria innecessàries les habituals pantalles verdes. D'aquesta manera, els actors veuen al seu voltant els planetes en què es mouen o la nau espacial en què viatgen, i la càmera també veu tot l'entorn. Fingir que t'ataca un drac davant d'una pantalla verda ja no és necessari. D'aquesta manera el cinema torna on havia estat i on sempre hauria d'estar.

El grau de secretisme que envoltava *Star Wars* era sorprenent. Per crear una pista falsa, em van contractar per a una suposada pel·lícula sobre Huckleberry Finn. Durant el rodatge no es podia abandonar l'estudi, ni tan sols per dinar a l'aire lliure sense cobrir completament el vestit amb una túnica de lli. A l'entrada, un guàrdia de seguretat vigilava de la manera més estricta. A fora hi havia fans que d'alguna manera s'havien introduït al recinte i que esperaven per fer fotos sense permís amb les seves càmeres i mòbils. L'atenció i les expectatives que desperten aquestes pel·lícules entre els seus seguidors són increïbles. El dia de l'estrena, quan ja es va poder aixecar el teló, vaig dir alguna cosa de passada sobre la fantàstica elaboració del personatge mecànic del Baby Yoda i, al cap d'una hora, es podien trobar a internet deu milions de comentaris sobre el tema. L'inconvenient d'aquesta mena de col·laboracions per a mi és, sens dubte, el fet que desvia l'atenció del meu veritable treball, de les meves pel·lícules i llibres. Als mitjans circulaven informacions que afirmaven que, amb el sou que havia cobrat a *Star Wars*, que tampoc havia estat especialment elevat, havia finançat el meu llargmetratge *Family Romance, LLC*, però el rodatge i el muntatge de la pel·lícula ja feia temps que s'havia acabat quan aquest interludi va començar.

Un dels millors malvats a les meves pel·lícules va ser, des del principi, Klaus Kinski. Tenia una presència a la pantalla que no té gaires paral·lelismes a la història del cinema. Però Michael Shannon també forma part d'aquest grup, i Nicolas Cage és igualment un d'aquests fenòmens excepcionals. Ell mateix considera que la de *El tinent corrupte* és la seva interpretació més extraordinària, fins i tot per davant de *Leaving Las Vegas*, per la qual va aconseguir un Oscar. Sens dubte, hi estic d'acord. Però entre tots els grans actors i actrius amb qui he treballat, n'hi ha un que destaca per damunt de tots els altres: Bruno S. El seu aspecte sempre era descurat, com el d'algú que dorm sota un pont, encara que en realitat tingués casa, però el seu rostre i la seva parla emfàtica li conferien una dignitat incondicional. Era com un marginat confús que sorgia fent tentines d'una llarga i mala nit per submergir-se en un dia resplendent però encara pitjor. Tenia una profunditat, un dramatisme i una autenticitat que no havia vist mai en una pantalla. El Bruno no volia aparèixer amb el seu nom complet ni a la nostra pel·lícula sobre Kaspar Hauser ni a *Stroszek*, no volia ser una estrella, sinó més aviat el soldat desconegut del cinema. Apareixia com a Bruno S. als informes policials quan, de jove, era un delinqüent. La seva infantesa i joventut van ser catastròfiques i tràgiques. La seva mare, una prostituta de Berlín que no volia tenir el fill, el va pegar des de petit i, quan tenia tres o quatre anys, li va clavar una pallissa tan tremenda que va deixar de parlar. Després el va ingressar en una residència per a nens retardats mentals on mai no hauria d'haver anat a parar. A partir dels nou anys va començar a escapar-se. Van venir anys de centres cada cop més estrictes i reformatoris i després una sèrie de delictes. Enmig del fred de l'hivern va forçar un cotxe per dormir-hi a dins, la policia el va detenir i va passar quatre mesos a la presó. Ningú sabia què fer-ne. El van traslladar a un manicomi però el van donar d'alta i el van fer fora de la institució quan ja tenia vint-i-sis anys. Quan el vaig conèixer treballava de conductor de carretó elevador en una fàbrica d'acer de Berlín, i guanyava uns quants diners suplementaris com a cantant de balades en foscos patis interiors.

Gràcies al seu treball com a actor va obtenir notorietat i afecte tant per part dels seus col·legues com per part de desconeguts, cosa que li va anar bé. Va publicar un llibre d'aforismes, va fer una exposició dels seus quadres naïf en una galeria i va publicar un àlbum amb les seves cançons. Llavors va començar a difondre el seu nom complet, i jo ara també ho faré: es deia Bruno Schleinstein. Va morir fa uns quants anys. Al cinema no hi tornarà a haver mai ningú com ell.

31

LA TRANSFORMACIÓ DEL MÓN EN MÚSICA

Vaig anar a parar al món de l'òpera de la mateixa manera que vaig anar a parar en l'actuació. No estava directament relacionat amb *Fitzcarraldo*, que tracta de crear una gran òpera a la jungla, sinó més aviat amb com faig servir la música a les meves pel·lícules. La música no és mai un fenomen de fons, sinó que converteix les imatges en visions més elementals. L'any 1985, la directora del Teatro Comunale de Bolonya em va voler convèncer tant sí com no perquè dirigís una escenificació del *Doktor Faust* de Ferruccio Busoni. En realitat, l'òpera és un fragment perquè el compositor va morir mentre hi treballava, i el llibret és força caòtic, per la qual cosa l'obra es considerava impossible de representar. Però el meu germà Lucki, juntament amb Walter Beloch, un agent perspicaç, va utilitzar tota la seva energia per engrescar-me. Finalment em van convèncer perquè anés a visitar el teatre de l'òpera de Bolonya. Em vaig quedar impressionat per les possibilitats tècniques que hi havia darrere de l'escenari. Al principi de la visita em van acompanyar uns quants tècnics, però em vaig adonar que cada cop hi havia més gent: tècnics d'il·luminació, tramoistes, acomodadors... Quan vaig acabar de veure-ho tot, em vaig trobar envoltat per un mínim de trenta persones. Un home es va avançar i em va fer saber que l'havien nomenat portaveu del grup espontàniament. Després, en poques paraules, em va resumir l'estat d'ànim predominant: no em deixarien tornar a casa si no signava un contracte immediatament. Em vaig sentir commogut, em vaig endur el portaveu com a testimoni al despatx de la directora i vaig signar el meu contracte de treball.

Tot i que amb prou feines sé llegir les notes musicals, des del primer moment em vaig sentir completament segur en una feina en què no tenia cap mena d'experiència. Vaig anar a veure una escenificació a la Scala de Milà, la primera que presenciava, de manera que no tenia ni idea de com era l'òpera actual ni de quines eren les tendències de l'època. A causa d'aquesta manca de coneixement, la meva escenificació va ser diferent del que se solia veure als escenaris. La meva obra començava amb el Doctor Faustus totalment concentrat en els seus estudis, i per això vaig encarregar al meu escenògraf, Henning von Gierke, que elaborés una paret de roca que s'enfila cap al cel des d'uns núvols baixos. El Henning en realitat era pintor, però havia col·laborat en moltes de les meves pel·lícules i havia dissenyat escenaris fantàstics per a *Nosferatu* i *Fitzcarraldo*. A la meva representació, el Doctor Faustus s'extraviava a la roca, de manera que no podia pujar ni baixar. Volia deixar obert el teló durant l'obertura i, en plena explosió musical, com sorgint del no-res, un tramoista s'havia de precipitar cap a les profunditats des del capdamunt de l'escenari. Després desapareixia enmig dels núvols del terra de l'escenari. Volia que l'orquestra dubtés un moment. És cert el que hem vist? Hi ha hagut un accident? On ha anat a parar qui acaba de caure? Al terra de l'escenari, cobert de boira, hi havia d'haver un forat a través del qual el dissortat es pogués precipitar a l'abisme. La direcció, però, va trobar el projecte massa arriscat i contractar un especialista resultava massa car, i llavors vaig proposar que jo mateix podia fer d'especialista, almenys a l'estrena. Vam fer unes quantes proves en què cada cop m'enlairaven més amunt. Havíem preparat un enorme matalàs inflable com els que s'utilitzen als platós de cinema. Hi ha unes quantes fotos meves del moment de la caiguda, però quan vaig caure d'una altura de dotze metres i vaig patir una contusió al clatell, vaig acabar abandonant la idea. Tot plegat era massa estúpid i no va caldre que em convencessin perquè abandonés aquella iniciativa absurda. Al final de l'òpera tot es transforma: en comptes del Salvador és la bella Helena qui penja de la creu al Calvari, i Mefistòfil apareix tot d'un plegat a l'escenari com un bon pastor amb un anyell nascut fa pocs dies damunt les espatlles. Era la primavera, l'època en què les ovelles pareixen els xais. Mefistòfil deixa l'anyell tot sol, i com que la música està inacabada, les notes es van perdent fins que durant els últims nou minuts només se sent un instrument de corda. El xai volta per l'escenari buscant la seva mare i llavors es queda una estona aturat. I bela cap al públic.

L'escenificació, com totes les que vaig fer al llarg de la meva vida, va ser dirigida per la música. Tenia clar que una òpera sorgeix quan algú està en condicions de transformar tot un món en música. I també tenia clar que el món dels sentiments damunt d'un escenari d'òpera és tan característic i d'una intensitat tan gran que no té parió a la vida humana ni tampoc a la natura. A l'òpera, els sentiments estan totalment concentrats, comprimits, però per als espectadors són veritables perquè el poder de la música ho fa possible. Els sentiments de la gran òpera són com axiomes de sentiments, com una veritat acceptada a les matemàtiques que ha arribat a un límit més enllà del qual no hi ha reducció, concentració ni explicació possibles.

Wolfgang Wagner, el net de Richard Wagner, que va veure la meva escenificació a Bolonya, em va convidar amb una gran insistència a escenificar *Lohengrin* a la inauguració del Festival de Bayreuth del 1987, però de seguida m'hi vaig negar. El meu ofici era el cinema. Després de molts intents de convence'm, Wagner finalment em va enviar la seva gravació preferida de l'òpera, aleshores encara en casset. No estava gens familiaritzat amb l'obra. El preludi i l'obertura em van fulminar com un llamp. Estava anant cap a Àustria per l'autopista i de seguida em vaig desviar al voral per escoltar la música. No havia sentit mai una cosa d'una bellesa similar. Vaig trucar a Wolfgang

Wagner i li vaig dir que ho faria, que allò era tan grandiós que volia intentar-ho. Qui va interpretar el paper principal va ser Paul Frey, un canadenc que acabava de debutar en el món de l'òpera. La seva família eren mennonites d'Ontario, i des de la granja dels seus pares transportava carregaments de garrins pels vastos espais del seu país. Llavors cantava les cançons d'Elvis, i quan algú li va regalar un disc del cantant d'òpera Mario Lanza, també va cantar les seves àries. La veu de Paul Frey destacava per la seva claredat i bellesa, i havia actuat en uns quants musicals. Vaig anar a veure una representació de *Lohengrin* a l'Staatstheater de Karlsruhe, en què interpretava aquest paper. Wolfgang Wagner m'hi va enviar com a observador. A la primera escena de *Lohengrin* va produir-se un desastre a l'escenari. El decorat de vuit metres d'alçada es va enfonsar just darrere de Frey, però ell va continuar cantant, impertorbable, mentre el públic deixava anar crits de pànic. Va resultar que Paul Frey tampoc sabia llegir notes musicals, i s'aprenia els papers a partir dels discos. Era el meu home. Després va fer una gran carrera a Bayreuth i al Met de Nova York.

A Bayreuth, la meva escenificació també va resultar diferent de les habituals. El segon acte, per exemple, comença amb un mar que oneja cap al públic. Hi havia almenys seixanta tones d'aigua damunt de l'escenari que un mecanisme hidràulic a la part del darrere feia pujar i baixar en forma d'onades. Aquest efecte, per estrany que pugui semblar, no s'havia intentat mai. Per descomptat, l'aigua havia de desaparèixer en qüestió de minuts, però durant el procés de desguàs d'aquella immensa banyera, l'aigua feia molt de soroll. Els tècnics d'escenari van trobar una solució molt fàcil per evitar aquest problema, i per al públic va resultar inexplicable el fet que, de cop i volta, el mar hagués desaparegut. Com a director, durant els assajos sempre em posava damunt de l'escenari i gairebé mai darrere d'un faristol a la sala dels espectadors, i així tenia una perspectiva privilegiada. Mentre actuaven els grans cors, per exemple, recorria l'escenari entre els cantants per tal de calcular el temps. Al cor de Bayreuth, la meitat dels cantants podien interpretar els grans papers gràcies a l'immens talent que tenien, i sentir-se envoltat i transportat per totes aquelles veus és una sensació que no puc descriure. Vaig tenir una sort immensa. Vaig treballar amb els millors del món.

Vaig escenificar òperes de Verdi, Bellini, Wagner, Mozart i Beethoven. Treballar durant un temps amb música, respirar música, transformar el món en música sempre em feia connectar amb la meva essència. Però l'òpera necessita un enfocament particular. El món dels teatres de l'òpera és artificial, i els drames, les intrigues i els escàndols també ho són. De totes maneres, tot posseeix un rerefons de seguretat: la música està escrita i l'edifici té un sostre fiable, no pot venir una tempesta i desbaratar-ho tot, com en un rodatge a la jungla. L'orquestra se sap la partitura de memòria, com també els cantants. Però quan no hi ha la misteriosa sensació de l'amenaça imminent d'algun desastre o intriga, de sobte tot el teatre queda exànime. Tota l'escenificació sembla morta. Suposo que la permanent predisposició a l'esclat d'un escàndol neix de la profunda basarda dels cantants que abruptament són empesos cap a l'escenari i en dècimes de segon han d'encertar el to exacte. No hi ha cap possibilitat de repetició, i el públic, que tan sols es percep de manera esquemàtica enmig de la penombra, és un últim vestigi supervivent dels antics amfiteatres en què lluitaven els gladiadors. Volen veure sang. A la Scala de Milà vaig presenciar com el millor baríton del món era escridassat despietadament enmig de la seva ària perquè tenia lleugers problemes de veu: «Stronzo, cretino, per què no te'n vas a treballar de cambrer?». Després del descans, quan ja s'havia recuperat, va rebre enormes ovacions. Luciano Pavarotti va ser massacrat i no hi va tornar a cantar mai més, com tampoc la Callas, després d'un incident similar.

M'he acostumat a inventar-me provocacions quan m'adono, durant els assajos, que tot va com una bassa d'oli però sense espurnes, sense el foc del murmuri i l'escàndol. L'any 1996 vaig escenificar a Washington *Il guarany*, en què Plácido Domingo interpretava el paper principal. Volia que dirigís una òpera gairebé desconeguda d'un compositor brasiler de finals del segle XIX. Els assajos van anar bé, cadascú va cantar de manera correcta, però en realitat allò no era música. Un dia en què Plácido Domingo tenia descans vaig decidir escampar un rumor fals. Davant d'un empleat de l'administració vaig preguntar de passada si havia informat els cantants que Domingo no cantaria el dia de l'estrena, perquè s'havia compromès a actuar aquell mateix vespre al Met de Nova York. Al cap de pocs minuts tot l'edifici estava absolutament esverat, els cantants xiuxiuejaven, i de sobte la música va tornar. Sense aquests drames artificials, l'estrena i les representacions següents no haurien funcionat. La por profundament arrelada en aquesta forma d'art s'ha d'esvair d'aquesta manera.

Durant l'assaig general de *Tannhäuser* a Palerm hi va haver una amenaça de bomba, i van desallotjar tot el teatre immediatament. Aquest cop jo no havia provocat l'alarma. L'escenificació va ser summament «immaterial», perquè a *Tannhäuser* pràcticament no hi ha acció, només ànimes agitades. Gairebé no hi havia escenografia. Tot era llum i aire produït per uns ventiladors acuradament dosificats. Vaig encarregar al meu amic Franz Blumauer, un gran figurinista, vestits amb la tela delicada, una seda especial per a paracaigudes, que onejaven amb la més lleugera brisa al voltant dels actors, com si les seves ànimes es fessin visibles davant nostre en un immaculat color blanc. En els moments dramàtics, quan es produïen tempestes interiors, engegàvem uns ventiladors ocults en trenta llocs per damunt i al costat de l'escenari i els vels onejaven amb una intensa agitació. Encara recordo com després d'evacuar el teatre tots els cantants i la Venus, que duia un enorme vel vermell onejant al seu voltant, van vagarejar pels carrers deserts de Palerm. La policia va utilitzar un robot amb tracció per eruga que es va enfilar pels graons de la catifa vermella fins al teatre de l'òpera. Tot plegat va ser d'allò més surrealista. Em va cridar l'atenció el fet que un munt d'ànimes desorientades es concentressin davant dels bars, i llavors vaig comprendre que Itàlia jugava un partit de futbol molt important al campionat del món que tenia lloc en aquell moment. Tothom el volia veure, i suposo que algun dels cantants del cor va disparar l'alarma. Dos dies després, l'estrena va ser extraordinària.

32

LA LECTURA DELS PENSAMENTS

La qüestió de la transmissió de pensaments fa molt de temps que m'interessa, fins i tot abans del cas de les bessones que parlaven de manera sincronitzada, i no és casualitat que ara mateix treballi en un documental sobre la «lectura» de les activitats del cervell. Actualment, gràcies a les ones electromagnètiques que irradia el cervell, es poden transmetre els desitjos humans a un robot independent. He vist una dona sense mobilitat que únicament amb la seva voluntat dirigeix un braç mecànic que agafa un got d'aigua amb una canyeta i l'hi acosta a la boca. Amb imatges de ressonància magnètica es pot comprendre l'activitat del cervell de forma tan clara que es pot comprovar amb seguretat si algú està llegint en silenci un text en anglès o en espanyol, o bé fer visible la imatge imaginària de dos elefants travessant la sabana d'esquerra a dreta en una reproducció relativament borrosa en un ordinador que registra les ones cerebrals. Es pot establir amb absoluta seguretat si algú menteix, amb una certesa molt superior a les medicions dels detectors de mentides, que només registren el pols, la pressió sanguínia i la freqüència respiratòria. De manera encertada, als tribunals no es permet la utilització d'aquests detectors, susceptibles de cometre errors, per obtenir mitjans probatoris, però a la velocitat vertiginosa amb què es desenvolupen les possibilitats, en el futur la investigació hauria d'anar acompanyada per una definició i una protecció legals de l'autonomia i la inviolabilitat dels nostres pensaments. Ja hi ha textos per a una carta dels drets individuals sobre la inviolabilitat dels pensaments, de la mateixa manera que existeix una carta que prohibeix l'ús d'armes biològiques i químiques. Xile és el primer país del món que ha inclòs aquesta carta en una clàusula addicional de la seva constitució. Segurament, això està relacionat amb la vulneració dels drets humans sota la dictadura militar de Pinochet. M'han autoritzat a gravar conferències i deliberacions de senadors i parlamentaris sobre aquest tema per mitjà de la plataforma Zoom.

He visitat un magatzem temporal de residus nuclears a Nou Mèxic que guarda els bidons radioactius en immenses galeries de sal. El projecte ha topat amb el rebuig més vehement per part de la població local, encara que les galeries estiguin a una gran profunditat i no hagin patit cap alteració geològica des de fa dos-cents cinquanta milions d'anys. La qüestió que es planteja és aquesta: com podem advertir les generacions futures que no penetrin en aquestes galeries? En uns quants milers d'anys ningú parlarà ni comprendrà les llengües actuals. També és possible que gairebé totes hagin desaparegut. De les aproximadament sis mil cinc-centes llengües encara existents, cada deu o catorze dies se n'extingeix una per sempre —i gairebé en tots els casos sense que en quedi un registre documental—, una dinàmica absolutament alarmant de destrucció a una velocitat molt superior a la desaparició de mamífers, balenes, panteres de les neus o vertebrats en general, com ara les granotes. Així doncs, com podríem desenvolupar senyals de perill que també siguin comprensibles per a totes les cultures humanes del futur? A la pel·lícula *Die fliegenden Ärzte von Ostafrika* (1969) ja vaig comprovar, en una seqüència sobre mesures mèdiques preventives a Uganda, que els habitants d'un poblat llunyà tan sols se sorprenien en veure els cartells d'alerta. Al seu poblat no hi havia diaris, llibres ni televisió. Encuriosit, els vaig preguntar què interpretaven en veure el cartell d'un ull gegantí, i les respostes anaven des del sol naixent fins a un peix enorme, tot i que a la imatge anterior els havien mostrat com calia protegir-se els ulls perquè no s'embrutessin. Finalment, vaig penjar quatre de les imatges utilitzades a classe, l'una al costat de l'altra, i una vaig col·locar-la cap per avall expressament. Vaig demanar a unes quantes persones que identifiquessin la imatge que estava cap per avall, però només una tercera part va ser capaç de ferho. Per a ells, els cartells devien ser una barreja confusa de colors, una cosa així com per a nosaltres l'art abstracte. Em va quedar clar que els estúpids no eren els habitants del poblat, sinó els assistents mèdics que venien de fora, que no havien estat capaços d'imaginar que les imatges de la nostra civilització serien indesxifrables per als habitants del poblat. I com és que els joves guerrers massai, homes atlètics, eren incapaços de pujar els quatre graons de la petita escala d'un consultori mèdic mòbil que contenia un petit laboratori i un aparell de raigs X? Probablement això tenia a veure amb tabús i barreres que els metges no van arribar a comprendre, i jo tampoc.

No he deixat mai de plantejar-me com es formaran les imatges en un futur llunyà, encara que no hi hagi escriptura o coneixements de les circumstàncies històriques. Per a aquesta hipòtesi em plantejo un període de quaranta mil anys, és a dir, la distància temporal que hi ha entre la cova de Chauvet i l'actualitat. Els llibres hauran desaparegut, i internet, i les constel·lacions hauran canviat, l'Ossa Major es veurà molt més allargada. Al magatzem nuclear de Nou Mèxic algú va tenir la idea de modificar genèticament els cactus perquè es tornessin de color blau cobalt, com una mena d'avís de la presència d'una cosa verinosa però, al llarg de mil·lennis, aquesta varietat de cactus potser s'estendrà per tota l'Amèrica del Nord i l'Amèrica Central.

No he deixat mai de pensar en qüestions com ara la capacitat de llegir senyals, de llegir correctament les jugades de l'equip contrari al futbol o de llegir el món. És un tema que també apareix a *Kaspar Hauser*, en què el protagonista, ja adolescent, es veu empès al món com si hagués caigut d'un altre planeta, sense el més mínim coneixement dels arbres, les cases i els núvols del cel, sense coneixement de la llengua ni de l'existència d'altres éssers humans a banda d'ell mateix. També en el cas dels sordcecs de *Land des Schweigens und der Dunkelheit* em vaig plantejar com devien experimentar el món, i per això el neuròleg i escriptor Oliver Sacks es va posar en contacte amb mi. Va quedar tan fascinat per la pel·lícula que en va comprar una còpia en 16 mm i la projectava una vegada i una altra als estudiants. No vaig trigar a llegir el seu llibre *Awakenings*, en què descriu pacients que, com a conseqüència de la grip espanyola, van passar quaranta anys en coma i de sobte, gràcies al desenvolupament d'un medicament nou, es van despertar en un món en què ja hi havia hagut una altra guerra mundial, en què els avions transportaven grans quantitats de passatgers i on existien la televisió i la bomba atòmica. Volia fer-li moltes preguntes sobre la naturalesa del son i la hipnosi. També coneixia la meva pel·lícula *Herz aus Glas* i l'ús que hi vaig fer de la hipnosi. A banda d'ell, no havia trobat ningú amb qui poder analitzar en profunditat el procés de desxiframent i la comprensió dels signes del lineal B.

El lineal B és una escriptura de l'edat del bronze que es va utilitzar damunt de tauletes d'argila cuita a l'illa de Creta i, al continent, a Pilos i Micenes. Aquí en reprodueixo un exemple procedent del llibre *Documents in Mycenaean Greek* (1956), de Michael Ventris i John Chadwick:

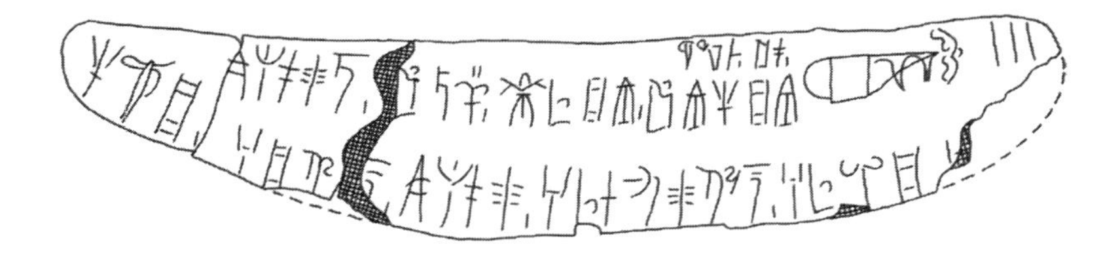

Considero que el desxiframent del lineal B ha estat una de les contribucions culturals i intel·lectuals més grans que han existit. Al principi no se sabia en quina llengua estaven escrits els signes, però hi ha arrels de paraules o signes que tenen terminacions diverses, és a dir, casos, la qual cosa indica la pertinença a una llengua indoeuropea. L'etrusc, l'alfabet del qual és molt similar al llatí, es pot llegir, i llegir en veu alta, però la llengua encara no l'entenem. Probablement és una llengua no indoeuropea que no podrem comprendre mai si no ens cau a les mans una pedra de Rosetta. En el cas del lineal B hi ha més de setanta signes diferents, per tant és obvi que s'havia de tractar d'una escriptura sil·làbica. A més conté uns quants ideogrames: la imatge d'una gerra vol dir «gerra» i la imatge d'un carro amb rodes vol dir «carro». Els numerals, en tractar-se d'un sistema decimal, van resultar fàcils de distingir i de comprendre. Però calia trobar resposta a dues preguntes: a quins sons corresponien les síl·labes i en quina llengua havien estat escrites les tauletes? Michael Ventris, un arquitecte que durant la Segona Guerra Mundial es va encarregar de desxifrar els missatges secrets de la Luftwaffe alemanya, va utilitzar quadrícules lògiques que s'anaven completant, i John Chadwick, que havia estudiat textos antics i dialectes del grec clàssic, va arribar a la conseqüència lògica que s'havia de tractar d'una forma arcaica del grec clàssic, set o vuit segles anterior a Homer.

Per desgràcia va resultar que els textos no eren del calibre d'Homer o de Sòfocles, no eren poesia, sinó llibres de comptabilitat: qui devia cereals o oli d'oliva a qui, en quina quantitat i amb quin motiu, qui havia de contribuir a una festa religiosa i amb què, quant calia donar als treballadors del camp i qui se n'havia d'encarregar. No tot s'ha arribat a traduir i comprendre, i l'escriptura prèvia, el lineal A, s'ha resistit fins ara a tots els intents de desxifrar-la, probablement perquè es tracta d'una altra llengua, inclassificable i completament desconeguda. El meu avi Rudolf, Michael Ventris, John Chadwick, Oliver Sacks i, en menor mesura, també jo, hauríem format un bon equip en un món impossible de desitjos purament màgics com a observadors entusiastes. El Disc de Festos, un disc d'argila també procedent de Creta, amb la seva pròpia escriptura en forma d'espiral, i que no s'ha trobat enlloc més que en petits fragments, n'és l'enigma més gran de tots. Per a mi és un símbol de la nostra incapacitat de llegir el món, la misteriosa totalitat del món. Hi ha hagut xarlatans que han afirmat haver desxifrat el text, però ni els més grans superordinadors del futur el podran llegir mai. Sempre que apareix algú que assegura haver desxifrat el text, podem estar completament segurs que es tracta d'un mentider o d'un sonat.

33

LECTURA LENTA, SON DURADOR

Els temes que em fascinen no són esotèrics. Tots tenen a veure amb qüestions fonamentals de la nostra identitat, com en el cas de les bessones, tenint en compte que partim de la base que som únics com a individus. La lectura de signes com els del lineal B, la lectura del món, només és exclusiva en aparença, perquè és pròpia dels humans en conjunt. Però com és la meva quotidianitat? Qui són els meus amics? Què és la meva vida? Qualsevol autodescripció em resulta difícil, perquè tinc un problema amb els miralls. Em miro al mirall quan m'afaito perquè procuro no tallar-me, però només em miro les galtes, no la persona. De quin color són els meus ulls? Encara no n'estic segur. La reflexió sobre mi mateix, el fet de mirar-me el melic, em resulta profundament desagradable. Però soc molt conscient d'unes quantes coses que formen part de la meva quotidianitat, i soc capaç d'enumerar-les. Tinc una cosa en comú amb la Freda i la Greta, i és l'actitud extremament estricta pel que fa a la posició dels altres. Me n'adono especialment quan estic exposat a la mirada de molts espectadors. A les taules rodones només puc pensar i argumentar amb claredat si el meu interlocutor està assegut a la meva dreta. Si s'asseu a la meva esquerra, sempre sento una distorsió sobre què haig de fer. Em passa una cosa similar al cinema. Qui vulgui veure una pel·lícula amb mi s'haurà d'asseure a la meva dreta, si no el fet de mirar junts una pantalla es convertirà en una tortura. La millor posició per a mi és quan estic lleugerament cap a l'esquerra en relació amb l'eix central de la pantalla, és a dir, amb un lleuger angle cap a la dreta. En realitat, vaig molt poc al cinema. No veig més de tres o quatre pel·lícules a l'any.

Visc a Los Angeles. La meva dona Lena i jo havíem de decidir on viuríem als Estats Units, i la resposta de seguida va quedar clara: a la ciutat amb més substància. Los Angeles se sol vincular únicament amb la lluïssor i el glamur superficial de Hollywood, però internet va néixer a Los Angeles, i els veritables pintors ja no treballen a Nova York, sinó aquí, com també els escriptors, els músics i els matemàtics. L'elevat nombre de mexicans ha aportat una immensa energia pel que fa a la música i la literatura. Aquí es projecten els cotxes elèctrics, i els coets reutilitzables es construeixen al sud de la ciutat. El Mission Control Center, responsable de controlar una sèrie de missions espacials, és ben a prop, al nord de Los Angeles, a Pasadena. També aquí han sorgit un munt de banalitats, estudis d'aeròbic, el patinatge en línia i tota mena de sectes estrafolàries. La llista és prou llarga i per a tots els gustos.

Però Los Angeles també té els seus costats foscos. Una vegada, durant una entrevista a la BBC em van disparar davant mateix de la càmera, mentre filmava, i vaig resultar lleugerament ferit. Ho vaig considerar una part del folklore local. Pocs dies després vaig ajudar Joaquin Phoenix, que casualment havia tingut un accident davant meu, a sortir del cotxe que havia quedat cap per avall. Crec que en aquella època el Joaquin feia una cura de desintoxicació i se suposava que no havia de conduir. Havia quedat penjat del revés entre els airbags inflats i no em volia donar el seu encenedor, amb el qual intentava encendre's un cigarret. No s'havia adonat que al seu voltant degotava benzina sense parar. No havia esmentat mai aquest accident, i només quan el Joaquin en va parlar als mitjans, el vaig confirmar.

Llegeixo lentament, perquè sovint em distrec del text i veig imatges i situacions del que acabo de llegir, i em costa tornar-me a concentrar en les línies. Un exemple n'és *Gehen*, de Thomas

Bernard, per al qual vaig necessitar dues setmanes per anar més enllà del primer paràgraf. Les primeres línies d'aquest llibre són tan potents que mai no han deixat de sorprendre'm. En realitat, només puc llegir estirat. Això potser té a veure amb el fet que, durant la meva infantesa, amb els meus germans i la meva mare en una sola habitació, mai vaig tenir espai a la taula per llegir, però a terra, amb un coixí sota el cap, tenia un espai infinit. Treballo de pressa i de manera fluida, sense incomptables repeticions a l'escenari cinematogràfic. Per això les meves sessions de rodatge gairebé sempre s'acaben abans d'hora, a les tres o a les quatre de la tarda, tot i que podria treballar fins a les sis. No recordo haver fet ni una sola hora extra en tota la meva vida. No soc un obsés de la feina en absolut. Rodar a la nit per a mi és un horror, perquè no soc una persona noctàmbula. Quan veig clarament com anirà una pel·lícula n'escric el guió, i rarament hi he dedicat més d'una setmana. Per aconseguir-ho no necessito silenci, puc escriure en un autobús ple de gent o envoltat de criatures baladreres en un parc infantil. Però per a mi sempre ha estat important desenvolupar els guions com una forma pròpia de literatura. El meu guió per a *Cobra Verde*, enmig de la calor i l'aridesa del *sertão* brasiler, comença així: «La llum enlluernadora, mortífera; el cel sense ocells; els gossos jeuen, esgotats per la calor. Insectes metàl·lics, furiosos de ràbia, intenten picar les pedres roents». A la indústria cinematogràfica una cosa així no és gens habitual.

Sempre que puc, dormo molt. I no somio. Això contradiu la doctrina segons la qual les persones somiem tantes hores o minuts cada nit, però jo soc l'exemple vivent que això no és cert. Sigui quan sigui que em desperti, no he somiat. No acostumo a somiar més d'una vegada a l'any, i llavors sempre es tracta de banalitats, com per exemple que em menjo un sandvitx per dinar. De totes maneres, tinc somnis diürns, sobretot quan camino. Llavors visc novel·les senceres, però al final del dia m'he cenyit a la meva ruta. Al matí, quan em desperto, sento que el fet de no haver somiat em fa defectuós, i potser per això m'he buscat la sortida de fer pel·lícules. Durant la meva adolescència vaig experimentar episodis dràstics de somnambulisme. Una vegada era en una enorme tenda de l'exèrcit, ple de llits de campament, i vaig sacsejar el meu germà Till, que era al meu costat, per despertar-lo i que fes avançar una barca amb un pal pel llac Neusiedl. Ell em va sacsejar encara amb més violència, fins que em vaig despertar. Tot estava fosc com una gola de llop, el sac de dormir m'arribava fins al pit i vaig començar a fer saltirons sense solta ni volta perquè no sabia on era el lloc on havia de dormir. Vaig despertar gent que dormia perquè vaig topar contra uns quants llits. Ocasionalment he viscut episodis com aquest quan ja era molt més gran. Mai he pres drogues. La cultura que envolta aquesta qüestió sempre m'ha provocat rebuig. Tampoc crec que les drogues m'anessin gaire bé, perquè ja tinc prou tempestes dins meu.

Evito el contacte amb els fans. De tant en tant miro televisió porqueria perquè penso que un poeta no pot apartar la mirada de res. Vull saber quin món d'anhels m'envolta. Cuino bastant bé, però el meu repertori és força limitat. Els meus bistecs són realment bons, però sé que ni tan sols s'acosten als que se solen consumir a l'Argentina. La gent que es dedica a abraçar arbres em resulta summament sospitosa. Els cursos de ioga per a nens de cinc anys que són tan habituals a Califòrnia em semblen ridículs. No utilitzo les xarxes socials. Si hi apareix el meu perfil és una absoluta falsificació. No utilitzo telèfon mòbil. Mai he confiat del tot en els mitjans de comunicació, per això intento formar-me una visió precisa de la situació política a partir de fonts diverses: mitjans de comunicació occidentals, Al Jazeera, la televisió russa i de vegades em descarrego a internet tot el discurs d'algun polític. Confio en l'*Oxford English Dictionary,* que és una de les creacions culturals més grans de la humanitat. Em refereixo als vint immensos volums que contenen siscents mil conceptes i més de tres milions de cites de tota la història de la llengua anglesa durant més de mil anys. Calculo que deu mil investigadors i també col·laboradors van rebuscar al llarg de més de cent cinquanta anys tot el que havia estat escrit. Per a mi és el llibre dels llibres, el llibre que m'emportaria a una illa deserta. És un prodigi inesgotable. Quan vaig visitar Oliver Sacks per primera vegada a Wards Island, just al nord-est de Manhattan, n'havia perdut l'adreça exacta, però recordava el nom del petit carrer. Era hivern, i el carrer lleugerament costerut estava glaçat. S'havia fet fosc, vaig aparcar el cotxe i vaig recórrer la vorera intentant no relliscar mentre observava totes les cases. Cap de les finestres tenia cortines. A través d'una finestra vaig veure un home estirat en un sofà amb un dels feixucs volums de l'*Oxford Dictionary* damunt del pit. Sabia que havia de ser ell, i en realitat ho era. El nostre primer tema de conversa va ser l'enciclopèdia, i per a ell també era el llibre dels llibres.

Només n'hi ha un altre que caldria prendre en consideració en el cas de triar lectures per a una illa deserta: el *Codex Florentinus* en la traducció anglesa d'Arthur Anderson i Charles Dibble. En l'època de la destrucció de l'imperi asteca per part dels espanyols només hi va haver una persona que de seguida va començar a salvar tot el que va poder de la cultura condemnada a desaparèixer. Es deia Bernardino de Sahagún i era un monjo franciscà. Es va encarregar de recollir totes les opinions sobre la història, la religió, l'agricultura, la medicina i l'educació dels infants per part dels asteques. Els textos eren originàriament en llengua nàhuatl, però ja aleshores es van publicar en dues columnes, acompanyats de la traducció espanyola. Jo vaig tenir el *Codex* a la Biblioteca Ambrosina de Florència i em van permetre filmar-ne unes quantes pàgines per a la pel·lícula *Gott und die Beladenen*. En la traducció del *Codex*, juntament amb Anderson i Dibble, van treballar-hi dos grans investigadors de la Universitat de Utah. La investigació que duen a terme sobre la cultura prehispànica és d'un nivell extraordinari perquè els mormons creuen que els asteques són una de les tribus perdudes d'Israel. Anderson i Dibble hi van dedicar més de vint-i-cinc anys, i el seu text té la mateixa força i profunditat que la traducció de la Bíblia del rei Jaume. En aquella època jo treballava en un projecte que mai va obtenir el finançament necessari sobre la conquesta de Mèxic, vista i experimentada des de la perspectiva dels asteques, i per això em vaig familiaritzar amb els elements bàsics del nàhuatl clàssic amb l'ajut d'una gramàtica i un diccionari. Vaig fer un pelegrinatge a Salt Lake City per anar a veure Charles Dibble, que llavors tenia uns vuitanta-quatre anys i era professor emèrit. El professor Anderson ja havia mort. Dibble, un home meravellós, tranquil i profund, es va sorprendre davant del fet que un cineasta alemany l'hagués buscat i se sentís entusiasmat amb el seu treball. El *Florentine Codex, General History of the Things of New Spain*, va aparèixer l'any 1982 en dotze volums en nàhuatl i anglès, publicat per la University of Utah Press. Durant tot un dia ens vam convertir en amics, però no ens vam tornar a veure mai més. Charles Dibble va morir poc després de la nostra trobada.

34

AMICS

Tinc pocs amics. En realitat, pertanyo més aviat a la categoria dels solitaris. A més, és difícil mantenir un contacte constant amb la majoria d'amics, perquè vivim molt lluny els uns dels altres. El Wolfgang von Ungern-Sternberg viu a Regensburg, el Joe Koechlin a Lima, i l'Uli Bergfelder a Itàlia i Berlín. L'Uli s'ha encarregat durant molts anys de l'equipament per a moltes de les meves pel·lícules, va col·laborar en la construcció del vaixell a *Fitzcarraldo* i també ha anat sovint a explorar els llocs de rodatge, com ara el d'*Who die grünen Ameisen träumen* a Austràlia. Als llocs de rodatge sempre resolia qualsevol cosa amb les seves habilitats naturals. Una vegada va viatjar al Kazakhstan, al mar sec d'Aral, on els vaixells es rovellen a la sorra del desert que abans havia estat el fons del llac. Havíem considerat aquell lloc com a possible escenari per a *Salt and Fire* (2016), però després del seu informe vaig abandonar la idea i vaig anar a rodar al desert de sal d'Uyuni, a Bolívia. De fet, l'Uli és especialista en lírica provençal antiga, però on realment pertany és a una antiga finca prop de Volterra, on té nou-centes oliveres. En molts anys de feina ha aconseguit restaurar la casa enrunada. Amb ell l'ambient sempre era agradable i relaxat. Fa un petit cameo a *Nosferatu*: quan el vaixell fantasma procedent de la mar Negra atraca a Wismar, ple a vessar de rates, ell és el mariner que deslliga el capità mort, lligat al timó.

Entre els meus amics hi ha el Herb Golder i el Tom Luddy, el muntador Joe Bini, el càmera Peter Zeitlinger i la seva dona Silvia, els meus col·legues directors Terrence Malik, Joshua Oppenheimer i Ramin Bahrani, tots molt lluny de mi, i l'Angelo

Garro, una mica més proper, perquè viu a San Francisco. L'Angelo és un forjador de Sicília que ha muntat el seu obrador a San Francisco, però sobretot és un personatge d'una altra època, perquè fa de caçador-recol·lector, elabora el seu propi vi, el seu propi oli d'oliva, la seva pasta, la seva cansalada i els seus embotits. Elabora la seva pròpia sal amb espècies i les seves salses sicilianes a partir de receptes de la seva àvia. Vaig rodar un curt amb ell per a una campanya de Kickstarter que va tenir un gran èxit. Tots els cuiners importants dels Estats Units han estat al seu obrador, i no en conec cap que no el veneri. Tot en ell és bo, correcte i essencial.

El Werner Janoud forma part del cercle d'amics més íntims, i com que té el mateix nom que jo, m'he acostumat a anomenar-lo simplement Janoud; i ell també s'hi ha acostumat. Es va criar a la RDA, al Vogtland, en unes condicions molt humils i sense pare, que havia desaparegut a Stalingrad, i als catorze anys va començar a treballar sota terra, en unes condicions molt dures, en una mina de wolframi. Als dinou anys va intentar fugir a l'Oest. El van enxampar en un tren de rodalies en direcció Berlín Oest. Els havia resultat sospitós perquè portava tota la documentació al damunt. Li van confiscar el passaport. De totes maneres, al cap d'uns quants dies va aconseguir fugir amb el passaport del seu germà bessó. A Colònia va treballar en un taller de laminatge d'acer i també en una fàbrica de conserves. El seu objeciu era obrir-se pas al món. Aviat va tenir prou diners per comprar-se una bicicleta i un bitllet de vaixell per anar a Montreal, al Canadà. L'hi acompanyava un amic, però al cap de pocs dies l'altre se'n va tornar. Janoud va travessar amb bicicleta el continent americà cap a l'oest, fins a Califòrnia. Mentrestant va treballar de temporer i va aprendre l'anglès gràcies a les converses que mantenia. No era analfabet, sabia llegir bé, però encara ara li costa escriure. Va continuar viatjant cap al sud, tot sol, a través dels Estats Units, Mèxic i l'Amèrica

Central, on va aprendre espanyol i va començar a fer fotografies. Les fotos d'aquesta època tenen una profunditat característica i una expressivitat allunyada de totes les modes, perquè no estava familiaritzat amb cap de les tendències vigents. Al cap de tres anys i mig es va establir a Lima, on va treballar de fotògraf per a periòdics locals. Allà el vaig conèixer gràcies a l'entrenador de futbol Rudi Gutendorf, que durant els primers temps de la Bundesliga havia entrenat cinc equips i a partir d'aleshores va viatjar per tot el món i va entrenar incomptables seleccions nacionals. Quan era a Lima preparant *Aguirre*, per mantenir-me en forma em vaig entrenar amb el seu equip Cristal Lima. Però un dia que l'equip A s'havia d'enfrontar a l'equip B del club professional i faltava un home, Gutendorf em va col·locar a l'equip B i em va preguntar en quina posició volia jugar. Jo li vaig dir que la posició m'era indiferent, però que volia jugar contra Gallardo, que era extrem de la selecció nacional peruana, i després del campionat del món de Mèxic havia estat inclòs per part dels periodistes internacionals en l'onze ideal, juntament amb Pelé i altres grans jugadors de l'època. Gallardo era un velocista, un boig que al camp sempre feia les coses més inesperades. L'únic que volia era fer-li la feina més difícil, ser un obstacle per a ell, i per això vaig intentar seguir aquell jugador tan ràpid. Al cap de deu minuts em van passar la pilota, però ja no sabia ni quina samarreta portàvem ni cap a on jugàvem i, al cap d'un quart d'hora vaig abandonar el terreny de joc amb rampes a l'estómac i vaig vomitar durant hores entre els baladres que envoltaven el camp. Janoud em va recollir d'un dels arbustos i de seguida ens vam fer amics. A *Aguirre* és un dels tripulants del rei que dona voltes als ràpids tota l'estona fins que Aguirre els enfonsa amb una canonada. Janoud és incivilitzat, s'ha fet del tot a si mateix, i és l'únic ésser humà que conec que no ha estat deformat en absolut per la civilització.

El Janoud també va participar a *Fitzcarraldo*. Mentre l'equip rodava en altres llocs, va viure durant setmanes amb la seva companya al nostre campament de la selva, per evitar que la població local el desmuntés per utilitzar-lo com a material de construcció. Durant el primer intent de rodatge va impressionar Mick Jagger, perquè les experiències de Janoud eren absolutament úniques i, per tant, també ho era el seu estil de vida. De totes maneres, les seves experiències no van ser suficients per saber qui eren els Rolling Stones. Li va preguntar al Mick no sé quantes vegades com es deia, i cada cop el Mick intentava corregir-lo amb paciència. «No, Nick no, Mick, amb ema de mare». Però amb el Janoud no hi havia manera, i deia: «Ah, sí, Nick, com *pain in the nick*». El Janoud ho deia rient però d'una manera que feia pensar en els brams d'un ruc, i llavors Mick Jagger l'imitava, fins al punt que semblava que s'haguessin ajuntat dos rucs. El Janoud va preguntar al *Nick* si realment es podia guanyar la vida cantant, i si no li podria tocar alguna cosa amb la guitarra. El Mick, sense dubtar-ho ni un moment, es va posar a tocar la seva guitarra elèctrica, només per al Janoud. Més endavant, el Janoud es va traslladar del Perú a Múnic i, abans de la meva etapa a Amèrica, va viure durant uns quants anys amb mi en una casa de lloguer a Múnic-Pasing, i es va convertir en un meravellós company per al meu fill Rudolph. Anys després, per celebrar la fi de la infantesa del Rudolph, vam viatjar tots tres a Alaska, i un petit hidroavió ens va deixar en un llac a l'oest de la Serralada d'Alaska. No portàvem tenda i ens vam construir un refugi. Teníem una destral, una serra, hamaques, un bot inflable i canyes de pescar. Havíem portat els aliments bàsics, arròs, fideus, cebes i te, perquè l'edifici habitat més proper era a quatre-cents quilòmetres. No ens hauríem mort de gana però vam haver d'aconseguir baies, bolets i peixos pel nostre compte. Al cap de sis setmanes l'avió ens va venir a buscar de nou. Va ser una experiència tan extraordinària que al cap d'un any la vam repetir, aquest cop al costat d'un altre llac. Quan l'any 1994 vaig escenificar *Norma* de Bellini a l'Arena de Verona, el Janoud em va venir a veure. En aquella època la seva xicota peruana treballava a Bolonya, i va ser des d'allà que va venir a visitar-me. Durant uns quants dies el vaig veure deprimit, abstret, i finalment li vaig dir que volia saber què li passava. Resulta que la seva companya estava embarassada, i que allò era una immensa desgràcia per a ell. Era migdia, i sèiem en un cafè just davant de l'amfiteatre romà. Era fantàstic que fos pare, no hi podia haver res millor per a ell, el vaig felicitar, vam brindar i, de cop i volta, el Janoud va començar a veure-ho d'una altra manera. Es va casar amb la Rosa, la seva companya, i la Gretel, la filla, ja és adulta i independent.

35

LA MEVA ANCIANA MARE

Durant els últims sis anys de la seva vida, la meva mare va aprendre turc, perquè a Múnic havia trobat una amiga que procedia de l'est de Turquia. La meva mare la va anar a veure allà, a l'est d'Anatòlia, i no pas en un viatge organitzat, sinó pel seu compte, en autobusos atrotinats que transportaven ovelles vives. La seva salut va empitjorar durant molts anys. Cap al final havia de tornar als Estats Units, perquè el productor Dino de Laurentiis tenia un gran projecte cinematogràfic amb mi. Vaig dir a la meva mare: «Em quedo aquí. No hi aniré». Però ella em va respondre: «Hi has d'anar, cal que hi vagis. La vida s'ha de viure». Vaig volar a Nova York i de seguida em vaig assabentar que aquella mateixa nit havia mort. Vaig recórrer al meu amic Amos Vogel, que de seguida va cancel·lar tots els compromisos que tenia per a aquell dia. Em va acompanyar tot el dia, va guardar silenci amb mi i també va resar unes quantes oracions. Aquella mateixa nit vaig agafar un avió per tornar a Alemanya.

36

EL FINAL DE LES IMATGES

He intentat imaginar-me com seria un món en què llibres com aquest hagin desaparegut. Fa dècades que s'escampa el rumor que ni tan sols els estudiants universitaris llegeixen. Aquest procés ha estat reforçat per la introducció dels textos breus a Twitter, dels serveis de Messenger i dels vídeos curts. Com serà un món en què amb prou feines quedaran llengües parlades, ja que la diversitat de llengües disminueix de manera vertiginosa i irreversible? Com serà un món sense un profund llenguatge visual, és a dir, sense el meu ofici? La fi irreversible pot arribar. M'imagino una renúncia radical als pensaments, els arguments i a les imatges, és a dir, no només una foscor futura en què els objectes encara siguin perceptibles, sinó un estat en què ja no hi ha objectes, només tenebres carregades de por, poblades per monstres invisibles. Recordo un passatge del *Codex Florentinus* que fa pensar que els seus parlants, enmig de la destrucció de la seva cultura i del seu horitzó existencial, volen retrobar laboriosament la seva llengua. «La cova és un lloc espantós, el lloc de la por, el lloc de la mort. L'anomenen el lloc de la mort perquè aquí es mor. És un lloc de les tenebres, sempre s'enfosqueix; és fosc; sempre és fosc. Són unes tenebres amb la boca oberta de bat a bat». Com es podria representar l'absoluta absència d'imatges? No la simple eliminació radical, la renúncia definitiva a les imatges, sinó la seva absoluta in-existència. M'imagino dos miralls col·locats exactament en paral·lel, de tal manera que l'únic que reflecteixen fins a l'infinit són els miralls mateixos. Allà no hi ha res més que s'hi pugui reflectir. Si els miralls, com els que utilitza la brigada d'homicidis als interrogatoris, només fossin transparents per una cara, per fora veuríem un no-res que s'hi reflecteix. Cap autor d'un crim que reconeix els fets, cap taula, cap cadira, cap llum, només un espai del qual tot seria absent, i això reflectit una vegada i una altra. Ja no hi hauria res, cap mena de vida, cap respiració. Cap francès que es mengi la bicicleta. Cap altre francès que canvï la marxa a la seva carraca de cotxe i després travessi tot el Sàhara marxa enrere. Cap més veritat, cap mentida. Cap riu anomenat el riu de les mentides, Yuyapichis, el riu que enganya i fa veure que és el riu Pichis, molt més gran. Cap agència matrimonial que fa abocar des d'un satèl·lit un sac de sorra que es converteix en un ruixat de meteorits al cel davant dels ulls astorats de la núvia. Ja no hi hauria bessones vivint en cossos separats però pensant i parlant de manera sincronitzada. Ja no hi hauria papagais com el del viatge d'Alexander Humboldt, que l'any 1802 va arribar a un poblat, al costat de l'Orinoco, en què tots els habitants havien mort a conseqüència d'una epidèmia. La seva llengua havia desaparegut amb ells, però al poblat veí encara tenien cura d'un papagai supervivent que havien portat d'allà feia quaranta anys. L'ocell encara pronunciava seixanta paraules clarament entenedores dels habitants del poble mort, la seva llengua morta. Von Humboldt les va escriure als seus diaris. Què passaria si avui ensenyéssim aquestes paraules a dos papagais i tots dos poguessin conversar en aquest llenguatge? I si ens imaginem coses que hagin perdurat en el futur, no per sempre sinó, per exemple, durant dos-cents mil anys? Una època en què, amb gran seguretat, tota la humanitat s'hauria extingit però certs monuments nostres seguirien sent quasi indestructibles. Com per exemple la presa del congost de Vajont, que va resistir el colossal despreniment de dos-cents cinquanta milions de metres cúbics de roques, pedres i terra. La seva base té un gruix de vint-i-vuit metres de formigó armat especialment endurit. Amb molta probablitat, aquesta part de baix hauria resistit, majestuosa, incapaç de transmetre res, d'enviar el seu missatge a ningú. Allà, al peu de la llisa paret de formigó, hi hauria aigua clara i transparent, infiltrada per les roques dels costats i freqüentada per ramats de cérvols, com si fos

FILMOGRAFIA

1961 HERAKLES [HÈRACLES]
Curtmetratge. Un culturista s'enfronta a les proeses del mític Hèracles.

1964 SPIEL IM SAND [JUGAR A LA SORRA]
Curtmetratge. Inèdit.

1966 DIE BEISPIELLOSE VERTEIDIGUNG DER FESTUNG DEUTSCHKREUTZ [LA DEFENSA SENSE PRECEDENTS DE LA FORTALESA DEUTSCHKREUTZ]
Curtmetratge. L'absurda defensa d'una fortificació contra un enemic que no existeix.

1967 LETZTE WORTE [ÚLTIMES PARAULES]
Curtmetratge. L'últim habitant d'una illa per a leprosos és retornat violentament a la civilització. Es nega a parlar.

1968 LEBENSZEICHEN [SENYALS DE VIDA]
Llargmetratge. Un soldat alemany ferit a la Segona Guerra Mundial es torna boig i dispara tant als amics com als enemics amb coets de focs artificials.

1969 MASSNAHMEN GEGEN FANATIKER [MESURES CONTRA ELS FANÀTICS]
Curtmetratge. Un jubilat creu haver de protegir dels fanàtics els cavalls de curses a l'hipòdrom de curses de trot.

DIE FLIEGENDEN ÄRZTE VON OSTAFRIKA [ELS METGES VOLADORS DE L'ÀFRICA ORIENTAL]
Documental. Uns metges porten assistència mèdica a llocs molt allunyats de l'Àfrica Oriental que no en disposaven.

1970 AUCH ZWERGE HABEN KLEIN ANGEFANGEN [TAMBÉ ELS NANS VAN COMENÇAR PETITS]
Llarmetratge. La revolta d'uns nans provoca estralls en una colònia penitenciària.
FATA MORGANA
No categoritzable. Rèquiem poètic per un planeta que desapareix a mesura que es converteix en miratges.

1971 BEHINDERTE ZUKUNFT [FUTUR DISCAPACITAT]
Documental. Els somnis dels nens amb discapacitats greus.
LAND DES SCHWEIGENS UND DER DUNKELHEIT [TERRA DE SILENCI I FOSCOR]
Documental. El món del sordcec Fini Straubinger, que es preocupa del destí d'altres sordcecs.

1972 AGUIRRE, LA CÒLERA DE DÉU
Llargmetratge. Lope de Aguirre assumeix per la força el comandament d'uns conqueridors espanyols que, durant la recerca del fabulós El Dorado, desapareixen a la selva sense deixar rastre. Una història sobre el poder i la bogeria.

1973 DIE GROSSE EKSTASE DES BILDSCHNITZLERS STEINER [EL GRAN ÈXTASI DEL TALLISTA DE FUSTA STEINER]
Documental. El jove tallista de fusta Walter Steiner és tan extraordinari amb el salt d'esquí que al campionat mundial de Planica vola unes quantes vegades fins a la zona mortal. Una pel·lícula sobre l'èxtasi i la mort.

1974 L'ENIGMA DE KASPAR HAUSER
Llargmetratge. L'orfe Kaspar Hauser apareix a Nuremberg. No té ni idea del món, de la llengua ni de l'existència d'altres éssers humans. El tràgic assassinat d'un personatge històric únic.

1976 HERZ AUS GLAS [COR DE VIDRE]

Llargmetratge. Mühlhiasl, un pastor del segle XVIII, té visions sobre la fi del món. Com somnàmbuls, tots els membres de la comunitat d'un poble es dirigeixen cap a la seva profetitzada fi. Tots els actors van actuar sota els efectes de la hipnosi.

1976 MIT MIR WILL KEINER SPIELEN [NINGÚ NO VOL JUGAR AMB MI]
Curtmetratge. Un nen solitari i el seu corb parlant.

HOW MUCH WOOD WOULD A WOODCHUCK CHUCK
Documental. El campionat mundial de subhastadors de bestiar a Pensilvània. Sobre els límits del llenguatge i l'última poesia del capitalisme.

STROSZEK
Acabat de sortir de la presó, Stroszek somia en una nova vida a Amèrica i se'n va cap a Wisconsin amb la prostituta Eva i un home gran. Una balada.

1977 LA SOUFRIÈRE
Documental. L'espera d'una catàstrofe inevitable. Només un pobre camperol es nega a ser evacuat davant de l'erupció volcànica imminent.

1979 NOSFERATU – PHANTOM DER NACHT [NOSFERATU – FANTASMA DE LA NIT]
Llarmetratge. El comte Dràcula es dirigeix cap a Wismar amb deu mil rates. L'amor d'una dona provocarà la seva ruïna.

WOYZECK
Llargmetratge. Basat en el drama de Büchner. Woyceck, un ésser maltractat, assassina la seva estimada en un atac de bogeria.

1980 GLAUBE UND WÄHRUNG [FE I MONEDA]
Documental. El predicador televisiu Dr. Gene Scott amenaça els seus feligresos de desconnectar el canal de televisió si no li envien diners en qüestió de minuts.

HUIES PREDIGT [EL SERMÓ D'HUIE)
Documental. El bisbe Huie Rogers, en un èxtasi religiós, predica i balla el rock davant de la seva comunitat.

1982 FITZCARRALDO
Llargmetratge. Brian Sweeney Fitzgerald té el somni de crear una gran òpera a la jungla. Per arribar a una zona de cautxú inaccessible, fa que centenars d'indis de la selva arrosseguin un enorme vaixell de vapor per damunt d'una muntanya.

1984 WO DIE GRÜNEN AMEISEN TRÄUMEN [ON SOMIEN LES FORMIGUES VERDES]
Llargmetratge. Aborígens australians intenten salvar el lloc sagrat de les formigues verdes dels buldòzers d'una companyia minera.

BALLADE VOM KLEINEN SOLDATEN [BALADA DEL PETIT SOLDAT]
Documental. Un recorregut amb nens soldat per la zona fronterera entre Honduras i Nicaragua.

1985 GASHERBRUM - DER LEUCHTENDE BERG [GASHERBRUM - LA MUNTANYA BRILLANT]
Documental. Els alpinistes Reinhold Messner i Hans Kammerlander pugen a dos vuitmils al Karakòrum.

1987 COBRA VERDE
Llargmetratge. El proscrit Manoel da Silva es converteix a l'Àfrica Occidental en virrei de Dahomey. Basada en la novel·la de Bruce Chatwin.

1988 LES FRANÇAIS VUS PAR...
Curtmetratge. França des del punt de vista de diversos directors.

1989 WODAABE, HIRTEN DER SONNE [WODAABE, PASTOR DEL SOL]
Documental. Sobre un festival tribal dels nòmades

wodaabe al sud del Sàhara. Les dones escullen els homes joves més bells.

1990 ECHOS AUS EINEM DÜSTEREN REICH [ECOS D'UN REGNE FOSC]
Documental. El general Jean Bedel Bokassa es corona emperador de la República Centreafricana en una cerimònia de ressonàncies napoleòniques.

1991 CERRO TORRE - SCHREI AUS STEIN [CRITS DE PEDRA]
Llargmetratge. Dos alpinistes competeixen per conquerir la muntanya més difícil del món, el Cerro Torre, a la Patagònia. Així és com s'arrosseguen mútuament a la mort.

1991 DAS EXZENTRISCHE PRIVATTHEATER DES MAHARADJAH VON UDAIPUR [L'EXCÈNTRIC TEATRE PRIVAT DEL MAHARAJÀ D'UDAIPUR]
Documental. L'artista austríac André Heller reuneix els millors mags, ballarins i encantadors de serps de l'Índia a Udaipur, en un gran teatre.
FILM STUNDE [HORA DE PEL·LÍCULA] (1-4)
Quatre documentals. Rodats amb convidats a la Viennale de Viena, en un envelat per a teatre de varietats.

1992 LEKTIONEN IN FINSTERNIS [LLIÇONS EN LA FOSCOR]
Documental. Una visió apocalíptica del nostre planeta després que les tropes iraquianes incendiessin tots els pous de petroli de Kuwait.

1993 GLOCKEN AUS DER TIEFE [CAMPANES DES DE LES PROFUNDITATS]
Documental. Fe i superstició a Rússia. La ciutat suposadament enfonsada de Kítej, en què els creients desapareguts toquen les campanes.

1994 DIE VERWANDLUNG DER WELT IN MUSIK [LA TRANSFORMACIÓ DEL MÓN EN MÚSICA]

Documental. Gravat entre bastidors al Festival de Bayreuth.

1995 GESUALDO – TOD FÜR FÜNF STIMMEN [GESUALDO – MORT A CINC VEUS]
Documental. Carlo Gesualdo de Venosa, el príncep de les tenebres, va compondre música que s'avançava quatre-cents anys a la seva època, i va exercir una gran influència en Stravinski.

1997 LITTLE DIETER NEEDS TO FLY (FLUCHT AUS LAOS) [LA PETITA DIETER NECESSITA VOLAR (ESCAPAR DE LAOS)]
Documental. Dieter Dengler només vol volar, però va a parar a la guerra del Vietnam. És l'únic americà que aconsegueix fugir de la presó del Vietcong a Laos.

1999 MEIN LIEBSTER FEIND [EL MEU ENEMIC ÍNTIM]
Documental. Anys després de la mort de Klaus Kinski, Werner Herzog va rodar una pel·lícula sobre la seva explosiva col·laboració en cinc llargmetratges.

1999 GOTT UND DIE BELADENEN [DÉU I LA CÀRREGA]
Documental. A Guatemala, els maies adoren una divinitat que vesteix com un ric ranxer.

2000 JULIANES STURZ IN DEN DSCHUNGEL (WINGS OF HOPE) [LA CAIGUDA DE JULIANES A LA SELVA (ALES D'ESPERANÇA)]
Documental. Juliane Koepke és l'única supervivent d'un accident d'aviació a la jungla peruana, del qual l'autor només es va salvar per una sèrie de casualitats.

2001 PILGRIMAGE [PELEGRINATGE]
Documental. Creients compartint dolor i èxtasi davant la Mare de Déu de Guadalupe, a Mèxic.

INVINCIBLE [INVENCIBLE]
Llargmetratge. Un ferrer jueu polonès, davant de la indignació dels nazis ascendents, és presentat en teatres de varietats de Berlín com l'home més fort del món.

De totes maneres, la seva família no fa cas de les seves advertències sobre el perill creixent.

2002 TEN THOUSAND YEARS OLDER

Documental. En pocs minuts, l'ètnia dels Uru Eus, en el seu primer contacte amb la civilització, es veu projectada deu mil anys cap al futur.

2003 RAD DER ZEIT [RODA DEL TEMPS]

Documental. El dalai-lama convoca el món del budisme a una cerimònia a l'Índia. Cinc-cents mil pelegrins obeeixen la crida.

2004 THE WHITE DIAMOND

Documental. Després d'una tragèdia al vol inaugural de la seva aeronau, Graham Dorrington prova un nou prototip damunt la selva de Guaiana.

2005 GRIZZLY MAN

Documental. Timothy Treadwell vol protegir els ossos d'Alaska dels caçadors furtius. La seva tràgica incomprensió de la vida salvatge li costa la vida tant a ell com a la seva companya. Tots dos són devorats pels grizzlies.

THE WILD BLUE YONDER

Llargmetratge. Un extraterrestre va a parar al nostre planeta com un nàufrag i desitja tornar al seu planeta.

2006 RESCUE DAWN

Llargmetratge. Dieter Dengler, criat a l'Alemanya de postguerra, viu una experiència inimaginable com a presoner del Vietcong. Amb prou feines aconsegueix sobreviure a la seva fugida per la jungla.

2007 ENCOUNTERS AT THE END OF THE WORLD

Documental. Somiadors i científics es troben a la fi del món, al gel de l'Antàrtida. Una oda a un continent i els seus fugaços habitants.

2009 EL TINENT CORRUPTE

Llargmetratge. Nova Orleans, devastada per la corrupció, les drogues i un huracà, és el lloc ideal per a un detectiu de la brigada d'homicidis. Una història sobre la felicitat de ser malvat.

LA BOHÈME

Curtmetratge. Rodat a l'Àfrica per inaugurar la temporada d'òpera de Londres amb *La Bohème.*

MY SON, MY SON, WHAT HAVE YE DONE

Llargmetratge. Un jove actor de talent es torna boig durant els assajos per interpretar el paper d'Orestes. Ja no pot distingir l'obra teatral de la realitat i mata la seva pròpia mare amb l'espasa del teatre.

2010 HÖHLE DER VERGESSENEN TRÄUME [LA COVA DELS SOMNIS OBLIDATS]

Documental. Rodat a la cova de Chauvet, recentment descoberta. Les pintures de la cova, d'uns trenta mil anys d'antiguitat, mostren un excel·lent estat de conservació i una enorme modernitat artística.

2010 HAPPY PEOPLE: A YEAR IN THE TAIGA

Documental. Recreació d'una pel·lícula de quatre hores de Dmitri Vasykov sobre caçadors de pells a les profunditats solitàries de Sibèria.

2011 ODE TO THE DAWN OF MAN

Curtmetratge. El violoncel·lista holandès Ernst Reijseger es transporta a un altre món mentre toca.

INTO THE ABYSS: A TALE OF DEATH, A TALE OF LIFE

Documental. Michael Perry al corredor de la mort de Texas, una setmana abans de la seva execució. Sobre un crim d'un nihilisme inconcebible.

2012-13 ON DEATH ROW

Vuit documentals sobre abismes humans. Rodats a corredors de la mort de Florida i Texas.

2013 FROM ONE SECOND TO THE NEXT

Documental. Tragèdies provocades per conductors que escrivien SMS mentre conduïen.

2015 LA REINA DEL DESERT

Llargmetratge. L'escriptora i arqueòloga Gertrude Bell va tenir una gran influència en la formació política del Pròxim Orient després de la dissolució de l'imperi Otomà.

2016 LO ANG BEHOLD - REVERIES OR THE CONNECTED WORLD

Documental. La història d'internet des del seu naixement fins als excessos actuals.

SALT AND FIRE

Llargmetratge. Una biòloga és segrestada i abandonada en un desert de sal amb dos nens cecs.

INTO THE INFERNO

Documental. Viatge a través del món amb el vulcanòleg Clive Oppenheimer. Imatges espectaculars d'erupcions volcàniques i les seves conseqüències en la cultura humana.

2018 MEETING GORBACHEV

Documental. Amb André Singer. La vida i la política de l'últim president de la Unió Soviètica en conversa amb l'autor.

2019 FAMILY ROMANCE, LLC

Llargmetratge. En llengua japonesa. Un actor contractat per una agència fingeix ser el pare d'una nena d'onze anys que enyora el seu progenitor.

NOMAD - IN THE FOOTSTEPS OF BRUCE CHATWIN

Documental. Trobades amb el gran escriptor britànic des del punt de vista de l'autor.

2020 FIREBALL - VISITORS FROM DARKER WORLDS

Documental. Viatge a través del món amb Clive Oppenheimer per descobrir els impactes més poderosos de meteorits, i també la seva influència en la vida i les cultures.

2021 THEATRE OF THOUGHT

Documental. Científics treballen per desxifrar els secrets més profunds del nostre cervell, els nostres pensaments i les nostres al·lucinacions.

2022 THE FIRE WITHIN

No categoritzable. Rèquiem pels vulcanòlegs francesos Katia i Maurice Krafft. Les seves visions apocalíptiques i la seva mort prematura mentre filmaven una erupció volcànica al Japó.

ESCENIFICACIONS OPERÍSTIQUES

1985 DOKTOR FAUST (BUSONI)
Teatro Comunale, Bolonya

1987 LOHENGRIN (WAGNER)
Richard-Wagner-Festspielhaus, Bayreuth

1989 GIOVANNA D'ARCO (VERDI)
Teatro Comunale, Bolonya

1991 DIE ZAUBERFLÖTTE (MOZART)
Teatro Bellini, Catània

1992 LA DONNA DEL LAGO (ROSSINI)
Teatro La Scala, Milà

1993 DER FLIEGENDE HOLLÂNDER (WAGNER)
Opéra Bastille, París

1994 IL GUARANY (GOMES)
Oper Bonn
NORMA (BELLINI)
Arena di Verona

1996 IL GUARANY (GOMES)
The Washington Opera

1997 CHUSINGURA (SAEGUSA)
Òpera de Tòquio
TANNHÄUSER (WAGNER)
Teatro de la Maestranza, Sevilla
Opera Royal de Wallonie, Lieja

1998 TANNHÄUSER (WAGNER)
Teatro di San Carlo, Nàpols
Teatro Massimo, Palerm

1999 TANNHÄUSER (WAGNER)

	Teatro Real, Madrid
	DIE ZAUBERFLÖTTE (MOZART)
	Teatro Bellini, Catània
	FIDELIO (BEETHOVEN)
	Teatro La Scala, Milà
2000	TANNHÄUSER (WAGNER)
	Baltimore Opera Company
2001	GIOVANNA D'ARCO (VERDI)
	Teatro Carlo Felice, Gènova
	TANNHÄUSER (WAGNER)
	Teatro Municipal, Rio de Janeiro
	Grand Opera, Houston
	DIE ZAUBERFLÖTTE (MOZART)
	Baltimore Opera Company
2002	DER FLIEGENDE HOLLÄNDER (WAGNER)
	Domstufen Festspiele, Erfurt
2003	FIDELIO (BEETHOVEN)
	Teatro La Scala, Milà
2008	PARSIFAL (WAGNER)
	Palau de les Arts, València
2014	I DUE FOSCARI (VERDI)
	Teatro dell'Opera, Roma

AGRAÏMENTS

En moltes famílies, els germans són els crítics més durs. Dono les gràcies als meus germans Till i Lucki per haver revisat el meu manuscrit, per les seves propostes i les seves correccions. Les he tingut en compte quan ha estat necessari.

Entre tots els col·laboradors de l'editorial Carl Hanser he trobat un grau d'atenció i entusiasme que no havia conegut fins ara en una editorial. En nom de tots voldria anomenar Jo Lendle, entre altres coses perquè va assignar el projecte a un extraordinari lector, Florian Kessler, a qui aquest text deu molt, tant des del punt de vista lingüístic com de contingut. Va trobar solució a tots els problemes i no hi va haver cap formulació lingüística que no llegíssim en veu alta tots dos per trobar una fórmula més satisfactòria.

També vull expressar el meu agraïment a la romanista Elisabeth Edl, encara que no tingui res a veure amb aquest llibre. De totes maneres, les seves meravelloses traduccions de Flaubert a l'alemany m'han tornat a posar en contacte amb la meva llengua materna, que durant molts anys he parlat ben poc.

Haig de donar les gràcies a Michael Krüger. Va ser ell qui des del principi, sense compassió, em va obligar a escriure. Sense la seva insistència, els meus primers llibres, publicats a l'editorial Hanser, segurament no haurien estat mai escrits. També agraeixo a Drenka Willen els seus savis consells i la seva indicació de la conveniència de traduir el llibre a altres llengües.

Dec el mateix agraïment a la meva dona Lena. D'ella va néixer la proposta d'escriure aquest llibre, del qual només jo soc responsable, al marge de fins a quin punt pugui resultar unilateral i incomplet.

Los Angeles, juliol del 2021